«Spannung in Reinkultur» (WAZ)

«Wie sein Vorgänger ein Lesegenuss – spannend, humorvoll, dicht geschrieben, interessante Figuren und viel Atmosphäre» (NDR)

«Remin hält den Schwung des Erstlings nicht nur, sondern steigert ihn und sich noch einmal und legt ein funkelndes Krimi-Kleinod vor.» (Gießener Allgemeine)

«Ein Kabinettstück aus der Stadt der Masken» (Bücher)

Nicolas Remin, 1948 in Berlin geboren, studierte Allgemeine und Vergleichende Literaturwissenschaft, Philosophie und Kunstgeschichte in Berlin und Santa Barbara, Kalifornien. Nach «Schnee in Venedig» (rororo 23929) ist «Venezianische Verlobung» der zweite Band seiner erfolgreichen Serie um den charismatischen Commissario Tron, die bereits in dem Band «Gondeln aus Glas» (rororo 24201) ihre Fortsetzung fand. Weitere Bände sind geplant.

Nicolas Remin

Venezianische Verlobung

Commissario Trons
zweiter Fall

Rowohlt Taschenbuch Verlag

Ungekürzte Ausgabe
Veröffentlicht im
Rowohlt Taschenbuch Verlag,
Reinbek bei Hamburg, Juni 2008

Umschlaggestaltung any.way,
Hannah Krause
(Foto: Musée des Beaux-Arts, Angers,
France / Giraudon / Bridgeman Berlin;
Christie's Images / CORBIS; BilderBox)
Satz hanseatenSatz-bremen, Bremen
Satz aus der Palatino PostScript
Druck und Bindung CPI – Clausen & Bosse, Leck
Printed in Germany
ISBN 978 3 499 33259 3

Venezianische Verlobung

1

Der *sandalo* war lächerlich klein, höchstens drei Meter lang, dafür aber war das Boot, wie der Mann schnell feststellte, außerordentlich wendig. Als er seinen Rhythmus gefunden hatte (ein Ruderschlag kam auf vier Atemzüge), lagen die Ruder bequem in der Hand, und das leise Klatschen, das sie beim Eintauchen ins Wasser machten, war kaum zu hören. Wäre der kalte Nebel nicht gewesen, der mit jedem Ruderschlag dichter wurde, hätte es ihm sogar Spaß gemacht, durch die nächtlichen Kanäle zu rudern.

Die Sicht betrug höchstens drei Meter, und er hielt sich sorgfältig in der Mitte des Kanals, um nicht an einen der hölzernen Stege zu stoßen, die bei Flut nur knapp über der Wasseroberfläche lagen. Die Hausfassaden, die sich als schwarze, kompakte Massen zu beiden Seiten des *rio* auftürmten, zogen vorüber wie ferne Vorgebirge. Ein paar Ruderschläge lang fühlte er sich in die Zeit zurückversetzt, als die Lagunenstadt noch ein Gewirr aus schilfbewachsenen, unbewohnten Inseln gewesen war.

Als Gelächter aus einem der Fenster drang, an denen er gerade vorüberglitt, fuhr sein Kopf ruckartig herum. Das Gelächter schwoll an, zerfiel dann wie morsches Gestein in trockenes Kichern und erinnerte ihn daran, wie er sie zum ersten Mal gesehen hatte: kichernd in einer Gruppe von anderen jungen Frauen, die (es war ein sonniger Frühlingsmorgen gewesen) in weißen, luftigen Kleidern auf der Piazza vor dem Café *Quadri* gestanden hatten.

Vor fünf Minuten hatte er die Mündung des Rio di San Luca passiert und steuerte den *sandalo* jetzt vorsichtig in den Rio della Verona. Sein Ziel war das vierte Haus auf der linken Seite, ein kleines zweistöckiges Gebäude mit schadhaftem Putz und einem reparaturbedürftigen Dach. Er würde es auch bei dichtem Nebel daran erkennen, dass der kleine Holzsteg vor dem Wassertor mit einem weißen Geländer versehen war.

Heute Nachmittag hatte er kurz mit dem Gedanken gespielt, eine große Flasche Grappa zu kaufen, den Korken wegzuwerfen, sich volllaufen zu lassen und notfalls zwei Tage lang die Luken dicht zu machen. Aber er wusste, dass das keine Lösung war, und seine Hände verkrampften sich um die Ruder. Dann sah er das weiße Geländer durch den Nebel schimmern und darunter den Steg.

Er legte die Ruder ab, wobei er sorgfältig vermied, ein Geräusch zu verursachen. Dann stand er vorsichtig auf, zündete sich eine Zigarette an und blies einen Rauchring in den Nebel. Ohne Überraschung registrierte er, dass der Rauch regungslos in der feuchten Luft verharrte. Schließlich bückte er sich und griff nach der Leine, die am Bug des *sandalo* befestigt war. Beim Bücken presste sich die Lederscheide, in der sein Messer steckte, gegen seine Hüfte.

Das Mädchen trug ein dünnes Kleid, darüber einen zerschlissenen Umhang aus dunkelbraunem Stoff, der knapp unter ihren Knien endete, und der Schnelligkeit wegen einfache Leinenschuhe. Im Schein der Gaslaternen, die den Eingang des *Teatro La Fenice* zu beiden Seiten flankierten und kränklich durch den dichten Nebel schimmerten, färbte sich ihr Haar fast goldblond. Der Laternenschein betonte die Schönheit ihres Gesichtes, das von dem feinen

Sprühregen, der durch die Nebeldecke herabsickerte, klitschnass war. Das Mädchen strich sich mit der Hand über die Stirn, so als könne sie den Nebel wegwischen wie einen feuchten Fleck auf einer Tischplatte, aber die Nässe schien an ihr zu kleben wie Spinnweben.

Ihre Mundwinkel zogen sich verächtlich nach unten, als ihr Blick zwei jüngere Mädchen streifte, die auf der anderen Seite des Eingangs warteten, um nach der Vorstellung Sträußchen aus Strohblumen zu verkaufen – mit einem artigen Knicks. Bei dem Gedanken, dass sie bei *ihrer* Arbeit einen Knicks machen könnte, musste sie lachen.

Pünktlich um halb elf drang ein Glockenschlag von San Stefano durch den Nebel, und fast gleichzeitig gingen die Lichter im Foyer an. Ein paar Minuten später kamen die ersten Opernbesucher von der Garderobe, und die livrierten Diener rissen die Türen auf. Einen Augenblick lang wehte ein Schwall stickiger, warmer Luft aus dem Foyer des Fenice-Theaters auf den kalten Vorplatz, und ein schartiger Lichtstrom von Gelb und Orange ließ den Nebel über den Eingangsstufen aufleuchten.

Dann strömten die Besucher ins Freie, und

mit einem Mal hatte sich der Campo San Fantin, der vor zehn Minuten lediglich von einem knappen Dutzend frierender Diener bevölkert worden war, in einen Bienenstock aufgeregter und schnatternder Opernbesucher verwandelt. Alle rannten durcheinander, schrien Namen und Befehle, verloren sich in der nebligen Dunkelheit, fanden sich wieder und bildeten ein Gewirr von Blendlaternen und Fackeln, deren Lichter die Colliers der Damen aufblitzen ließen wie Münzen in einer Pfütze.

Das Mädchen löste sich von seiner Position und setzte sich in Bewegung. Sie durchquerte den Campo mehrmals in verschiedenen Richtungen, und ein paar Minuten später hatte sie eine geeignete Person entdeckt: einen Mann in einem karierten Mantel, vermutlich ein wohlhabender Fremder, der zwei Schritte von ihr entfernt einem der albernen Mädchen ein Strohblumensträußchen abkaufte. Nachdem er seine Börse in der rechten Manteltasche verstaut hatte, nahm er die Blendlaterne, die er vor seinen Füßen abgestellt hatte, wieder auf und bog langsam in die Calle della Fenice ein, mit zögernden, unsicheren Schritten, so als würde er sich auf Glatteis bewegen.

Das Mädchen folgte ihm vorsichtig, wobei es drei Schritte Abstand hielt. Dann schloss sie lautlos zu ihm auf. Sie grinste, als ihre Finger, zart wie Schmetterlingsflügel, in seine rechte Manteltasche glitten und die Börse herauszogen.

Später sagte sie sich, dass es eine Scherbe gewesen sein musste, auf die sie getreten war – eine Glasscherbe, die durch die dünne Sohle ihres rechten Leinenschuhs schnitt und sich in ihren Fuß bohrte.

Sie stieß einen Schrei aus, versuchte zu spät, ihr Gewicht auf das andere Bein zu verlagern, und fiel schmerzhaft auf die Knie. Zu allem Überfluss bogen in diesem Moment zwei Carabinieri in die Calle della Fenice ein. Als ihre Helme und ihre schräg über die Brust laufenden weißen Lederriemen aus dem Nebel auftauchten, ging plötzlich alles sehr schnell – zugleich aber kam es ihr langsam vor, fast wie die Serie von graubraunen Daguerreotypien, die sie gestern im Schaufenster eines Fotografen an der Piazza gesehen hatte.

Sie öffnete den Metallverschluss der Börse in ihrer Hand und drehte die Börse um, sodass die Münzen auf das nasse Pflaster fielen. Ihre Fingernägel schrammten über die Faust des Mannes, der fluchend ihre Haare gepackt hatte, und gruben sich, wie die Krallen einer wütenden Katze, tief in seine Haut. Dabei kam sie keuchend auf die Füße, duckte sich unter dem Arm des Mannes weg und machte einen Satz in den Nebel hinein.

Hätten die beiden Carabinieri dem Fremden dabei geholfen, den Inhalt seiner Börse aufzuheben, wäre sie ihnen trotz der Verletzung mit Leichtigkeit entkommen. Doch stattdessen machten sie sich sofort an ihre Verfolgung, und durch ihren keuchenden Atem hindurch hörte sie die Stiefel der Männer wie Pferdegetrappel auf dem Pflaster.

Nach einem Sprint von dreihundert Metern bog sie zweimal nach links und einmal nach rechts ab, und obwohl sie diesen Teil Venedigs gut kannte, verlor sie in der Dunkelheit und im Nebel die Orientierung. Plötzlich beschrieb die Gasse eine scharfe Linkskurve, und als sie um die Ecke bog, sah sie den *sottoportego*, einen Durchgang, schwarz wie ein Minenschacht, der zu anderen Gassen führen konnte oder aber, wenn sie Pech hatte, einfach auf einen Hof. Ohne nachzudenken, lief sie hinein und presste sich gegen die Wand. Gleich darauf hörte sie das Getrappel der Carabinieri um die Ecke biegen und registrierte mit Erleichterung, dass sie an dem *sottoportego* vorbeiliefen. Ihr verletzter Fuß brannte wie Feuer. Kurz bevor ihre Beine unter ihr nachgaben, ging sie in die Hocke. Sie würde ein wenig warten, um ganz sicher zu sein, dass die Männer nicht mehr in der Nähe waren, und dann nach Hause gehen. Sie war jetzt völlig erschöpft und konnte sich kaum noch bewegen. Ihr Mund fühlte sich steif an, mehr aus Angst als vor Kälte. Aus ihrer Nase tropfte Rotz und sammelte sich auf ihrer Oberlippe. Auf einmal kamen ihr mit überraschender Heftigkeit die Tränen, und sie versuchte gar nicht erst, sie zurückzuhalten.

Fünf Minuten später, als ihr rasender Puls sich ein wenig beruhigt hatte, stemmte sie sich an der Wand hoch – und hörte im selben Moment, wie die Schritte der Carabinieri sich wieder näherten. Der Takt, den die Absätze auf das Pflaster klopften, wurde lauter und lauter – gleich würden sie den *sottoportego* erreicht haben. Also ignorierte sie den Schmerz in ihrem Fuß und humpelte hastig dem schwachen Lichtschein auf der anderen Seite des Durchgangs entgegen.

Normalerweise hätte er den *sandalo* sorgfältig vertäut, aber jetzt schlang er das dünne Tau, das am Bug des kleinen Ruderbootes befestigt war, nur zweimal um einen der beiden Pfähle, die den schmalen Steg trugen. Er rechnete nicht damit, dass er gezwungen sein würde, sich eilig zu entfernen, aber in dieser Situation war es besser, wenn er nicht erst einen Knoten lösen müsste. Es war praktisch windstill, und auch die immer noch steigende Flut würde nicht die Kraft haben, den *sandalo* abzutreiben.

Der Steg knarrte, als er seinen Fuß auf die Holzplanken setzte. In der nächtlichen Stille kam ihm das Geräusch so laut vor wie Gewehrfeuer. Zu seiner Erleichterung war das Wassertor des Gebäudes nicht abgeschlossen, die Klinke ließ sich lautlos nach unten drücken. Er machte einen Schritt in den Flur, stieß hart mit seinem linken Knöchel gegen einen Haufen Ziegelsteine und hätte vor Schmerz fast laut aufgeschrien. Im Schein der Ölfunzel, die von der Decke hing, sah er rechts den schmalen Aufgang zum Treppenhaus und links, ein paar Schritte von ihm entfernt, ihre Wohnungstür.

Vor der Tür blieb er stehen, klopfte und wartete. Als sich in der Wohnung nichts rührte, klopfte er erneut. Schließlich nahmen seine Ohren, die jetzt auf das leiseste Geräusch eingestellt waren, Schritte wahr, die sich langsam der Tür näherten. Dann ging die Tür auf, er sah das Erstaunen auf ihrem Gesicht und dann den Schrecken und wie sie instinktiv von der Tür zurückwich. Sie tat es, noch während die Tür einwärts schwang, und damit war im Grunde alles entschieden.

Hätte sie ihm in diesem Moment die Tür vor der Nase zugeschlagen und laut um Hilfe gerufen, wäre für ihn alles sehr viel komplizierter geworden. Aber sie beschränkte sich darauf, ihn mit weit aufgerissenen Augen anzustarren, und der Schlag in ihre Magengrube, der sie ins Zimmer schleuderte und ihr die Luft nahm, hinderte sie am Schreien. Sie fiel polternd auf den Holzfußboden und stöhnte wie ein Tier in der Falle, das nicht mehr hoffte, sich befreien zu können. Er drehte sich um seine Achse, hob einen Fuß und trat die Tür hinter sich zu, wobei er sich so anmutig vorkam wie eine Tänzerin aus dem Ballett des *Fenice.*

Sie lag auf dem Fußboden und hatte sich instinktiv zur Seite gedreht. Jetzt konnte er ihre Angst riechen – ein säuerlicher Schweißgeruch, der sich mit dem Duft des Veilchenparfums vermischte, das sie benutzte. Sie keuchte leise, aber solange sie nicht schrie, würde niemand sie hören. Einen kurzen Augenblick erwog er, mit ihr zu reden, doch dann erinnerte er sich, warum er gekommen war.

Er ging in die Knie und zog das Messer aus seinem Gürtel. Da zu befürchten stand, dass sie kreischen würde, wenn er ihr den Kopf nach hinten bog, um an ihre Kehle zu kommen, stieß er das Messer einfach in ihren Rücken. Dann drehte er sie um und riss ihr Kleid auf. Er legte seine Hand auf ihre Brust und spürte drei Herzschläge, unregelmäßig und schwach, wie Fische, die am Ufer zappeln. Als seine Daumen ihre Kehle zusammenpressten, um ihr den Rest zu geben, hörte er ein Geräusch an der Tür.

Der Hof war kleiner, als sie erwartet hatte, ein längliches Viereck, umschlossen von hohen Fassaden, in denen ein paar erleuchtete Fenster zu sehen waren. Vor einer der Wände zeichnete sich undeutlich ein zweirädriger Wagen ab, wie Gemüsehändler ihn benutzen, daneben standen ein paar Fässer.

Das Mädchen humpelte keuchend zu der Tür auf der gegenüberliegenden Seite des Hofes, riss sie auf und stand in einem durch eine Ölfunzel spärlich erleuchteten Gang. Bevor ihre Netzhaut etwas registrierte, roch sie das Wasser am Ende des Flurs, den unverkennbaren Geruch faulenden Seetangs, der ihr lakonisch mitteilte, dass der Flur an einem Wassertor endete und sie in der Falle saß. Hastig wich sie weiter in den Gang hinein, stieß im Dunklen mit der Hüfte an eine Klinke und drückte sie ohne nachzudenken nach unten. Die Tür ging widerstandslos auf. Sie schlüpfte in die Wohnung, ließ die Tür hinter sich in das Schloss gleiten. Noch während sie sich umdrehte, schloss sie die Augen, um zu lauschen.

Schritte kamen näher, bewegten sich polternd den Flur hinunter. Sie hörte, wie vier schwere Stiefel einen Moment lang am Wassertor verharrten und auf dem Rückweg wieder eine Armeslänge von ihrem klopfenden Herzen entfernt vorbeiliefen.

Das Mädchen ließ seine Stirn an die Tür sinken und holte tief Luft. Sie bemerkte, wie sich ihre Angst bereits in Befriedigung darüber verwandelte, dass es ihr gelungen war zu entkommen. Als sie kurz davor war, in albernes Kichern auszubrechen, hörte sie hinter sich ein Klirren und wirbelte herum.

Drei Schritte von ihr entfernt auf dem Fußboden hockte ein Mann. Da das Licht der Petroleumlampe von hinten auf ihn fiel, lag sein Gesicht im Schatten. Aber der Schatten erstreckte sich nicht so weit, dass man die Frau hätte übersehen können, die vor ihm auf dem Rücken lag. Ihr Gesicht war im Schein der Lampe gut zu erkennen. Sie hatte ihren Kopf ein wenig zur Seite geneigt, und das Mädchen konnte ihre Augen sehen, die aufmerksam an die Decke starrten, obwohl klar war, dass sie nichts sahen und auch nie wieder etwas sehen würden. Der Mund der Frau war weit aufgerissen, wie ein sperrangelweit geöffnetes Tor, und ihr Gesicht drückte noch im Tod grenzenloses Erschrecken aus.

Sie machte unwillkürlich einen Schritt zurück, stieß hart an die Tür, schrie aber nicht.

Vermutlich, dachte sie später, war es das, was ihr das Leben rettete. Ihr Schweigen brachte ihn aus dem Konzept. Er wandte nur kurz den Kopf nach links, hob etwas Metallisches vom Fußboden und schob es in seinen Gürtel. Ganz kurz sah sie dabei sein Gesicht – ein hageres Gesicht mit auffälligen, buschigen Augenbrauen.

Dann stand der Mann auf und schlug seinen Mantel zu. Sie konnte seine Augen nicht erkennen, aber als er den Zeigefinger seiner rechten Hand auf seine Lippen legte, spürte sie, dass er sie fragend ansah. Sie nickte mechanisch, und für die Dauer eines Lidschlages hatte sie das Gefühl, als sei etwas Fremdes in sie eingedrungen – nicht in ihren Körper, aber in ihren Verstand. Er steuerte hinkend auf die Tür zu, und sie wich zur Seite. Als er an ihr vorbeikam, hob er den Arm. Ob diese Geste sein Gesicht verdecken oder aber einen zynischen Gruß bedeuten sollte, blieb offen.

Eine Stunde später – inzwischen war es kurz nach Mitternacht – stand sie auf der Riva degli Schiavoni und sah zu, wie die *Erzherzog Sigmund,* die neun Stunden später in Triest eintreffen würde, sich langsam vom Kai löste und ihren Bug schwerfällig zum offenen Wasser hin schwenkte. Die Bewegung der riesigen Schaufelräder wurde schneller, schaumige Wirbel bildeten sich an beiden Seiten des Schiffes, und die Petroleumlampen am Heck setzten funkelnde Lichter auf die Schleppe aus weißem Wasser, die der Raddampfer hinter sich herzog.

Dass sie den hinkenden Mann vom Rio della Verona vor ein paar Minuten noch einmal gesehen hatte, war erst in ihr Bewusstsein gedrungen, als der Bursche bereits das Deck der *Erzherzog Sigmund* betreten hatte – als letzter Passagier, denn unmittelbar danach begann das Ablegemanöver des Dampfers. Ihr Schock war umso größer, als sie sich, seit sie die Wohnung am Rio della Verona verlassen hatte, immer wieder dieselbe Frage gestellt hatte: War dies alles tatsächlich geschehen, oder hatte es sich lediglich um einen üblen, wenn auch äußerst realistischen Traum gehandelt? Auf dem Weg zur Piazza San Marco war ihr Verstand (oder das, was noch von ihm übrig war) zwischen diesen beiden Möglichkeiten hin- und hergependelt wie eine Kompassnadel in einer Landschaft, in der es zu viele Mineralvorkommen gibt. Und vermutlich, dachte sie, hatte die Nadel, als sie den hinkenden Mann auf der Gangway entdeckte, gerade in Richtung Traum gezeigt.

Jedenfalls hatte der Bursche kein Gepäck bei sich gehabt. Das konnte bedeuten, dass er in Venedig zu Hause war und lediglich für einen kurzen Besuch nach Triest fuhr – also zurückkommen würde. Dann könnte es gefährlich sein, ihm wieder zu begegnen. Allerdings war auch denkbar, dass es sich bei dem Mann um einen Fremden handelte, dessen Gepäck bereits vorher auf die *Erzherzog Sigmund* gebracht worden war. Schließlich hatte er etwas anderes zu tun gehabt, als sich persönlich um seine Koffer zu kümmern. Richtig?

Die *Erzherzog Sigmund,* deren Lichter jetzt langsam im nächtlichen Dunst verschwanden, ließ kurz ihr Nebelhorn ertönen und scheuchte ein halbes Dutzend Möwen auf, die sich auf dem Geländer des Anlegers niedergelassen hatten. Die Möwen flogen alle im selben Moment auf, und ihre Schwingen flatterten wie Laken auf der Wäscheleine. Ein Windstoß wehte ihr Haar zurück, und sie konnte den bevorstehenden Regen in der Luft riechen.

Sie drehte sich langsam um und spürte auf einmal, wie sich ihre Finger immer noch um den kleinen Gegenstand krampften, den sie in der Wohnung aufgehoben hatte. Es handelte sich um ein goldenes Medaillon, eine kleine ovale Kapsel, die das Bild eines bärtigen Mannes enthielt. In ein paar Wochen, dachte sie, wenn Gras über die Angelegenheit gewachsen wäre, würde sie das Bild wegwerfen und das Medaillon verkaufen. Sie war sich ganz sicher, dass sie einen guten Preis dafür erzielen würde.

2

Der Traum kam gewöhnlich im Morgengrauen – alle intensiven Träume, so war sein Eindruck, kamen im Morgengrauen. In seinem Traum lag die Stadt, durch die sich der

Katafalk mit dem kaiserlichen Leichnam bewegte, meist unter einer Dunstglocke von Ruß und Nebel, und wenn die Sonne schien, was selten vorkam, dann war sie so klein und trübe wie eine angelaufene Kupfermünze. Jedes Mal, wenn der Zug der schwarzen Pferdewagen vor der Hofkirche zum Stehen kam, fühlte er sich schuldig.

Er hatte diesen Traum zum ersten Mal im April des Jahres 1859 geträumt, als ihn sein kaiserlicher Bruder von einem Tag auf den anderen als Generalgouverneur von Venetien-Lombardien abgesetzt hatte. Seitdem träumte er ihn alle drei Monate, immer den gleichen Traum, mit kleinen, unbedeutenden Variationen. Manchmal schneite es, anstatt zu regnen, und oft war der Schnee dann voller Blut. Das war eine Variante des Traumes, die er hasste und die ihm die Befriedigung darüber, dass er jetzt seinen Bruder als Souverän des Habsburgerreiches abgelöst hatte, vergällte. Aber es gab auch andere Varianten dieses Traums – Varianten, die er liebte.

In der schönsten Variante (die nie über seine Lippen gekommen wäre, selbst wenn man ihn mit glühenden Kohlen und Skorpionen gefoltert hätte) stand er nach dem Begräbnis mit seiner Schwägerin Elisabeth in der Kapuzinergruft und spürte, wie der Stoff seiner Admiralsuniform den schwarzen Atlas ihres Trauerkleides berührte. Er rieb sich wie zufällig an ihrer Hüfte, während seine Hand, die sich tröstend um ihre schmale Taille gelegt hatte, langsam nach oben wanderte, um festzustellen, dass das Gerücht, das über Elisabeth im Umlauf war, zutraf. Seine Schwägerin trug tatsächlich kein Mieder. Und unter ihrem schwarzen Kleid hatte sie, wie er ein paar Minuten später feststellte, erstaunlich wenig an.

Am 3. Oktober 1863 erwachte Maximilian, Erzherzog von Österreich, kurz nach neun Uhr morgens aus dieser *speziellen* Variante seines Traumes und wäre am liebsten sofort wieder eingeschlafen. Diesmal war der Traum besonders intensiv gewesen.

Er legte den angewinkelten Arm an die Stirn und seufzte. Der Seufzer, den er von sich gab, war außerordentlich komplex, denn er enthielt nicht nur einen, sondern eine ganze Reihe von Gedanken. Einmal den Gedanken an die Freuden der Kapuzinergruft, dann den Gedanken an seine katastrophale Finanzlage und schließlich den Gedanken an das Programm des heutigen Tages, das zu bewältigen war.

Die mexikanische Delegation hatte sich für zwölf Uhr angesagt. Also blieben ihm fünf Stunden, um noch einmal seine Ansprache durchzugehen, mit seiner Gattin, der Erzherzogin Charlotte, ein spätes Frühstück einzunehmen und sich sorgfältig anzukleiden – womit sich bereits ein schwerwiegendes Problem stellte.

Sollte er die Uniform eines österreichischen Konteradmirals anziehen, zugehängt mit allen Orden, die ihm sein kaiserlicher Bruder verliehen hatte? Nein – denn im Grunde war er bereits kein österreichischer Konteradmiral mehr. Blieb also nur der Frack, was wiederum zu republikanisch aussehen würde. Immerhin hatte die mexikanische Delegation nicht die Absicht, ihn zum Präsidenten der Mexikanischen Republik zu machen, sondern zum Kaiser von Mexiko.

Maximilian schlug die Decke zurück, schob die Beine zur Seite und setzte sich vorsichtig auf der Bettkante auf. Merkwürdigerweise reagierte sein Körper auf die Verlagerung in die Senkrechte mit großer Gelassenheit. Kein plötzlicher Schwindelanfall, keine schlagartige Verwandlung seines Zimmers in ein rasendes Karussell – es passierte gar nichts. Er hatte nach den drei (oder vier?) Flaschen Tokajer, die er gestern Abend beim Kartenspiel getrunken hatte, einen dröhnenden Kater erwartet, aber jetzt fühlte er sich nur ein wenig benommen. Das war alles, und es konnte nur daran liegen, dass sich sein Organismus bereits den Anforderungen angepasst hatte, die sein hohes Amt bald an ihn stellen würde.

Kaiser von Mexiko! Maximilian hätte sofort zugegeben, dass sich dieser Titel ein wenig – nun ja, vielleicht auch mehr als nur ein wenig – nach Operette anhörte. Andererseits war nicht zu bestreiten, dass seine Situation hier in Europa mit jedem Tag unhaltbarer wurde. Seine Position als Konteradmiral der österreichischen Marine war ein Witz (die österreichische Marine selber war ein Witz) und einem Mann mit seinen Fähigkeiten völlig unangemessen. Ebenso unangemessen wie seine Apanage, die ihn (und oft mit beträchtlicher Verspätung) halbjährlich aus Wien erreichte. Seine Einkünfte betrugen einhundertfünfzigtausend Gulden im Jahr. Die Schulden, die er im Laufe der Jahre angehäuft hatte, schätzte er (leider hatte er ein wenig die Übersicht verloren) auf mindestens eine drei viertel Million. Und von den einhundertfünfzigtausend Gulden gingen bereits knapp sechzigtausend für Zinsen weg. Das alles war so ... erniedrigend.

Maximilian erhob sich schwankend, durchquerte sein Schlafzimmer mit dem schaukelnden Gang eines Matrosen, der nach langer Seereise wieder festen Boden unter den Füßen hat, und trat ans Fenster.

Über dem Meer, das direkt an die Felsen heranreichte, auf denen das Schloss Miramar erbaut worden war, lag immer noch eine morgendliche Dunstschicht, aber der Himmel war bereits vollständig klar. Zwei Fischerboote, die von Triest her kamen, bewegten sich langsam am Horizont, ihre Segel blitzten in der Sonne. Bald würde sich ein strahlend blauer Himmel über dem Golf von Triest wölben, und bei dem Gedanken, dass sein kaiserlicher Bruder gezwungen war, den größten Teil des Jahres im muffigen Schloss Schönbrunn zu verbringen, lächelte er.

Dann fiel sein Blick auf das aufwendig in

das Gestein gesprengte Hafenbecken und die beiden ägyptischen Marmorsphinxe, die die Einfahrt flankierten. Seine Miene verdüsterte sich schlagartig, als er an die Unsummen dachte, die allein die Anlage des Hafens verschlungen hatte. Tatsache war, dass Schloss Miramar mit Geld finanziert war, das er nicht besaß, und sein kaiserlicher Bruder ließ keine Gelegenheit aus, ihm diesen Umstand unter die Nase zu reiben.

So gesehen war es nur logisch, dass er, Maximilian, sofort elektrisiert gewesen war, als man ihm im September 1861 die mexikanische Kaiserkrone angeboten hatte. Er hatte nicht auf der Stelle zugesagt, das wäre voreilig gewesen, auch herrschte in der ehemaligen spanischen Kolonie immer noch ein gewisses Chaos. Doch nachdem es der französischen Invasionsarmee gelungen war, erst Puebla und dann Mexiko-Stadt von den Juaristas zurückzuerobern, hatte er seine Bereitschaft, die mexikanische Kaiserkrone anzunehmen, deutlich signalisiert. Mexiko! Ein Land mit fruchtbarer, tropischer Erde, einer (hatte ihm jemand erzählt) emsigen Bevölkerung und ein Land voller – Bodenschätze!

Maximilian (der an Cortez und Pizarro denken musste) schloss vor lauter Erregung die Augen, als er an die Bergwerke der Sonora dachte. Stollen voller Silber! Ungeheure Schätze, die nur darauf warteten, seine Schulden zu tilgen und sich später in zinnenbewehrte Schlösser und schimmernde Marmorgalerien zu verwandeln. Wenn sich die politischen Verhältnisse in Mexiko stabilisiert hatten, würde er Lizenzen erteilen und Provisionen kassieren. Beim Gedanken an die Provisionen straffte sich seine Gestalt. Er richtete sich auf. Seine Gesichtszüge wurden hart und würdevoll, und er schien um ein paar Zentimeter zu wachsen.

In dieser staatsmännischen Haltung (Maximilian hatte inzwischen beschlossen, die mexikanische Delegation in der Uniform eines ungarischen Pandurengenerals zu empfangen – eine Uniform, zu der ein Tigerfell gehörte und die den angemessenen Einschlag ins Phantastische hatte) traf ihn Schertzenlechner an. Sein Kammerdiener und Privatsekretär betrat kurz nach zehn Uhr das erzherzogliche Schlafzimmer. Auf dem Tablett, das er in den Händen trug, standen eine Tasse Milchkaffee und ein silberner Teller mit zwei Hörnchen.

Noch bevor Schertzenlechner das Tablett abgesetzt hatte, sah Maximilian in seinen Augen, dass er es getan hatte – und auch, dass er es ablehnen würde, ihm von den grausamen Einzelheiten zu berichten.

Das Schlimme war, dass es eine echte *affaire du cœur* gewesen war und dass er, Maximilian, das Mädchen zum Schluss tatsächlich geliebt hatte. Nicht nur wegen ihrer verblüffenden Ähnlichkeit mit seiner kaiserlichen Schwägerin, sondern weil sie nach zwei oder drei Monaten ihrer Bekanntschaft eine aufrichtige Zuneigung zu ihm entwickelt hatte. Das hatte ihn gerührt – umso mehr, als ihr damals noch nicht klar gewesen war, mit wem sie es zu tun hatte. Und als sie es erfuhr, machte es keinen Unterschied für sie. Doch spätestens zu dem Zeitpunkt, als die mexikanische Nationalversammlung ihn im Juni dieses Jahres zum Kaiser von Mexiko proklamiert hatte, lag es auf der Hand, dass er ihre Beziehung beenden musste. Ein Skandal hätte alles gefährden können.

Maximilian hatte lange überlegt, auf welche Weise er sich von ihr trennen sollte. Er war dann zu dem Schluss gekommen, dass ihm die Größe seiner Aufgabe (immerhin ging es um das Schicksal eines ganzen Kontinents) keine Gefühlsduseleien gestattete. Hier war eine radikale Lösung erforderlich gewesen, ein *staatsmännisches* Machtwort, das einen endgültigen Schlussstrich zog. Eine Lösung, die ausschloss, dass sie ihm nach der Trennung gefährlich werden konnte – notfalls auch eine brutale Lösung. Wenn er bereits zu einem so frühen Zeitpunkt sentimental wurde, hatte sich Maximilian gesagt, konnte er gleich einpacken ...

«Hat alles ...» Er brach ab, wich dem Blick Schertzenlechners aus und räusperte sich. «Ich meine, ist alles ohne Schwierigkeiten ...»

Schertzenlechner verneigte sich, ohne eine Miene zu verziehen. Er war ganz der pflichtbewusste Diener, der seinen Auftrag korrekt erfüllt hatte – obgleich dieser Auftrag den Rahmen seiner gewöhnlichen Pflichten ein wenig gesprengt hatte. «Es verlief alles zufriedenstellend, Majestät.»

Maximilian fand das Wort «zufriedenstellend» in diesem Zusammenhang geschmacklos. Andererseits sprach aus Schertzenlechners Verhalten die Härte, die in der momentanen Situation dringend erforderlich war, und einen Augenblick lang bewunderte er ihn. Dass Schertzenlechner ihn mit *Majestät* ansprach, war nicht korrekt, denn noch hatte er den mexikanischen Thron nicht bestiegen. Aber Maximilian korrigierte diese protokollarische Übertreibung nie. Er genoss es, wenn Schertzenlechner ihn so titulierte. Dann fühlte er sich jedes Mal so ... majestätisch.

Er seufzte und tunkte vorsichtig sein Hörnchen in den Milchkaffee, wobei er sich bemühte, nicht auf die weiße Tischdecke zu kleckern. Wenn Charlotte, seine Gattin und Tochter des Königs von Belgien, überraschend bei ihm aufkreuzte (womit man immer rechnen musste), würde sie die Flecken bemerken und ihn mit einem ihrer missbilligenden Blicke bedenken, die bei ihm immer Magenkrämpfe auslösten.

Maximilian biss von seinem Hörnchen ab und trank vorsichtig einen Schluck aus seiner Kaffeetasse. Dann fragte er, ohne Schertzenlechner in die Augen zu sehen: «Und sie hat keine Schwierigkeiten ...»

Schertzenlechner schüttelte den Kopf. «Nein, hat sie nicht.» Er entblößte seine Zähne zu einem unangenehmen Lächeln. «Es ging alles sehr schnell. Ich war höchstens fünf Minuten in ihrer Wohnung.»

«Und es hat Sie niemand gesehen? Kein Nachbar? Kein Passant?»

Schertzenlechner schüttelte den Kopf. «Es war so neblig, dass man kaum die Hand vor Augen erkennen konnte, Kaiserliche Hoheit.»

Maximilian machte immer noch ein skeptisches Gesicht. «Sie sind sicher, dass Sie keine Spuren hinterlassen haben?»

Schertzenlechner erneuerte sein Lächeln. «Ganz sicher.»

«Ich kann es mir nicht leisten, kompromittiert zu werden. Nicht im Moment.»

«Ich weiß, Majestät.»

Maximilian stieß ein heiseres Räuspern aus. Er fühlte sich auf einmal völlig erschöpft. «Die Geier kreisen überall.»

Schertzenlechner verbeugte sich. «Gewiss.»

Bei dem Wort «Geier» musste Maximilian wieder an Mexiko denken und daran, wie er und das Mädchen hin und wieder über die

Möglichkeit nachgedacht hatten, sie mit in seine neue Heimat zu nehmen. Doch anstatt ein Schiff in die Neue Welt zu besteigen und sich dort dank kaiserlicher Huld (sie hatten scherzhaft darüber gesprochen) in eine Gräfin von Guadalajara zu verwandeln, hatte ihr das Schicksal ein ganz anderes Los zugewiesen. Nein – korrigierte er sich. Es war nicht das Schicksal, das ihr dieses Los zugewiesen hatte. Er selber, sein eigener Befehl, hatte dazu geführt, und er konnte nur hoffen, dass …

Maximilian schloss die Augen und spürte, wie die Panik mit unzähligen kleinen Rattenzähnen an seinem Verstand zu nagen begann. Die Geier, die ihn eben noch an ein raues Märchenland erinnert hatten, kreisten jetzt lauernd über ihm – vor einem Himmel, der aussah wie ein blutgetränkter Vorhang.

Das Bild vor seinem inneren Auge war so intensiv, dass Maximilian unwillkürlich die Lider öffnete und einen erschrockenen Blick an die Decke warf. Aber da hing nur der gläserne venezianische Kronleuchter – eine mit viel Geschmack ausgewählte Kostbarkeit aus dem *settecento*, die ihn ein kleines Vermögen gekostet und zu einem unangenehmen Gespräch mit seinem Bruder geführt hatte.

Als Maximilian, Erzherzog von Österreich, sich kurz nach zwölf in die Empfangsräume des Schlosses Miramar begab und ihm die Hochrufe der mexikanischen Delegation entgegenschallten (ein paar Mexikaner trugen tatsächlich Sombreros und sahen aus wie Statisten in einer Offenbach-Operette), war ihm schlecht. Sein Magen, von dem er geglaubt hatte, er hätte die letzte Nacht gut überstanden, lag wie ein Wackerstein in seinem Körper und gab beunruhigende, kollernde Geräusche von sich. Eigentlich hatte er vorgehabt, den großen Salon im Erdgeschoss blitzenden Auges und federnden Schrittes zu betreten. Stattdessen stellte es sich als schwierig heraus, einen Fuß vor den anderen zu setzen, ohne dass seine Beine hoffnungslos durcheinandergerieten.

Seine spanische Ansprache litt darunter, dass er – ohne es zu merken – partienweise ins Italienische verfiel und plötzlich in den Text seiner Standardansprache an die Seekadetten geriet. Der allgemeine Eindruck war der, dass der zukünftige Kaiser von Mexiko bereits jetzt die Last der Krone spürte, die alsbald auf seinem Haupt ruhen würde. Das trug ihm viel Sympathie ein.

Außerdem wurde die Uniform eines ungarischen Pandurengenerals aufrichtig bewundert. Maximilian spürte es an der Art, wie die rollenden Augen seiner mexikanischen Untertanen auf seinem goldbordierten, von einem roten Federbusch überragten Dreimaster ruhten. Speziell das um die Schulter geschlungene Tigerfell brachte ihm großen Respekt ein. Die Uniform war – militärisch gesprochen – ein Volltreffer.

3

«Maximilian hat *was* getragen?», fragte Tron.

Er saß am Fenster und bewunderte die Selbstverständlichkeit, mit der die Fenster im Palazzo der Principessa di Montalcino den Regen zurückhielten, der gegen die Scheiben trommelte. Wenn es stark regnete, musste man im Palazzo Tron mit Eimer und Lappen hantieren – dann leckte der Palazzo wie ein geflickter Kessel.

«Die Uniform eines ungarischen Pandurengenerals», sagte die Principessa. «Mit einem Tigerfell über der Schulter.»

Sie hatte es sich auf ihrer Récamiere bequem gemacht, und in ihrem schlichten Hauskleid erinnerte sie Tron an Canovas Skulptur von Joséphine de Beauharnais. Als einziges Schmuckstück trug die Principessa eine Brosche mit einem Smaragd, der fast dieselbe Farbe hatte wie ihre Augen.

Tron beugte sich in seinem Sessel nach vorn. «Ein Tigerfell?»

«Das Fell gehört zur Uniform.»

«Hat das nicht albern ausgesehen?»

Die Principessa zog die Augenbrauen hoch. «Absolut nicht. Die mexikanische Delegation war tief beeindruckt.»

Sie wandte ihr Gesicht dem äthiopischen Diener zu, der mit frischem Kaffee auf der Schwelle des Salons erschienen war, und gab Tron die Gelegenheit, ihr perfektes Profil zu bewundern. Der Diener trug Pluderhosen und einen Turban, im Gürtel einen Krummdolch. Kein Wunder, dachte Tron, dass die

Principessa Uniformen mit Tigerfell für normal hielt.

«Stell ihn auf den Tisch, Moussada», sagte die Principessa.

Hatte sie ihn jetzt *Moussada* oder *Massouda* genannt? Tron fand, dass die äthiopischen Diener der Principessa alle ziemlich ähnlich aussahen. War das derselbe Diener, der vor zehn Minuten die Vorhänge geöffnet hatte? Aber der hatte, soweit sich Tron erinnerte, einen grünen Turban getragen, und dieser Turban hier war rot. Dann gab es noch den Diener mit blauem Turban, der vor einer halben Stunde die Post in den Salon gebracht hatte. Zu dem hatte die Principessa vorhin *Wassouda* gesagt – oder *Woussada*?

Tron seufzte. Das alles war genauso verwirrend wie der obszöne Luxus, der im Palazzo Balbi-Valier herrschte. Der Salon der Principessa war reinstes *settecento* – in seiner schlichten Hausjacke, ohne Kavaliersdegen und Schnallenschuhe, kam er sich immer falsch angezogen vor. Bei den Möbeln handelte es sich um kostbare, in Paris ersteigerte Einzelstücke, und an den Wänden hingen, Rahmen an Rahmen, Originale von Guardi, Tiepolo und

Piazzetta – Gemälde, nach denen sich Trons Freund Alphonse de Sivry, der an der Piazza ein Antiquitätengeschäft betrieb, die Finger geleckt hätte. Allerdings war es unwahrscheinlich, dass die Principessa ihre Bilder jemals würde verkaufen müssen. Dafür liefen ihre Geschäfte – Glas, Getreide, Bergbau – zu gut.

«Ich habe immer noch nicht verstanden, was du auf dem Empfang der mexikanischen Delegation wolltest», sagte Tron, nachdem der Diener den Salon verlassen hatte.

«Maximilian braucht dringend ausländisches Kapital», sagte die Principessa. Wie immer, wenn sie über Geld sprach, klang ihre Stimme kühl und distanziert. «Außer mir war auch ein Vertreter des Wiener Bankvereins auf dem Empfang. Ihm hat das Tigerfell nicht gefallen, aber die Mexikaner waren begeistert. Der Tiger ist der König des Dschungels. Das Tier, das alle anderen Tiere beherrscht.»

«Jeder Esel kann sich ein Tigerfell umhängen.»

«Nicht jeder Esel kommt auf den Gedanken. Wir schicken ganze Schiffsladungen Glas nach Amerika, und unser Glas ist nicht besser als das, was sie in Baltimore oder in Boston herstellen. Aber wir vertreiben unser Glas in Schachteln, auf denen in großen Buchstaben *VENEZIA* steht. Wir verkaufen nicht nur den Inhalt, sondern auch die Verpackung.»

«Und genauso ist das mit Maximilians Uniform?»

«Maximilian weiß, was die Mexikaner erwarten, und das gibt er ihnen.»

«Mit einem Tigerfell über der Schulter.»

«Über das nach seiner Ansprache alle geredet haben, was Maximilian vermutlich beabsichtigt hatte. Er kam nicht in die Verlegenheit, sich über sein politisches Programm äußern zu müssen – woher das Geld für eine eigene mexikanische Armee kommen soll, beispielsweise, und wie er es mit den Kirchengütern halten wird, die Benito Juárez konfisziert hat. Der Erzherzog ist ein Liberaler. Aber nach Mexiko geht er als Galionsfigur der Konservativen. Er muss also lavieren.»

«Hattest du Gelegenheit, ihn zu sprechen?»

«Ich bin ihm vorgestellt worden. Er hat sich gleich nach dir erkundigt. Seine Schwägerin Elisabeth hat offenbar ein Loblied auf dich gesungen. Er wollte wissen, ob du immer noch im Amt bist.»

Tron hob die Augenbrauen. «Gab es einen Grund für diese Frage?»

«Vermutlich wollte er dem Gespräch eine persönliche Note geben.»

«Weiß der Erzherzog, dass wir verlobt sind?»

«Er weiß nur, dass wir uns kennen.»

«Dann hat zumindest *er* sich also nicht nach einem Heiratstermin erkundigt.»

«Aha. Hat deine Mutter wieder eine Bemerkung gemacht?»

«Allerdings.»

«Was hast du geantwortet?»

«Das Übliche. Dass du erst nach deiner Geschäftsreise nach Wien über einen Termin für unsere Hochzeit nachdenken kannst. Dass die neue Glaskollektion für den Verkauf in Frankreich so wichtig ist, dass du nach Paris musst: Das hört sich die Contessa jetzt schon über ein Jahr an. Sie fragt sich natürlich, ob wir ...»

«Uns noch lieben?»

Tron nickte.

«Du inzwischen auch?»

«Ich bin nicht egozentrisch genug, um kein Verständnis für dein Zögern zu haben. Du brauchst freien Raum um dich herum, und einen Teil dieses Raumes würdest du an mich abgeben müssen, wenn wir verheiratet wären. Aber es gibt noch einen anderen Grund, weswegen ich dich nicht dränge.»

«Welcher?»

Tron zögerte ein paar Sekunden. «Dein Geld. Du kennst den Zustand, in dem der Palazzo Tron ist. Es finden jede Menge Heiraten in Venedig nur des Geldes wegen statt.»

«Reizt es dich nicht, mit der Polizeiarbeit aufzuhören und dich ganz dem *Emporio della Poesia* zu widmen? Du beschwerst dich doch immer darüber, dass du als Herausgeber nicht genug Zeit hast.»

«Ich würde nicht aufhören zu arbeiten, wenn ich Geld hätte. Ohne die Polizeiarbeit würde ich mich vermutlich den ganzen Tag mit dem *Emporio della Poesia* beschäftigen und langsam die Bodenhaftung verlieren.»

«Es gibt noch andere Möglichkeiten, nicht die Bodenhaftung zu verlieren. Erinnerst du dich an mein Angebot, den Vertrieb innerhalb der Monarchie zu übernehmen?»

«Das liegt mir nicht.»

«Du redest, als wollte ich dich mit einem Musterkoffer auf die Reise schicken.»

«Du wirst mich nirgendwohin schicken. Ich habe die Absicht, auch weiterhin jeden Morgen in die *questura* zu gehen. Mein Gehalt reicht mir.»

«Wenn dein Gehalt reichen würde, müsstet ihr euch nicht alle sechs Monate von Teilen eures Inventars trennen. Irgendwann ist das letzte Bild und die letzte Kommode verkauft. Was macht ihr dann? Den Palazzo verhökern?» Die Principessa sah Tron einen Augenblick lang aufmerksam an. «Aber es geht nicht nur um die Bodenhaftung. Habe ich recht?»

Tron stellte fest, dass er es immer vermieden hatte, sich wirklich Rechenschaft darüber abzulegen, aus welchen Gründen er jeden Tag in die *questura* ging. Natürlich – da war das Geld, ohne das sie nicht über die Runden kamen. Das war ein Motiv, über das er nicht lange nachdenken musste. Und dass seine Arbeit auf der *questura* ihm dabei half, nicht den Kontakt zur Wirklichkeit zu verlieren, traf ebenfalls zu. Aber die Principessa hatte recht. Das war nicht alles.

Er wandte den Kopf zur Seite und blickte aus dem Fenster. Der Regen hatte ein wenig nachgelassen, aber er fiel immer noch so heftig vom Himmel, dass die Häuser auf der anderen Seite des Canalazzo in einem grauen Dunst verschwanden.

Tron sagte: «Es ist das Gefühl, etwas zu tun, dessen Wert nicht in Geld auszudrücken ist. Mich erschreckt die Vorstellung, den Palazzo Tron zu verkaufen, weniger als die Vorstellung, mich selber zu verkaufen.»

«Ist das auch ein Grund, aus dem du mich nicht zur Heirat drängst? Weil du das Gefühl hast, ich würde mir mit meinem Geld neben den Tiepolos und Piazzettas auch einen Tron zulegen wollen?»

«Das wäre dünkelhaft und arrogant.»

«Genau das wäre es. Aber eine Spur von Dünkel und Arroganz hast du, Tron. Nicht viel, aber eine Spur.»

«Vielleicht.»

Die Principessa lächelte. «Gib es zu.»

«Meinetwegen.» Tron erhob sich, umrundete den Tisch und beugte sich zu einem Kuss herab.

«Du musst gehen?»

Tron nickte. «Wir essen um eins. Alessandro hasst es, wenn ich unpünktlich bin.»

Sie sah ihm nach, wie er den Salon verließ und sich auf der Schwelle noch einmal lächelnd zu ihr umdrehte – ein schmaler, unauffällig wirkender Mann in einem schäbigen Gehpelz, der einen abgegriffenen Zylinderhut in der Hand hielt.

Als Trons Schritte im Vestibül zu hören waren, erhob sich die Principessa von ihrer Récamiere und ging zu dem kleinen Tischchen, auf dem der äthiopische Diener die Post deponiert hatte. Sie fand den Brief sofort, denn die Handschrift war unübersehbar. Beim flüchtigen Durchsehen des Stapels hatte ihr Herz vorhin einen Schlag lang ausgesetzt, aber Tron schien es nicht bemerkt zu haben.

Sie ging zu einem Konsoltisch, über dem ein riesiger Piazzetta hing, schenkte sich einen Cognac ein und kippte das Glas in einem Zug hinunter. Dann ließ sie sich wieder auf der Récamiere nieder und erbrach das Siegel. Sie hasste sich dafür, dass ihre Hände zitterten, als sie den Brief aufriss.

Der Brief bestand aus wenigen Zeilen und war in dem leicht ironischen Ton geschrieben, den er auch im Gespräch anschlug – ein Ton, der sie früher oft irritiert hatte. Er teilte ihr mit, dass er sich seit zwei Tagen in Venedig aufhielt. Er bedauerte, dass er keine Gelegenheit gehabt hatte, sie vorab von seinem Kommen zu unterrichten, aber er entschuldigte sich nicht dafür. Und er bat sie darum, ihn noch heute aufzusuchen. Als Adresse war ein Haus am Rio Madonna dell'Orto in Cannaregio angegeben.

Einen Augenblick verschwammen die Worte vor ihren Augen wie Gestalten, die man durch ein regengepeitschtes Fenster sieht. Sie musste daran denken, wie sie ihm, ebenso überraschend, wie sie jetzt sein Brief erreichte, in Paris im Salon der Herzogin von Berry begegnet war – ein Gespenst aus einer Vergangenheit, von der sie geglaubt hatte, sie längst hinter sich gelassen zu haben.

Die Principessa stand auf, ließ den Brief zu Boden flattern und trat ans Fenster. Der Regen hatte aufgehört, und eine unerwartete Helligkeit ließ die Goldfäden in den Brokatvorhängen aufschimmern. Von der Dogana her kam ein *sandalo,* bewegte sich langsam den Canalazzo herauf, und sie sah, wie der Mann an den Rudern gegen die Kälte und die Feuchtigkeit ankämpfte.

Sie ging zurück und betätigte den Klingelzug, der über ihrer Récamiere an der Wand befestigt war. Als der Diener eintrat, gab ihr der Klang ihrer eigenen Stimme ihre Sicherheit zurück.

«Sag Antonio, dass er meine Gondel fertig machen soll – sofort.»

4

«Wir könnten den Agnellis zum Jahresende kündigen. Dann wäre die oberste Etage frei», sagte die Contessa Tron.

Sie ließ diese Feststellung so in der Luft schweben wie die Kaffeetasse, die sie zwischen Daumen und Zeigefinger hielt. Mit ihren grauen Haaren und ihrem fließenden cremefarbenen Kleid, das ihre natürliche Eleganz unterstrich, wirkte sie ausgesprochen distinguiert.

Genauso distinguiert, dachte Tron, wie die *sala degli arazzi*, das Gobelinzimmer des Palazzo Tron, in dem seine Mutter gerne speiste, solange es die Temperaturen zuließen. Auf den ersten Blick erweckten der kostbare Tafelaufsatz und die silbernen Kerzenleuchter den Eindruck einer üppigen Tafel – in Wahrheit aber hatte es zähe Koteletts gegeben, davor eine säuerliche Fischsuppe, in der lauter Gräten schwammen, die groß genug waren, um sie Dracula ins Herz zu rammen. Alessandro hatte in Livree und weißen Servierhandschuhen bedient und sich, nachdem er den Kaffee gebracht hatte, in die Küche zurückgezogen.

«Natürlich nicht für mich», fuhr die Contessa fort. «Das sind zwei Treppen mehr, und ich bin nicht mehr die Jüngste.»

Tron hob den Kopf und riskierte einen Blick zur gegenüberliegenden Seite des Esstisches. Die Contessa hatte die Kaffeetasse abgesetzt und griff nach der Grappaflasche, um ihren Kaffee großzügig aufzuhübschen. Tron wusste, was sie gleich sagen würde. Nämlich, dass das Obergeschoss des Palazzo Tron für ihn und die Principessa genau das Richtige sei.

«Aber für euch ist das Obergeschoss ideal.»

Na bitte – fast wörtlich. Die Contessa führte die Tasse zum Mund, nahm einen kräftigen Schluck und lehnte sich heftig ausatmend zurück. Ihre Augen glänzten wie poliertes Silber.

Tron schätzte, dass ihr Kaffee inzwischen zur Hälfte aus Grappa bestand.

«Ich glaube, dass es noch ein bisschen zu früh ist, um zu entscheiden, wo wir wohnen werden», sagte Tron.

«Ich frage mich, was es da zu entscheiden gibt.»

«Maria könnte es vorziehen, woanders zu wohnen.»

Die Contessa wischte Trons Einwand vom Tisch. «Als deine Frau wird sie selbstverständlich hier wohnen. Da kann ich sie unter meine Fittiche nehmen. Ihr einen gewissen gesellschaftlichen Schliff geben.»

«Hast du den Eindruck, dass sie den benötigt?»

«Es sind die kleinen Dinge, die zählen.»

«Wir haben über alles das noch nicht gesprochen», sagte Tron.

«Es gibt auch keinen Grund, über Selbstverständlichkeiten zu sprechen. Allerdings weiß man bei der Principessa nie.» Der Seufzer der Contessa klang resigniert; es war der Seufzer einer Märtyrerin.

«Wie meinst du das?»

«Sie könnte auf den Gedanken kommen,

dass du zu ihr in den Palazzo Balbi-Valier ziehst.»

Tron nickte. «Auf den Gedanken könnte sie kommen.»

«Dann wirst du eben ein Machtwort sprechen, Alvise.»

«Die Vorstellung, dass ich der Principessa gegenüber von einem Machtwort Gebrauch machen könnte, ist lächerlich.»

«Willst du damit andeuten, dass sie den Willen ihres Gatten nicht respektiert?»

«In dem Umfang, in dem ich auch *ihren* Willen respektiere, sicherlich.»

«Das ist keine klare Antwort.»

«Auf diese Frage gibt es keine klare Antwort.»

«Und diese Tätigkeit, der die Principessa nachgeht? Habt ihr darüber schon ein Gespräch geführt?»

«Ich verstehe nicht ganz, was du meinst.»

«Der Platz einer Frau ist im Haus, Alvise. Und hier im Palazzo Tron wird genug zu tun sein. All die Gesellschaften, die wir geben werden! Ich könnte *zwei* Maskenbälle in der Saison veranstalten! Nicht, dass *ich* alles bestimmen werde. Die Principessa darf ruhig ihre eigenen

Vorschläge machen. Sie sollte sich natürlich darüber im Klaren sein, dass sie noch einiges zu lernen hat. Immerhin kommt sie aus ...»

Die Contessa unterbrach sich, um einen weiteren Schluck von ihrem aufgehübschten Kaffee zu trinken. Gleich würde sie eine schwungvolle Bemerkung über die *bescheidenen Verhältnisse* machen, denen die Principessa entstammte.

«... relativ bescheidenen Verhältnissen», vollendete die Contessa den Satz.

Na bitte. Wieder fast ein Volltreffer. Tron unterdrückte den Impuls, seinen Kaffee ebenfalls aufzuhübschen. Er sagte: «Ich bezweifle, dass die Principessa die Absicht hat, sich aus ihren Geschäften zurückzuziehen, wenn wir geheiratet haben.»

«Als Contessa Tron? Hast du dir überlegt, in welches Licht dich das setzen würde?»

«Maria hat in den letzten zwei Jahren vor dem Tod des Fürsten dessen Geschäfte ganz allein geführt. Ohne dass sich der Fürst dadurch in seinem Ansehen beeinträchtigt sah.»

Die Contessa spitzte die Lippen. «Ich glaube nicht, dass man die Montalcinos mit den Trons vergleichen kann.» Wie immer klang der

Name Montalcino aus ihrem Mund in etwa so wie *Mülleimer* oder *Schweinepest.*

«Du meinst, bei den Montalcinos kommt es nicht so darauf an.»

«So deutlich wollte ich es nicht ausdrücken.»

«Mich würde es nicht stören, wenn Maria weiterhin ihren Geschäften nachgeht. Schließlich mache ich dasselbe.»

Die Contessa ließ die Tasse sinken, die sie eben hatte zum Mund führen wollen. «Willst du damit sagen, dass du auch nach deiner Heirat weiterhin in die *questura* gehen wirst?»

«Ich würde es nicht ausschließen.»

«Und die gesellschaftlichen Verpflichtungen, die mit deiner Heirat auf dich zukommen? Die Bälle, Diners und Empfänge? Ich könnte dir allerdings einen Großteil der organisatorischen Arbeit abnehmen. Und die Principessa kann gern assistieren.»

«Da wird sie sich freuen.»

«Kann sie auch», sagte die Contessa, der Trons Ironie vollständig entging.

«Aber das alles ist im Moment wirklich nicht spruchreif.»

Die Contessa runzelte die Stirn. «Was soll das heißen?»

«Dass es schwierig sein wird, vor Weihnachten einen Hochzeitstermin festzulegen. Maria ist sehr beschäftigt.»

«Eigentlich bin ich davon ausgegangen, dass ihr noch in diesem Jahr heiratet.»

«Im Moment sieht es nicht danach aus.»

«Das wäre sehr unangenehm für mich.»

«In welcher Hinsicht?»

«Nun, ich habe ... Gespräche geführt.»

«Gespräche?»

«Es geht um den Palazzo, Alvise. Bei Widmanns *tropft* es nicht nur in die Zimmer. Wenn es draußen regnet, dann regnet es auch drinnen. Das ganze Dach müsste neu gedeckt werden. Und der Putz zum Rio Tron hin ist praktisch nicht mehr vorhanden. Bei jedem Regenguss dringt Wasser in die Mauern. Wasser, das im Winter nicht mehr trocknet. Hast du mal die Gobelins angefasst?»

«Nein.»

«Die Gobelins sind klamm, Alvise. Feucht.»

«Und?»

«Das bedeutet, dass wir mit den Arbeiten nicht länger warten dürfen.»

Tron seufzte. Als ob er das nicht wüsste. «Und deswegen hast du *Gespräche* geführt?»

Die Contessa nickte. «Gespräche, die sehr befriedigend verlaufen sind.»

«Ich kann dir nicht ganz folgen.»

«Mit der *Banco di Verona*. Mit einem sehr entgegenkommenden Herrn, der mir heute ein Protokoll unseres Gespräches zugeschickt hat.» Der leicht gekränkte Blick der Contessa besagte, dass sie mindestens ebenso viel Entgegenkommen auch von Tron erwartete.

«Was hat das alles mit dem Heiratstermin zu tun?»

«Am besten, du liest selbst.» Sie schob den ominösen Briefumschlag über den Tisch, der die ganze Zeit neben ihrem Teller gelegen hatte.

Tron öffnete den Umschlag und überflog das kurze Protokoll. Als er die Seite zu Ende gelesen hatte, fing er noch einmal von vorne an. Aber die Buchstaben veränderten sich ebenso wenig wie die Wörter und der Sinn, den sie ergaben. Er legte den Bogen vorsichtig auf den Tisch zurück, so als wäre er aus Glas. Dann strich er behutsam das Papier glatt, das sich ein wenig wölbte, und bewunderte seine Selbstbeherrschung. Er sagte: «Ich weiß nicht, ob es klug war, das eine mit dem anderen zu verknüpfen.»

«Es erschien mir angemessen, darauf hinzuweisen.»

«Die *Banco di Verona* ist die Hausbank der Principessa.»

Die Contessa hob die Augenbrauen. «Was ist daran so schlimm?»

«Maria wird von dem Gespräch, das du geführt hast, erfahren», sagte Tron. «Ist dir klar, dass mich das in ein unmögliches Licht setzt?»

Die Contessa musterte Tron über den Rand ihrer Kaffeetasse hinweg. Dann sagte sie: «Etwas ganz anderes setzt dich in ein unmögliches Licht, Alvise.» Als Tron schwieg, wanderten ihre Augen zur Decke und signalisierten, dass es sie Mühe kostete, sich bei so viel Unverständnis zu beherrschen. «Hat die Principessa nun deinen Heiratsantrag angenommen oder nicht?»

«Ja, das hat sie.»

«Dann ist sie damit auch eine Verpflichtung eingegangen.»

«Wenn du es so sehen willst.»

«Siehst du es anders?»

«Ich sehe, dass es eine ganze Reihe von Gründen gibt, die ihr die Entscheidung, mich zu heiraten, nicht leichtmachen.»

«Und die wären?»

«Vielleicht hat sie den Eindruck, in Verhältnisse zu geraten, die ihr nicht zusagen.»

«In welche Verhältnisse, wenn ich fragen darf? Und in welcher Hinsicht?»

«In Verhältnisse, in denen man Zweifel an ihrem gesellschaftlichen Schliff hegt.»

«Entschuldige, wenn mir die eine oder andere Kleinigkeit an der Principessa aufgefallen ist. Aber offenbar siehst du das anders.»

«Maria hat in den zwei Jahren, die sie in Paris verbracht hat, fast täglich im Tuilerienpalast verkehrt. Die Vorstellung, dass sie in Fragen des gesellschaftlichen Schliffs Nachholbedarf hat, ist lachhaft.»

«Weil das Fräulein aus Gambarare zwei Jahre am Hof dieses Parvenüs verkehrt hat? *Das* ist lachhaft, Alvise.»

Tron zuckte mit den Achseln. «Bezeichne Napoleon, wie du willst. Jedenfalls ist Paris eine Weltstadt, was man von Venedig nicht behaupten kann. Es war nicht leicht für Maria, sich wieder an die Enge hier zu gewöhnen.»

«Willst du damit andeuten, dass ich ihr zu provinziell bin?»

«Maria ist viel zu taktvoll, um dergleichen auch nur anzudeuten.»

«Aber du kannst ihre Gedanken lesen.»

«Das ist gar nicht nötig. Um zu verstehen, dass Maria mit der Heirat zögert, ist es völlig ausreichend, dich reden zu hören.»

«Soll das heißen, dass *ich* daran schuld bin, wenn sie dich nicht heiraten will?»

«Ich könnte mir vorstellen, dass du in ihren Erwägungen eine Rolle spielst.»

Das Lächeln, das die Contessa über den Tisch schickte, hätten die Steinmetze von Stonehenge nicht besser meißeln können. «Wenn du dich da mal nicht über ihre wahren Beweggründe täuschst.»

«Ich glaube nicht, dass mich deine Spekulationen über ihre wahren Beweggründe interessieren.»

«Die Principessa ist jung, und sie ist schön», sagte die Contessa langsam. «Und bei ihrer Tätigkeit, in der sie so aufgeht, hat sie in der Regel mit Männern zu tun.» Sie lehnte sich kampfbereit über den Tisch. «Oder sehe ich das falsch?»

«Das siehst du richtig.»

«Nun, vielleicht zögert sie deshalb mit

der Heirat, weil sie inzwischen die Bekanntschaft ...»

Tron erhob sich so abrupt, dass er hart gegen den Tisch stieß. Seine Kaffeetasse kippte um, und ihr Inhalt ergoss sich auf die Tischdecke, während hinter ihm plötzlich die Tür ging und eine leicht aufgeregte Stimme sagte: «Conte Tron?»

Tron fuhr herum und erblickte Alessandro auf der Schwelle zum Gobelinzimmer. Neben ihm stand ein uniformierter Mann, und weil er ihn nicht erwartet hatte, dauerte es ein paar Sekunden, bis Tron Sergente Bossi erkannte.

Der hatte einen roten Kopf, drehte aufgeregt den Helm in seinen Händen und warf scheue Blicke auf die Gobelins an den Wänden. «Es tut mir leid, ich ...» Der Sergente brach den Satz ab und wischte sich mit dem Handrücken über die Stirn, die jetzt wie ein Positionslicht leuchtete.

Tron musste unwillkürlich lächeln. «Was gibt es, Sergente?»

«Eine Frau.» Die beiden Silben tropften zäh wie Sirup von Bossis Lippen.

«Was ist mit der Frau?»

«Sie liegt in einer Wohnung am Rio della Verona, Commissario.»

«Und?»

«Die Nachbarn haben sie gefunden.»

«Reden Sie weiter, Sergente.»

«Sie wurde erstochen.» Bossi atmete rasselnd, so als wäre er soeben selbst Opfer eines Mordanschlags geworden.

Tron hob eine Augenbraue. «Haben Sie Dr. Lionardo schon benachrichtigt?»

Bossi nickte. «Er müsste bereits auf dem Weg sein.»

«Ist meine Gondel unten?» Womit selbstverständlich die Polizeigondel gemeint war, denn die Gondel der Trons war in der Regel der Contessa vorbehalten.

Sergente Bossi nickte stumm.

Tron setzte sich in Bewegung. «Alessandro?»

Aber der stand schon bereit und trat Tron einen Schritt entgegen. Über dem linken Arm hielt er den Gehpelz, in der rechten Hand Trons Zylinderhut und seinen Spazierstock aus Ebenholz – ein Geschenk der Principessa, ohne das Tron nie aus dem Haus ging.

Die Contessa blickte nur kurz auf, als Tron die *sala degli arazzi* verließ. Dann streckte sie die Hand nach dem Grappa aus. Der verschüttete Kaffee hatte einen braunen Fleck auf der Tischdecke hinterlassen, der aussah wie geronnenes Blut.

5

Kurz vor ein Uhr stieg die Principessa an der Westseite der Sacca della Misericordia aus ihrer Gondel und befahl dem Gondoliere zu warten. Es regnete kaum noch, aber mit dem Nachlassen des Regens war auch der Nebel zurückgekehrt. Er hing dicht und unbeweglich über dem Wasser und machte alles, was mehr als zwanzig Schritte entfernt war, praktisch unsichtbar – ein Effekt, den die Principessa unter diesen Umständen begrüßte.

Bevor sie den Palazzo Balbi-Valier verließ, hatte sie darauf geachtet, sich möglichst unauffällig anzuziehen. Sie trug ein braunes, am Hals durch eine Spange zusammengehaltenes Cape, darunter ein schlichtes Wollkleid. Ein Kopftuch verdeckte ihr Haar und einen Teil ihres Gesichts. Zwar hatte der kurze Brief sie nicht ausdrücklich um Diskretion gebeten, aber sie hielt es für besser, kein Risiko einzugehen.

Wie lange hatten sie einander nicht gesehen? Die Principessa überlegte kurz und stellte fest, dass seit seiner überstürzten Abreise aus Paris vier Jahre vergangen waren. Sie hatten sich damals nicht voneinander verabschiedet – die kurze Notiz, die sie am Tag nach seiner Abreise vorgefunden hatte, konnte man nicht als Abschied bezeichnen. Er war aus ihrem Leben gefallen – so sagte man wohl. Das Seltsame dabei war, dass sie damals froh darüber gewesen war – vielleicht weil sie gespürt hatte, dass er eine Gefahr für sie darstellte und – schlimmer noch – sie für ihn.

Sie folgte dem vom Nebel verschleierten Rio della Madonna dell'Orto, kam an heruntergekommenen Gebäuden vorbei (das nördliche Cannaregio war als Wohngegend nicht gerade *comme il faut*), und kurz nachdem sie die Kirche Madonna dell'Orto passiert hatte, sah sie das Haus und den Durchgang – genau so, wie er es beschrieben hatte. Der Durchgang war dunkel und roch nach Fisch. Auf der anderen Seite lag ein verwilderter Garten, durch den ein schmaler Pfad zu einer Holztür führte. Auch das entsprach seiner Beschreibung.

Als sie vor der Tür stand und vergeblich nach dem Klingelzug suchte, stellte sie fest, dass sie erhitzt und außer Atem war. Sie lehnte sich einen Moment an die steinerne Türeinfassung. Dann atmete sie tief durch und klopfte.

Er musste sie durch die geschlossenen Fensterläden bereits erspäht haben, denn unmittelbar nachdem sie geklopft hatte, schwang der Türflügel nach innen. Dann sagte eine Stimme, die härter und präziser klang als die Stimme, die sie in Erinnerung hatte: «Komm herein, Maria.»

Sie trat automatisch ein, brauchte ein paar Sekunden, um ihre Augen an das Dämmerlicht im Flur zu gewöhnen, bis sie sein Gesicht erkennen konnte. Es schien ihr hagerer geworden zu sein in den Jahren, in denen sie ihn nicht gesehen hatte. Die Linien zu beiden Seiten der Mundwinkel waren tiefer, und seine Augen, von einem hellen Blaugrau, lagen tief in einem gebräunten, wettergegerbten Gesicht. Er sah so aus – so *gut* aus – wie früher.

Aber etwas war ganz anders und zugleich

so offensichtlich, dass sie es auch im Halbdunkel des Flurs schwer übersehen konnte. Erstaunt trat sie einen Schritt zurück. Er trug einen Gehrock – einen dunkelbraunen, nach der letzten Mode geschnittenen Gehrock, ein Hemd und um den Kragen die übliche schwarze Schleife.

Sie schüttelte verwundert den Kopf. «Was hat der Gehrock zu bedeuten?»

Er lächelte. «Nichts. Eine reine Verkleidung.»

«Du bist immer noch ...?»

Er nickte, und seine Augenbrauen zuckten kurz nach oben, als wäre er erstaunt über diese Frage. «Natürlich. Daran hat sich nichts geändert.» Er sah sie aufmerksam an. Als sie schwieg, sagte er, ohne den Blick von ihrem Gesicht zu wenden: «Du hast dich kaum verändert. Jedenfalls nicht in diesem Licht.» Wieder lächelte er, aber es war nicht das Lächeln, mit dem ein Mann einer Frau ein Kompliment macht.

«Warum hast du mir nie geschrieben?» Sie versuchte, jeden Vorwurf aus ihrer Stimme herauszuhalten.

«Das konnte ich nicht», sagte er ruhig. Dass seine Stimme jetzt fast amüsiert klang, beruhigte sie.

«Das musst du mir erklären.»

«Ich dachte, du wüsstest, warum ich dir nie geschrieben habe.»

Natürlich wusste sie es. Oder ahnte es zumindest.

«Ich hätte lügen müssen in meinen Briefen», sagte er. «Was hast du über mich gehört?»

«Dass du nach Mexiko gegangen bist.» Sie hielt inne. Dann sagte sie: «Du hättest dich verabschieden können.»

«Unsere Beziehung stand kurz davor, außer Kontrolle zu geraten. Es stand zu viel auf dem Spiel für mich.»

«Für mich auch.»

Er nickte. «Ich weiß.»

«Und jetzt?»

«Vier Jahre sind eine lange Zeit», sagte er. «Jetzt freue ich mich, dich zu sehen.»

«Der Gehrock steht dir gut.»

Er lachte. «Ich komme mir vor wie ein Deserteur.»

«Wann hat diese Maskerade ein Ende?»

Er zuckte mit den Achseln. «Das kann ich dir nicht sagen. Es hat hier in Venedig Probleme gegeben.»

Er ging voraus, und sie folgte ihm in ein

spärlich möbliertes Zimmer. In dessen Mitte stand ein Tisch, offenbar als Esstisch gedacht, auf dem sich Ausgaben der *Gazzetta di Venezia* stapelten, neben zwei schmutzigen Tassen, einem Wasserglas und einer Flasche Grappa. Ein modriger Geruch, der sich aus altem Kohl, Katze und Zigarettenrauch zusammensetzte, hing in der Luft. Obwohl es in dem Raum kalt war, spürte sie, wie ihr der Schweiß die Schläfen hinunterrann und ihr das Haar feucht an der Stirn klebte.

«Was für Probleme?» Die Principessa strich sich das Haar zurück, während sie sich auf einem der Stühle niederließ, die am Tisch standen.

Anstatt zu antworten, stellte er eine Gegenfrage. «Was weißt du über Erzherzog Maximilian?»

«Dass er sich im April nach Vera Cruz einschiffen wird und dass er eine Marionette Napoleons ist.»

«Was noch?» Er hatte sich eine Zigarette angezündet und beobachtete sie durch den Rauch hindurch.

«Dass Maximilian die Kaiserkrone nur behalten kann, wenn Napoleon die französischen

Truppen nicht aus Mexiko nach Frankreich zurückholt.»

Er blies einen Rauchring in die Luft. «Was er wahrscheinlich tun wird, wenn die Verluste zu hoch werden.»

«Hat Maximilian eine Chance?»

Seine Antwort kam sofort. «Nur, wenn es ihm gelingt, eine eigene Armee auszuheben.»

Sie nickte. «Aber dafür braucht er Geld – Steuereinnahmen. Und er wird nicht viel Zeit haben. Ich glaube, das ist ihm klar. Er kommt mir nicht vor wie jemand, der sich Illusionen macht.»

Er sah sie überrascht an. «Du kennst den Erzherzog?»

«Ich bin ihm in Triest begegnet. Auf dem Empfang der mexikanischen Delegation.»

«Was hattest du auf dem Empfang der mexikanischen Delegation zu suchen?»

«Der Fürst besaß Anteile an Silberminen in der Sonora.»

«Offenbar hältst du diese Anteile noch.»

«So ist es.» Die Principessa seufzte. «Außerdem hat der Fürst Ende der fünfziger Jahre in mexikanische Staatsanleihen investiert.»

«Die sind im Moment nicht viel wert.»

«Damals schien es ein lohnendes Geschäft zu sein.»

«Hat der Fürst viel investiert?»

«So viel, dass ich in ernsthafte Schwierigkeiten komme, wenn Maximilian in Mexiko scheitert.»

«Vom gegenwärtigen Präsidenten, Benito Juárez, wirst du keinen Centime sehen.»

Die Principessa lächelte müde. «Das weiß ich. Deshalb stehe ich auf der Seite Maximilians. Er muss unbedingt mexikanischer Kaiser werden.»

«Dann haben wir ein gemeinsames Interesse.»

«Wirst du nach Mexiko zurückkehren?»

Er nickte.

«Und wann?»

«Wenn dieses ... Problem hier gelöst ist.»

«Du hast mir immer noch nicht gesagt, um welches Problem es sich handelt.»

«Sagen wir, es gibt Kreise, die stark daran interessiert sind, dass Maximilians Pläne scheitern. Und ihr Arm reicht bis nach Venedig.»

«Die Juaristas?»

«Benito Juárez ist nicht der einzige Feind, den Maximilian hat.»

«Kannst du darüber reden?»

Er schüttelte den Kopf. «Nicht, solange die Dinge noch in Bewegung sind.»

«Warum hast du mich hierherbestellt?»

«Ich wollte sicher sein, dass wir ungestört miteinander reden können. Vor allem wollte ich ...» Er verstummte und begann den Satz von neuem. «Ich wollte feststellen, wie ich auf dich reagiere.»

«Und?» Die Principessa lächelte.

Er gab ihr Lächeln zurück, und sie registrierte erleichtert, dass es nichts Gezwungenes hatte. «Ich glaube, dass wir uns diesmal voneinander verabschieden können», sagte er ruhig. Er schwieg und fragte dann unvermittelt: «Stimmt es, dass du heiraten wirst?»

Sie blickte ihn erstaunt an.

«Einen Conte Tron, hat man mir gesagt. Den Commissario von San Marco.»

«Du bist gut informiert.»

«Dann ist dein Conte also zuständig für alle Verbrechen, die im Sestiere San Marco begangen werden.» Seine Stimme klang gelassen, aber sie beobachtete, dass sich seine Lippen einen Moment lang spannten. «Sprecht ihr manchmal über seine Fälle?» Er sah sie aufmerksam an. Das Militärfeuerzeug, das er gezückt hatte, um sich eine neue Zigarette anzuzünden, blieb wie ein Fragezeichen in der Luft stehen.

Die Principessa schüttelte den Kopf. «Es gibt tausend andere Dinge, über die wir sprechen. Warum fragst du mich das jetzt?»

«Weil mich deine Heiratsabsichten überrascht haben. Ich hätte erwartet, dass du wieder einen Mann wie den Fürsten heiraten würdest.» Er erhob sich, um den kleinen Kanonenofen in Gang zu setzen, der neben dem Fenster stand. Dazu öffnete er die Ofenklappe, legte Zeitungspapier und Späne auf den Rost und zündete sie mit seinem Feuerzeug an. Dann sah er zu, wie die Flammen emporzüngelten. Schließlich drehte er sich um und sagte achselzuckend: «Eigentlich konnte ich mir überhaupt nicht vorstellen, dass du jemals wieder heiraten würdest.»

Sie lachte. «Ich auch nicht.»

«Du machst mich neugierig.»

«Ich finde, du solltest ihn kennenlernen», sagte sie spontan.

Er runzelte die Stirn. «Um dir zu sagen, ob du einen Fehler machst, wenn du ihn heiratest?»

Die Principessa schüttelte den Kopf. «Das

muss ich selber wissen. Aber ich glaube, du wirst ihn mögen.»

Er sah sie einen Augenblick lang forschend an. «Was ist er für ein Mensch – dein Commissario?»

Die Principessa musste unwillkürlich lachen. Genau dasselbe hatte er sie gefragt, als sie sich vor vier Jahren völlig unerwartet im Salon der Herzogin von Berry begegnet waren und sie ihm erzählt hatte, dass sie die Gattin des Fürsten von Montalcino geworden war. *Was ist das für ein Mensch – dieser Fürst von Montalcino?* Er wollte einen knappen Satz, der die Dinge auf den Punkt brachte.

Den Fürsten zu beschreiben war leicht gewesen – seine hochgewachsene Gestalt, seine breiten Schultern und sein Cäsarenkopf hatten ihm diese ungeheure Präsenz verliehen, die sie anfangs fast erschreckt hatte. Der Fürst war *dominant.* Damit war nicht alles gesagt, aber fast alles. Aber Tron? Konnte man Tron als *dominant* bezeichnen? Nein, entschied die Principessa – konnte man nicht. Tron war eher … unauffällig. Und plötzlich sah sie ihn vor sich: in seinem alten Gehrock, den er von seinem Vater geerbt hatte, seinem Zylinder mit der abgewetzten

Stelle, wo er ihn anfasste, um ihn höflich zu lüften. Wobei es für ihn – das fiel ihr jetzt auf – keinen Unterschied machte, ob er einen Herzog grüßte oder einen Dienstboten.

«Tron hat Respekt vor anderen Menschen», sagte sie, ohne nachzudenken.

Er schob ein kleines Aschehäufchen auf der Untertasse, die er als Aschenbecher benutzt hatte, zu einer Pyramide zusammen. Ein paar Augenblicke verstrichen. Dann fragte er, den Blick immer noch auf die Asche gerichtet: «Du liebst ihn?»

Sie nickte.

«Wann werdet ihr heiraten?»

«Vermutlich irgendwann im Frühling.»

«Da bin ich wieder in Mexiko», sagte er.

Die Principessa erhob sich, und er stand ebenfalls auf. «Wo wirst du wohnen, wenn du dein Problem gelöst hast und diese Maskerade beenden kannst?», fragte sie.

«Im *Danieli.*»

Die Principessa hob die Augenbrauen. «Ein teures Hotel. Wer bezahlt für dich?»

«Gutiérrez de Estrada.» Sein Stimme klang verdrossen. «Du müsstest ihm auf Schloss Miramar begegnet sein.»

Die Principessa nickte. «Er macht kein Hehl daraus, dass er Benito Juárez verabscheut.»

«Die Juaristas haben seine Plantagen konfisziert.»

«Arm scheint er trotzdem nicht zu sein.»

«Estrada ist immer noch der reichste Mann Mexikos.»

«Du magst ihn nicht?»

«Wir müssen zusammenarbeiten. Da spielt es keine Rolle, ob ich ihn mag.»

Mittlerweile standen sie wieder im Flur. Durch die halbgeöffnete Tür fiel mattes Herbstlicht in das Haus und machte den Staub auf dem Fußboden sichtbar.

«Vermutlich sollte niemand von unserer Begegnung erfahren», sagte die Principessa.

«Ich hätte dich sonst nicht hierhergebeten.»

«Gilt das auch für Tron?»

«Nein.» Er lächelte, als er zur Seite trat und ihr die Tür aufhielt. «Ich bin mir sicher, dass ich ihm ohnehin bald begegnen werde.»

6

Der Hof hinter dem Ramo degli Veronesi war keiner der venezianischen Innenhöfe, die den Besucher durch den Anblick einer heiteren Außentreppe oder eines marmornen Brunnens entzückten. Er war eine trostlose, dunkle Kiste, kaum größer als die *sala* im Palazzo Tron, eingefasst von Fassaden mit abblätterndem Putz und nachlässig zusammengekehrtem Abfall in den Ecken. Der Nieselregen, der wieder eingesetzt hatte und sich, mit den Rußpartikeln der Luft vermischt, als schmierige Schicht über die Stadt legte, machte alles noch deprimierender.

Ein krummbeiniger Hund mit dem niederträchtigen Ausdruck eines Schurken kam knurrend auf sie zugelaufen, als Tron und Sergente Bossi den *sottoportego* durchschritten hatten. Vor einer offenen Tür auf der anderen Seite des Hofes stand ein halbes Dutzend Anwohner, deren Gespräch beim Anblick Trons und seines uniformierten Begleiters erstarb. Sie warfen Tron und Bossi misstrauische Blicke zu – so als wären Tron und Bossi die Mörder, die es ja bekanntlich immer an den Tatort zurückzieht.

Tron wäre fast über eine Steinschwelle gestolpert, die den Hof und den Flur hinter der offenen Tür wie eine Süll trennte. Am Ende des Flurs war eine Tür zu sehen, die einen Spaltbreit aufstand. Ein dünner Lichtschein fiel auf die Steinplatten des Fußbodens, und Tron meinte das leise Plätschern von Wellen zu hören, die gegen Mauern schlugen. Er vermutete, dass es sich bei der Tür um ein Wassertor handelte, war sich aber nicht sicher. «Wohin führt diese Tür, Sergente?», erkundigte er sich vorsichtshalber.

«Das ist ein Wassertor», bestätigte Sergente Bossi seine Vermutung. «Dahinter liegt der Rio della Verona.»

«Gibt es außer diesem Wassertor und dem *sottoportego* noch einen Zugang zum Hof?»

Bossi schüttelte den Kopf. «Nein.»

«Und wo ist die Wohnung?»

«Auf der rechten Seite, Commissario.»

Die Auskunft war überflüssig, denn bevor Bossi den Satz beendet hatte, trat ein weiterer Sergente aus der Tür auf der rechten Seite des Flurs und salutierte, als er Tron erkannte.

Von der Türöffnung aus sah Tron Sergente Vazzoni in einer Position, in der er ihn nicht zum ersten Mal antraf, nämlich über den reglosen Körper einer Toten gebeugt. Der Sergente erhob sich beim Eintreten Trons und salutierte flüchtig. «Anna Slataper», sagte er, Trons Frage vorwegnehmend. «Sie wurde vor einer Stunde von einer Signora Saviotti entdeckt. Signora Saviotti kam alle zwei Tage in die Wohnung, um sauber zu machen und die Wäsche zu waschen. Als Signorina Slataper heute nicht öffnete, hat sie ihren Schlüssel benutzt. Sie ist sofort zur Wache an der Piazza gelaufen, nachdem sie gesehen hatte, was hier passiert war.»

Die Tote lag auf dem Rücken und trug ein geblümtes Kleid, dessen Mieder halb aufgerissen war. Jemand hatte eine Serviette über ihren Kopf gebreitet, aber offenbar nicht in der Absicht, entstellende Gesichtsverletzungen zu verdecken, denn die weiße Serviette wies keinerlei Blutflecken auf. Stattdessen war unter ihrer rechten Schulter ein handtellergroßer dunkler Fleck auf dem Terrazzofußboden zu erkennen, der wahrscheinlich aus getrocknetem Blut bestand. Da die Vorderseite der Leiche keine sichtbaren Verletzungen aufwies, vermutete Tron, dass der Mörder der Frau ein Messer in den Rücken gestoßen hatte. Er hätte

Vazzoni bitten können, die Leiche umzudrehen, um seine Vermutung bestätigt zu sehen, aber er hielt es für besser, auf Dr. Lionardo zu warten, der jeden Moment eintreffen musste.

«Wo ist diese Signora Saviotti?», erkundigte er sich.

«Drüben im Wohnzimmer.» Der Sergente wies mit der Hand über Trons Schulter hinweg auf eine der beiden Türen, die von dem Raum abgingen.

«Und wohin führt die andere Tür?»

«Ins Schlafzimmer.»

«War Signora Saviotti allein, als sie die Leiche entdeckt hat?»

Vazzoni nickte.

«Und sie hat ...»

Vazzoni musste das Ende der Frage nicht abwarten. «Die Wohnung abgeschlossen, als sie zur Wache gelaufen ist.»

«Haben Sie sie bereits vernommen?»

Vazzoni schüttelte den Kopf. «Ich hab sie das Nötigste gefragt. Ich dachte, Sie würden Wert darauf legen, als Erster mit ihr zu sprechen, Commissario.»

«Hat irgendjemand etwas angefasst, seit die Leiche entdeckt wurde?»

Der Sergente beschränkte sich darauf, leicht indigniert den Kopf zu schütteln.

«Ist eingebrochen worden?»

«Nein.»

«Und das Tuch?», erkundigte sich Tron.

Vazzoni schob die Unterlippe vor, um zu signalisieren, dass er diese Frage für überflüssig hielt. «Das habe ich auf ihr Gesicht gelegt, Commissario.»

Tron deponierte seinen Zylinder und seinen Spazierstock auf dem Tisch und zupfte sich die Handschuhe von den Fingern. Dann kniete er vorsichtig neben der Leiche nieder. Als er das Tuch vom Gesicht der Toten gezogen hatte, fuhren seine Augenbrauen erstaunt nach oben.

Auf diesen Anblick war er nicht gefasst gewesen – nicht auf eine junge Frau, die selbst im Tod und trotz ihrer starren, weitgeöffneten Augen noch außergewöhnlich schön war. Ihre Augen, die jetzt ihren Glanz verloren hatten, waren braun und sehr dunkel, sodass die Pupillen sich kaum vom Hintergrund der Iris abhoben. Sie hatte eine Haut, glatt und eben wie Porzellan, dazu dichtes, langes Haar, das wie gemalt auf dem Teppich lag und ihren

Kopf wie ein Kranz umschloss. Tron schätzte sie auf höchstens zwanzig. Er erhob sich langsam und blickte sich um – nahm sozusagen die *mise en scène* in Augenschein.

Der Raum, in dem er stand, diente offenbar als Wohnungsflur und Küche zugleich. Es gab ein Fenster zum Hof (dessen Vorhänge geschlossen waren), darunter ein gemauerter Herd und daneben eine offene Kiste mit Feuerholz. Ein schlichtes Regal neben der Wohnungstür, auf dessen Holzbretter Papier gebreitet war, diente zur Aufbewahrung von Geschirr. Alles wirkte sauber und aufgeräumt, ließ weder auf große Armut noch auf großen Reichtum schließen.

Was für ein Leben hatte sie hier geführt? Welcher Arbeit war sie nachgegangen? Hatte sie Freunde gehabt? Verwandte? Womöglich einen Geliebten? Und – diese Frage drängte sich Tron förmlich auf – hatte sie Nutzen aus ihrer unbestreitbaren Schönheit gezogen? Oder waren ihr diese Haut aus Porzellan und der feine Schwung ihrer Augenbrauen womöglich zum Verhängnis geworden?

Tron wusste, dass Mordfälle, deren Aufklärung komplizierten Schachproblemen glichen, außerordentlich selten waren. Meistens ging es entweder um Liebe oder um Geld – oder um beides zugleich. Erfahrungsgemäß reichten ein paar Gespräche im Umfeld der ermordeten Person, um auf ein plausibles Motiv zu stoßen. Danach war das Ergreifen des Täters nicht komplizierter als das Öffnen einer Pralinenschachtel.

Signora Saviotti saß in aufrechter Haltung auf einem Stuhl, als Tron das Wohnzimmer betrat, und beschränkte ihre Begrüßung auf ein gemessenes Neigen des Kopfes. Den Rücken gerade wie ein Schwert und die dünnen, spinnenartigen Hände auf ihrem Schoß gefaltet, vermittelte sie den Eindruck, als hätte sie Besseres zu tun, als hier auszuharren und auf den Commissario zu warten, nehme dieses Opfer aber höheren Gesichtspunkten zuliebe geduldig auf sich – immerhin ging es um die Aufklärung eines Mordes.

Alles an Signora Saviotti war gestriegelt, gebürstet und geplättet, von ihren zu einem hohen Dutt getürmten grauen Haaren bis zu dem gestärkten Taschentuch, das aus dem Ärmel ihres schwarzen Wollkleides herausragte. Ihre Gesichtshaut hingegen war so weiß wie

Papier, ihr Mund ein dünner Strich und das Kinn darunter viel zu klein für ihr Gesicht. Eine Dame, vermutete Tron, mit spärlichem Einkommen, vielleicht die Witwe eines kleinen Beamten, die gezwungen war, ihre karge Pension etwas aufzubessern. Tron schätzte sie auf etwa sechzig.

«Signora Saviotti?» Er blieb stehen und deutete eine höfliche Verbeugung an.

Wieder beschränkte sich die Reaktion Signora Saviottis darauf, gemessen mit dem Kopf zu nicken. Eine ihrer krallenartigen Hände fuhr mit einer ruckhaften Bewegung über ihren Dutt, so als würde sie ihre Frisur richten.

«Es war gewiss schrecklich für Sie, Signorina Slataper so zu finden», leitete Tron das Gespräch ein.

Signora Saviottis Mundwinkel zogen sich millimeterfein nach oben, was für sie wahrscheinlich einem herzhaften Gelächter gleichkam. Dann sagte sie: «Der Tod hat immer etwas Schreckliches, Commissario.» Tron hatte eine dünne, körperlose Stimme erwartet, aber die Stimme von Signora Saviotti war dunkel und erstaunlich volltönend.

«Mein Sergente hat mir gesagt, dass Sie alle

zwei Tage gekommen sind, um der Signorina zur Hand zu gehen.»

Die Vermeidung des Wortes «putzen» schien Signora Saviotti zu gefallen. Ihr Rückgrat verlor ein wenig von seiner Steife. «Das ist richtig», sagte sie.

«Das letzte Mal sind Sie wann bei ihr gewesen?»

«Vor zwei Tagen. Ich komme immer gegen ein Uhr. Dann klopfe ich an, und sie öffnet mir.»

«Und heute?»

«Hat niemand geöffnet. Das kommt hin und wieder vor, wenn Signorina Slataper nicht zu Hause ist. Für diesen Fall habe ich einen Schlüssel.»

Tron stellte fest, dass Signora Saviotti die Angewohnheit hatte, nach jedem Satz ihren schmalen Mund zu schürzen und dabei leicht mit dem Kopf zu wackeln, was ihren hochgetürmten Dutt jedes Mal in eine schwankende Bewegung versetzte. Er sagte: «Den Sie heute benutzt haben.»

Jetzt wippte Signora Saviottis Dutt nach vorne. «Ich dachte zuerst, Signorina Slataper wäre gestürzt und hätte sich verletzt, aber dann konnte ich sehen, dass sie tot war.»

«Waren Sie in der Wohnung?»

Die Antwort kam so schnell, als hätte Signora Saviotti bereits auf diese Frage gewartet. Für einen kurzen Augenblick konnte Tron ein leichtes Flackern in ihren hellbraunen Augen sehen. «Nur an der Tür», sagte Signora Saviotti. «Ich habe sofort wieder abgeschlossen und bin zur Wache gelaufen.»

Tron beschränkte sich darauf zu nicken. Dann stellte er die Frage, die sich nun nicht länger aufschieben ließ: «Hatte Signorina Slataper Verwandte in Venedig? Gibt es jemanden, den wir benachrichtigen müssten?» Was bedeuten würde, dass er irgendjemandem im Laufe des Nachmittags eine Todesnachricht überbringen müsste.

Zu Trons Erleichterung schüttelte Signora Saviotti den Kopf. «Jedenfalls nicht hier in Venedig», sagte sie. «Signorina Slataper kam aus dem Friaul. Ich glaube, sie hatte noch einen Bruder in Görtz, aber der hat sie nie besucht.»

«Und wovon hat sie gelebt? Hatte sie irgendeine Anstellung?»

Signora Saviottis schmale Lippen verzogen sich zu einem verkniffenen Lächeln. «Sie musste nicht arbeiten.»

«Warum nicht?»

«Weil sie verlobt war.» Sie zog das Wort «verlobt» ironisch in die Länge. «Ihr Verlobter hat alles das hier bezahlt.» Eine ihrer dünnen Hände löste sich aus der Verstrickung mit der anderen und machte eine vage Bewegung in den Raum hinein.

«Können Sie mir den Namen des Mannes nennen?»

«Nein.»

«War der Verlobte von Signorina Slataper oft hier?»

«Vielleicht einmal in der Woche. Aber das kann ich schwer sagen, denn sie hat das Bett immer selber gemacht.»

«Haben Sie ihren Verlobten einmal gesehen?»

«Nein. Die Signorina hat immer vermieden, dass irgendjemand außer ihr selbst mit ihrem Verlobten in Kontakt kam.»

«Meinen Sie, dass einer der Anwohner ihn gesehen haben könnte?»

Signora Saviotti schüttelte den Kopf. «Das glaube ich nicht. Er hat vermutlich immer das Wassertor benutzt, wenn er Signorina Slataper besucht hat. Es gab für ihn keine Notwendigkeit, den Hof zu durchqueren.»

Tron lehnte sich auf seinem Stuhl zurück. «Das klingt alles so, als hätten Sie Signorina Slataper nicht besonders gut gekannt – obwohl Sie sie alle zwei Tage besucht haben.»

Signora Saviotti bedachte Tron mit einem Lächeln, das so dünn war wie ihre Finger. «So ist es. Das habe ich auch nicht. Sie war sehr zurückhaltend.»

«Aber Bekannte muss sie doch gehabt haben – Freunde.»

Signora Saviotti überlegte einen Moment. «Höchstens Pater Maurice», sagte sie langsam.

Tron hob fragend die Augenbrauen. «Pater Maurice?»

Signora Saviotti nickte. «Der Pater war ihr Beichtvater. Ich hatte den Eindruck, dass Signorina Slataper bisweilen mit ihm plauderte.»

«Wo finde ich Pater Maurice?», erkundigte sich Tron.

«Er ist Priester in Santa Maria Zobenigo», sagte Signora Saviotti.

Sie hob den Kopf, und einen Moment lang begegneten sich ihre Blicke. Tron fiel auf, dass ihre Augen die Farbe jener Pilze hatten, die einen schon beim Sammeln vergifteten.

Er stand auf. «Ich danke Ihnen, Signora, dass Sie sich Zeit für meine Fragen genommen haben», sagte er.

Die nächste Stunde verbrachte Tron damit, die Wohnung der Toten zu durchsuchen. Seine Hoffnung, etwas zu finden, das ihm weiterhelfen würde, vielleicht sogar einen Hinweis auf die Identität des geheimnisvollen Verlobten geben könnte, erfüllte sich nicht. Eine Korrespondenz schien Anna Slataper nicht geführt zu haben. Tron fand weder an sie gerichtete Briefe noch Schreibpapier, Tinte und Feder. Im Schlafzimmer lag auf einem Regal ein großformatiges, mit einem Riemen umbundenes Exemplar der *Promessi Sposi*, der «Verlobten» von Alessandro Manzoni, was aber nicht heißen musste, dass das Buch Anna Slataper gehört hatte – der Roman konnte ebenso gut von ihrem Verlobten stammen.

Trons erster Eindruck, dass Anna Slataper weder reich noch arm gewesen war, bestätigte sich. Auffällig war, dass ein halbes Dutzend teurer, zum Teil in Paris gefertigter Kleider in ihrem Schrank hing, was darauf schließen ließ, dass ihr Verlobter weder arm noch knauserig gewesen war. Dass es sich aber tatsächlich um einen Verlobten gehandelt hatte, erschien Tron inzwischen mehr als fraglich. Vielmehr deutete viel darauf hin, dass Anna Slataper die Geliebte eines Mannes gewesen war, der gute Gründe gehabt hatte, dieses Verhältnis geheim zu halten. Nirgendwo gab es ein Kistchen mit Zigarren oder eine Cognacflasche, ganz zu schweigen von Hausschuhen, männlicher Unterwäsche oder Rasierzeug. Wer immer die junge Frau regelmäßig besucht hatte, wollte offenbar nicht, dass diese Bekanntschaft publik wurde, und hatte sorgfältig darauf geachtet, keine Spuren zu hinterlassen. Genau so, dachte Tron, wie der Mörder Anna Slatapers.

Dr. Lionardo, zwei Leichenträger im Schlepptau, erschien kurz vor drei Uhr, in der Hand seine obligatorische schwarze Ledertasche, auf dem Gesicht den zufriedenen Ausdruck eines Mannes, der seinen Beruf liebt.

«Buon giorno, Commissario», sagte er fröhlich. Er feuerte seinen Mantel auf den Kleiderhaken, wo er sich verfing und schlaff herunterhing wie die Mundwinkel Vazzonis. Der, wie

Tron wusste, konnte den *dottore* nicht ausstehen.

Dann stellte Dr. Lionardo seine schwarze Tasche ab, streifte sich ein Paar weiße Baumwollhandschuhe über und ging, ohne ein weiteres Wort mit Tron zu wechseln, neben der Leiche in die Knie. Wieder fiel Tron angenehm auf, dass der *medico legale* seine Arbeit mit großer Behutsamkeit verrichtete, so als sei der tote Körper, mit dem er es zu tun hatte, immer noch in der Lage, Scham und Schmerz zu empfinden. Schließlich erhob sich Dr. Lionardo und entzündete behaglich eine Zigarette.

«Und?»

Der *dottore* inhalierte und blies einen Rauchring in die Luft. «Sie scheint sich nicht gewehrt zu haben», sagte er. «Weder an den Händen noch an den Armen gibt es Abwehrverletzungen. Ist eingebrochen worden?»

Tron schüttelte den Kopf.

«Dann hat sie den Täter vermutlich gekannt, und der Angriff kam völlig überraschend.»

«Waren die Messerstiche tödlich?»

Dr. Lionardo machte ein unschlüssiges Gesicht. Sein Blick wanderte noch einmal über den Körper der Toten. «Der Täter hat viermal zugestochen, und ob er das Herz getroffen hat, wird erst die Obduktion zeigen. Der Bursche scheint ein Messer mit einer schmalen, langen Klinge benutzt zu haben, aber vermutlich waren die Stiche nicht tödlich, und er musste ihr die Luft abdrücken.» Dr. Lionardos Zeigefinger richtete sich auf die Würgemale am Hals des Mädchens.

«Können Sie etwas zum Zeitpunkt des Todes sagen?», erkundigte sich Tron.

«Wann ist in diesem Raum zum letzten Mal geheizt worden?» Dr. Lionardo warf einen Blick auf den Ofen in der Ecke.

Tron zuckte die Achseln. «Vermutlich vorgestern Abend. Es war keine Glut mehr im Ofen.»

«Dann könnte sie vorgestern Nacht ermordet worden sein. Das Blut war noch nicht vollständig getrocknet.»

«Das heißt vor ungefähr achtundvierzig Stunden.»

Dr. Lionardo nickte. «Ungefähr.» Er beugte sich über die Leiche und strich mit einer fast zärtlich anmutenden Geste über die Augen der Toten, um sie zu schließen.

Fünf Minuten später trugen die Leichenträger den Sarg mit dem Körper der Toten über den Hausflur, und Tron hörte, wie sie ihn rumpelnd auf die Polizeigondel verluden. Vom Fenster des Wohnzimmers aus sah Tron, wie die Gondel sich vom Steg löste, ihre Konturen mit jeder Bewegung des Ruders in der *forcola* unschärfer wurden und sie schließlich im Nieselregen, der noch immer vom Himmel fiel, verschwand.

7

Angelina Zolli fuhr mit dem Reisigbesen über den kleinen Schmutzhaufen vor dem Marmorpodest des Weihwasserbeckens und spürte, wie sie wütend wurde. Bei Trockenheit war das Zusammenfegen des Schmutzes kein Problem, und der Staub, den sie dabei aufwirbelte, störte sie nicht. Doch wenn es regnete, klebte der Schmutz hartnäckig auf dem beigeroten Schachbrettmuster des Kirchenfußbodens, als wäre er angenagelt, was bedeutete, dass Signora Zuliani, die Frau des Küsters, von ihr verlangen würde, *nachzuwischen.* Mit einem Lappen, einem Eimer und mit Wasser, das so kalt war, dass ihre Hände bereits nach fünf Minuten rot und steif wurden. Im Sommer war *Nachwischen* kein Problem, im Winter (oder an einem kalten Herbsttag wie diesem) war es die Hölle – zumal sich niemand die Mühe machte, seine Stiefel am Eingang abzutreten.

Keine Frage, dass ein wenig Sägemehl, ausgestreut im Eingangsbereich der Kirche, ihr die Arbeit spürbar erleichtert hätte. Aber als sie Signora Zuliani den Vorschlag machte, hatte diese barsch erklärt: Sägespäne werden nur in Trattorien ausgestreut. Was eindeutig nicht stimmte. In San Stefano streute man bei Regenwetter Sägemehl, ebenfalls in San Moisè und sogar in San Marco.

Angelina Zolli schob den Reisigbesen noch einmal über den kleinen Schmutzhaufen, aber der rührte sich nicht vom Fleck. *Nachwischen!* Sie lehnte den Besen an das Weihwasserbecken, verzog das Gesicht und presste ihre Faust auf den Mund, um nicht in Tränen auszubrechen. Dann lief sie zur ersten der drei Kapellen, die auf jeder Seite die Wände von

Santa Maria Zobenigo säumten. Dort saß die Heilige Jungfrau und hielt das Christuskind im Schoß – auf eine Art, bei der zu befürchten stand, dass der Erlöser ihr jeden Moment vom Knie rutschen könnte, was die Jungfrau jedoch nicht daran hinderte, einen imaginären Punkt auf der anderen Seite der Kirche zu fixieren.

Manchmal, hatte Pater Maurice gesagt, gibt uns die Heilige Mutter ein Zeichen, wenn wir uns ihr nur inbrünstig genug anvertrauen. Angelina Zollis Blick fuhr forschend über das Antlitz der Jungfrau, aber das blieb so stumm und kühl wie der Marmor, aus dem es gemacht worden war. Dabei gab es eine ganze Reihe von Fragen, die Angelina Zolli der Jungfrau gern gestellt hätte.

Zum Beispiel, was diese verschwommene Erinnerung an eine blonde Frau (ihre Mutter?) und an ein großes, prächtiges Haus zu bedeuten hatte. Angelina Zolli hatte oft versucht, in diesen verborgenen Winkel ihres Bewusstseins einzudringen. Aber sosehr sie sich auch anstrengte – die Erinnerung blieb diffus, unklar, wie eine Spiegelung auf bewegtem Wasser.

Ihre ersten *klaren* Erinnerungen betrafen das *Istituto delle Zitelle*, das große Waisenhaus auf der Giudecca-Insel, hinter dessen Mauern sie aufgewachsen war. Sie hatte das *Istituto* immer verabscheut und war entsprechend glücklich gewesen, als sie zu ihrer ersten Pflegefamilie nach Castello gekommen war. Zu Signora Settembrini, der Schneiderin, und zu Signor Settembrini, dem Taschenspieler, der sein Geld in drittklassigen Varietés verdiente – jedenfalls, bis seine Geschäfte so schlecht gingen, dass er sie auf die Straße schickte. Allerdings hatte er ihr zuvor eine äußerst solide Ausbildung angedeihen lassen, die es ihr ermöglichte, stets mit einer reichen Ernte von Geldbörsen und Taschentüchern nach Hause zu kommen. Die Geschicklichkeit, mit der ihre Finger in fremde Taschen hinein- und wieder herausglitten, hatte selbst den anspruchsvollen Settembrini in Erstaunen versetzt. Das war eine schöne Zeit gewesen – die schönste Zeit ihres Lebens. Als Signor Settembrini unter unklaren Umständen das Zeitliche gesegnet und Signora Settembrini wieder zu ihrer Familie nach Bergamo gezogen war, hatte sie zwei Wochen lang geheult.

Danach war sie zu den Zulianis gekommen, dem Küsterehepaar an der Zobenigo. Hier hieß es aufstehen und Feuer machen um sieben, Schule um acht, nachmittags fegen (bei Regenwetter *nachwischen*) und dann bis in den Abend hinein tausend Dinge für Signora *Nachwischen* erledigen – die ließ sich gerne bedienen.

Der einzige Lichtblick war Pater Maurice. Warum er sich in den Kopf gesetzt hatte, ihr Französisch beizubringen, hatte sie nie begriffen – vielleicht nur, weil ihn die Leichtigkeit fasziniert hatte, mit der sie seine Sprache lernte. Sie brauchte ein Wort nur ein einziges Mal zu hören, um es fest in ihrem Gehirn zu verankern. Die Regeln, nach denen die Wörter verknüpft wurden, verstand sie auf Anhieb. Und dann war es tröstlich, beim Einschlafen Worte in die Dunkelheit zu flüstern, die alle so klangen, als wären sie aus Seide gewebt. Denn Einschlafen bedeutete, in der feuchten Vorratskammer neben der Küche auf einem Sack zu liegen, der mit fauligem Stroh gefüllt war – im Sommer von Mücken gepeinigt zu werden und im Winter, wenn ihr Atem auf den Fensterscheiben zu einer dicken Eisschicht gefror, von drei schmutzigen Pferdedecken erdrückt zu werden.

Allerdings hatte das Kabuff den Vorteil, dass sie es unbemerkt durch ein kleines Fensterchen verlassen konnte. Kein Problem also, auch abends hin und wieder auf Tour zu gehen. Was sie jedoch in Zukunft nie wieder tun würde – das hatte sie sich geschworen. Jedenfalls nicht bei Dunkelheit.

Die letzten zwei Tage waren ein Albtraum für sie gewesen. Das Bild der toten Frau steckte in ihrem Kopf fest wie ein mit Widerhaken versehener Stachel. Noch schlimmer war der Gedanke gewesen, dass der Mann, der sie in jener Nacht verschont hatte, seinen Entschluss inzwischen bereuen könnte und nach ihr suchte. Dabei war das Einzige, woran sie sich noch erinnern konnte, sein Hinken.

Angelina Zolli hob ihr Gesicht zur Jungfrau Maria, die immer noch stumm wie ein Fisch die gegenüberliegende Kapelle anglotzte. Wenn es Kirchen gab, in denen die Jungfrau plötzlich zu reden anfing (Signora *Nachwischen* hatte das behauptet), dann gehörte Santa Maria Zobenigo garantiert nicht dazu. Angelina Zolli bezweifelte inzwischen, dass die Jungfrau ihr überhaupt *zuhörte.* Da konnte sie genauso gut mit dem Putzeimer reden.

Sie drehte den Kopf nach links, als sie hinter sich ein Geräusch hörte. Ein Mann hatte die Kirche betreten – selbstverständlich ohne sich vorher die Stiefel abgeputzt zu haben. Das sah sie an der nassen Schmutzspur, die er auf dem Kirchenfußboden hinterließ. Der Bursche spazierte zum Weihwasserbecken, tauchte zwei Finger hinein und bekreuzigte sich lahm. Dann kramte er eine Brieftasche aus seinem Mantel und fischte ein Blatt Papier heraus, das er aufmerksam studierte. Offenbar war er kurzsichtig, denn er hielt das Blatt dicht vor seine Nase. Schließlich klappte er die Brieftasche wieder zu und schob sie in die Tasche seines Gehpelzes zurück. Der Gehpelz war nicht mehr der neuste, selbst aus einiger Entfernung war zu erkennen, dass sich Motten über den Pelzkragen hergemacht hatten. Überhaupt sah der Bursche ziemlich schäbig aus. Und seine Brieftasche – solche Kleinigkeiten registrierte sie inzwischen automatisch – ragte zwei Fingerbreit aus der Manteltasche.

Signor *Schmutzfink* hätte den Mittelgang benutzen können, doch stattdessen machte er einen Schwenk nach links, sodass er sich zwischen ihr, dem Abfalleimer und dem Putzeimer hindurchmanövrieren musste und dicht an ihr vorbeikam.

Es war ein reiner Reflex ihrer rechten Hand, eine fast natürliche Reaktion für jemanden, der gelernt hat, dass in den entscheidenden Sekunden der Verstand in den Fingerspitzen liegt. Ihre Hand schnellte vor, Zeigefinger und Daumen schossen blitzschnell auf die Ecke der Brieftasche herab. Es ging alles so schnell, dass sie erst begriff, was geschehen war, nachdem die Brieftasche bereits unter ihrer Schürze verstaut war.

Hatte er etwas bemerkt? Offenbar nicht, denn Signor *Schmutzfink* ging einfach weiter. Er hatte schon beinahe die zweite Kapelle an dem linken Seitengang passiert, als er die rechte Hand in seine Manteltasche steckte und sich umdrehte. Er runzelte die Stirn: «Kannst du mir sagen, wie ich zu Pater Maurice komme?»

Jesus, das war knapp gewesen. Doch seine Hand wühlte immer noch in seiner rechten Tasche herum, und es war jetzt nur noch eine

Frage der Zeit, bis er seine Brieftasche vermisste – es sei denn, sie brachte es fertig, seine Aufmerksamkeit auf etwas anderes zu lenken. Sie sagte, ohne nachzudenken: *«Le plus pratique, c'est d'y aller à pied.»*

Der Satz knallte wie eine Backsteinmauer auf ihn herab, und seine Augenbrauen schnellten nach oben. Er zog seine rechte Hand aus der Manteltasche und musterte sie, als hätte er ihre Anwesenheit erst jetzt bemerkt. Schließlich sagte er lächelnd: «Ich hatte nicht die Absicht zu *schwimmen*, Signorina.»

Jetzt war *sie* erstaunt. «Sie sprechen Französisch?»

Diesmal lachte der Mann. «Ein bisschen.» Er sah sie aufmerksam an. «Wer bist *du* denn?»

«Ich hab hier sauber gemacht.» Sie zeigte auf den Putzeimer neben sich.

Der Mann warf einen Blick auf die graue Schmiere, die den Kirchenfußboden überzog. «Sieht immer noch ziemlich dreckig aus.»

Das konnte sie ihm nicht durchgehen lassen. «Weil sich niemand die Füße abtritt!», sagte sie und funkelte ihn giftig an. Anschließend hätte sie sich am liebsten auf die Lippen gebissen.

Sie hatte eine Zurückweisung erwartet, die

normale Reaktion eines Erwachsenen. Aber der Mann sagte nur: «Es tut mir leid», und sah tatsächlich ein wenig schuldbewusst aus. Er musterte sie neugierig: «Was machst du, wenn du nicht die Kirche putzt?»

Irgendetwas an seiner Art, diese Frage zu stellen, veranlasste sie dazu, ihm zu antworten. «Vormittags gehe ich zur Schule.»

«Du wohnst hier?»

«Bei den Zulianis. Das sind die Küster.»

«Deine Eltern?»

Sie zuckte die Achseln. «Pflegeeltern.»

«Warst du immer hier?»

Sie schüttelte den Kopf. «Ich war vorher auf der Giudecca.»

«Im *Istituto delle Zitelle*?»

Sie nickte wieder, und jetzt hoben sich die Augenbrauen des Mannes zum zweiten Mal; nein – sie schossen vor Überraschung regelrecht nach oben. Aber er äußerte sich nicht über das *Istituto.* Stattdessen räusperte er sich kurz und fragte: «Wer hat dir beigebracht, Französisch zu sprechen?»

«Pater Maurice. Er kommt aus Paris», setzte sie lässig hinzu.

«Das wusste ich nicht. Und wo finde ich ihn?»

«In der Sakristei.» Diesmal lächelte *sie ihn* an – diesen Unbekannten in seinem fadenscheinigen Gehrock – dessen Brieftasche sich unter ihrer Schürze plötzlich anfühlte wie ein Stück glühende Kohle. «Soll ich ihn holen?» Himmel, was drängte sie plötzlich dazu, ihm behilflich zu sein?

Da machte der Mann einen Schritt auf sie zu und streckte ihr beinahe förmlich die Hand entgegen. «Ich bin Alvise Tron», sagte er. In seinem Lächeln war nicht die Spur einer Herablassung. Noch nie hatte ein Erwachsener so mit ihr gesprochen. «Und wie heißt du?»

Sie musste schlucken. «Angelina Zolli.»

«Wie alt bist du, Angelina?»

«Vierzehn», sagte sie. Das war gelogen. Sie wurde erst in einem halben Jahr vierzehn.

Der Mann, der Signor Tron hieß, erneuerte sein höfliches Lächeln. «Dann sollte ich Signorina Angelina sagen.»

Sein Blick wanderte noch einen Moment über das Schachbrettmuster des Kirchenfußbodens. Bevor er sich umdrehte, um in die Sakristei zu gehen, sagte er nachdenklich: «Ich würde Sägespäne streuen, Signorina. So machen sie das in San Moisè und in San Stefano.»

Damit er nicht merkte, dass sie ihn soeben in ihr Herz geschlossen hatte, rief sie ihm wütend hinterher: «Und in San Marco!»

8

Mit seinem gutgeschnittenen Schauspielergesicht und seinen dichten braunen Haaren, dachte Tron, hätte Pater Maurice einem Roman von Eugène Sue entsprungen sein können: ein Mann, den eine tragische Liebesgeschichte (die selbstverständlich in Paris spielte) dazu gebracht hatte, allem Weltlichen zu entsagen und sein Leben Christus, dem Erlöser, zu widmen. Passend zu dieser Geschichte trug der Pater eine abgewetzte Soutane, auf seiner Brust prangte ein schlichtes Holzkreuz. Nur der goldene Wappenring an seiner linken Hand fiel ein wenig aus dem Rahmen.

Die Sakristei war ein niedriger Raum, der von zwei kleinen Fenstern spärlich erhellt wurde. Eine Petroleumlampe warf eine Blase gelblichen Lichtes auf Akten, Bücher und Zeitungen, die sich in einträchtiger Gemeinschaft mit den Überresten eines Mittagessens auf einem Refektoriumstisch versammelt hatten. Tron sah Gemüsereste und Knöchelchen auf einem Teller, daneben ein Schälchen Oliven, ein Weinglas und eine *fiasca.* Der aufgeschlagene *Osservatore Romano* ließ Tron vermuten, dass der Pater die Angewohnheit vieler Junggesellen teilte, nämlich zum Essen die Zeitung zu lesen. Ein leichter Bratengeruch vermischte sich mit dem bitteren Duft des Weihrauchfässchens. Über allem schwebte ein scharfer Petroleumdunst.

Als Tron die Sakristei betreten hatte, war Pater Maurice aufgestanden. «*Buon giorno*», sagte er freundlich. «Was kann ich für Sie tun?»

Der Pater sprach, seiner Herkunft gemäß, mit französischem «r», das er nicht mediterran rollte, sondern in der Art kultivierter Norditaliener im Rachen erzeugte. Seine lebhaften Augen musterten den Besucher aufmerksam.

Tron deutete eine höfliche Verbeugung an. «Ich bin Commissario Tron. Von San Marco.»

«Von der venezianischen Polizei?» Das war keine sinnvolle Frage, aber Pater Maurice schien plötzlich etwas irritiert zu sein.

«Ja.» Tron bemühte sich um ein beruhigendes Lächeln.

Pater Maurice riss die Augen auf. «Und was führt Sie zu mir? Oh, bitte setzen Sie sich doch.» Er nahm einen Stapel Zeitungen von dem zweiten Stuhl, der am Tisch stand, und deponierte sie skrupellos auf dem Teller mit den Bratenresten. Tron fragte sich, ob es zu den Aufgaben des Mädchens gehörte, auch in der Sakristei zu putzen und aufzuräumen.

«Signora Saviotti sagte mir, Sie seien mit Signorina Slataper bekannt gewesen», begann Tron.

Der Pater schickte einen misstrauischen Blick über den Tisch. «Was heißt bekannt? Signorina Slataper gehört zu meiner Gemeinde. Und wer ist Signora Saviotti?»

Tron lächelte höflich. «Die Zugehfrau von Signorina Slataper. Sie sagte auch, Sie hätten hin und wieder mit der Signorina gesprochen.»

Pater Maurice zuckte die Achseln. «Signorina Slataper kam aus dem Friaul. Aus der gleichen Stadt, aus der auch meine Mutter stammte. Aber vielleicht erklären Sie mir erst einmal, worum es geht.»

Tron hatte es immer für besser gehalten, in solchen Fällen ohne Umschweife zur Sache zu kommen. «Signorina Slataper ist tot», sagte er.

Zuerst schien der Priester nicht zu verstehen. Als er Trons Worte begriffen hatte, wurde er blass. «Was ist mit ihr passiert?» Seine klangvolle Stimme hatte sich in ein Flüstern verwandelt.

«Signora Saviotti hat sie heute Mittag gefunden. Signorina Slataper ist erstochen worden.»

Pater Maurice nahm das Glas und trank den Rest des Rotweins in einem Zug aus. Dann fragte er: «War es ein Raubüberfall? Ich meine, ist eingebrochen worden und ...»

Tron schüttelte den Kopf. «Es scheint nichts gestohlen worden zu sein. Die Wohnung war nicht verwüstet und das Schloss unversehrt.»

«Gibt es schon eine Spur?»

«Wir stehen ganz am Anfang der Ermittlungen.»

Pater Maurice schien sich wieder gefangen zu haben. «Und wie kann ich Ihnen helfen?»

«Signora Saviotti hat uns mitgeteilt, dass Anna Slataper verlobt war», sagte Tron. «Sie hat diesen Verlobten allerdings nie zu Gesicht bekommen. Auch seinen Namen weiß sie nicht.»

«Das war sehr taktvoll von Signora Saviotti.» Der Pater lächelte schief. «Aber Anna Slataper war definitiv nicht verlobt.»

«Woher wissen Sie das?»

«Ich hatte ihr geistliches Vertrauen.»

«Wie? Hat sie Ihnen gebeichtet, dass sie ...» Tron unterbrach sich, als er sah, wie Pater Maurice' Augenbrauen zusammenrückten. Keine Macht der Welt, las er in den Augen des Priesters, würde ihn dazu bringen, das Beichtgeheimnis zu verletzen.

«Entschuldigen Sie, Pater», sagte Tron. «Das war eine dumme Frage.»

Das Gesicht des Paters war ausdruckslos. «Wir sind uns nicht nur im Beichtstuhl begegnet», sagte er, nachdem er ein paar Sekunden geschwiegen hatte. «Und es ist wahrscheinlich kein Vertrauensbruch, wenn ich Ihnen mitteile, was sie mir außerhalb des Beichtstuhls erzählt hat.»

Tron beugte sich vor. «Und was hat sie Ihnen erzählt?»

«Nicht sehr viel, fürchte ich. Ich weiß nur, dass sie *frittolini* auf der Piazza verkauft hat, um sich über Wasser zu halten. Und erst damit aufgehört hat, als sie diesen Mann kennenlernte.»

«Hat sie Ihnen gegenüber erwähnt, um wen es sich dabei gehandelt hat?»

«Nein. Nur, dass dieser Mann außerordentlich großzügig war. Und dass sie ohne seine Hilfe nicht wüsste, wie sie über die Runden käme.» Pater Maurice seufzte. «Es wäre sinnlos gewesen, ihr zu sagen, dass sie in Sünde lebt. Sie hatte keine andere Wahl.»

«Seit wann kannten Sie Anna Slataper?»

Der Pater überlegte kurz. «Seit zwei Jahren.»

«Und wann haben Sie aus ihrem Mund zum ersten Mal gehört, dass sie dieses Verhältnis hatte?»

«Vielleicht vor einem Jahr.» Pater Maurice sah Tron an. «Hat Signora Saviotti diesen Mann tatsächlich nie zu Gesicht bekommen?»

Tron schüttelte den Kopf. «Nein. Und wahrscheinlich auch keiner der anderen Hausbewohner. Signora Saviotti vermutet, dass er für seine Besuche immer das Wassertor benutzt hat. Offenbar legte er keinen Wert darauf, gesehen zu werden.»

«Und Sie meinen, dass dieser Mann etwas mit dem Mord zu tun hat?»

Tron zuckte die Achseln. «Das weiß ich nicht. Aber der erste Schritt zur Aufklärung des Falles besteht darin, diesen Mann zu finden.»

«Das dürfte schwer sein, wenn es sich um jemanden handelt, der dieses Verhältnis geheim halten wollte.» Pater Maurice lehnte sich auf seinem Stuhl zurück und musterte die *fiasca*, die vor ihm auf dem Tisch stand. Dann fragte er: «Wann ist sie ermordet worden?»

«Vermutlich vor zwei Tagen.»

Der Priester hob seine Augenbrauen. «Am Sonntag?»

Tron nickte. «Signora Saviotti war mittags noch in der Wohnung. Es muss irgendwann passiert sein, nachdem sich Signora Saviotti von ihr verabschiedet hatte. Genaueres kann ich über den Zeitpunkt der Tat nicht sagen.»

Pater Maurice zögerte und schob sich eine Haarsträhne aus dem Auge. «In diesem Fall könnte ich Ihnen vielleicht behilflich sein.»

Tron runzelte die Stirn. «Inwiefern?»

«Sie war am Sonntag zur Abendmesse hier.» Der Pater fuhr sich erneut mit den Fingern durchs Haar.

«Wann war das?», erkundigte sich Tron.

Über diese Frage musste Pater Maurice nicht lange nachdenken. «Die Messe beginnt um sieben und endet eine Stunde später», sagte er.

«Haben Sie Signorina Slataper anschließend gesprochen?»

«Nein. Aber vielleicht interessiert es sie, dass Signorina Slataper die Kirche in Begleitung eines Mannes verlassen hat.»

«Könnten Sie ihn beschreiben?»

Der Pater lächelte. «Ich kann Ihnen sogar seinen Namen sagen. Und Ihnen verraten, wo er wohnt.»

«Dann verraten Sie es mir.»

«Der Mann heißt Gutiérrez de Estrada und wohnt im *Danieli Hotel.* Ich hatte vor einigen Tagen das Vergnügen, seine Bekanntschaft zu machen.» Pater Maurice verzog das Gesicht, als hätte er gerade einen Schluck Essig getrunken.

«Bei welcher Gelegenheit?

«Ich habe ihn im *Danieli* aufgesucht, um mich nach einem Freund zu erkundigen. Ich dachte, er hätte Gutiérrez nach Venedig begleitet.»

«Hat Señor Gutiérrez Ihnen helfen können?»

«Sein Interesse daran, mir behilflich zu sein, hielt sich in Grenzen.»

«Haben Sie eine Ahnung, was er mit Signorina Slataper zu tun hatte?»

Der Priester schüttelte den Kopf. «Ich war selber überrascht, die beiden zusammen zu sehen.»

«Hatten Sie den Eindruck, dass die beiden sich kannten?»

«Das kann ich Ihnen nicht sagen. Ich glaube, sie haben miteinander geredet, aber selbst da bin ich mir nicht sicher.» Er senkte seinen Blick auf die Tischplatte. «Was haben Sie jetzt vor?»

Tron erhob sich. «Ich werde mich ins *Danieli* begeben und mit diesem Gutiérrez reden.»

Pater Maurice warf Tron einen verdrossenen Blick zu. «Sie werden vermutlich feststellen, dass Señor Gutiérrez nicht sehr gesprächig ist.» Er hatte sich ebenfalls erhoben, um Tron zur Tür zu begleiten.

Tron runzelte die Stirn. «Ich glaube nicht, dass er sich weigern wird, mir bei der Aufklärung eines Mordes behilflich zu sein. Er ist möglicherweise der Letzte, der Signorina Slataper lebend gesehen hat.»

«Sicher. Aber er ist auch der mexikanische Botschafter am Heiligen Stuhl. Sie können ihn nicht zwingen, ein Gespräch mit Ihnen zu führen.»

«Es gab noch nie Schwierigkeiten im Umgang mit Diplomaten.»

Pater Maurice hielt Tron höflich die Tür auf und lächelte. «Sie hatten noch nie Umgang mit Señor Estrada.»

Die Sakristeitür öffnete sich mit dem üblichen Quietschen, als Signor Tron den Kirchenraum wieder betrat. Die ganze Zeit hatte sie die Tür beobachtet wie die Katze das Mauseloch. Jetzt sah sie, wie Signor Tron zum Ausgang spazierte – mit seinem schlendernden Gang, so als wolle er jeden Moment stehenbleiben, um irgendetwas näher ins Auge zu fassen. Was er dann auch tat. Und zwar die stumme Jungfrau, die ihren Marmorblick immer noch auf die gegenüberliegende Kirchenwand gerichtet hielt.

Sie lief durch den Seitengang auf ihn zu und räusperte sich. «Signor Tron?»

Er lächelte, als er sie sah. «Bist du jetzt fertig?» Sein Blick streifte über den Fußboden.

Aber der Fußboden war ihr im Augenblick

egal. «Mehr oder weniger.» Sie streckte ihm die Brieftasche entgegen. «Gehört das Ihnen?» Es war besser, so zu tun, als wüsste sie nicht, worum es sich bei diesem Ding handelte.

Er zog erstaunt die Augenbrauen nach oben. «Das ist meine Brieftasche. Wo hast du sie her?»

«Sie lag am Weihwasserbecken.»

Signor Tron machte ein verdutztes Gesicht. «Ich hatte sie rausgeholt, um etwas zu überprüfen. Offenbar habe ich sie dann danebengesteckt. Halt mal.»

Sie nahm ihm seinen Zylinder und seinen Spazierstock ab, und er knöpfte seinen Mantel auf, um die Brieftasche in seinem Gehrock zu verstauen.

«Regnet es wieder?», erkundigte sich Signor Tron.

Sie nickte. «Es hat wieder angefangen. Aber Sie haben ja den Hut.» Sie deutete auf den schwarzen Zylinderhut, den sie immer noch in der Hand hielt.

Er nahm ihr den Hut aus der Hand. «Zylinderhüte sind die unpraktischsten Hüte der Welt. Die saugen sich voll wie ein Schwamm. Und wenn ein bisschen Wind geht, fliegen sie einem vom Kopf.»

Was Signor Tron offenbar ständig passierte, denn sein Zylinder sah ziemlich mitgenommen aus. «Dann müssen Sie ihn festhalten», sagte sie.

Jetzt hob Signor Tron den rechten Arm. Sein abgewetzter Ärmel sackte nach unten, wobei die Ränder des Ärmels ein wenig auseinanderklafften. «Immer wenn ich das mache, läuft mir das Regenwasser in den Mantel.»

«Dann sollten Sie sich einen Regenschirm anschaffen.»

Gütiger Himmel, was trieb sie dazu, diesem Mann, der ihr völlig unbekannt war, Ratschläge zu geben? Was war das überhaupt für ein Gespräch? Und wahrscheinlich hatte Signor Tron auch Besseres zu tun, als sich mit ihr zu unterhalten.

Aber der schien es überhaupt nicht eilig zu haben. Er runzelte die Stirn. «Weißt du, was Regenschirme kosten?»

Sie schüttelte den Kopf. «Nein.»

«Gute Regenschirme sind teuer. Weil die in England hergestellt werden. Das ist was für reiche Fremde. Nicht für Leute wie uns.»

Nicht für Leute wie uns. Dieser kleine Satz gefiel ihr.

«Ich muss jetzt gehen, Angelina», sagte Signor Tron. Klang das wirklich bedauernd, oder bildete sie sich das nur ein?

Jedenfalls gab er ihr wieder die Hand und sagte: «Danke für die Brieftasche.» Was in gewisser Weise seine Berechtigung hatte, aber bewirkte, dass sie sich richtig mies vorkam.

Sie hätte ihn gerne zum zweiten Mal mit einem französischen Satz überrascht, aber es fiel ihr *partout* keiner ein. Also beschränkte sie sich darauf, sein Lächeln zu erwidern und ihm dabei zuzusehen, wie er die Kirchentür aufmachte und hinaus in den Regen trat.

9

Seine Exzellenz, Señor Gutiérrez de Estrada, Botschafter der mexikanischen Exilregierung am Heiligen Stuhl, beugte sich über seinen Schreibtisch und warf Tron einen frostigen Blick zu. Er sprach ein holpriges, aber gut verständliches Italienisch.

«Mich hier einfach aufzusuchen entspricht nicht dem Dienstweg, Commissario», sagte der Botschafter. «Ich weiß gar nicht, warum ich Sie und Ihren Sergente überhaupt empfangen habe.» Er geruhte seinen manikürten Zeigefinger kurz auf Sergente Bossi zu richten, dem er selbstverständlich keinen Stuhl angeboten hatte.

Das mit dem Dienstweg, musste Tron zugeben, stimmte. Der korrekte Dienstweg wäre über den Stadtkommandanten und das Außenministerium verlaufen. Und er hätte mindestens ein halbes Jahr gedauert. Natürlich wusste Gutiérrez das.

Der Schreibtisch des Botschafters stand im Empfangszimmer der Fürstensuite, die sich auf drei luxuriöse Räume im obersten Stockwerk des *Danieli* erstreckte. An einem klaren Tag hätte man durch die Fenster einen spektakulären Blick auf das Becken von San Marco und die Isola San Giorgio gehabt, aber heute beschränkte der Nebel die Aussicht auf die Takelage eines griechischen Lastenseglers und die Signalmasten zweier Lloyddampfer, die an der Riva degli Schiavoni festgemacht hatten.

Tron, der auf der anderen Seite des Schreibtisches Platz genommen hatte, beantwortete den frostigen Blick des Botschafters mit einem

Lächeln. «Es handelt sich um eine junge Frau. Ihr Name ist Anna Slataper. Wenn meine Informationen stimmen, haben Exzellenz die Signorina gekannt.»

«Habe ich das?» Gutiérrez' Gesicht blieb regungslos. Nur seine linke Augenbraue zog sich ein wenig nach oben.

Eigentlich hatte Tron mit einem älteren Herrn gerechnet, einem Mann, der ebenso schnurrbärtig-mexikanisch aussah wie Señor González, der junge Sekretär des Botschafters, der ihn und den Sergente in die Suite gelassen hatte. Tatsächlich aber war Gutiérrez höchstens vierzig und im Gegensatz zu seinem schnurrbärtigen Adlaten glatt rasiert. Obwohl der Botschafter ruhig auf seinem Stuhl saß, vermittelte er durch seine hagere, trainierte Gestalt den Eindruck großer körperlicher Gewandtheit. Er trug einen kordelumgürteten Morgenmantel, und das seidene Tuch um seinen Hals wurde durch eine Nadel zusammengehalten, auf der ein Brillant von geradezu obszöner Größe prangte. Auf seinem Schreibtisch standen die Reste eines Frühstücks, daneben, in einem Eiskübel, eine Flasche *Veuve Clicquot*.

Tron lehnte dankend ab, als Gutiérrez die

Flasche aus dem Kübel zog, um sein eigenes Glas wieder zu füllen. «Es gibt einen Zeugen», sagte Tron, «der Exzellenz zusammen mit Signorina Slataper gesehen hat, als Exzellenz am letzten Sonntag die Abendmesse in Santa Maria Zobenigo verlassen haben.»

Gutiérrez' Miene war immer noch völlig ausdruckslos. Entweder hatte er nichts zu verbergen, oder er verfügte über eine erstaunliche Selbstkontrolle. Er nippte an seinem Glas und sah Tron gelangweilt an. «Sind Sie gekommen, weil ich mit einer jungen Dame eine Abendmesse besucht habe?»

Tron wartete ein paar Sekunden, bevor er seine Antwort auf den Botschafter niedersausen ließ. Er sagte: «Signorina Slataper ist ein paar Stunden später ermordet worden.»

Das saß. Gutiérrez richtete sich kerzengerade auf. Einen Moment lang sah er aus wie jemand, der sich an einem unsichtbaren Hindernis gestoßen hat. Seine Augenbrauen hüpften nach oben. «Was ist passiert?»

«Signorina Slataper ist heute Mittag in ihrer Wohnung gefunden worden», sagte Tron. «Sie wurde erstochen.»

«Wer hat sie erstochen?» Der Botschafter

zog ein Zigarettenetui aus der Seitentasche seines Morgenmantels und zündete sich eine Zigarette an.

«Das weiß ich nicht. Wie gut haben Exzellenz Signorina Slataper gekannt?»

Gutiérrez warf Tron einen misstrauischen Blick zu. «Ich kannte sie kaum. Wir haben uns erst letzten Mittwoch rein zufällig kennengelernt. Die Señorita ist in der Calle Vallaresso von einem Mann belästigt worden.»

«Was wollte der Mann von ihr?»

«Der Bursche war offenbar betrunken.» Gutiérrez zuckte die Achseln. «Señorita Slataper hat mir dann gestattet, sie nach Hause zu begleiten.»

«Und wie kam es zu dem Treffen am Sonntag?»

Gutiérrez schenkte sich Champagner nach. «Die Señorita hatte mir erzählt, dass sie die Abendmesse besucht. Wir sind locker verabredet gewesen.»

«Haben Exzellenz sie an diesem Abend nach Hause gebracht?»

Gutiérrez nickte. «Ja, das habe ich.»

«Wann ungefähr sind Sie am Rio della Verona gewesen?»

«Gegen neun.»

«Von der Zobenigo bis zur Wohnung von Signorina Slataper geht man höchstens fünf Minuten.»

«Señorita Slataper wollte noch einen Spaziergang zur Piazza machen.»

«Bei dem Wetter?»

«Es war trocken. Wir hatten nur ziemlich dichten Nebel.»

«Kein ideales Wetter für einen Spaziergang.»

«Señorita Slataper hatte den Wunsch, die Gasbeleuchtung an der Piazza im Nebel zu sehen. In dem Land, aus dem ich stamme, schlägt ein Caballero einer Señorita einen harmlosen Wunsch nicht aus. Allein wäre Señorita Slataper dort nicht hingegangen. Nicht nach dem, was ihr am Mittwoch passiert war.»

«Als Sie dann zurückkamen – haben Exzellenz sich an der Tür verabschiedet, oder hat Signorina Slataper Exzellenz noch in ihre Wohnung gebeten?»

«Das hat sie nicht. Warum wollen Sie das wissen?»

«Es scheint, dass Signorina Slataper männlichen Gunstbeweisen nicht ganz abgeneigt war.»

«Ich kann Ihnen nicht folgen, Commissario.»

«Pater Maurice von Santa Maria Zobenigo hat die Möglichkeit angedeutet, dass Signorina Slataper von Männerbekanntschaften gelebt hat.»

Gutiérrez runzelte die Stirn. «Sie meinen, sie war eine ...»

Tron schüttelte den Kopf. «Nicht in dem Sinne, dass sie am Rialto auf Kundschaft gewartet hätte. Aber die Signorina hat offenbar einen reichen Gönner gehabt. Jemand, der sie regelmäßig besuchte und für ihre Kosten aufkam.»

«Ist Ihnen dieser Mann bekannt?»

«Leider nicht. Sie scheint ein sehr zurückgezogenes Leben geführt zu haben.»

«Vermutlich hat ihr Bekannter keinen Wert darauf gelegt, dass diese Verbindung an die Öffentlichkeit gelangte.»

Tron nickte. «Vermutlich. Was haben Exzellenz getan, nachdem Sie Signorina Slataper an der Haustür abgeliefert hatten?»

Gutiérrez zuckte mit den Achseln. «Ich bin zurück ins Hotel gegangen, um mich für die Fahrt nach Triest fertig zu machen. Und meine Füße zu trocknen. Das Wasser auf der Piazza ging mir bis zu den Knöcheln.» Der verärgerte Blick, den der Botschafter über den Tisch warf, schien Tron höchstpersönlich für das Hochwasser verantwortlich zu machen.

«Haben Exzellenz das Lloydschiff benutzt, das um Mitternacht ablegt?», erkundigte sich Tron.

Der Botschafter nickte. «Die *Erzherzog Sigmund*», sagte er. Dann setzte er noch mit gleichgültiger Stimme hinzu, bevor er wieder nach dem Zigarettenetui griff: «Der Dampfer hat pünktlich abgelegt.»

Was sich leicht nachprüfen lässt, dachte Tron. Und als hätte der Botschafter seine Gedanken gelesen, sagte dieser mit einem dünnen Lächeln: «Ich nehme an, Sie werden meine Angaben überprüfen, Commissario.»

Ohne eine Antwort abzuwarten, erhob sich Gutiérrez, um Tron, der ebenfalls aufgestanden war, zur Tür zu geleiten. Dieser eilige Abbruch des Gespräches kam einem Hinauswurf gleich, aber da er keine weiteren Fragen an Gutiérrez hatte, verzichtete Tron darauf zu protestieren.

Im Vorzimmer trafen Tron und Bossi auf einen Herrn, der vielleicht den Grund für die plötzliche Eile des Botschafters darstellte. Es handelte sich um einen etwa dreißigjährigen Mann in einem schwarzen Gehrock, der wartend am Fenster gestanden hatte. Als Tron und Bossi aus dem Salon des Botschafters kamen, drehte er sich um, warf einen verdrossenen Blick auf die Polizeiuniform Bossis und lief grußlos an ihnen vorbei. Er hinkte stark, und seine langen, die Unterlippe berührenden Schneidezähne verliehen ihm das Aussehen eines Frettchens. Tron hatte keine Zeit, den Mann länger zu betrachten, hörte aber noch, wie der Botschafter ihn mit dem Namen *Scherzbecher* anredete. Ein Name, dachte Tron, der gut zu einem Mann passen würde, der mit Faschingsartikeln handelte – mit explodierenden Zigarren oder Pralinen aus Pappmaché.

Als sie wieder auf die Riva degli Schiavoni traten, sah Tron, dass der Nebel noch dichter geworden war. Die Luft war schwer und feucht, Nebelluft, gesättigt mit Rußpartikeln aus dem Schornstein des kleinen Lloyddampfers aus Chioggia, der gerade angelegt hatte. Auf der anderen Seite der Landungsbrücke lag ein großer Raddampfer, die *Erzherzog Sigmund*, zu dem man ihn im vergangenen Jahr gerufen hatte, um den Mord an einem Hofrat und einer jungen Frau aufzuklären. Tron musste an die Principessa denken, an den Sprung, den sein Herz gemacht hatte, als er ihr völlig unerwartet auf dem Deck der *Erzherzog Sigmund* begegnet war. Am Ende der Gangway hatte er das erste längere Gespräch mit ihr geführt, und jetzt stellte er verwundert fest, dass er sich weniger an den Inhalt des Gespräches erinnerte als an die Spuren, die ihre Stiefel im frischgefallenen Schnee hinterlassen hatten.

Die Stimme von Sergente Bossi riss Tron aus seinen Betrachtungen. «Er hat gelogen», sagte der Sergente.

Sie standen immer noch vor dem Eingang des *Danieli*, so wie zwei Touristen, die sich nicht entscheiden konnten, ob sie in Richtung Piazza oder in Richtung Arsenal laufen sollten.

Tron sah Bossi verständnislos an. «Wie bitte?»

«Gutiérrez hat Sie angelogen, Commissario», wiederholte Bossi geduldig. Er grinste plötzlich und steckte vorschriftswidrig die Hände in die Taschen seiner Uniformjacke. «Seine Zeitangaben stimmen vorne und hinten nicht. Gutiérrez kam erheblich später ins Hotel zurück.»

«Und woraus schließen Sie das?»

Bossis Grinsen wurde breiter. «Weil ich am Sonntag die Nachtschicht in der Wache an der Piazza hatte», sagte er. Dann fügte er in leicht vorwurfsvollem Ton hinzu: «Sie haben den Dienstplan selber gemacht, Commissario.»

Tron verzichtete darauf, dem Sergente mitzuteilen, dass er den Inhalt der Dienstpläne normalerweise bereits vergessen hatte, bevor die Tinte getrocknet war. Stattdessen fragte er: «Soll das heißen, dass Sie Gutiérrez Sonntagabend gesehen haben?»

Der Sergente schüttelte den Kopf. «Ich brauchte ihn gar nicht zu sehen.» Er hielt kurz inne, um nachzudenken. Dann sagte er: «Erinnern Sie sich, wie Gutiérrez gesagt hat, er hätte im Hotel die nassen Stiefel wechseln müssen, weil die Piazza unter Wasser stand?»

Tron nickte. «Ja, natürlich.»

«Und dass er gesagt hat, er sei sofort ins Hotel gegangen, nachdem er die Signorina an ihrer Wohnung abgeliefert hatte?»

«Ich verstehe immer noch nicht, worauf Sie hinauswollen, Sergente.»

«Ich will darauf hinaus, dass die Piazza kurz nach neun noch völlig trocken war, Commissario. Die Flut kam erst später. Allerdings dann ziemlich schnell. Man konnte regelrecht zusehen. Die Piazza ist innerhalb einer halben Stunde vollgelaufen wie ein Badezuber.»

«Wann genau kam die Flut?»

«Gegen Viertel vor elf. Eine halbe Stunde später stand die Piazza bereits knöcheltief unter Wasser. Daran war auch dieser verdammte Ostwind schuld.»

«Wir können also ziemlich genau sagen, in welchem Zeitraum Gutiérrez die Piazza auf dem Weg zum *Danieli* überquert hat.»

Bossi nickte stolz. «Wenn Gutiérrez' Stiefel nass geworden sind, dann hat er die Piazza irgendwann zwischen elf und halb zwölf überquert.»

«Und hat sich dann beeilen müssen, um noch rechtzeitig auf den Raddampfer zu kommen.»

Bossi nickte. «Und das wäre leicht zu überprüfen. Die meisten Passagiere kommen früher. Der Zahlmeister wird sich bestimmt an Gutiérrez erinnern.»

«Also hat Gutiérrez gelogen», sagte Tron.

«Wir sollten denken, dass er gegen Viertel nach neun bereits wieder im Hotel gewesen ist, obwohl er in Wahrheit erst zwei Stunden später dort eingetroffen ist. Die Frage ist, was hat er in diesen zwei Stunden gemacht? Offenbar etwas, über das er nicht reden wollte.»

«Gehen wir zurück, Commissario?»

«Wohin?»

Bossi deutete ungeduldig über seine Schulter. «Ins Hotel, zu Gutiérrez. Uns anhören, was für eine Erklärung er für seine nassen Füße hat. Und für die fehlenden zwei Stunden.»

«Ich glaube nicht, dass das klug wäre.»

«Warum nicht?»

«Gutiérrez hat einen Fehler gemacht. Wenn wir ihn damit konfrontieren, wird er auf der Hut sein. Vielleicht macht er ja noch einen Fehler.»

«Also lassen wir ihn vorläufig in Ruhe?» Bossi gab sich keine Mühe, seine Enttäuschung zu verbergen.

Tron nickte. «Und behalten ihn im Auge.» Sie traten beiseite, um zwei Hotelgästen Platz zu machen. «Müssen Sie noch in die *questura*, Bossi?»

«Ich habe bis acht Bereitschaft.» Bossi sah Tron irritiert an. «Sie haben doch selber ...»

Tron unterbrach ihn lächelnd. «Die Dienstpläne gemacht, ich weiß.» Er gab Bossi einen freundschaftlichen Klaps auf die Schulter und sah ihm nach, bis der Nebel ihn verschluckte.

Gutiérrez war, das musste Tron zugeben, in den Augen von Sergente Bossi der ideale Verdächtige: reich und arrogant, einflussreich und unfreundlich. Der Botschafter hatte dem Sergente nicht nur keinen Stuhl angeboten, sondern auch eine Geschichte aufgetischt, die eindeutig nicht stimmte. Aber Tron, dessen Begeisterung für die Person des Botschafters sich ebenfalls in Grenzen hielt, war nicht bereit, aus den unterschlagenen Stunden gleich auf eine Verwicklung des Botschafters in den Mord an Anna Slataper zu schließen.

Natürlich war es vorstellbar, dass Anna Slataper den Botschafter doch in ihre Wohnung gebeten hatte, vielleicht mit der Absicht, ihm dort schon einmal eine kleine Kostprobe ihrer Reize zu servieren – ein Mädchen in ihrer Position tat gut daran, einen möglichst großen

Bekanntenkreis von gutsituierten Herren zu haben.

Und es war durchaus denkbar, dass Anna Slataper dem Botschafter in ihrer Wohnung gerade zu Diensten gewesen war, als sie dort von dem großen Unbekannten überrascht wurden, der für Anna Slatapers Lebensunterhalt aufkam und vielleicht auch emotional in sie investiert hatte. Hatte Gutiérrez es noch geschafft, sich ohne eine tätliche Auseinandersetzung aus der Wohnung abzusetzen, und hatte anschließend der Streit zwischen Anna Slataper und ihrem Gönner mit vier Messerstichen in ihren Rücken geendet? Ein Mord aus Eifersucht war keine Seltenheit in der Stadt Othellos.

Dass Gutiérrez, als Botschafter seines Landes am Heiligen Stuhl, kein Interesse daran hatte, in den Mord an einer Kurtisane verwickelt zu werden, war verständlich. Also hatte er es für das Beste gehalten zu erzählen, er hätte sich, nachdem er Anna Slataper an ihrer Wohnung abgeliefert hatte, direkt ins Hotel begeben. Oder, überlegte Tron weiter, hatte Gutiérrez den Mord vielleicht selbst begangen?

Das erschien Tron unwahrscheinlich, andererseits wusste er aus Erfahrung, dass es unklug war, in diesem frühen Stadium der Ermittlungen irgendetwas auszuschließen. Fest stand nur, dass es in dieser Nacht knappe drei Stunden gab, über die Gutiérrez keine Auskunft geben wollte. Fest stand leider auch, dass es schwer sein dürfte, gegen Gutiérrez vorzugehen. Die diplomatische Immunität, die ihm der Status als Botschafter seines Landes verlieh, machte ihn praktisch unangreifbar. Dafür sorgte schon der Dienstweg, auf den sich Gutiérrez notfalls berufen würde.

Tron beschloss, Bossi morgen Vormittag ins *Danieli* zu schicken, um festzustellen, wann der Botschafter seine Suite bezogen hatte und ob er regelmäßig nach Venedig kam. Und auf keinen Fall konnte es schaden, sich bei der Principessa nach Gutiérrez zu erkundigen. Der Mexikaner hatte es nicht erwähnt, aber Tron ging davon aus, dass Gutiérrez zu der mexikanischen Delegation gehörte, die Maximilian am Montag empfangen hatte.

Er hatte den Ponte della Paglia überquert und ging langsam am Moloflügel des Dogenpalastes entlang. Normalerweise war die Piazzetta am späten Nachmittag voller Publikum, aber heute schien der dichte Nebel Veneziaʼnern wie auch Fremden die Lust vertrieben zu haben, einen Fuß vor die Tür zu setzen. Lediglich eine Gruppe Offiziere in den hellblauen Uniformen der Innsbrucker Kaiserjäger kam Tron entgegen, aber auch sie schienen es eilig zu haben. Als er vergeblich nach den beiden marmornen Säulen ausspähte, war ihm plötzlich so kalt, dass er darauf verzichtete, nach Hause zu laufen, und sich am Molo eine Gondel nahm.

Eigentlich konnte sich Tron die zwei Lire, die der Gondoliere für die Fahrt zum Palazzo Balbi-Valier verlangen würde, nicht leisten (eigentlich konnte er sich praktisch *nichts* leisten), andererseits durfte er sich mit einigem Recht als zukünftigen Ehemann einer der reichsten Frauen Venedigs betrachten, und so gesehen war seine momentane finanzielle Situation nur eine kurzfristige Liquiditätskrise. Was nicht hieß, dass er sein Geld verschenken konnte.

Den Gondoliere zum Beispiel, in dessen *gondola* er gestiegen war, hatte Tron noch nie gesehen. Wenn der Bursche keine gültige Lizenz hatte oder er seine Lizenz nicht (wozu er verpflichtet war) vorweisen konnte, durfte er nicht erwarten, dass der Kunde zahlte. Jedenfalls nicht, wenn der Kunde zufällig *Commissario* von San Marco war. Tron nahm sich vor, die Lizenz am Wassertor des Palazzo Balbi-Valier zu überprüfen. Vielleicht ergaben sich ja bei der Gelegenheit auch Wartungsmängel des Wasserfahrzeugs. Er lehnte sich in den Kissen der *felze* zurück und seufzte.

10

Von seinem grünen Plüschsofa aus sah Tron, wie der Rotstift der Principessa auf die Akte herabstieß und einen fetten Kringel um eine Zahlenkolonne malte. Die Principessa saß zwei Meter von ihm entfernt mit angezogenen Knien auf ihrer Récamiere und ging ihren üblichen abendlichen Beschäftigungen nach: Sie überprüfte Rechnungen, rauchte Zigaretten und trank eine Tasse Kaffee nach der anderen.

Zwischen ihnen stand ein flacher Tisch, auf dem sich, neben dem Kaffeeservice und einer

Schale *baìcoli*, die Unterlagen der Principessa stapelten: Geschäftskorrespondenz, Entwürfe von Verkaufsprospekten, Rechnungen und Bilanzen. Am Rand des Tisches lag ein dünner Stapel Manuskripte für die nächste Ausgabe des *Emporio della Poesia* – Manuskripte, die Tron hin und wieder mit zarten Bleistiftanmerkungen versah.

Wie üblich fiel es ihm schwer, sich auf seine Arbeit zu konzentrieren, denn das Bild, das die Principessa in ihrem enganliegenden Hauskleid aus schwarzer Kaschmirwolle bot, war überaus verführerisch, speziell die lässig in ihrem Mundwinkel hängende Zigarette, die ihrer Erscheinung einen Einschlag ins Bohemehafte gab. Tron wusste, dass die Montalcinos in ihren Pariser Jahren nicht nur im Tuilerienpalast, sondern auch in den Salons der mondänen Halbwelt verkehrt hatten. Jedes Mal, wenn die Principessa einen Zug aus ihrer Zigarette nahm, sah er sie in einem Atelier im Marais oder auf einem Künstlerfest im Quartier Latin vor sich: laszive Blicke Malern und Kritikern zuwerfend – eine Schneise von gebrochenen Herzen hinter sich lassend.

Seit Mai letzten Jahres traf Tron die Principessa fast jeden Tag. Unter der Woche gingen sie abends häufig ins *Fenice* oder besuchten Theateraufführungen und Konzerte im *Malibran.* Zuerst hatten Tron die bewundernden Blicke irritiert, die sich überall auf die Frau an seiner Seite richteten, später begann er, diese Blicke zu genießen, und schließlich bemerkte er sie nicht mehr. Dass selbst dann etwas von dem Glanz der Principessa auf ihn fiel, wenn er allein unterwegs war, stellte Tron eines Tages fest, als ihn eine Gruppe von Generalstabsoffizieren auf der Piazza respektvoll grüßte. Tron vermutete, dass sie ihn zusammen mit der Principessa in der vergangenen Nacht im *Fenice* gesehen hatten.

An Sommerwochenenden machten sie lange Spaziergänge am Lido – misstrauisch beobachtet von den österreichischen Artillerieleutnants, die mit ihren Batterien dort postiert waren. Selbst im Hochsommer, hatten sie festgestellt, war hier draußen die Luft frisch und klar. Einmal war die Principessa auf den absonderlichen Einfall gekommen, sich die Schuhe und die Strümpfe auszuziehen und ihre Krinoline emporzuraffen, um sich bis zu den Knien ins Wasser zu begeben. Das hatte, fand Tron, einen eindeutigen Einschlag ins Skandalöse – er konnte sich denken, was die Contessa dazu gesagt hätte. Doch als er sich nach langem Zögern ebenfalls die Schuhe ausgezogen und die Hosen hochgekrempelt hatte, fand er es herrlich, den Meeresboden unter seinen Füßen zu spüren und den erfrischenden Wellenschlag an seinen Beinen zu fühlen.

So gesehen spielte Tron bei der Principessa die traditionelle Rolle des *cicisbeo*, den gesellschaftlich akzeptierten Part des Hausfreundes einer verheirateten Dame – nur dass es sich im Fall der Principessa di Montalcino um eine Witwe handelte. Und da eine offizielle Verlobung zwischen Tron und der Principessa nie stattgefunden hatte, gab es auch keine lästigen Anfragen nach einem Heiratstermin – jedenfalls bis auf die Anfragen der Contessa, die nicht müde wurde, auf eine Eheschließung zu drängen.

An vier Tagen der Woche speiste Tron mit der Principessa zu Abend und verbrachte auch die Nacht im Palazzo Balbi-Valier, wobei der Ablauf der Abende kaum variierte. Auf ein pünktlich um sieben von Moussada und Massouda (oder Wassouda und Woussada) serviertes Essen schloss sich ein gemütlicher Abend im Salon der Principessa an, was meistens bedeutete, dass die Principessa kettenrauchend in ihren Akten las und Tron die nächste Ausgabe des *Emporio della Poesia* vorbereitete. Zu diesem eheähnlichen Verhältnis passten Trons Filzpantoffeln und seine Hausjacke aus rotem Samt ebenso wie ein Fundus von immer wiederkehrenden Streitpunkten – beispielsweise den Anschluss Venedigs an das neu entstandene italienische Königreich: Die Principessa begrüßte den Anschluss aus geschäftlichen Gründen und hielt Trons separatistische Träume von einer unabhängigen Republik Venedig für sentimentalen Unsinn. Andererseits, musste Tron zugeben, repräsentierte sie mit ihrem gnadenlosen Rotstift jene unsentimentale Kaufmannsvernunft, der die Stadt einmal ihren Reichtum verdankt hatte, während er selber, mit seinem abgewetzten Gehrock, seinem zerbröckelnden Palazzo und der stagnierenden Auflage des *Emporio della Poesia*, eher das Klischee der sterbenden Stadt verkörperte.

Jedenfalls, dachte Tron, sah die Principessa

einfach hinreißend aus – wie sie jetzt den Kneifer von ihrer perfekten Nase nahm, ihre langen Beine ausstreckte, sich lasziv räkelte und die Augen schloss.

«*Ils prennent en songeant les nobles attitudes*», sagte er lächelnd über den Tisch hinweg, indem er sein Manuskript neben sich auf das Sofa legte.

Die Principessa drehte den Kopf und richtete ihre grünen Augen auf ihn. «Wer nimmt eine vornehme Haltung ein?»

«Die Katzen aus dem französischen Gedicht, das ich gerade lese. Und du auf deiner Récamiere.»

«Was für ein Gedicht?»

«Baudelaire. Für die Sondernummer des *Emporio.*»

Die Augenbrauen der Principessa hoben sich. «Ihr bringt eine Sondernummer über Charles Baudelaire?»

«Du kennst Baudelaire?», fragte Tron überrascht. Himmel, das konnte sich arrogant angehört haben.

Es *hatte* sich arrogant angehört, denn die Antwort der Principessa klang ausgesprochen kühl. «Offenbar glaubst du, dass ich nur Akten lese.» Sie machte eine kleine Pause und fügte dann hinzu: «Ich kenne Baudelaire aus Paris.» Das war zweideutig formuliert, weil es die Möglichkeit einer persönlichen Bekanntschaft nicht ausschloss. Die Principessa war immer für eine Überraschung gut.

«Du kennst ihn *persönlich*?»

Das Gesicht der Principessa blieb unbewegt, aber die Befriedigung in ihrer Stimme war nicht zu überhören. Sie nahm einen Zug aus ihrer Zigarette und sagte in beiläufigem Ton: «Wir sind uns auf einem Atelierfest im Quartier Latin begegnet. Ein gut aussehender, charmanter Mann. Glatt rasiert, schwarzer Gehrock. Sehr höflich. Immer *en panne,* wenn das stimmte, was man über ihn gehört hat.» Sie warf einen skeptischen Blick über den Tisch. «Bist du sicher, dass ihr eine Sondernummer über Baudelaire durch die Zensur kriegt?»

Tron lächelte. «Das Problem ist eher, dass die Zensur uns seit Jahren hartnäckig ignoriert.»

«Du legst es also diesmal darauf an?»

«Es würde unserem Ruf nicht schaden, wenn die Zensur sich hin und wieder für uns interessierte. Übrigens kam gestern eure Rechnung für den Druck.» Tron runzelte die Stirn.

«Und?»

«Sie war erheblich höher als vereinbart.»

«Das kann nicht sein. Ich habe sie selber abgezeichnet.»

«Wir hatten vier Lire pro Exemplar vereinbart. Deine Rechnung belief sich auf fünf Lire pro Exemplar.»

«Unsere Vereinbarung bezog sich auf eine Auflage von fünfhundert Exemplaren.» Die Principessa sprach mit sachlicher, routinierter Stimme, als leiere sie das Abc des gesunden Menschenverstandes herunter. «Aber dann hat irgendjemand letzte Woche eine Nachricht an die Druckerei geschickt, dass lediglich dreihundert Exemplare gedruckt werden sollten. Das verändert unsere Kalkulation. Unsere Kosten pro Exemplar sind höher. Wir müssen euch also mehr berechnen.»

«Das hätte man uns mitteilen können.»

Trons Äußerung wurde mit einem verständnislosen Blick quittiert. «Du hattest die Preisliste. Aus der geht hervor, dass wir gestaffelte Preise haben. Wie jede Druckerei.»

«Vor zwei Monaten hast du mir erklärt, dass ihr billiger seid als Alinari. Das ist der Grund, aus dem wir zu euch gekommen sind.

Wir waren eigentlich ganz zufrieden mit Alinari. Jedenfalls wusste man da, woran man war.»

«Was willst du damit sagen?»

«Dass ich deine Geschäftstüchtigkeit bewundere.»

«Tron, ich kann jetzt nicht nachträglich die Rechnung ändern lassen. Vielleicht denkst du ja bei der Gelegenheit nochmal über den Heftrücken nach.»

«Das habe ich bereits, und meine Antwort kennst du. Niemand hätte Verständnis dafür, wenn wir auf der Rückseite Anzeigen für Kurzwaren brächten.»

«Von Kurzwaren war nie die Rede.»

«Es geht ums Prinzip. Wir würden an Renommee verlieren. Der *Emporio della Poesia* hat mit Kommerz nichts zu tun.»

«Ich glaube nicht, dass eine Zeitschrift an Renommee verliert, wenn sie auf der Rückseite für unsere Glasprodukte wirbt.»

«Wenn es nach dir ginge, würden wir alle zehn Seiten einen Kronleuchter abbilden. Mit Preisangaben und Bezugsquellen. Hat Semezzano abonniert?»

Die Principessa zuckte die Achseln. «Ich

schreibe meinen Direktoren nicht vor, welche Zeitungen sie abonnieren sollen. Semezzano schien nicht gerade begeistert von der letzten Nummer. Ich kann mir auch nicht vorstellen, dass er deinen Aufsatz über die *Triumphale Wiederkehr des Trochäus* gelesen hat.»

«Du hast ihn ja auch nicht gelesen.»

Der Rotstift der Principessa blieb in der Luft hängen. «Entschuldige, aber du siehst ja selbst, was ich abends noch zu arbeiten habe.» Ihre Mundwinkel zogen sich verärgert nach unten.

«Hast du Semezzano gesagt, dass er einen zehnprozentigen Rabatt kriegt, wenn er für drei Jahre abonniert?»

«Das wäre sinnlos gewesen», sagte die Principessa. Dann fügte sie gnadenlos hinzu: «Niemand interessiert sich für neulateinische Lyrik. Es gibt keinen Markt dafür.»

Unfähig, einen herablassenden Ton aus seiner Stimme herauszuhalten, sagte Tron: «Verstehe. Der Markt.»

Was sofort eine scharfe Replik der Principessa provozierte. Sie sagte: «Du brauchst das Wort gar nicht so hochnäsig auszusprechen. Wenn es für mein Glas keinen Markt gäbe, würden wir uns hier im Salon totfrieren, und es würde durch die Decke regnen.»

«Wie bei gewissen anderen Leuten, willst du damit sagen.»

«Mein Gott, nimm doch nicht alles gleich persönlich.»

Womit diese Diskussion fürs Erste beendet war – was auch die Haltung der Principessa signalisierte, die sich aufgerichtet und wieder damit begonnen hatte, wütende Kringel um falsche Zahlen zu ziehen.

Natürlich hatte die Principessa recht, dachte Tron, der sich ebenfalls wieder seinem Manuskript zugewandt hatte. Es war albern von ihm gewesen, die Bemerkung der Principessa persönlich zu nehmen. In ihrem glasklaren florentinischen Italienisch hatte sie lediglich den Grund dafür genannt, dass die Absatzzahlen des *Emporio* in den letzten beiden Jahren nicht nur stagniert hatten, sondern (was Tron der Principessa immer verschwiegen hatte) sogar zurückgegangen waren.

Tron seufzte. Der *Markt* also, im Falle des *Emporio* erforderte er offenbar das, was die Principessa eine *Marktstrategie* nannte. Und möglicherweise war ein öffentliches Gefecht mit der Zensurbehörde genau die richtige *Marktstrategie,* um den *Emporio* aus seinem Absatztief zu befreien. Dann könnte er auch damit aufhören, jeden Monat fünfzehn Exemplare des *Emporio della Poesia* für die juristische Handbibliothek der *questura* zu bestellen. Bis jetzt war das nicht aufgefallen, weil die Bibliothek nie benutzt wurde. Aber irgendwann würde jemand dort auf kniehohe Stapel des *Emporio* stoßen und unangenehme Fragen stellen.

So wie ihm in den nächsten Tagen der Polizeipräsident unangenehme Fragen stellen würde. Zum Beispiel nach dem geheimnisvollen Liebhaber der Ermordeten und nach Gutiérrez' Verwicklung in den Fall. Dass der Botschafter bei diesem Mordfall eine undurchsichtige Rolle spielte, hatte sicher Spaurs Interesse geweckt.

Tron hob die Augen von seinem Manuskript und riskierte einen verstohlenen Blick über den Tisch. Die Principessa hatte sich eine frische Zigarette angezündet und kritzelte immer noch rote Kringel um Zahlenkolonnen, wobei sie ihren Stift wie einen Dolch handhabte.

Tron räusperte sich. «Maria?»

Die Principessa ließ die Akte auf ihre Knie sinken. Ihr Lächeln signalisierte Tron, dass sie keine Lust hatte, den Streit fortzusetzen. «Ja?»

«Kennst du einen gewissen Gutiérrez de Estrada? Er ist Botschafter der mexikanischen Exilregierung am Heiligen Stuhl. Bewohnt eine Suite im *Danieli.* Ich dachte mir, dass du ihm vielleicht auf Schloss Miramar begegnet bist.»

Die Principessa runzelte die Stirn. «Ja, das bin ich. Was ist mit Gutiérrez?»

«Er ist in einen Mord verwickelt.»

«Was?»

Tron nickte. «Vor zwei Tagen ist eine junge Frau in einer Wohnung am Rio della Verona erstochen worden. Die Zugehfrau hat sie heute gefunden.»

«Einbruch?»

Tron schüttelte den Kopf. «Sieht nicht danach aus. Wir glauben, dass der Täter die Frau gekannt hat.»

«Und wie kommst du auf Gutiérrez?»

«Gutiérrez hatte sie vor ein paar Tagen zufällig kennengelernt und am Abend des Mordes nach Hause begleitet. Er hat sich gegen neun an ihrer Haustür verabschiedet und ist anschließend ins *Danieli* zurückgegangen. Behauptet er. Es hat sich aber herausgestellt, dass er erst knappe drei Stunden später im Hotel war.»

«Und ihr fragt euch jetzt, warum er diese drei Stunden unterschlagen hat.»

«Genau.»

«Und was willst du von mir hören?»

«Alles, was du über ihn weißt. Du kennst ihn, oder?»

Die Principessa nickte. «Aus Triest. Die Erzherzogin hat uns miteinander bekanntgemacht. Wir hatten anschließend ein kurzes Gespräch. Gutiérrez arbeitet eng mit dem Vatikan zusammen. Er ist derjenige, der dafür sorgen soll, dass Maximilian die Kirchengüter zurückerstattet, die Benito Juárez beschlagnahmt hat. Und natürlich denkt er dabei auch an seine eigenen Güter, die die Juaristas ebenfalls konfisziert haben. Die Idee, Maximilian zum Kaiser von Mexiko zu machen, geht auf ihn zurück. Er ist der große Strippenzieher im Hintergrund.»

«Worüber habt ihr geredet?»

«Über Belanglosigkeiten. Über das Buffet und den Service auf den Lloydschiffen.»

«Und was ist dein Eindruck von Gutiérrez?»

«Offenbar hat er gewusst, dass ich Witwe bin. Er ist der Typ, der jüngeren Witwen gleich plumpe Komplimente macht.» Die Principessa verzog angewidert das Gesicht. «In seinem schleimigen Krämerfranzösisch.»

Tron musste unwillkürlich lachen. «Mit mir hat er italienisch gesprochen. Würdest du ihm einen Mord zutrauen?»

«Du meinst, ob ich glaube, dass er dieses Mädchen persönlich erstochen hat?»

Tron nickte.

«Nein. Gutiérrez würde sich nie persönlich die Hände schmutzig machen. Er hat genug Geld, um sich einen Mörder zu kaufen.»

«Einen Auftragsmord würdest du ihm zutrauen?»

«Dem würde ich alles zutrauen. Warst du lange bei ihm?»

«Vielleicht zwanzig Minuten. Dann kam Besuch, und Gutiérrez hat uns vor die Tür gesetzt.»

«Kam jemand, den du kanntest?»

«Nein, aber ich weiß seinen Namen. Gutiérrez hat *Scherzbecher* zu ihm gesagt.»

«Wie sah der Mann aus?»

«Er zog ein Bein nach. Mittelgroß, dunkle Haare. Gesicht wie ein Frettchen.»

«Raffzähne?»

«Könnte man sagen.»

«Dann kann ich dir verraten, wer das war. Der Mann hieß nicht Scherzbecher, sondern *Schertzenlechner* und ist Maximilians Privatsekretär.» Die Principessa hatte sich wieder eine Zigarette angesteckt und sah nachdenklich dem Rauch nach, der in den Salon zog. Dann sagte sie, ohne Tron anzusehen: «Ich hoffe, du bist dir darüber im Klaren, dass Gutiérrez mächtige Verbündete hat.»

«Erzherzog Maximilian?»

Die Principessa nickte. «Nicht nur Maximilian. Auch die katholische Kirche. Alle, die wollen, dass Maximilians mexikanische Unternehmung ein Erfolg wird. Nicht zuletzt Franz Joseph, der seinen Bruder am liebsten von hinten sieht.»

«Und du?»

«Ich kann Gutiérrez nicht ausstehen, aber er ist ungeheuer wichtig für Maximilians Erfolg.»

«Und was folgt daraus?»

Die Principessa schnippte die Asche ihrer Zigarette achtlos auf die Untertasse. «Dass du nur hoffen kannst, dass Gutiérrez mit dem Mord nichts zu tun hat.»

11

Das Schlimmste an dieser Arrestzelle, dachte Angelina Zolli, war nicht die feuchte Kälte, die sowohl vom Fußboden aufstieg als auch durch die vergitterten Fenster in den Raum herabsickerte, sondern die Tatsache, dass die Zelle im Erdgeschoss der *questura* völlig überfüllt war. Da die Holzbänke an den Wänden besetzt waren, mussten die Neuankömmlinge stehen oder sich auf den kalten Steinfußboden setzen. Sie saß zwischen einer grellgeschminkten Frau, die nach Alkohol roch und unverständliches Zeug vor sich hin brabbelte, und einem abgerissenen alten Mann, der schweigend auf seine Schuhe starrte und nicht einmal aufsah, als sie sich neben ihn setzte. Trotz der Kälte im Raum stank es bestialisch nach Zigarrenrauch und Erbrochenem. Angelina

Zolli stellte verdrossen fest, dass sie in den letzten Tagen mit fremden Brieftaschen nichts als Ärger gehabt hatte.

Zu behaupten, dass die Brieftasche, mit der die Carabinieri sie auf der Piazza erwischt hatten, ihr gehörte, wäre albern gewesen. Kleine Mädchen in schäbigen Kleidern besaßen keine Brieftaschen aus teurem Chagrinleder. Ungünstig war auch, dass sie, als die beiden Polizisten aus dem Nebel auftauchten, gerade damit beschäftigt war, die Geldscheine zu zählen. Natürlich glaubten die beiden Carabinieri ihr nicht, dass sie nur die Adresse des Besitzers ermitteln wollte, um ihm die Brieftasche dann zurückzugeben. Die Geschichte war einfach blöd gewesen, aber eine andere war ihr so schnell nicht eingefallen.

Der Witz war der, dass sie die Brieftasche tatsächlich *gefunden* hatte. Sie lag, zur Hälfte von einer durchweichten *Gazzetta di Venezia* bedeckt, direkt vor dem Café *Quadri*, und sie hatte sich nur zu bücken und sie aufzuheben brauchen. Dass sie die Brieftasche noch auf der Piazza durchsucht hatte, war ein kindischer Fehler gewesen, andererseits war der Nebel so dicht gewesen, dass das Risiko, das sie dabei eingegangen war, minimal gewesen war. Damit, dass plötzlich zwei Carabinieri vor ihr stehen würden, hatte sie nicht gerechnet.

Sie hob den Kopf, als sich die Tür öffnete und der Sergente, der sie in die Zelle befördert hatte, einen Namen rief. Aus den Augenwinkeln sah sie, wie sich ein junger Mann von der Bank auf der linken Seite erhob und durch die Menge hindurch zur Tür lief. In den letzten anderthalb Stunden hatte es zwei Zugänge und zwei Abgänge gegeben. Bei den Abgängen war kein System zu erkennen, und sie fragte sich, wie lange sie hier noch auf dem kalten Fußboden sitzen musste.

Das Problem war, dass ihre Zeit knapp wurde. Als die Carabinieri sie vor knapp zwei Stunden auf der Piazza erwischt hatten, war es neun gewesen. Inzwischen war es kurz nach elf (die elf Glockenschläge von San Lorenzo waren deutlich zu hören gewesen), und wenn sie nicht um eins zum Essen auftauchte, würde sie ein paar unangenehme Fragen beantworten müssen. Katastrophal wäre, wenn zwei Carabinieri sie gar zu Hause abliefern würden. Signora Zuliani würde ausrasten und sich gemeine Strafen im Dutzend ausdenken – das einzige Gebiet, auf dem sie ein wenig Phantasie entwickelte. Oder – das war die schlimmste aller Möglichkeiten – man brachte sie wieder zurück ins *Istituto delle Zitelle.* Womöglich in die berüchtigte *Spezialabteilung,* in der es wie in einem Gefängnis zuging. Sie durfte gar nicht daran denken.

Angelina Zolli zog die Knie an ihr Kinn und biss sich wütend auf ihre Unterlippe. Das alles war so schrecklich ungerecht. Schließlich hatte sie diese verdammte Brieftasche nicht *gezogen,* sondern nur *aufgehoben.*

Sie registrierte, dass der Mann zu ihrer Rechten sich aus der dumpfen Betrachtung seiner Schuhe gelöst hatte und sein Kinn hob. Er grunzte, drehte den Kopf und warf einen fragenden Blick auf die grellgeschminkte Frau, die links von ihr saß. Offenbar kannten sich die beiden. Die Frau nickte, zog eine kleine Flasche aus einem Beutel, der auf ihrem Schoß lag, und reichte sie dem Mann. Der nahm einen kräftigen Schluck, rülpste herzhaft und gab ihr die Flasche umgehend zurück, zusammen mit einer kleinen Münze – offenbar ein kleines Geschäft unter Freunden.

Angelina Zolli musste plötzlich lachen. Als sie aufstand, wunderte sie sich, warum sie nicht schon früher auf diese Lösung gekommen war. Sie strich ihr Kleid glatt und drängte sich durch die Menge hindurch zur Zellentür. Dann schlug sie dreimal mit der Faust an das Holz, wartete ein paar Augenblicke, und als niemand öffnete, hämmerte sie erneut dreimal gegen die Tür.

Der Sergente, der schließlich erschien (sie hatte ihr Hämmern wiederholen müssen), starrte wütend auf sie herab, aber das konnte ihr egal sein. Sein rundes Tortenbäckergesicht war gelbstichig und erinnerte sie an ein Rührei. Sie ließ ihn erst gar nicht zu Wort kommen.

«Ich habe eine Aussage zu dem Mord am Rio della Verona zu machen», sagte sie mit fester Stimme. Und fügte noch hinzu: «Ich möchte den zuständigen Commissario sprechen.» Sie hatte keine Ahnung, ob es hier in der *questura* einen *zuständigen Commissario* gab, aber auf jeden Fall hörte es sich gut an.

Das hatte sie von Pater Maurice gelernt: sich bei Problemen gleich an den Chef zu wenden. Der Pater schrieb immer direkt an den Vatikan, wenn ihm etwas in seiner Kirche nicht passte. Als sie das verdutzte Gesicht des Sergente sah, überlegte sie, ob es nicht besser gewesen wäre, ein Gespräch mit dem Polizeipräsidenten zu verlangen.

Tron stand am Fenster seines Büros in der *questura* und starrte auf den nebelverschleierten Rio di San Lorenzo hinab, auf dem sich ein dunkler Schatten langsam von links nach rechts bewegte. Eine Gondel? Ein Dinosaurier? Lohengrin? Aus dem Bellen, das aus dem Schatten zu seinem Fenster empordrang, schloss Tron, dass es sich um eine Gondel oder einen *sandalo* gehandelt hatte. Mit einem Hund an Bord.

Seine rechte Hand ruhte auf dem Fensterbrett, die linke hielt den zu einer Röhre zusammengerollten Bericht Bossis, den er heute auf seinem Schreibtisch vorgefunden hatte. Seitdem Bossi sich auf die Inspektorenprüfung vorbereitete, war der Sergente dazu übergegangen, seine Berichte an Tron – der Übung halber – in schriftlicher Form abzugeben. Das kam Trons Bevorzugung des Schriftlichen entgegen, zumal der Sergente über eine gut lesbare *Anglaise* verfügte. Tron hatte hin und wieder ein Komma korrigiert und die Schreibweise eines Wortes verbessert, aber im großen Ganzen bestätigte sich sein Eindruck, dass der Sergente den schriftlichen Teil der Prüfung mit Bravour bestehen würde.

Der Bericht Bossis hielt in angenehmer, leicht altertümlicher Kanzleisprache fest, dass Gutiérrez, der seinen ständigen Wohnsitz in Rom hatte, seit ungefähr einem Jahr alle sechs bis acht Wochen nach Venedig kam und jedes Mal im *Danieli* abstieg. In diesem Zeitraum hatte der Botschafter die Lagunenstadt zweimal in Begleitung seiner Gattin besucht, doch in der Regel kam er allein. Interessant war die Tatsache (Bossi schien einen der Nachtportiers befragt zu haben), dass Gutiérrez viele Nächte nicht in seiner luxuriösen Suite im *Danieli* verbracht hatte, sondern außer Haus. Aber wo? Bei Signorina Slataper? Dann könnte es sich bei dem unbekannten Liebhaber der Signorina tatsächlich um Gutiérrez gehandelt haben. Nur: Was hatte den Botschafter, der seine Beziehung zu Anna Slataper die ganze Zeit sorgfältig geheim gehalten hatte, dann dazu bewogen, sich öffentlich mit seiner Geliebten zu zeigen? Das ergab keinen Sinn und sprach gegen die Annahme, dass Gutiérrez der unbekannte Liebhaber war. Merkwürdig blieb allerdings, dass der Mann offenbar einen guten Grund gehabt hatte, in seiner Aussage knappe drei Stunden zu unterschlagen. Hatte er deshalb gelogen, weil er, entgegen seiner Aussage, Anna Slataper *doch* in ihre Wohnung begleitet hatte?

Tron hatte sich schon lange von der Vorstellung verabschiedet, dass alles in einem Kriminalfall – jedes Detail und jede Handlung der Beteiligten – einen vernünftigen Sinn ergeben würde, wenn man nur lange genug ermittelte. In Wirklichkeit war jeder Fall vollgemüllt mit sinnlosen Details, vollgerümpelt mit den absurdesten Zufällen. So betrachtet konnte die Begegnung zwischen Gutiérrez und Anna Slataper tatsächlich ein reiner Zufall gewesen sein, und für die unterschlagenen drei Stunden konnte es eine völlig harmlose Erklärung geben – oder auch nicht.

Er starrte auf den Rio di San Lorenzo hinab, der durch den Nebel hindurch kaum zu erkennen war, und fragte sich, wie ernst er die Warnung der Principessa vor den mächtigen Freunden des Botschafters zu nehmen hatte.

Als es an seiner Tür klopfte, fuhr er erschrocken herum.

«Ja?»

Die Tür öffnete sich, und auf der Schwelle erschien einer der Sergenti, die im Erdgeschoss der *questura* für die Arrestzellen zuständig waren. Neben ihm stand ein Mädchen in einem abgerissenen Umhang. Das Mädchen kam Tron vage bekannt vor.

«Was gibt es, Sergente?» Er hatte hinter seinem Schreibtisch Platz genommen und nahm seinen Kneifer aus dem Etui.

Der Sergente räusperte sich. «Es geht um den Mord vom Sonntag.»

Tron beugte sich überrascht vor. «Und?»

Der Daumen des Sergente zeigte auf das Mädchen, als wäre sie ein Gegenstand. Er sagte: «Sie hat was gesehen. Und sie will nur mit Ihnen reden, Commissario.» Dann fügte er noch hinzu: «Ist mit einer Brieftasche auf der Piazza erwischt worden.»

Erst als Tron seinen Kneifer aufsetzte, erkannte er sie. Das Mädchen aus Santa Maria Zenobigo. Angelina Zolli.

Er stand auf, um ihr einen Stuhl anzubieten.

Auf den ersten Blick sah sie erbärmlich aus, wie sie vor ihm auf der anderen Seite des Schreibtisches auf dem Stuhl hockte. Tron hatte ihren zerschlissenen Umhang neben seinen Gehpelz gehängt, und jetzt stellte er fest, dass sie denselben Kittel trug wie beim Saubermachen in Santa Maria Zenobigo – ein löcheriges Baumwollkleid aus hellbraunem Stoff mit Ärmeln, deren schmutziger Saum knapp unter den Ellenbogen endete. Vermutlich war es das einzige Kleidungsstück, das sie besaß – und vermutlich eins, in dem sie in der kalten Jahreszeit immer fror. Ihr Blick war gesenkt, die Wimpern lang und dicht. Das blonde Haar, das sie hinten zu einem Pferdeschwanz zusammengebunden hatte, war von einer Farbe, die einen glauben machte, es könne sich über Nacht jederzeit in reines Gold verwandeln. In ein paar Jahren würden ihr die Männer zu Füßen liegen. Tron fragte sich, ob ihr das klar war.

«Dass wir uns so schnell wiedersehen würden, hatte ich nicht erwartet», sagte er.

Angelina Zolli, ein Wunder an Selbstbeherrschung, richtete ihre blauen Augen auf Tron.

«Ich wusste nicht, dass Sie hier der Commissario sind.»

«Und ich wusste nicht, dass du auf der Piazza Leute beklaust.»

Sie runzelte die Stirn. «Hab ich nicht. Die Brieftasche lag vor dem *Quadri.* Ich hab sie nur aufgehoben.»

«Und warum bist du erwischt worden?»

«Weil ich noch auf der Piazza das Geld gezählt habe. Das war blöd von mir.»

«War eine Adresse drin?»

Sie rasselte die Antwort herunter wie eine ihrer mühelos erlernten französischen Vokabeln. «*Hotel Regina e Gran Canal.* Zimmer sechzehn. Lord Ardrey.»

«Was hattest du mit der Brieftasche vor?»

Ihr Blick besagte, dass sie das für eine unsinnige Frage hielt. «Ich hätte das Geld eingesteckt und die Brieftasche weggeworfen.»

Sich also so verhalten wie die meisten Venezianer, was man ihr kaum zum Vorwurf machen konnte.

«Und der Mord am Sonntag?» Tron nahm, um irgendetwas zu tun, einen kleinen Stapel Akten von der linken Seite seines Schreibtisches, schichtete ihn vor sich auf und strich mit der Hand darüber, ganz vorsichtig, so als wäre das Papier aus Blattgold. Er sah sie an. «Was weißt du darüber?»

Als sie schwieg, hatte Tron einen Augenblick lang die Befürchtung, dass dies alles auf einem Missverständnis beruhte.

Doch dann sagte sie: «Ich habe den Mörder gesehen.»

Trons Kaffee hatte sie abgelehnt, sich aber mehrmals unterbrochen, um von den Keksen zu nehmen, die Tron auf den Tisch gestellt hatte. Sie brauchte zwanzig Minuten, um ihre Geschichte zu erzählen. Für ihr Alter war die Schilderung bemerkenswert präzise. Dass die Beschreibung des Mörders reichlich vage ausfiel, war nicht ihre Schuld. Der Bursche hatte offenbar sorgfältig darauf geachtet, dass sein Gesicht im Schatten blieb.

Tron nickte sorgenvoll. «Haben die beiden Carabinieri dein Gesicht gesehen?»

Sie schüttelte den Kopf. «Der Nebel war viel zu dicht.»

«Bist du jemals von uns erwischt worden?» Tron schüttete sich ein wenig Milch in seinen Kaffee.

Wieder blinzelte sie ihn an, als hätte er eine unsinnige Frage gestellt. «Noch nie.»

«Da hast du Glück gehabt.»

Ihre Antwort kam so pfeilschnell. «Glück war das nicht.»

«Was war es dann?»

Ihre blauen Augen blickten auf die Schreibtischkante, dann wieder auf Tron. «Bevor ich zu den Zulianis kam, war ich bei den Settembrinis. Signor Settembrini war Taschenspieler. Hat in Varietés gearbeitet. Mit Karten gezaubert. Leuten auf der Bühne die Uhren aus der Weste gezogen.» Sie gab sich keine Mühe, die Bewunderung aus ihrer Stimme herauszuhalten. «Er war unglaublich gut.»

«Was ist mit ihm passiert?»

Wenn sie der Tod von Signor Settembrini getroffen hatte, zeigte sie es nicht. «Gestorben. Deshalb musste ich zu den Zulianis.»

«Hat Signor Settembrini dir das alles beigebracht?»

Sie schüttelte energisch den Kopf. «Nicht die Tricks mit den Karten.»

«Aber wie du Brieftaschen ziehst.»

Ihr Gesicht wurde starr. «Ich hab noch nie jemanden beklaut, der arm war.»

Tron wollte gerade einen Schluck aus seiner Kaffeetasse trinken, als ihm die Erkenntnis kam. Er setzte die Tasse wieder ab und sagte: «Du hast meine Brieftasche nicht *gefunden*, Angelina.»

«Wie?» Das hatte sie nicht erwartet. Sie sah Tron mit runden Katzenaugen an.

«Gestern in der Kirche.» Tron musste auf einmal heftig lachen. «Du hast einen *Commissario* beklaut. Unter den Augen der Heiligen Jungfrau.»

Was Angelina Zolli nicht komisch fand, aber sofort zugab. «Sie kamen dicht an mir vorbei, und Ihre Brieftasche guckte aus Ihrer Manteltasche. Ich brauchte nur die Hand auszustrecken. Das lief automatisch.»

«Und warum hast du mir die Brieftasche zurückgegeben?»

«Weil ich Leute wie Sie nicht beklaue.»

«Sehe ich so arm aus?»

Wieder antwortete sie sofort. «Sie haben mir die Hand gegeben. Und mir Ihren Namen gesagt. Sie waren höflich zu mir.»

Nach kurzem Schweigen fragte Tron: «Und warum wolltest du jetzt erst mit der Polizei über das reden, was du am Sonntag gesehen hast? Drei Tage später?»

Angelina Zolli streckte ihre Hand nach der Keksdose aus, nahm sich einen Keks, biss aber nicht hinein. «Wenn ich nicht um eins wieder zurück bin, kriege ich Ärger», sagte sie. «Ich dachte, wenn ich dem zuständigen Commissario erzähle, was ich am Sonntag gesehen habe, dann würden sie mich gehen lassen.»

Tron warf einen Blick auf seine Repetieruhr. «Das schaffst du nicht mehr. Aber wenn Signora Zuliani erfährt, was passiert ist, wirst du keinen Ärger kriegen. Du hast den Diebstahl einer Brieftasche verhindert und musstest dir deine Belohnung abholen.»

«Das glaubt sie mir nie.»

Tron lächelte. «Wenn *ich* es ihr erzähle, wird sie es glauben.» Er stand auf. «Lass uns aufbrechen.»

«Was haben Sie vor?»

Jetzt grinste Tron regelrecht. «Mit der Brieftasche ins *Regina* zu gehen und den Finderlohn zu kassieren. Anschließend bringe ich dich nach Hause.»

Ein Plan, der Angelina Zolli offenbar zusagte, denn sie schickte ein kurzes Lächeln über den Schreibtisch. Dann sagte sie in demselben sachlichen Ton, den auch die Principessa anschlug, wenn sie über Geld sprach: «In der Brieftasche waren dreißig Gulden und eine Pfundnote.» Offenbar kannte sie sich mit ausländischen Währungen aus.

«Warum erwähnst du das?»

«Falls inzwischen was fehlt – *ich* hab das Geld nicht.» Woraus hervorging, dass sie sich ein realistisches Bild von der venezianischen Polizei machte.

Tron stand auf, um ihren Umhang zu holen, der neben seinem Gehpelz am Garderobenhaken hing. Sein Gehpelz sah genauso schäbig aus wie ihr Umhang.

Bevor er ihr die Tür öffnen konnte, blieb sie noch einmal stehen. Sie nestelte am Ausschnitt ihres Kleides und zog eine ovale Kapsel hervor, die an einem Kettchen hing. «Hier.»

«Was ist das?»

Sie machte nicht einmal den Versuch, sich zu rechtfertigen. «Das Medaillon lag neben der Toten. Es enthält ein Bild.»

Tron öffnete die Kapsel und blickte auf das Bild eines bärtigen Mannes. Jemand hatte aus einer Fotografie ein Oval ausgeschnitten und es in die goldene Kapsel gelegt.

Erstaunlich, dachte Tron. Für ein Mädchen

wie Angelina Zolli wäre es kein Problem gewesen, irgendwo einen guten Preis für das Medaillon zu erzielen. Er sagte: «Du hättest das Medaillon verkaufen können. Es hat niemand davon gewusst.»

Ihre Augen waren ebenso kühl wie ihre Stimme. «Das Medaillon ist für die Kekse.»

12

Das Schiff hatte seine Segel bereits vor dreißig Jahren verloren, ein paar Jahre später waren seine beiden Masten gebrochen. Früher war es weiß gewesen, mit einem eleganten roten Streifen knapp über der Wasserlinie, doch im Lauf der Jahrzehnte war die Farbe abgeblättert, sodass jetzt überall die Holzmaserung zu sehen war. Im Moment trieb das Schiff langsam über eine mäßig bewegte Wasseroberfläche, drehte sich hin und wieder, wenn es ein leichter Strudel erfasste, schien zu tanzen, wenn kleine, kurze Wellen die Wasseroberfläche kräuselten. Als Trons Fuß den Bug rammte, rutschte die Ladung von Bord – ein

Badeschwamm. Das Schiff kenterte, richtete sich dann aber heldenhaft wieder auf.

«Zehn Gulden Finderlohn sind ganz schön viel Geld», sagte Alessandro, der vor dem Badeofen stand. Tron konnte ihn nur undeutlich erkennen, weil das aus dem hölzernen Zuber aufsteigende heiße Wasser in der Luft kondensierte und das Badekabinett in dicke Dampfschwaden hüllte. Er richtete sich auf, und die Flutwelle drückte das Schiff an den Rand des Zubers.

«Lord Ardrey hatte bereits das britische Konsulat eingeschaltet», sagte er. «Es ging dem Lord nicht um das Geld. Die Brieftasche enthielt wichtige Adressen. Er hat sich sogar bei ihr entschuldigt.»

«Wofür entschuldigt?»

«Für die Mühe, die es sie gekostet hat. Ich habe ihm erzählt, dass sie die Brieftasche sofort auf die *questura* gebracht hat. Lord Ardrey konnte es gar nicht fassen. Er war davon überzeugt, dass alle Italiener klauen.»

«Stimmt ja auch.»

«Es würde stimmen, wenn die venezianische Polizei nicht so außerordentlich effizient wäre.»

Alessandro lachte. «Worauf du bei dieser Gelegenheit nachdrücklich hingewiesen hast.»

«Seine Lordschaft stand dementsprechend kurz davor, einen größeren Betrag für die Polizeiinvaliden zu stiften.»

«Was macht das Mädchen mit dem Geld? Diese Signora Zuliani wird doch versuchen, es ihr abzunehmen.»

«Natürlich wird sie das», sagte Tron. Er angelte vergeblich mit dem Fuß nach dem Badeschwamm. «Deshalb hat Angelina mich auch gebeten, es für sie aufzubewahren.»

«Wird sie hier bei uns aufkreuzen oder in die *questura* kommen?»

«Sie wird es sich hier abholen.»

«Was mache ich, wenn du nicht da bist?»

«Das Geld liegt in Lire gewechselt auf meinem Schreibtisch. Sie wird nicht alles auf einmal haben wollen. Lass sie nicht ohne einen Kakao wieder gehen und stell ihr ein paar Kekse dazu hin.»

«Sie scheint dir zu gefallen.»

«Sie hat einen messerscharfen Verstand.»

«Wie ist sie zu diesen Zulianis gekommen?»

«Sie war vorher in einer anderen Pflegefamilie. Und davor auf der Giudecca.»

«Im *Istituto*?»

«Wo es ihr offenbar nicht sehr gefallen hat.»

«Aber sonst weißt du nichts?»

Tron schüttelte den Kopf. «Aber es wird im *Istituto* eine Akte über sie geben. Und die Principessa ist immer noch im Beirat.»

«Meinst du, sie kommt an die Akten ran?»

«Auf jeden Fall.»

Alessandro machte ein nachdenkliches Gesicht. «Hältst du sie für gefährdet?»

«Schwer zu sagen. Der Mann hat offenbar darauf geachtet, dass sein Gesicht im Schatten blieb. Er muss also davon ausgehen, dass Angelina ihn nicht wieder erkennen würde. So gesehen hätte er keinen Grund, sie zu töten.»

«Aber sie hat gesagt, dass der Mann hinkt. Und dieser Mann weiß, dass er sein Hinken nicht verstecken konnte.»

«Das reicht nicht aus, um ihn zu identifizieren. Und auch wenn er die Absicht hätte, sie aus dem Weg zu räumen – er müsste ganz Venedig nach einem vierzehnjährigen Mädchen durchsuchen. Das ist aussichtslos.»

«Und das Medaillon? Meinst du, die Fotografie zeigt den geheimnisvollen Liebhaber von Anna Slataper?»

«Möglich wäre es.»

«Was hast du jetzt vor?»

«Spaur vorzuschlagen, das Bild in dem Medaillon fotografieren zu lassen. Dann könnten wir zwei Dutzend Abzüge auf den Wachen verteilen, ein weiteres Dutzend am Bahnhof und auf den Lloydschiffen.»

«Und wenn sich herausstellt, dass der Mann auf dem Bild ein Mitglied des Generalstabs ist oder ein Botschafter?»

«Es wäre seine Pflicht gewesen, sich bei der Polizei zu melden.»

«Was machst du, wenn du tatsächlich an ein hohes Tier gerätst?»

«Darüber denke ich nach, wenn es so weit ist.» Tron stand langsam auf, wobei er sich auf den Rand des Zubers stützte. «Gib mir bitte das Handtuch.»

«Kommt die Principessa heute Abend zum Essen?»

Tron schüttelte den Kopf. «Nein.»

«Sie macht sich rar», meinte Alessandro.

«Wundert dich das?»

«Eigentlich nicht. Hat die Contessa dir auch erzählt, wie sie sich eure Zukunft vorstellt?»

Tron nickte. «Natürlich. Wir kündigen den Agnellis, ziehen in die obere Etage und geben während der Saison jeden Monat einen Ball.»

Alessandro seufzte. «Die Contessa stellt bereits Gästelisten zusammen.»

«Wie? Für den Maskenball im Februar?»

«Nein. Für die monatlichen Bälle, nachdem ihr die obere Etage bezogen habt.»

«Großer Gott.»

«Sie hat natürlich in einem Punkt völlig recht, Alvise.»

«Und der wäre?»

«Wenn ihr geheiratet habt, wird endlich Geld vorhanden sein. Für das Dach und für die Ostfassade. Die Gobelins in der *sala degli arazzi* sind ...»

«Feucht. Ich weiß.»

«Und dann könnten wir uns ein paar Angestellte leisten, die mir zur Hand gehen. Mein Vater hatte noch ein Dutzend Leute unter sich. Ich muss praktisch alles allein machen.»

«Fängst du jetzt auch an, mich zu drängen?»

«Absolut nicht. Weil ich gut verstehe, dass ihr nicht nach oben ziehen wollt. Aber Tatsache ist auch, dass sich der Palazzo Tron allmählich auflöst, Alvise.»

«Und was schlägst du vor?»

«Im Idealfall nehmt ihr das Hauptgebäude, und die Contessa bezieht einen der Seitenflügel.»

Tron machte ein skeptisches Gesicht. «Dann müsste sie ihren Salon räumen. Darauf lässt sie sich niemals ein.»

«Da wäre ich mir nicht so sicher. Wenn der Palazzo Tron sich weiter in diesem Tempo auflöst, wird sie auch ihren geliebten Maskenball nicht mehr veranstalten können. Und um den zu retten, würde sie alles tun.»

«Auch ihren Salon räumen und in den Seitenflügel ziehen?»

Alessandro nickte. «Ich denke schon.» Er hielt einen Moment inne. Dann fügte er hinzu: «Außerdem hat sie wegen irgendetwas ein schlechtes Gewissen.»

Was der Contessa, fand Tron, jedenfalls nicht anzusehen war, als sie kurz nach sieben die *sala degli arazzi* betrat, gefolgt von Alessandro, der seinen hölzernen Servierwagen vor sich herschob.

Zum Auftakt servierte Alessandro eine

Soupe à la Reine, anschließend Salm mit Austernsauce. Wenn es Tage gab, an denen Signora Corsini, die Köchin, sich selber übertraf, dann war heute einer dieser Tage. Tron stellte fest, dass sein Zorn auf die Contessa mit jedem Bissen schwächer wurde, hielt allerdings an der Absicht fest, die Angelegenheit, die ihn gestern in Wut versetzt hatte, beim Dessert zur Sprache zu bringen.

Die Bank hatte einen Kredit unter der Voraussetzung in Aussicht gestellt, dass die Heirat zwischen ihm und der Principessa bald vollzogen würde. Dem lag die konventionelle Annahme zugrunde, dass der Ehemann nach der Heirat automatisch über das Vermögen seiner Gattin verfügen konnte – eine Annahme, die der Principessa allenfalls ein kühles Lächeln entlocken würde.

Wie üblich zog sich Alessandro nach dem Servieren des Desserts zurück. Als er die Tür des Gobelinzimmers schloss, lösten sich ein paar vergoldete Gipsbröckchen aus dem Stuckrahmen über der Tür und fielen auf den Terrazzofußboden. Wenn man nicht aufpasste, zerbröselten sie dort knirschend unter den Schuhsohlen. In letzter Zeit trat Tron immer häufiger auf solche Stuckteilchen. Außerdem hatte der Regen der letzten Tage – das fiel ihm jetzt auf – nicht nur die Gobelins durchfeuchtet, die an der Wand zum Rio Tron hingen. Der Regen war diesmal auch durch die Vorderfront des Palazzo gedrungen und hatte eine Reihe gelblich schimmernder Flecken auf der rötlichen Brokatbespannung der Wand hinterlassen, unregelmäßig geformte Menetekel, die darauf hindeuteten, dass auch die zum Canalazzo gelegene Front des Palazzo Tron dringend sanierungsbedürftig war.

Tron legte die Birne (deren schwarze Nadelstiche auf Wurmbefall hindeuteten) auf den Teller zurück. Er seufzte. Die Contessa und Alessandro hatten recht. Es musste etwas geschehen. Und zwar schnell.

Als hätte die Contessa seine Gedanken gelesen, sagte sie ohne Einleitung: «Die Summe könnte bereits in der nächsten Woche angewiesen werden. Wenn ich den entsprechenden Vertrag unterschreibe.»

Tron beugte sich über den Tisch, wobei der Stuhl, auf dem er saß, gefährlich knackte. «Ein Betrag ist in dem Brief nicht erwähnt worden. Über welche Summe reden wir?»

«Über rund zwanzigtausend Lire. Das reicht für die Fassade zum Rio Tron und für das Dach. Und für gewisse andere Umbauten.» Es war nicht klar, was die Contessa damit meinte.

«Der Betrag wird aber nur angewiesen unter der völlig fiktiven Voraussetzung, dass ich die Principessa noch in diesem Jahr heirate. Und dass die Principessa dann bereit sein wird, diesen Kredit zu tilgen.»

«Hast du Zweifel daran?»

«Das ist nicht der Punkt. Ich sehe nicht, wie diese Bedingungen Teil des Kreditvertrages werden könnten, ohne dass die Principessa ihnen zustimmt. Anderenfalls wirst du der Bank als Sicherheit den Palazzo anbieten müssen. Du hast den endgültigen Vertrag ja noch gar nicht gesehen.»

Tron hatte die Birne wieder zur Hand genommen und damit begonnen, sie in fingerdicke Scheiben zu schneiden.

Er sagte: «Außerdem steht immer noch offen, wo wir wohnen werden. Ich bezweifle, dass die Principessa bereit ist, in den Palazzo Tron zu ziehen.»

«Weil sie befürchtet, ich könnte diesen Haushalt zu sehr dominieren?»

«Du hast oft genug angedeutet, dass ihr der gesellschaftliche Schliff fehle.»

Die Contessa sah Tron an. Nach längerem Schweigen sagte sie: «Dann mache ich dir folgenden Vorschlag. Wir kündigen nicht nur den Agnellis, sondern auch den Widmans, den Volpis und den Semazzanos.» Ihre Stimme und ihre Augen waren matt.

Tron runzelte die Stirn. «Du willst auch den Seitenflügel leer haben? Warum?»

«Hat es dir Alessandro nicht gesagt?»

«Er hat gewisse Möglichkeiten angedeutet.»

«Aber du konntest dir nicht vorstellen, dass ich wirklich dazu bereit bin. Richtig?»

«Ich glaube es immer noch nicht. Sind das die *gewissen anderen Umbauten*, die du angedeutet hast?»

Die Contessa nickte. «Man könnte einen Durchbruch vom Haupttreppenhaus machen. Dann könnten meine persönlichen Gäste das Wassertor benutzen, und ich hätte einen repräsentativen Zugang zu meinen Räumlichkeiten. Ich hätte zwei Etagen für mich und das Dachgeschoss für mein Personal.»

«Für dein *was*?»

Die Contessa sprach so langsam und deutlich wie eine Lehrerin, die einem begriffsstutzigen Schüler etwas erklärt. «Für mein *Personal.* Ich würde mit drei Personen auskommen. Allerdings hätte ich gern eine eigene Köchin.»

«Und Alessandro? Was wäre seine Aufgabe?»

«Alessandro fungiert als Majordomus. Er übernimmt die Gesamtleitung des Hauspersonals. So wie sein Vater.»

«Hast du mit ihm darüber geredet?»

«Alessandro ist nicht mehr der Jüngste, Alvise. Das Treppensteigen fällt ihm immer schwerer. Die Tabletts mit den silbernen Wärmehauben sind schwer. Von der Küche zur *sala degli arazzi* sind es genau dreiundvierzig Schritte und zweiundzwanzig Stufen. Hat Alessandro jedenfalls gesagt. Da nützt ihm auch der Servierwagen nicht viel. Er könnte mit dieser Lösung leben.»

«Das kann ich mir denken.»

«Du sagst doch selbst immer, dass Alessandro zur Familie gehört.»

«Das tut er auch. So, wie sein Vater und sein Großvater zur Familie gehört haben.»

«Also bist du für sein Wohlergehen verantwortlich.»

«Ihr setzt mich ziemlich unter Druck.»

«Dieses Gefühl hatte ich auch, als Alessandro mir seinen Plan unterbreitet hat. Du weißt genau, wie ich an meinem Salon hänge. Aber er hat recht. Das ist die einzige Lösung.»

«Und jetzt soll ich die Principessa von eurem Plan überzeugen. Richtig?»

Die Contessa nickte. «Ihre Befürchtung, dass ich mich in ihren Haushalt einmischen könnte, dürfte damit gegenstandslos geworden sein. Du musst ihr die Situation erklären. Sie kann kein Interesse daran haben, dass der Palazzo Tron vor die Hunde geht.»

«Aber nur unter einer Bedingung.»

«Und die wäre?»

«Du brichst diese bizarren Kreditverhandlungen sofort ab. Wir können nur hoffen, dass die Bank nicht bereits bei der Principessa nachgefragt hat. Das würde mich in eine äußerst peinliche Lage bringen.»

«Du hast nichts davon gewusst.»

Tron seufzte. «Hoffentlich glaubt die Principessa mir das.»

«Da wäre noch etwas, Alvise.»

«Und was?»

«Mein Maskenball.»

Tron sah die Unsicherheit in den Augen der Contessa, und auf einmal tat sie ihm leid. «Dein Maskenball, der inzwischen eine venezianische Institution ist», sagte er. «An der du gern festhalten möchtest.»

«Allerdings.»

Tron lächelte. «Es wäre völlig sinnlos, den Palazzo Tron zu renovieren und keine Maskenbälle mehr zu veranstalten.»

«Meinst du, die Principessa sieht das auch so?»

«Sie wird vermutlich darauf bestehen, ein halbes Dutzend wichtiger Kunden einzuladen. Aber sie zahlt ja auch für alles», sagte Tron. Er dachte einen Moment nach. «Und möglicherweise könnte sie auf den Gedanken kommen, das Treppenhaus des Palazzo zu diesem Anlass mit ihren Glasprodukten zu dekorieren.» Könnte sie wirklich, dachte Tron. Als er sah, wie die Contessa erbleichte, fügte er eiskalt hinzu: «Immerhin sind die Gäste deiner Bälle ziemlich zahlungskräftig.» Dann fiel ihm noch etwas ein. Das würde der Contessa den Wind aus den Segeln nehmen. Tron sagte gnadenlos: «Wenn sich die Principessa nicht um neue Kunden für ihre Produkte kümmern würde, dann würde es im Palazzo Balbi-Valier genauso durchregnen wie bei uns.» Er warf einen anzüglichen Blick auf die feuchten Gobelins und beugte sich fröhlich über den Tisch. «Und das wollen wir doch in Zukunft nicht mehr, oder?»

13

Seitdem sich vor einem halben Jahr das Gerücht verbreitet hatte, der Kaiser würde bei seinem nächsten Venedig-Aufenthalt auch der *questura* einen Besuch abstatten, hatte Spaur es für ratsam gehalten, sein Büro auf einen möglichen Besuch des Allerhöchsten vorzubereiten.

So war das obligatorische Portrait des Kaisers, früher ein Bild, auf dem der Blick Franz Josephs weichlich in die Ferne schweifte, durch ein Gemälde ersetzt worden, auf dem die Augen des Kaisers den Betrachter feldherrnmäßig durchbohrten – der Kaiser bevorzugte bekanntlich ein militärisches Erscheinungsbild. Außerdem hatte sich Spaur dazu aufgerafft, alle Spuren privaten Lebens, die sein Büro mit den Jahren überwuchert hatten, zu tilgen und den Raum in ein Zentrum der effektiven Verbrechensbekämpfung zu verwandeln.

Die weiche Ottomane, auf der Spaur mittags ein längeres Nickerchen zu machen pflegte, war durch ein hartes Kavalett ersetzt worden – was dazu führte, dass sich der Polizeipräsident jetzt jeden Mittag zwei Stunden auf sein Zimmer im *Danieli* zurückzog, um dort seinen Mittagsschlaf zu halten. Verschwunden war auch der Tisch mit dem Kaffeekocher und der runden Kuchenplatte daneben. Der silberne Kaffeekocher war durch eine zerbeulte Militärteekanne ersetzt worden, die Kuchenplatten durch eine Schachtel Militärzwieback. Folglich war Spaur dazu gezwungen, mehrmals täglich ein Café aufzusuchen.

Unmittelbar neben dem Gemälde des Kaisers hing seit vier Wochen ein riesiger Venedigplan, auf dem kleine, verschiedenfarbige Fähnchen die Brennpunkte der Kriminalität markierten. Die bedrohlich aussehende Häufung roter Fähnchen auf der Piazza San Marco, die eine Überquerung des Platzes auf den ersten Blick lebensgefährlich erscheinen ließ, war allerdings hauptsächlich darauf zurückzuführen, dass jeder Fall von Zechprellerei durch ein rotes Fähnchen und jeder Taschendiebstahl durch zwei angezeigt wurde.

Das war natürlich albern, aber Tron musste zugeben, dass es bei flüchtiger Betrachtung einen gewissen Effekt machte. Hier stemmte sich, würde Franz Joseph bei seinem Besuch denken, eine entschlossene Polizeitruppe furchtlos einer wahren Springflut von Verbrechen entgegen.

Als Tron gegen Mittag sein Büro in der *questura* betrat, fand er die Nachricht vor, dass der Polizeipräsident ihn sofort zu sprechen wünsche. Also begab er sich ein Stockwerk höher, durchquerte das von einem Sergente bewachte Vorzimmer Spaurs, klopfte an und trat ein. Der Polizeipräsident, im Knopfloch seines Gehrocks eine joviale weiße Nelke, hatte sich hinter seinen Papieren verschanzt und bot das sorgfältig inszenierte Bild eines Mannes, der bis zur Erschöpfung für Recht und Ordnung kämpft. Infolgedessen blickte er erst auf, als Tron unmittelbar vor seinem Schreibtisch stand.

«Nehmen Sie Platz, Commissario», sagte der Polizeipräsident in betont dienstlicher Stimmlage. Er deutete mit einer zackigen Handbewegung auf den Stuhl, der auf der anderen Seite des Schreibtisches stand.

Tron fiel auf, dass Spaurs Schreibtisch nicht von den üblichen Akten im Kanzleiformat bedeckt war, sondern von hellblauen Bogen in der Größe privaten Briefpapiers. Auf denen hatte sich der Polizeipräsident fleißig Aufzeichnungen gemacht, es wimmelte von Durchstreichungen und Korrekturen. Neben den Briefbogen lag ein Federhalter, und Spaurs Finger waren voller Tintenflecke. Natürlich fehlte auch die übliche Schachtel Demel-Konfekt nicht auf dem Schreibtisch. Der Polizeipräsident hatte sie bereits weitgehend geleert – die ganze Schreibtischplatte war mit bunten Papierkügelchen übersät. Als Spaur Trons Blick bemerkte, fing er an, die Papiere zu ordnen.

«Es gibt ein Problem», sagte er schließlich. «Und zwar betrifft es die junge Dame, der ich mich seit geraumer Zeit verbunden fühle.»

«Signorina Violetta», sagte Tron. Es wäre sinnlos gewesen, so zu tun, als wüsste er nichts von Spaurs Geliebten, einer jungen Sängerin am *Fenice*. Die ganze Stadt wusste darüber Bescheid.

Spaur warf einen misstrauischen Blick in Richtung Tür, so als würde er im Vorzimmer einen Lauscher vermuten. «Es hat den Anschein, dass die junge Dame *belästigt* wird», sagte er.

«Belästigt?»

Der Polizeipräsident schob wütend ein paar Blätter zusammen. «Von einem jungen Stutzer.»

«Sagt das Signorina Violetta?»

«Das sage *ich*. Weil ich den Burschen selber gesehen habe.»

«Wo?»

«Auf der Treppe des Hauses, in dem Signorina Violetta wohnt. Er kam mir entgegen, und in ihrem Zimmer stand eine Vase mit frischen Cattleyas.» Der Polizeipräsident stieß ein bitteres Lachen aus und nahm ein Stück Nougat aus der Konfektschachtel.

«Hat die junge Dame bestätigt, dass die Blumen von dem Mann stammten, der Ihnen im Treppenhaus begegnet ist?»

«Sie hat behauptet, die Blumen seien von

einem unbekannten Verehrer. Aber ich bin sicher, dass es sich dabei um diesen Mann gehandelt hat.» Mit Grabesstimme fügte Spaur hinzu: «Der angeblich ihr *Vetter* ist.» Wieder stieß er ein bitteres Lachen aus. Das Nougatstück verschwand in seinem Mund.

Führte er dieses Gespräch wirklich? Oder war er in seinem Büro eingeschlafen und träumte das alles nur? Tron beugte sich irritiert vor: «Und was kann ich in dieser Angelegenheit tun?»

«Feststellen, welchen Umfang diese Belästigung hat, Commissario», sagte der Polizeipräsident knapp. «Violetta und ich sehen uns dreimal in der Woche. Montag, Donnerstag und Sonntag. Ich frage mich, unter welchen Umständen Signorina Violetta die restlichen Abende verbringt. Die Auskünfte, die sie mir gibt» – Spaur räusperte sich nervös –, «sind nicht sehr erhellend.»

Tron zückte seinen Notizblock. «Das würde bedeuten, dass das Haus in der Calle Speranza viermal in der Woche überwacht werden müsste.»

Spaur nickte. «Ohne dass meine Person damit in einen Zusammenhang gebracht wird.»

«Selbstverständlich, Herr Baron.»

«Und dann wäre noch etwas, Commissario.»

«Ja?»

«Dieser angebliche Vetter von Signorina Violetta – ein Student der Jurisprudenz aus Padua – schreibt Gedichte. Er veröffentlicht seine Verse in einer Zeitschrift namens *Rime di Torino*. Kennen Sie diese Zeitschrift?»

Tron schüttelte den Kopf.

«Ich auch nicht.» Spaur schnaubte wütend und schlug mit der flachen Hand auf den Tisch. «Was jedoch Signorina Violetta nicht daran hindert, ihren angeblichen Vetter für diese Veröffentlichungen zu bewundern. Ich habe in diesem Zusammenhang darauf hingewiesen, dass ich fast täglich mit dem Herausgeber des *Emporio della Poesia* zusammentreffe.»

Was Spaur nie die Bohne interessiert hatte. Trons Versuche, den Polizeipräsidenten zu einem Abonnement zu bewegen, waren regelmäßig gescheitert. Er fragte: «War Signora Violetta der *Emporio* ein Begriff?»

Spaur nickte. «Sie kannte den *Emporio* und war entsprechend beeindruckt.»

Der Polizeipräsident beugte sich lächelnd über den Tisch und tat etwas, was er noch nie getan hatte. Er schob die Schachtel mit dem Demel-Konfekt zu Tron hinüber und sagte mit süßer Stimme: «Bitte, bedienen Sie sich, Commissario.»

«Danke, Herr Baron.»

«Noch beeindruckter war sie dann», fuhr Spaur in beiläufigem Gesprächston fort, «als ich ihr erzählte, dass die nächste Nummer des *Emporio della Poesia* einige meiner Gedichte enthalten wird.»

Einen Augenblick lang dachte Tron, er müsste sich verhört haben. Oder dass er langsam, aber sicher hier in Spaurs Büro verrückt wurde. «Dass der *Emporio* in der nächsten Nummer *was* enthalten wird?»

«Einige meiner Gedichte, Commissario.» Spaur dehnte die Silben, als würde er mit einem Schwerhörigen sprechen. «Ich darf sagen, dass mich Violetta nach dieser Mitteilung mit ganz neuen Augen angesehen hat. Der Rest des Abends verlief daraufhin äußerst erfreulich. Ist Ihnen nicht gut, Commissario? Sie sehen so bleich aus.»

Tron räusperte sich. «Die nächste Nummer

ist eine Sondernummer über einen französischen Lyriker. Wir wollen ihn dem italienischen Publikum vorstellen.»

Das schien keine gute Antwort gewesen zu sein. Denn Spaur lehnte sich zufrieden in seinem Stuhl zurück und sagte im Befehlston: «Dann passt das ja.»

«Was?»

«Sie werden in dieser Nummer auch einen österreichischen Lyriker vorstellen. Das italienische Publikum mit ihm bekanntmachen.» Er schob ein halbes Dutzend Bogen über den Tisch. «Ich nehme nicht an, dass es für Sie ein Problem darstellt, diese paar Seiten ins Italienische zu übertragen. Wann erscheint diese Nummer?»

«In zwei Wochen. Die Bogen sollten noch heute an die Zensurbehörde gehen.»

Spaur hob die Augenbrauen. «Erwarten Sie Schwierigkeiten wegen dieses Franzosen? Zensurmäßig?»

«Das lässt sich schwer sagen.»

«Wie heißt der Bursche?», erkundigte sich Spaur.

«Charles Baudelaire.»

Spaur machte ein gelangweiltes Gesicht. «Nie gehört.»

Tron raffte sich zu einem letzten Versuch auf. «Ich glaube nicht, dass eine Veröffentlichung Ihrer Gedichte ohne weiteres möglich sein wird. Der *Emporio* ...»

Der Polizeipräsident schnitt ihm mit einer energischen Handbewegung das Wort ab. «Commissario?»

«Ja, Herr Baron?»

Spaur wickelte ein Stückchen Trüffelkrokant aus dem Papier und sagte ruhig: «Ich war heute Morgen zufällig in der Handbibliothek der *questura*.» Er lächelte eiskalt. «Dass wir den *Wiener Kriminalkurier*, den *Kaiserlichen Polizeihund* und den *Grazer Polizeiboten* abonniert haben, kann ich nachvollziehen.» Das Lächeln des Polizeipräsidenten wurde eine Spur breiter – und gemeiner. «Die Tatsache, dass wir den *Emporio della Poesia* jeden Monat in fünfzehn Exemplaren beziehen, verstehe ich weniger. Ich könnte mir jedoch vorstellen, dass niemand an diesem etwas merkwürdigen Umstand Anstoß nähme, falls sich herausstellt, dass führende kaiserliche Polizeipräsidenten im *Emporio* veröffentlichen.»

Spaur lehnte sich wieder zurück und ließ seinen Blick in eine imaginäre Ferne schweifen. Er schien die Situation zu genießen. «Persönlichkeiten», fuhr der Polizeipräsident fort, «die über den Tellerrand der täglichen Polizeiroutine hinausblicken und auch in der Lage sind, kraftvolle Verse zu schmieden. In diesem Sinne habe ich mich gestern Abend auch Signorina Violetta gegenüber geäußert. Leier und Schwert. Sie verstehen. Auch ein Stückchen Trüffelkrokant?»

Tron senkte den Kopf. Vor seinem geistigen Auge erschien einen Moment lang die Titelseite des neuen *Emporio della Poesia* – Charles Baudelaire und Johann-Baptist von Spaur. Er musste zweimal kräftig schlucken, um sprechen zu können. «Und was folgt nun daraus – praktisch?»

Offenbar hatte Spaur bereits über diesen Punkt nachgedacht. Er sagte, ohne zu zögern: «Dass Sie diese sechs Seiten ins Italienische übertragen und eine kleine Einleitung dazu schreiben. Stellen Sie alles andere zurück. Um die Zensur kümmere ich mich persönlich. Wer ist dafür zuständig?»

«Oberleutnant Malparzer. Seine Abteilung ist bei den Kroatischen Jägern untergebracht.»

Spaur nickte befriedigt. «Ich kann jetzt nur noch hoffen, dass dieser Bodenbär ...»

«Baudelaire.»

«Dass dieser Franzose etwas von seinem Geschäft versteht. Man will ja auch in einer Umgebung erscheinen, die ein gewisses Niveau hat.»

Wer hatte gleich noch behauptet, die Welt, in der wir leben, sei die Schöpfung eines Demiurgen? Nur dazu da, uns zu erniedrigen und zu quälen? Tron fand, dass diese Leute unbedingt recht hatten. Er verdrehte die Augen, ergriff die Papiere und erhob sich taumelnd.

«Und da wäre noch etwas.» Spaurs Stimme traf ihn wie ein Peitschenschlag.

Noch etwas? Vielleicht ein Sonderheft des *Emporio della Poesia* mit Spaurs gesammelten Erzählungen? Oder ein Versepos des Polizeipräsidenten, das er, Tron, vorher ins Italienische übersetzen musste? In Hexametern – die sich *reimten*? Er ließ sich auf seinen Stuhl zurückfallen. «Ja, Herr Baron?»

«Heute Morgen kam eine Anfrage aus Triest», sagte Spaur, der mit seinen Gedanken offenbar noch bei den Gedichten war. «Es geht um diese Geschichte am Rio della Verona.»

«Von wem kam diese Anfrage?» Tron zog die Stirn in Falten.

«Von einem Kapitänleutnant von Beust. Er gehört zum Stab von Erzherzog Maximilian.»

«Eine offizielle Anfrage?»

Spaur schüttelte den Kopf. «Inoffiziell. Auf dem Flur der Kommandantura. Der Kapitänleutnant wollte wissen, wie die Dinge stehen. Ich konnte ihm nicht allzu viel berichten. Diese Teerjacke denkt offenbar, ich kümmere mich um jeden einzelnen Fall persönlich.» Der Polizeipräsident biss so heftig auf eine kandierte Walnuss, dass es knackte. «Und dass ich bereit wäre, über amtsinterne Vorgänge zu reden.»

«Haben Sie eine Vermutung, warum man sich in Triest für diesen Fall interessiert, Herr Baron?»

«Nein. Haben *Sie* eine?»

«Eine der letzten Personen, die Anna Slataper lebend gesehen haben, war Gutiérrez de Estrada», sagte Tron. Er berichtete Spaur über die fehlenden drei Stunden in der Schilderung des Botschafters. «Ich halte es für wahrscheinlich, dass Kapitänleutnant von Beust und der Botschafter miteinander bekannt sind. Gutiérrez könnte Beust gebeten haben, sich umzuhören.»

«Haben Sie Gutiérrez in Verdacht?»

«Dass er den Mord persönlich begangen hat, glaube ich nicht. Aber es würde mich nicht überraschen, wenn er in diese Geschichte in irgendeiner Form verwickelt wäre.»

«Gibt es Neuigkeiten, die ich wissen müsste? Ich habe vorhin Bossis Bericht gelesen.»

Tron nickte. «Wir haben jetzt einen Zeugen. Ein Mädchen, das allerdings nur sagen kann, dass der Mörder gehinkt hat. Sie konnte sein Gesicht nicht erkennen. Aber sie hat mir ein Medaillon gegeben, das sie neben der Toten gefunden hat.»

Tron zog das Medaillon aus der Brusttasche seines Gehrocks, öffnete die Kapsel und reichte sie über den Tisch. «Es handelt sich möglicherweise um ein Bild des geheimnisvollen Liebhabers von Anna Slataper», sagte er. «Ich hatte daran gedacht, das Bild zu vervielfältigen und ein paar Leute damit zum Bahnhof und zu den Lloydschiffen zu schicken.»

Tron hatte noch vor, bei dieser Gelegenheit ein paar Bemerkungen über progressive Polizeimethoden zu machen und den Polizeipräsidenten darauf hinzuweisen, dass die *questura* dringend ein eigenes Fotolabor benötigte, aber es war offensichtlich, dass Spaur ihm nicht zuhörte. Stattdessen betrachtete der Polizeipräsident die Fotografie in der Kapsel mit wachsender Aufmerksamkeit, ging sogar so weit, eine Leselupe aus der Schublade seines Schreibtisches zu kramen, um das Studium des Bildes mit Hilfe der Lupe fortzusetzen. Das Portrait des bärtigen Mannes schien ihn zu faszinieren.

Schließlich legte Spaur das Medaillon mit der Fotografie auf den Tisch und sagte: «Ich glaube, das werden Sie nicht tun, Commissario.» Sein Miene war ernst.

«Und warum nicht?» Tron runzelte die Stirn.

«Sind Sie ihm nie begegnet?» Spaur schien aufrichtig erstaunt zu sein.

«Wem?»

Spaur verzog das Gesicht und machte eine ungeduldige Handbewegung. «Dem Mann auf dem Bild.»

Tron schüttelte den Kopf.

«Wer hat das Bild außer Ihnen und diesem Mädchen noch gesehen?»

«Nur Sergente Bossi.»

Spaur sagte: «Dann würde ich vorschlagen, dass Sie mit niemandem darüber reden.»

«Wer ist dieser Mann?», fragte Tron.

Spaur schickte ein freudloses Lächeln über den Tisch. Er atmete tief durch und ließ das Medaillon klirrend auf den Tisch fallen.

«Seine Hoheit, der Erzherzog Maximilian», sagte er.

14

«Ein Auftragsmord», sagte Bossi eine Viertelstunde später in Trons Büro. «Das liegt doch auf der Hand. Ich frage mich, warum Spaur nicht darauf gekommen ist.»

Der Sergente hatte dankbar auf dem Stuhl Platz genommen, den Tron ihm angeboten hatte. Jetzt betrachtete er stirnrunzelnd die Uniformmütze auf seinen Knien und dachte wahrscheinlich darüber nach, welche Fragen er Schertzenlechner im Verhörraum stellen würde. Als Tron nicht reagierte, fuhr Bossi mit amtlicher Stimme fort: «Diese Schlussfolgerung erscheint mir hinsichtlich des derzeit vorliegenden Tatsachenmaterials unabweisbar» – ein Satz, den er sich offenbar für den mündlichen Teil der Inspektorenprüfung zurechtgelegt hatte.

Tron lächelte. «Das derzeit vorliegende Tatsachenmaterial war dem Polizeipräsidenten nicht vollständig bekannt. Zu Ihrer Schlussfolgerung konnte Spaur also nicht kommen.»

«Inwiefern?»

«Weil ich Spaur gegenüber nicht erwähnt habe, dass die Beschreibung des Mörders, die uns Angelina Zolli gegeben hat, auf den Privatsekretär Maximilians zutrifft. Was heißt *zutrifft* – wir wissen lediglich, dass der Mörder hinkt. Mehr wissen wir nicht. Das ist keine sehr präzise Beschreibung.»

«Schertzenlechner hinkt ebenfalls.»

«Schertzenlechner ist nicht der einzige hinkende Mann in Venedig. Daraus auf einen Auftragsmord zu schließen erscheint mir nun doch etwas zu voreilig.» Tron zupfte beim Nachdenken an seiner Halsbinde. «Abgesehen davon sehe ich kein Motiv für einen Auftragsmord. Warum hätte Maximilian ein Interesse daran, seine Geliebte umbringen zu lassen?»

«Vielleicht, weil sie irgendetwas gegen den Erzherzog in der Hand hat und Maximilian es sich im Moment nicht leisten kann, kompromittiert zu werden.»

Tron runzelte die Stirn, legte die Fingerspitzen aneinander und das Kinn darauf. Er sah Bossi direkt an. «Das hört sich ziemlich spekulativ an, Sergente.»

«Aber was hätte *Schertzenlechner* für einen Grund, Anna Slataper zu töten?» Bossi hielt entschlossen an seiner Theorie fest. «Und warum interessiert man sich in Triest für den Fall?»

«Ich weiß es nicht. Vielleicht, weil Gutiérrez in die Geschichte verwickelt ist.»

Der Sergente lehnte sich auf seinem Bugholzstuhl so weit nach hinten, dass das Holz gefährlich knackte. «Was hat Spaur zu dem Medaillon gesagt? Ist er der Meinung, dass es sich bei dem geheimnisvollen Liebhaber Anna Slatapers um den Erzherzog handelt?»

Tron zuckte die Achseln. «Der Baron hat sich nicht dazu geäußert.»

Hatte er tatsächlich nicht, was Tron darauf zurückführte, dass Spaurs Aufmerksamkeit vorhin hauptsächlich von der Frage in Anspruch genommen worden war, ob seine Geliebte ihn betrog oder nicht. Er sagte: «Spaur hat sich bedeckt gehalten. Aber er möchte jeden Tag einen Bericht auf seinem Schreibtisch. Außerdem hat er zurzeit ein ganz anderes Problem.» Tron räusperte sich nervös. «Der Kollege Spadeni aus Triest hat uns einen Tipp gegeben. Es geht um eine Frau, die ...»

Tron kniff die Augen zusammen, um nachzudenken. Das mit Spadeni war schon mal ein guter Anfang. Aber was für einen Tipp hatte Spadeni Spaur gegeben? Schließlich sagte er, weil ihm nichts Besseres einfiel: «Es geht um eine Frau, die sich in großem Stil als Hehlerin betätigt. Sie kauft gestohlenen, äh, Schmuck. Spaur möchte, dass wir der Sache nachgehen und Beweise sammeln.» Das hörte sich nicht besonders gut an, aber Bossi würde es schlucken.

Der zückte bereits seinen Bleistift. «Wo wohnt die Frau?»

«Calle Speranza. Das Haus mit dem Gemüsehändler im Erdgeschoss.»

«Und was schwebt dem Baron vor?»

«Überwachung der weiblichen Person und des Objektes», sagte Tron knapp und militärisch. «Zielperson darf nicht merken, dass sie beobachtet wird.»

Großer Gott, jetzt redete er schon selber so, als müsste er sich auf eine Inspektorenprüfung vorbereiten. Das Wort *Zielperson* hatte Bossi veranlasst, die Augenbrauen zu heben. Zweifellos würde er es umgehend in seinen Wortschatz aufnehmen.

Der Sergente dachte kurz nach. «Wir könnten zur Überwachung der weiblichen Zielperson und des Objektes zwei Beamte aus der Nachtschicht ...»

Tron unterbrach ihn. «Keine offiziellen Polizeikräfte. Nehmen Sie ein paar von unseren Informanten. Was ist mit den beiden Taschendieben?»

«Arcoli und Fretti?»

«Arbeiten die noch für uns?»

«Ja, sicher.»

«Dann nehmen Sie die beiden und lassen Sie die Frau beschatten.»

«Rund um die Uhr?»

Tron nickte. «Rund um die Uhr.»

«Und was machen wir mit Schertzenlechner?»

«Das Einzige, was wir bisher über Schertzenlechner wissen, ist, dass er Maximilians Privatsekretär ist, hinkt und Verbindungen zu Gutiérrez hat», sagte Tron. «Und dass er am Montag in Triest war. Auf einem Empfang, den Maximilian für die mexikanische Delegation gegeben hat.»

Bossi kippte seinen Stuhl wieder nach vorne. «Die entscheidende Frage ist doch ...»

«Ob er sich am letzten Sonntag in Venedig aufgehalten hat», unterbrach ihn Tron. «In diesem Fall hat er den Lloyddampfer um Mitternacht benutzt, und sein Name steht auf der Passagierliste.»

«Das lässt sich herausfinden.» Bossi machte eine Eintragung in sein Notizbuch.

«Außerdem», fuhr Tron fort, «würde ich gerne wissen, wem dieses Haus gehört, in dem Signorina Slataper ihre Wohnung hatte, und wer ihre Miete bezahlt hat.»

Bossis Augenbrauen schossen nach oben. «Wenn sich herausstellt, dass Schertzenlechner die Miete bezahlt hat und Sonntag in Venedig war, dann ...»

«Werde ich mit Spaur reden. Aber nicht früher.»

Bossi sprang auf und fuhr sich mit der

Hand durch sein braunes Haar, das daraufhin senkrecht abstand. Sein Gesicht war leicht gerötet, und seine Augen glommen um einiges dunkler, was bei ihm immer ein Zeichen von Erregung war. «Kommen Sie mit, Commissario?»

Würde ich gerne, dachte Tron, jedenfalls lieber, als den *Emporio della Poesia* zu ruinieren. Er grinste schief und sagte: «Ich habe noch etwas Dringendes zu erledigen.» Er deutete mit der Hand auf das Konvolut mit Spaurs Gedichten und ignorierte den fragenden Blick Bossis. Vier Seiten, für deren Übersetzung Tron zwei Stunden veranschlagte – er würde also spätestens gegen fünf Uhr damit fertig sein.

Was sich dann als Fehleinschätzung herausstellte. Natürlich hatte Spaur alles abgeschrieben – ein bisschen bei Goethe geklaut, ein bisschen bei Heine abgestaubt – so wie es sich Tron gedacht hatte. Der Polizeipräsident war nicht der Typ, der sich hinsetzte und im Schweiße seines Angesichts Verse schmiedete. Vermutlich war er in die Bibliothek der Kommandantura gegangen und hatte dem zuständigen Offizier die Auswahl überlassen. *Geben Sie mir irgendwelche Liebesgedichte, Herr Leutnant. Muss ich einen Leihschein ausfüllen?*

Danach war Spaur mit den entsprechenden Bänden unter dem Arm in die *questura* marschiert und hatte den Rest des Vormittags damit verbracht, Unmengen von Konfekt in sich hineinzustopfen und dabei drei Gedichte zusammenzubasteln – und sie in klarer lateinischer Schrift zu Papier zu bringen, was Tron die Arbeit erleichterte, allerdings den frivolen Einschlag von Spaurs poetischen Beutezügen noch nackter hervortreten ließ:

Entwickle deiner Lüste Glanz
Der Abendsonne goldne Strahlen,
Lass deines Schweifes Rad und Kranz
Kühn-äugelnd ihr entgegen prahlen

Meine Güte – das hörte sich ziemlich priapeisch an. Ob *das* durch die Zensur ging? Und ob *das* Signorina Violetta beeindrucken würde? Ach, egal. Das war Spaurs Problem. Jedenfalls schlug es sieben – *Sehen Sie zu, dass sich das Zeug reimt, Commissario* –, bis Tron die letzte Zeile ins Italienische übertragen hatte.

Als er aufstehen wollte, klopfte es, und Bossi steckte seinen Kopf zur Tür herein – offenbar erstaunt darüber, Tron noch anzutreffen.

Jedenfalls hatte der Regen, der den ganzen Nachmittag an die Fensterscheiben von Trons Büro getrommelt hatte, dem Sergente nicht die Laune verdorben – im Gegenteil. Sergente Bossi stand im Türrahmen und strahlte wie jemand, der gerade in der Lotterie gewonnen hatte.

«Wir haben ihn!», sagte er fröhlich. Auf Trons Aufforderung hin nahm er Platz. Zuvor hatte er jedoch seine tropfende Pelerine an den Garderobenständer gehängt; jetzt bildete sich darunter langsam eine Pfütze.

Tron beugte sich matt über seinen Schreibtisch. Er hatte soeben den *Emporio della Poesia* ruiniert, und sein Interesse am Leben, auch an Bossis neuen Erkenntnissen, war mäßig. «Wen?»

«Den Mörder.» Bossi brachte sein Rückgrat in eine senkrechte Position, öffnete sein Notizbuch und setzte ein konzentriertes Gesicht auf – er probte offenbar den passenden Gesichtsausdruck für das Prüfungsgespräch.

Dann räusperte er sich und sagte: «Die Indizienkette ist schlüssig.»

Tron unterdrückte ein Lächeln. Das war ein schöner Satz, und vermutlich hätte ein Mitglied der Prüfungskommission den Sergente an dieser Stelle um nähere Auskünfte gebeten. Also sagte er, wobei er sich bemühte, einen offiziellen Ton anzuschlagen: «Bitte erläutern Sie mir die einzelnen Glieder der Indizienkette, Sergente.»

Was Sergente Bossi mit Vergnügen tat, wobei sein Gesicht ernst blieb. «Das Haus, in dem Anna Slataper gewohnt hat, gehört der Kirche», erklärte er.

Tron nickte. Das war nicht ungewöhnlich. Ein gutes Drittel des venezianischen Immobilienbesitzes – Kirchen, Klöster und Konvente nicht eingerechnet – gehörte immer noch der Kirche und wurde vom Liegenschaftsamt des Patriarchen von Venedig verwaltet.

Sergente Bossi fuhr fort. «Nach Auskunft der Bewohner der Nebenwohnung wird die Miete monatlich von einem Pater Ambrosio kassiert. Der Pater kommt an jedem Ersten persönlich vorbei – es sei denn, es ist etwas anderes verabredet worden.»

Tron hob die Augenbrauen. «Was bei Anna Slatapers Miete der Fall war.»

«So ist es, Commissario. Ich war auf dem kirchlichen Liegenschaftsamt an der Piazza dei Leoni und hatte ein Gespräch mit Pater Ambrosio.» Sergente Bossi stieß den Seufzer eines Mannes aus, dem sich tausend Widrigkeiten in den Weg stellen. «Der Pater war nicht sehr auskunftsfreudig. Erst konnte er sich nicht an das Haus erinnern, dann konnte er angeblich die entsprechenden Unterlagen nicht finden.»

«Und?»

«Ich habe darauf hingewiesen, dass in dieser Wohnung ein Mord geschehen ist und dass wir uns notfalls direkt an den Patriarchen wenden müssten.»

«Was ihn vermutlich nicht beeindruckt hat.»

«Doch.» Bossi gestattete sich ein Grinsen. «Der Pater wurde schlagartig nervös. Die Vorstellung, dass das Büro des Patriarchen eingeschaltet werden könnte, hat ihm gar nicht gefallen.»

Tron zog die Stirn kraus. «Weil die Miete höher war als in den anderen Wohnungen und weil ohne Quittung kassiert wurde?»

Bossi nickte. Er blätterte schwungvoll eine Seite in seinem Notizbuch um. «Die Miete für die Wohnung von Signora Slataper wird alle drei Monate im Voraus bezahlt. Und Sie haben richtig vermutet, Commissario. Sie ist doppelt so hoch. Zweifellos, weil der Mieter keinen Wert darauf legte, dass allzu viele Fragen gestellt wurden.»

«Was hatte der Pater über den Mieter zu sagen?»

«Er sagte, es habe sich um einen Kroaten gehandelt. Der Mann soll kein sehr gutes Italienisch gesprochen haben.»

«Konnte er den Mann beschreiben?»

«Mittelgroß, dunkle Haare. Und er hat ...»

«Gehinkt.»

Bossi klappte sein Notizbuch zu. «Pater Ambrosio hat eine ziemlich gute Beschreibung Schertzenlechners abgeliefert.»

«Gut. Gehen wir davon aus, dass es sich bei dem Mieter der Wohnung, die Anna Slataper bewohnt hat, tatsächlich um Schertzenlechner handelt.» Tron überlegte einen Moment lang. «Schertzenlechner, der im Auftrag seines Herrn für ein Liebesnest gesorgt hat und verständlicherweise ein großes Interesse an

Diskretion hatte. Die entscheidende Frage ist doch: War Schertzenlechner Sonntagnacht in Venedig?»

Es gelang Bossi nicht ganz, ein triumphierendes Lächeln zu unterdrücken. «Er war. Ich bin am Lloydanleger gewesen. Schertzenlechner steht auf der Passagierliste der *Erzherzog Sigmund.* Hat es nicht für nötig gehalten, unter einem falschen Namen zu reisen.»

«Kann sich der Zahlmeister der *Erzherzog Sigmund* an ihn erinnern?»

Bossi nickte. «Der Zahlmeister kennt ihn. Schertzenlechner ist ständig mit dem Lloyd zwischen Venedig und Triest unterwegs. Reist immer auf Beförderungsschein.»

«Was für ein Beförderungsschein?»

Bossi musste kurz nachdenken, hatte dann aber die Antwort parat. «Militär», sagte er. «Unterzeichnet von irgendeinem Kapitänleutnant.»

«Ist Ihnen klar, was das heißt?»

«Dass Schertzenlechner einen militärischen Rang bekleidet.»

Tron nickte. «Vermutlich. Denn als Militärangehöriger wird er nicht aus der Privatschatulle des Erzherzogs bezahlt, sondern aus dem Marineetat. Aber das ist nicht das Entscheidende. Wenn Maximilians Privatsekretär Angehöriger der kaiserlichen Marine ist, dann können wir ihn weder vernehmen noch verhaften.»

«Sondern?»

Tron sah Bossi an. Das drängende Stirnrunzeln des Sergente signalisierte, dass Bossi bereits ahnte, was er gleich hören würde. In Bossis Schweigen hinein sagte Tron: «Wir müssten die Ermittlungen an die Marine abgeben. Aber in jedem Fall schreiben wir einen Bericht für Spaur.»

Bossi zuckte enttäuscht die Achseln. «Dann wird der Baron den Fall den Militärbehörden übergeben, und die Sache verläuft im Sande.»

«Nein, das wird sie nicht.» Tron betrachtete die Mappe mit Spaurs Gedichten. Die Mappe mit seiner grauenhaften Übersetzung von Spaurs Gedichten. Auf einmal war ihm alles egal. Er lächelte grimmig und sagte: «Wir ermitteln vorläufig weiter, denn die Annahme, dass Schertzenlechner *kein* Militärangehöriger ist, liegt auf der Hand – immerhin trägt der Mann Zivilkleidung. Und den Bericht übergeben wir ein paar Tage später.»

«Um in der Zwischenzeit was zu machen?»

«Um den Bericht zu vervollständigen.»

«Womit?» Bossis Gesichtsausdruck war ausgesprochen skeptisch.

«Mit Beweisen, die so eindeutig sind, dass weder der Baron noch irgendein Militärstaatsanwalt sie ignorieren kann.»

«Und wie kommen wir an diese Beweise?»

Tron griff nach der Mappe mit den Gedichten und erhob sich. Die Mappe enthielt nur sechs Seiten, aber sie wog schwer in seiner Hand. Er sagte: «Mit einem Köder, den wir haben. Ich bin sicher, dass Schertzenlechner anbeißen wird.»

15

Von hinten, fand Angelina Zolli, sah der Palazzo Tron nicht besonders beeindruckend aus. Eigentlich sah er überhaupt nicht wie ein Palazzo aus, denn seine rückwärtige Fassade war bis auf zwei etwas schief im Gemäuer sitzende, spitzbogige Fensterchen ausgesprochen schlicht. Allenfalls das große Portal mit dem steinernen Wappen darüber machte etwas her – oder: *würde* etwas hergemacht haben, wenn nicht ein großer Riss den heraldischen Löwen gespalten hätte und wenn der Campiello Tron, der winzige Platz vor dem Palazzo, mit seinen abblätternden Fassaden und den zwischen den Fenstern gespannten Wäscheleinen nicht so schäbig gewirkt hätte.

Zu Angelina Zollis Erleichterung hatte der Regen, der den ganzen Tag über gefallen war, vor einer halben Stunde aufgehört, aber die Luft war immer noch voller Feuchtigkeit, und die Fassaden, die den Campiello umschlossen, glänzten vor Nässe. Unmittelbar vor dem Portal hatte das Regenwasser der letzten Tage eine schlammige Pfütze gebildet, an deren Rand zwei zerlumpte Kinder knieten, um ein kleines Schiff aus Flaschenkorken schwimmen zu lassen. Während der paar Minuten, in denen Angelina Zolli die Rückfront des Palazzo Tron gemustert hatte, hatte ein halbes Dutzend ärmlich aussehender Leute, vermutlich Mieter, die Pfütze umrundet, um den Palazzo entweder zu betreten oder zu verlassen. Angelina Zolli wusste, dass der Palazzo Tron sehr groß war, sich bis zum Canal Grande erstreckte, doch wie weit der Canalazzo entfernt lag, konnte sie unmöglich sagen. Sie hatte im Labyrinth der kleinen Gassen zwischen der Fondaco dei Turchi und San Stae die Orientierung verloren.

Angelina Zolli seufzte. Eigentlich hätte sie jetzt durch das Portal unter dem zerbrochenen Löwen gehen können, aber sie zögerte, weil sie immer noch zu keinem Entschluss gekommen war. Würde es klug sein, ihre Karten vollständig auf den Tisch zu legen, oder nicht? Tatsache war, dass sie den ganzen Tag unablässig darüber nachgedacht hatte, wie sie mit dem, was ihr kurz nach dem Aufwachen eingefallen war, umgehen sollte.

Es war wie eine ... – was für ein Wort hatte Pater Maurice dafür? Ja, richtig. Wie eine *Erleuchtung*. Etwas wurde hell, trat aus dem Dunkel, sodass man es sehen konnte. Nur, dass sie nicht das Gesicht der Heiligen Jungfrau gesehen hatte, in einem Kranz aus Licht, sondern das Gesicht des Mannes, der am Sonntag die Frau getötet hatte. Sie war heute Morgen aufgewacht und hatte sich – noch bevor sie richtig wach gewesen war – an ihn erinnert. Jetzt hätte sie seine Nase beschreiben können, seine Stirn, sein Kinn. Und seinen Mund, über den er seinen Zeigefinger gelegt hatte, um sie zum Schweigen aufzufordern.

Das alles – also eine ziemlich gute Beschreibung zusammen mit der Tatsache, dass er um Mitternacht die *Erzherzog Sigmund* bestiegen hatte – würde dem Commissario wahrscheinlich ermöglichen, den Mann zu identifizieren. Der Commissario musste lediglich die Passagierlisten durchgehen und dem Zahlmeister ein paar Fragen stellen. Im Grunde war es ein reines Kinderspiel. Es war so einfach, dass …

Angelina Zolli schob den Gedanken – die *Versuchung* – beiseite, schlug den Kragen ihres Umhangs nach oben und lief auf das Portal zu. In jedem Fall brauchte sie jetzt etwas von ihrem Geld. Und der Commissario hatte gesagt, dass sie es sich im Palazzo Tron abholen konnte, wann immer sie wollte. Sie würde eine Entscheidung treffen, wenn sie ihn sah. Falls sie ihn überhaupt antraf.

Wie sie vermutet hatte, führte das rückwärtige Portal des Palazzo Tron in einen Innenhof, und von diesem aus gab es einen Gang durch ein weiteres Gebäude in einen zweiten Innenhof. Auch hier war, wie auf dem Campiello, der *intonaco,* die äußere Putzschicht auf den gemauerten Fassaden, weitgehend abgeblättert. Neben einem Eingang, der ebenfalls von einem heraldischen Löwen bekrönt war, entdeckte Angelina Zolli eine Reihe von Messingschildern. Als sie näher trat, las sie: *Tron,* dann *Agnelli, Volpi, Widman* und *Semazzano* – was darauf schließen ließ, dass die Trons sich auch diesen Gebäudeteil mit Untermietern teilten.

Angelina Zolli stieß die Tür auf und trat ein. Und hier endlich, selbst in dem trüben Herbstlicht, das durch die Fenster des Treppenhauses sickerte, wirkte der Palazzo Tron tatsächlich wie ein Palast. Die Eingangshalle mit ihrem Fußboden aus verschiedenfarbigen Marmorplatten war überraschend weitläufig. Direkt vor ihr, in zehn Schritten Entfernung, konnte sie eine große, zu beiden Seiten von mächtigen Admiralslaternen flankierte Tür erkennen, und rechts von der Tür begannen die in splendider Langsamkeit sich hebenden Stufen. Den großartigen Eindruck störte auch nicht, dass dem dicklichen Marmorengel am Auslauf des Treppengeländers ein Arm fehlte und dass große Brocken aus den Stufen, die Angelina Zolli nun vorsichtig nach oben stieg, herausgebrochen waren. Es störte ebenso wenig (na, ja – vielleicht ein bisschen), dass in einer runden Wandnische auf der ersten Treppenkehre ein eiserner Putzeimer, ein Handfeger und ein Besen standen.

Dass allerdings auf dem Putzeimer ein großer Zettel klebte, der besagte: *Eimer und Besen gehören den Trons,* war etwas ernüchternd, aber es passte wiederum zu dem Schild aus brauner Pappe, das auf der nächsten Treppenkehre neben einer zerkratzten Holztür befestigt war, und auf dem zu lesen stand: *Tron.*

Angelina Zolli musste mehrmals klopfen, bis sich die Tür öffnete und ein hochgewachsener Mann vor ihr stand, dessen weißes Haar im Licht der Petroleumlampe an der Decke glänzte. Der Mann trug eine Schürze über einer Art Dienerlivree und sah mit traurig herabgezogenen Mundwinkeln auf sie herab: «Du bringst die Rechnung für das Brennholz, richtig?» Seine Stimme, fand Angelina Zolli, klang ein wenig resigniert – so als wäre etwas eingetreten, das er seit längerer Zeit befürchtet hatte. Der Mann erschien ihr uralt, aber er hielt sich aufrecht, und seine Augen waren warm und freundlich.

Angelina Zolli schüttelte energisch den Kopf. «Nein, Signore. Ich bin ...»

Der Mann unterbrach sie, indem er den Arm hob. «Sag es nicht. Du bist ...» Er kniff die Augen zusammen und schien einen Augenblick lang nachzudenken. Dann lächelte er und sagte: «Angela Zolli. Richtig?»

Sie korrigierte ihn. «*Angelina* Zolli, Signore.»

«Ah, richtig. *Angelina* Zolli. Entschuldige.» Er trat beiseite, wobei er eine kleine, joviale Verbeugung andeutete. «Komm rein.»

Die Küche, in die sie der Mann führte, hätte bei Signora *Nachwischen* auf der Stelle einen Schreikrampf hervorgerufen – bei dieser Vorstellung musste Angelina Zolli ein Kichern unterdrücken. Den Raum als *unaufgeräumt* zu bezeichnen wäre stark untertrieben gewesen. Der Fußboden, das sah sie mit Kennerblick sofort, war seit mindestens drei Tagen nicht mehr gefegt und gewischt worden. Auf einem niedrigen Regal, das rechts neben einem riesigen Herd stand, stapelten sich schmutzige Teller, Tassen und Töpfe. Der große Tisch in der Mitte der Küche war zur Hälfte von Zeitungen bedeckt, auf der anderen Seite standen eine Flasche und ein halbgefülltes Glas, daneben lag aufgeschlagen die *Gazzetta di Venezia.* Aber im Gegensatz zum Treppenhaus und zum Flur (und zur Küche von Signora *Nachwischen*) war es hier herrlich warm. Es war die wunderbarste Küche, die Angelina Zolli jemals gesehen hatte.

«Ich bin Alessandro da Ponte», sagte der Mann, nachdem er seine Schürze abgenommen und auf einen Stuhl geworfen hatte. Er zog einen anderen Stuhl heran und lud sie mit einer Handbewegung ein, Platz zu nehmen. «Und wenn die Köchin nicht da ist, bin *ich* hier für alles zuständig», fügte er hinzu. Er warf einen gequälten Blick auf den Stapel mit dem schmutzigen Geschirr und stieß einen Seufzer aus. «Auch für den Abwasch.» Er sah sie an. «Du möchtest den Commissario sprechen?»

Sie nickte. «Ist der Commissario hier?»

Signor da Ponte schüttelte bedauernd den Kopf. «Er ist in der *questura.* Aber du willst dir» – seine Stimme nahm einen verschwörerischen Ton an – «wahrscheinlich ein bisschen von deinem Geld abholen. Der Conte hat mir von dir erzählt. Ich kann das Geld aus seinem Zimmer holen. Was hältst du davon» – er neigte den Kopf nach links –, «wenn ich dir erst mal einen ... *Kakao* mache?» Er lächelte vergnügt. Als er ihre überraschte Reaktion sah, setzte er noch eins drauf, indem er sie fragte: «Mit Milch oder mit Wasser?»

Jesus, schon das Angebot, einen Kakao zu trinken, kam völlig unerwartet. Die Frage, ob sie ihren Kakao mit Milch oder mit Wasser haben wollte, brachte sie völlig aus dem Konzept. Sie schluckte. «Man kann Kakao auch mit *Milch* machen?»

«Man kann auch *Sahne* nehmen.» Signor da Ponte machte ein triumphierendes Gesicht. «Früher nahm man im Palazzo Tron *nur* Sahne. Aber heute machen wir ihn normalerweise mit Wasser. Nur unseren Gästen servieren wir den Kakao mit Milch.»

«Ich habe keine Ahnung, wie Kakao mit Milch schmeckt.»

Signor da Ponte dachte kurz nach, wobei er wieder seinen Kopf zur Seite neigte. Dann sagte er: «Soll ich dir etwas verraten?» Er musterte sie neugierig. «Wir *haben* gar keine Milch», gestand er. «Wir haben hier so gut wie nie welche.» Er brach in Gelächter aus. Dann stand er auf, um, immer noch lachend, das Wasser für den Kakao aufzusetzen.

Allerdings, stellte Angelina Zolli fest, war der mit Wasser zubereitete Kakao, den ihr Signor da Ponte servierte (nachdem sie einen Teil ihres Geldes empfangen und quittiert hatte), der beste, den sie jemals getrunken hatte – was nicht viel besagte, denn sehr viele Kakaos hatte sie in ihrem Leben noch nicht getrunken.

Angelina Zolli nippte an ihrem Kakao und ließ ihre Blicke unbefangen (es war unmöglich, sich in Signor da Pontes Gegenwart befangen zu fühlen) durch die riesige Küche schweifen – über den verräucherten Herd, neben dem sich Feuerholz stapelte, über die Fensterscheiben, von denen eine mit einem Stück Pappe geflickt worden war. Für einen *Palazzo* ... Sie war sich nicht sicher, ob ihre Frage vorlaut oder dumm war – die Frage platzte einfach aus ihr heraus: «Ist *das* hier der Palazzo Tron?»

Einen Moment lang schien Signor da Ponte ein wenig irritiert zu sein. Er griff nach seinem Weinglas und hob die Augenbrauen.

«Ja, sicher», antwortete er. «Warum fragst du das?»

«Weil ich ...» Da sie nicht wusste, wie der Satz weitergehen sollte, brach sie ab und schwieg verlegen.

Signor da Ponte nahm einen Schluck aus seinem Glas und sah sie an. «Weil du dir den Palazzo Tron prächtiger vorgestellt hast?»

Sie nickte.

Signor da Ponte fing wieder an zu lachen. «Wir sind hier nur im *Zwischengeschoss*, Angelina. Im *gemütlichen* Teil des Palazzo.» Offenbar hielt auch er die unaufgeräumte Küche mit dem ungefegten Fußboden und dem schmutzigen Geschirr für gemütlich. «Die Salons», fuhr er fort, «sind direkt über uns.» Er wies mit dem Daumen zur Decke. «Wenn du Lust hast, zeige ich dir, bevor du gehst, noch den Ballsaal.» Er dachte kurz nach. «Ich glaube nicht, dass die Contessa etwas dagegen hat.»

«Er schläft», sagte Signor da Ponte mit leiser Stimme und legte den Zeigefinger auf seine Lippen.

Sie waren nach zwei weiteren Kakaos ein

Stockwerk nach oben gestiegen und standen jetzt in einem dämmrigen Raum, dessen Ausdehnung wegen der zahlreichen Spiegel an den Wänden schwer zu bestimmen war. Es roch typisch venezianisch, nach ungelüfteter, feuchter Kälte, aber in diesen Geruch mischte sich ein leichter, kaum wahrnehmbarer Duft nach Honig.

Einen Moment lang war Angelina Zolli kurz davor zu fragen, *wer* da schlief, aber dann wurde ihr klar, dass Signor da Ponte den Ballsaal selber meinte. Natürlich – der Ballsaal schlief, ruhte sich aus, weil jahrhundertelang in ihm gelacht, geflirtet und getanzt wurde und er jetzt alt und müde war. Signor da Pontes Bemerkung, die ihr eben noch total absurd vorgekommen war, erschien ihr auf einmal völlig einleuchtend.

Angelina Zolli drehte sich langsam um ihre Achse, fasziniert von ihren eigenen Spiegelbildern, die ihr mit jeder Drehung vor einem anderen Hintergrund entgegenblickten. Direkt über ihr hing ein riesiger Kronleuchter aus Glas, an der Decke waren gemalte Wolken zu erkennen, über die eine Schar von Engeln flog. Sie versuchte sich vorzustellen, wie der Ballsaal aussah, wenn er voller festlich gekleideter Menschen war. Gab es Musik? Natürlich – es wurde ja getanzt. Und die Beleuchtung im Ballsaal? Benutzten sie etwa gewöhnliche Petroleumlampen oder …

Als hätte er ihre Gedanken gelesen, sagte Signor da Ponte lächelnd: «Wir nehmen Kerzen.»

«Wie viele Kerzen sind das dann?» Das interessierte sie, denn sie wusste, dass gute Kerzen teuer waren. Im Hause Zuliani verwendete man deswegen ausschließlich Petroleumlampen oder Lampen mit Rüböl.

«Mit den Kandelabern an den Wänden ungefähr dreihundert.» Signor da Ponte machte ein bekümmertes Gesicht, wahrscheinlich, weil er ebenfalls an die Kosten dachte. Dann schien er auf einmal zu frieren, denn er nestelte an seinem Schal herum, den er sich um den Hals geschlungen hatte, als sie die Küche verließen. «Wir fangen drei Tage vor dem Ball mit dem Heizen an», erklärte er. «Manchmal wird es dann fast *zu* warm. Du kannst dir nicht vorstellen, wie viel Hitze zweihundert Ballgäste verbreiten. Es geht hier dann ungeheuer *elegant* zu. Fast alle Gäste kommen mit Gondeln direkt vom Canalazzo.»

«Und das Treppenhaus?» Wieder so eine Frage, die ihr einfach rausgerutscht war.

Signor da Ponte band seinen Schal fester. «Du hast den Eimer und den Besen gesehen, nicht wahr?»

Angelina Zolli nickte verlegen.

Aber Signor da Ponte schien ihre Frage nicht krumm zu nehmen. Er sagte in sachlichem Ton: «Das Treppenhaus wird vor dem Ball gründlich aufgeräumt. Genauso wie der *andron* im Erdgeschoss, den die Gäste auf dem Weg zum Ballsaal durchqueren müssen, wenn ihre Gondeln sie am Wassertor abgesetzt haben. Der Rest», fügte er achselzuckend hinzu, «ist eine Frage der Beleuchtung. Wie beim Theater.»

«Stimmt es, dass die Kaiserin einmal diesen Ball besucht hat?»

«Wer hat dir das denn gesagt?» Signor da Ponte sah sie erstaunt an.

«Pater Maurice von Santa Maria Zobenigo. Als er mir den Weg zum Palazzo Tron beschrieben hat.»

Signor da Ponte lachte kurz auf. Dann sagte er vage: «Wer weiß das schon? Die Gäste waren maskiert.» Er berührte ihren Arm. «Aber jetzt komm. Sonst stören wir die Contessa.» Seine Hand wies auf eine Flügeltür, über der ein paar vergoldete Engel musizierten – offenbar befand sich dahinter ihr Salon.

Zwei Minuten später standen sie wieder im Vestibül und verabschiedeten sich. Doch eines wollte Signor da Ponte noch von ihr wissen. «Gibt es etwas, das ich dem Conte ausrichten soll?» Er sah sie eindringlich (misstrauisch?) an. «Ist dir noch etwas eingefallen?»

Einen Moment lang kam sich Angelina Zolli mies vor, *richtig* mies – wie eine kleine Betrügerin. Sie zögerte, bevor sie langsam den Kopf schüttelte, aber ihre Entscheidung war gefallen. Außerdem, dachte sie trotzig, würde alles ein Kinderspiel sein. Sie wusste auch schon, wie sie es anfangen würde.

Sie hoffte, dass Signor da Ponte nicht wieder ihre Gedanken lesen konnte. «Ich habe dem Commissario alles gesagt, was ich weiß», antwortete sie.

Das Lächeln fiel ihr nicht schwer, weil sie an den Kakao denken musste, den sie in der *unaufgeräumten* Küche getrunken hatte. «Und Ihr Kakao war wunderbar, Signor da Ponte.»

16

«Du bist verrückt», sagte die Principessa. Der entsetzte Blick, den sie Tron zuwarf, besagte, dass sie es ernst meinte. «Weiß Spaur, was du vorhast?»

Tron schüttelte den Kopf. «Noch nicht. Aber Bossi war ganz begeistert.»

«Dann seid ihr alle beide verrückt!», rief die Principessa wütend.

Sie hatten im Speisezimmer der Principessa zu Abend gegessen – einem Raum, der wie die *sala degli arazzi* im Palazzo Tron mit flämischen Gobelins geschmückt war, nur dass die Gobelins im Palazzo der Principessa definitiv nicht feucht waren. Tron hatte bis zum Kaffee gewartet, um zu berichten, was er mit Schertzenlechner vorhatte.

«Es *könnte* funktionieren», sagte Tron. Es erschien ihm klüger, seine Überzeugung im Konjunktiv zu formulieren, obwohl er von seinem Plan überzeugt war.

«Wenn euch Schertzenlechner tatsächlich in die Falle geht, fangen deine Probleme erst an», sagte die Principessa, ohne Tron anzusehen. Sie winkte Moussada (Massouda?), der mit frischem Kaffee auf der Schwelle des Speisezimmers erschienen war, ungeduldig zur Tür hinaus.

«Wie meinst du das?»

«Gegen Marineangehörige darfst du nicht ermitteln. Geschweige denn, sie in eine Falle locken.»

«Dass Schertzenlechner zur Marine gehört, ist mir offiziell nicht bekannt. Solange er keine Uniform trägt, ist er für mich ein Zivilist. Außerdem wird es keine Rolle mehr spielen, wenn unsere Falle zugeschnappt ist.»

«Weil er in Panik geraten ist und gleich anfangen wird zu reden?»

Tron hatte den Eindruck, dass es der Principessa lieber wäre, wenn Maximilians Privatsekretär *nicht* anfangen würde zu reden.

«Warum glaubst du, dass es sich um einen Auftragsmord handelt?» Die Principessa sah Tron ärgerlich an. «Schertzenlechner könnte auch private Gründe gehabt haben, Anna Slataper zu töten.»

«In diesem Fall hätte Maximilians Adjutant, Kapitänleutnant von Beust, keinen Grund gehabt, sich bei Spaur inoffiziell nach dem Stand der Ermittlungen zu erkundigen.»

«Die Ermordete war die Geliebte des Erzherzogs.» Die Principessa griff nach einem *beignet Dauphin*, behielt es kurz in der Hand und legte es dann auf den Teller zurück. «Ihre Ermordung muss ein Schock für Maximilian gewesen sein. Dass er über die Ermittlungen informiert werden möchte, ist verständlich.»

«Maximilian hätte in einer solchen Situation allen Grund, sich so unauffällig wie möglich zu verhalten. Stattdessen schickt er seinen Adjutanten nach Venedig, um Erkundigungen einzuziehen.»

«Was willst du damit sagen?»

Meine Güte, klang das aggressiv. Tron lehnte sich unwillkürlich auf seinem Stuhl zurück. «Maximilian könnte die Nerven verloren haben», sagte er. «Bei klarem Verstand würde er in Deckung gehen und abwarten.»

«Meinst du, Schertzenlechner wird Maximilian belasten, wenn er in eurer Falle sitzt?»

«Er könnte versuchen, auf diese Weise seinen Hals aus der Schlinge zu ziehen. Obwohl ich nicht glaube, dass wir an den Erzherzog herankommen. Die Untersuchung wird das

Militär übernehmen. Sie werden Schertzenlechner ein Geschäft vorschlagen. Er hält den Mund und wird nach ein paar Jahren freigelassen. Notfalls spricht Franz Joseph eine Begnadigung aus.»

«Aber irgendjemand wird reden, und die ausländischen Zeitungen werden berichten.»

«Dann wäre Maximilian politisch erledigt», sagte Tron.

Die Principessa nickte grimmig. «Worauf Franz Joseph nur gewartet hat. Soll ich dir sagen, warum der Kaiser will, dass sein Bruder nach Mexiko geht?»

«Vermutlich, um den Einfluss des Hauses Habsburg auch in der Neuen Welt wieder zur Geltung ...»

Die Principessa unterbrach Tron mit einer ungeduldigen Handbewegung. «Das ist die Version, die in der *Gazzetta di Venezia* steht. Franz Joseph will seinen Bruder Maximilian loswerden. Weil er ihn hier in Triest nicht unter Kontrolle hat. Aber wenn Maximilian tatsächlich in den Mord verwickelt ist, muss er seinem Bruder aus der Hand fressen. Dann braucht Franz Joseph ihn nicht mehr nach Mexiko zu schicken.»

«Aber *du* willst, dass Maximilian nach Mexiko geht, richtig?»

«Allerdings.»

«Warum ist das so wichtig für dich? Geht es dir nur um ein paar lukrative ... Investitionsmöglichkeiten?»

Die Principessa musterte verdrossen den Dessertteller, der vor ihr stand. «Willst du die ganze Geschichte hören? Sie ist einigermaßen deprimierend.»

«Erzähl sie mir.»

Die Principessa sah an Tron vorbei zu der Anrichte hinüber, über der ein Ricci hing, den sie letztes Jahr auf einer Pariser Auktion ersteigert hatte. Dann sah sie Tron wieder an. Als sie sprach, drückte ihre Stimme keine hörbare Gefühlsregung aus.

Sie sagte: «Die letzte konservative Regierung Mexikos hat beim Schweizer Bankhaus Jecker noch eine langfristige Anleihe aufgenommen. Für eine Dreiviertelmillion mexikanischer Dollars erhielt Jecker Staatsschuldverschreibungen im Wert von fünfzehn Millionen Dollar.»

Zuerst dachte Tron, er müsse sich verhört haben. «Das ist Wucher.»

Die Principessa lächelte böse. «Für Jecker

und die an dieser Anleihe Beteiligten wäre das ein phantastisches Geschäft gewesen.»

«Und als Juárez an die Macht kam?»

«Hat er sich geweigert, die Anleihen zu bedienen. Worauf sich Jecker an den Herzog von Mornay gewandt hat, den Präsidenten der gesetzgebenden Versammlung Frankreichs und Halbbruder Napoleons. Jecker hat Mornay für seine politische Unterstützung dreißig Prozent seines Gewinns angeboten.»

Das war nicht das, was über die Gründe für das französische Engagement in Mexiko in den Zeitungen gestanden hatte und gewiss nicht das, was später in den Geschichtsbüchern stehen würde. Tron fand aber, dass sich die Version der Principessa plausibel anhörte. «Also haben die Franzosen Truppen nach Mexiko geschickt.»

«Maximilian ist die Galionsfigur dieses Unternehmens. Der Mann, der Benito Juárez den Rest geben und später mit seiner kaiserlichen Autorität dafür sorgen soll, dass Mexiko die Anleihen wieder bedient.»

«Und du kommst ins Spiel, weil der Fürst ebenfalls an dieser Anleihe beteiligt war. Richtig?»

Die Principessa nickte. «Mit so ziemlich allem, was er hatte. Es schien ein todsicheres Geschäft zu sein. Das Fatale ist, dass die Glasfabriken auf Murano mit Krediten finanziert worden sind, für die er mit diesen Anleihen gebürgt hat.»

«Deren Wert jetzt im Keller ist. Und wenn sich daran nichts ändert, dann ...»

«Werde ich den Palazzo und die Glasfabriken verlieren», beendete die Principessa den Satz. Dann fuhr sie fort wie ein Buchhalter, der seine Zahlen erklärt – in ihrem Florentiner Italienisch, das so klar und so geschliffen war wie das Glas ihrer Fabriken. «Aber in dem Moment, in dem Maximilian seinen Fuß auf mexikanischen Boden setzt, bin ich saniert. Dann dürfte der Wert meiner Anleihen nach oben schießen. Zumindest kurzfristig. Ich könnte mit leichten Verlusten verkaufen und die Kredite ablösen.» Die Principessa zündete sich eine Zigarette an und ließ das Streichholz – ein Indiz dafür, wie nervös sie war – achtlos auf den Dessertteller fallen.

Tron erhob sich. Er ging zum Fenster und schob den Vorhang zurück. Ein wenig Nebel wehte von der *Salute* her den Canalazzo hoch.

Der Nebel war noch dünn, kaum mehr als ein Schimmer um das Licht, das aus den Fenstern der gegenüberliegenden Palazzi drang, aber Tron vermutete, dass er in ein paar Stunden zum Schneiden dick sein würde. Einen absurden Augenblick lang hatte Tron das Gefühl, soeben eine gute Nachricht gehört zu haben. Er drehte sich um und fragte: «Ist das der Grund, weswegen du es mit der Heirat nicht so eilig hast?»

Der Blick der Principessa war völlig ausdruckslos. Aber hätte sie gelogen, dachte Tron, wäre ihr Antwort nicht so schnell und ohne jedes Zögern gekommen. «Ich möchte nicht, dass du jemanden heiratest, der bankrott ist.»

«Glaubst du wirklich, dass das für mich einen Unterschied macht?»

«Ich war mir nicht ganz sicher. Ich weiß – das ist albern und ungerecht, aber ich ...» Die Principessa brach den Satz ab. Dann sog sie nervös an ihrer Zigarette, ohne Tron anzusehen.

«Wegen der Contessa? Wegen dieses Geredes, dass man mit deinem Geld den Palazzo Tron renovieren könnte?»

«Ja, vielleicht deshalb.» Sie verstummte.

Als sie weitersprach, klang ihre Stimme wieder normal – fast kühl. «Übrigens bin ich im Bilde.»

«Worüber?» Das war eine rhetorische Frage. Tron wusste, was gemeint war.

Jetzt klang die Principessa eisig. «Über die Kreditverhandlungen der Contessa. Das ist recht unangenehm in meiner momentanen Lage.»

«Diese Kreditverhandlungen sind hinter meinem Rücken geführt worden», sagte Tron. Er hoffte, dass die Wahrheit so deutlich in seinen Augen zu lesen war, dass die Principessa sie erkennen konnte. «Und falls es dich beruhigt», fuhr er fort, «die Contessa hat sich gestern Nachmittag aus diesen Verhandlungen zurückgezogen. Ich konnte sie davon überzeugen, dass dieser ganze Vorgang töricht und geschmacklos war.»

Die Principessa studierte das glühende Ende ihrer Zigarette. Dann sagte sie leise: «Ich wusste nicht, dass euch das Wasser bis zum Hals steht.»

Auf einmal fühlte Tron sich dermaßen ausgelaugt und erschöpft, dass er sich setzen musste. «Das Wasser kommt von allen Seiten», sagte er. «Durch das Dach und durch die Wände. Wenn es regnet, saugt sich die Außenmauer zum Rio Tron voll wie ein Schwamm. Und im Winter wird es wieder Frostschäden geben.» Er stellte entsetzt fest, dass er kurz davor war, in Tränen auszubrechen. «Der Palazzo Tron löst sich auf wie ein Stück Zucker in einer Teetasse, Maria.»

«Und du willst trotzdem ...» Sie brauchte den Satz nicht zu Ende zu sprechen.

«Wenn es ein Auftragsmord war, kann ich nicht wegsehen», sagte Tron.

«Es wird nicht *deine* Entscheidung sein.»

«Noch *ist* es meine Entscheidung, ob ich die Ermittlungen fortsetze oder nicht.»

Die Principessa schwieg und sah Tron mit einem Ausdruck an, den er nicht deuten konnte. «Wenn Schertzenlechner reden sollte – ich glaube immer noch nicht an deine Theorie –, aber *falls* er reden sollte, wie wirst du dich verhalten?»

Plötzlich drangen acht dumpfe Glockenschläge von San Samuele durch die Vorhänge des Speisezimmers. Dann war es wieder still, und das einzige Geräusch im Zimmer war das Ticken der französischen Stutzuhr, die auf dem Kaminaufsatz stand. In einem anderen Moment hätte Tron das Ticken der Uhr als tröstlich empfunden, wie einen Herzschlag. Jetzt erinnerte es ihn daran, wie gnadenlos die Zeit verrann.

Er hob hilflos die Schultern. «Es sieht fast so aus, als könnte ich Maximilian weder stellen noch laufen lassen. Stelle ich ihn, bist du ruiniert. Lasse ich ihn laufen, verliere ich meine Selbstachtung.» Tron grinste schief. «Weißt du, wie man das nennt, Maria?»

«Sag es mir.»

«Ein mexikanisches Unentschieden.»

17

Sie betraten seine Zelle im Morgengrauen – drei Soldaten, deren Uniformen so verschmutzt waren, dass man ihre Dienstränge nicht erkennen konnte, und ein Leutnant, dessen Gesicht ihn trotz seines gewaltigen Schnurrbarts fatal an das Gesicht seines Bruders erinnerte. Der Priester in ihrem Gefolge war klein und fett, hatte eine Frisur wie ein Schmalzkringel, und er sah aus wie sein Schwiegervater, der König von Belgien.

Die Soldaten verzichteten darauf, ihm die Hände auf dem Rücken zusammenzubinden, bevor sie ihn aus der Zelle führten. Wohin hätte er auch fliehen können? Das Kasernengelände war von einer hohen Mauer umschlossen, und der kleine Hügel, den alle den *Glockenhügel* nannten, lag nur fünfzig Schritte von dem Gefängnistrakt entfernt, in dem er die letzten zwei Wochen verbracht hatte.

Seine Stiefel hatten sie ihm gestern Abend weggenommen, und jetzt konnte er den lockeren Staub unter seinen Füßen spüren, der kühl und noch feucht vom nächtlichen Tau war. Er konnte über sich die Schreie von Möwen hören, die sich manchmal ins Hinterland verirrten. Und er konnte die Männer des Erschießungskommandos auf dem Hügel erkennen, deren Silhouetten sich scharf vom Purpur der Morgendämmerung abhoben. Als die Salve ihn traf und sich die Kugeln in seine Brust bohrten, war er erstaunt darüber, dass der Schmerz ausblieb. Dann wurde es plötzlich dunkel, so wie in einem

Raum, in dem alle Kerzen im selben Moment gelöscht werden.

Das Erste, was Maximilian nach einer unbestimmten Zeitspanne wieder empfand, war etwas Glattes, das über seine Wange strich und so roch wie ein Rosshaarbezug. Er schlug die Augen auf und stellte fest, dass er im Begriff war, vom Sofa zu rutschen. Zwar gelang es ihm, seinen Sturz mit der ausgestreckten Hand abzufangen und zu vermeiden, dass sein Kopf auf den Boden schlug, trotzdem fiel er hart auf die Seite. Irgendetwas in seinem Schultergelenk knackste laut, aber er beschloss, den Schmerz in seiner Schulter zu ignorieren. Als ob es darauf noch ankäme. Eine Welle von Schwindel durchdrang seinen Kopf wie eine Ätherwolke, und er machte die Augen zu, bis das Gefühl vorüber war. Dann stand er keuchend auf und ließ sich wieder auf das Sofa fallen. Offenbar war er eingenickt und hatte irgendetwas Abscheuliches geträumt. Das passierte ihm in letzter Zeit immer häufiger.

Die Tage nach dem Tod Anna Slatapers hatte Erzherzog Maximilian in einem Zustand verbracht, der an ein Delirium grenzte. Zuerst hatte er gedacht, er würde ihren Tod einfach abwettern, wie eine gutgeführte Fregatte einen Wintersturm. Die Haltung, in der er die Nachricht von ihrem Tod entgegengenommen hatte, war ausgesprochen *staatsmännisch* gewesen – anders konnte man es nicht sagen. Aber wenig später musste er sich eingestehen, dass er sich gründlich getäuscht hatte. Seit drei Tagen plagten ihn plötzliche Schweißausbrüche, und bei jeder hastigen Bewegung fing sein Herz wie rasend an zu klopfen – so als würde ein wild gewordener Zwerg in seiner Brust sitzen, der wie verrückt auf eine Trommel einschlug. Das Gefühl, sich in einem dunklen, schmalen Tunnel zu befinden, während etwas Fürchterliches, das er noch nicht erkennen konnte, direkt auf ihn zuraste, war zu seinem ständigen Begleiter geworden. Alles begann ihm um die Ohren zu fliegen, und er konnte nichts dagegen unternehmen.

Erstaunlich, dachte Maximilian, wie er es trotz allem geschafft hatte, jeden Tag ein halbes Dutzend Besucher zu empfangen, die mexikanischen Angelegenheiten energisch voranzutreiben und vor seiner Gattin, der Erzherzogin Charlotte, den Eindruck zu erwecken, es stünde alles zum Besten. Ein anderer – jemand, der aus einem anderen Holz geschnitzt war – wäre an seiner Stelle bereits zusammengebrochen.

Maximilian sah auf die goldene Pendeluhr, die auf dem Kamin stand – eine kostbare Spezialanfertigung aus der Werkstatt Breguets. Die Uhr stammte aus dem Salon der Erzherzogin Sophie in der Wiener Hofburg, und wenn Franz Joseph behauptete, er, Maximilian, hätte sie widerrechtlich dort entfernt, dann stimmte das einfach nicht. Aber das war typisch für seinen Bruder. Der unterstellte ihm inzwischen, dass er Uhren klaute.

Jedenfalls war es kurz vor zehn, und Schertzenlechner würde gleich kommen, um ihm die tägliche Post vorzulegen. Maximilian durchquerte sein Zimmer, öffnete die Tür, die auf einen kleinen Balkon führte, und trat ins Freie. Normalerweise liebte er die Aussicht, die sich von hier aus bot – den Blick, der bis zum Horizont schweifte, den blauen Spiegel der See, die im Sommer den Duft tropischer Meere annahm. Aber heute war die Sicht verhangen, verregnet und verwischt. Eine Nebelwand, dunkel und drohend, trieb langsam auf Schloss Miramar zu, und Maximilian kam sich plötzlich vor wie auf der Kommandobrücke eines Schiffes, das jeden Moment einen tückischen Felsen rammen konnte.

Er stieß einen tiefen Seufzer aus und fragte sich, wie lange die venezianische Polizei wohl brauchen würde, um herauszufinden, dass Anna Slataper den regelmäßigen Besuch eines geheimnisvollen Herrn empfangen hatte. Wahrscheinlich nicht sehr lange. Früher oder später würden sie feststellen, wer die Miete für die Wohnung Anna Slatapers bezahlt hatte, und dann ihre Schlüsse ziehen. Es war alles ziemlich eindeutig. Bis sie ihn am Haken hatten, war lediglich eine Frage der Zeit.

Eine halbe Stunde später – Maximilian hatte sich wieder zurück auf sein Sofa geschleppt – klopfte es, und Schertzenlechner betrat den Salon.

Sein Gehrock war zerknittert, die Schleife um seinen Hals schief gebunden. Die Post, die normalerweise auf einem silbernen Tablett aufgefächert lag, hielt er formlos in der Hand. «Pater Ambrosio hat geredet», sagte er, ohne sich Zeit für eine korrekte Begrüßung zu nehmen.

Maximilian runzelte die Stirn. Von der angemessenen Ehrerbietung, mit der ihn Schertzenlechner immer behandelt hatte, war im Augenblick wenig zu spüren. Behandelte ihn sein Privatsekretär bereits wie einen Komplizen? Und wer, zum Teufel, war dieser Pater Ambrosio?

Als hätte er Maximilians Gedanken gelesen, sagte Schertzenlechner: «Die Wohnung am Rio della Verona gehört der Kirche. Und Pater Ambrosio ist für die Vermietungen zuständig.»

Jetzt erinnerte sich Maximilian dunkel. Offenbar ging es um den korrupten Priester, der die klerikalen Wohnungen in San Marco verwaltete.

Schertzenlechner atmete tief durch. «Der Pater hatte Besuch von der Polizei.» Mit seiner verrutschten Fliege und dem Kneifer, der ihm auf seiner Hemdbrust baumelte, sah Schertzenlechner ausgesprochen harmlos aus.

Maximilian hob die Augenbrauen. Es ging alles viel schneller, als er gedacht hatte. «Die Wohnung war doch unter einem falschen Namen angemietet.»

«Natürlich.» Schertzenlechner machte eine

Pause. Dann sagte er mit tonloser Stimme: «Sie haben den Pater dazu gebracht, mich zu beschreiben.»

«Warum hat er sich keine Beschreibung ausgedacht?»

«Das hat er sich nicht getraut. Man hat ihm gedroht, den Bischof einzuschalten. Kaiserliche Hoheit erinnern sich vielleicht, dass die Miete stark überhöht war. Vermutlich hat Pater Ambrosio die Differenz in die eigene Tasche gesteckt. Deshalb wollte er um jeden Preis den Bischof heraushalten.»

Die Polizei, überlegte Maximilian, hatte also einen falschen Namen und eine richtige Personenbeschreibung des Mieters. Damit kamen sie noch nicht weit. Und wenn die ermittelnden Beamten irgendwann tatsächlich auf Schertzenlechner stoßen würden – verhören durften sie ihn als Militärangehörigen nicht. Schertzenlechner war schließlich ... Maximilian dachte ein paar Sekunden angestrengt nach. «Was *sind* Sie eigentlich, Schertzenlechner? Militärisch gesehen?»

«Leichtmatrose, Kaiserliche Hoheit. Auf der Dampferfregatte *Wienerwald.* Freigestellt zur besonderen Verwendung.»

«Also darf die zivile Polizei Sie gar nicht verhören.»

Schertzenlechner seufzte. «Das muss sie gar nicht. Es reicht, wenn sie ermittelt haben, wer ich bin. Dann wird man sich denken können, wer die Wohnung am Rio della Verona in Wahrheit benutzt hat. Tatsache ist, dass ich das Bindeglied zwischen Kaiserlicher Hoheit und dieser traurigen Geschichte bin.»

Das stimmt, dachte Maximilian. Er merkte, wie seine Stimmung sich verschlechterte. Außerdem gefiel ihm der selbstgefällige Ton nicht, mit dem sein Privatsekretär das Wort *Bindeglied* ausgesprochen hatte. Es klang, als seien sie jetzt endgültig zwei Kumpel, die zusammen in einem Boot sitzen. Aneinandergekettet durch eine fatale Affäre, die täglich mehr außer Kontrolle geriet.

Maximilian sah, wie Schertzenlechner, das *Bindeglied* zwischen ihm und der venezianischen Katastrophe, einen Schritt in Richtung Balkontür tat. Der Privatsekretär hatte sich zur Seite gedreht, und einen Augenblick lang zeichnete sich seine Silhouette hart und dunkel vor dem Nebel hinter den Fenstern ab – ein Anblick, der Maximilian, ohne dass er hätte sagen können warum, an ein Erschießungskommando denken ließ.

Was wäre, flüsterte plötzlich eine Stimme in seinem Hinterkopf – was wäre, wenn es dieses *Bindeglied* nicht mehr gäbe? Wenn es wegfiele – wenn es zum Beispiel ... *herab*fiele?

Was wäre, fuhr die Stimme in seinem Kopf fort, wenn jemand Schertzenlechner auf den Balkon lotsen würde? Ihn auffordern würde, auf der Brüstung Platz zu nehmen, um ihm dann – einen Stoß zu geben? Schertzenlechner würde so überrascht sein, dass er nicht einmal zum Schreien käme. Er würde unten aufschlagen und sofort tot sein. Ein tragischer Unfall. Niemand würde an der Aussage eines Erzherzogs zweifeln. So vorzugehen wäre – *staatsmännisch* betrachtet – völlig normal. Alle großen Staatenlenker hatten Leichen im Keller.

Allerdings klemmte die Balkontür. Schertzenlechner könnte vielleicht auf den Gedanken kommen, nach einem Lakaien zu klingeln, und dann ... Maximilian hob das Kinn. Sein Privatsekretär hatte etwas gesagt, das ihm entgangen war.

«Wie bitte?»

«Beust war in Venedig», wiederholte Schertzenlechner. Er sah schuldbewusst aus – wie ein Kind, das im Begriff ist, einen dummen Streich zu gestehen.

Maximilian seufzte. Er würde Schertzenlechner in Kürze mit einem Auftrag nach Wien schicken. Diesen Mann täglich vor der Nase zu haben war einfach deprimierend.

«Der Kapitänleutnant hatte etwas für mich zu erledigen. Warum sagen Sie mir das?»

«Ich dachte, es könnte nicht schaden, wenn sich der Kapitänleutnant nach dem Stand der Ermittlungen erkundigt, falls er auf den Polizeipräsidenten trifft.»

Maximilian brauchte einen Moment, bis er begriffen hatte, was Schertzenlechner ihm damit sagen wollte. Der Mann war offenbar so blöd gewesen, Beust zu bitten, mit Spaur zu sprechen. Der Polizeipräsident würde die ermittelnden Beamten sofort über diese Anfrage informieren. Die wussten jetzt, dass man sich in Triest für diesen Fall interessierte. «Was haben Sie Beust erzählt, als Sie ihn gebeten haben, Spaur auf den Mord anzusprechen?»

«Es gab eine kurze Notiz im *Giornale di Trieste* über den Fall. *Täter entkommt im nächt-*

lichen Nebel. Ich habe ihm gesagt, dass ich in dieser Nacht in Venedig war und dass mich der Fall regelrecht erschreckt hat.»

«Das ist als Begründung für Ihre Bitte, Spaur auf den Mord anzusprechen, ein bisschen dünn.»

«Der Kapitänleutnant hat es geschluckt.»

«Was hat er Ihnen berichtet?»

Schertzenlechner zuckte die Achseln.

«Nicht sehr viel. Spaur hat gesagt, es gebe eine Spur, hat sich aber ansonsten geweigert, über die Ermittlungen zu sprechen.»

Maximilian schwieg ein paar Sekunden. Dann fragte er: «Hat sich Beust danach erkundigt, was *Sie* in dieser Nacht in Venedig gemacht haben?»

Schertzenlechner schüttelte den Kopf. «Hat er nicht.»

«Was weiß Beust über *meine* Besuche in Venedig?»

«Nur, dass Kaiserliche Hoheit regelmäßig nach Venedig gefahren sind und weder im *Danieli* noch im Palazzo Reale übernachtet haben. Sonst weiß er nichts. Was der Kapitänleutnant sich dabei denkt, kann ich nicht sagen.»

«Beust ist intelligent», sagte Maximilian

nachdenklich. «Er wird irgendwann anfangen, Fragen zu stellen.»

«Vielleicht wird er *sich* ein paar Fragen stellen. Aber er wird seine Fragen nie laut aussprechen. Dafür ist er zu ehrgeizig.»

Das war herabsetzend gemeint. Schertzenlechner konnte Beust nicht ausstehen. Aber es stimmte. Beust war ehrgeizig. Er war auch diskret und wahrscheinlich genauso hilfsbereit wie Schertzenlechner.

«Der Kapitänleutnant könnte uns nützlich sein», sagte Maximilian. «Er verfügt über ausgezeichnete Kontakte zur Kommandantura.» Über die er, Maximilian, nicht verfügte. Beim Heer hatte man nie ein Hehl daraus gemacht, dass man von der österreichischen Marine, deren Konteradmiral er war, nicht viel hielt.

«Dann müsste man ihn einweihen», sagte Schertzenlechner matt.

«Allerdings.» Maximilian setzte sich auf. «Wo ist die Post?»

Schertzenlechner deutete auf das verschnürte Päckchen, das er auf dem kleinen Tisch vor dem Sofa abgelegt hatte. «Sie ist noch nicht geöffnet, Kaiserliche Hoheit.»

«Geben Sie her.»

Maximilian nahm den Stapel entgegen, legte ihn neben sich auf das Sofa und fing an, ihn Brief für Brief durchzusehen.

Zwei Einladungen zu Regimentsbällen in Venedig und Verona. Musste er wohl oder übel zusagen. Die Bitte eines Waisenhauses in Görtz um finanzielle Unterstützung. Der Bitte musste zügig entsprochen werden. Das respektlose Schreiben der Wiener Zentralbank, die ihn darauf aufmerksam machte, dass sein Privatkonto keine Deckung mehr aufwies. Selbstverständlich nicht zu beantworten. Ein Brief seines Schwiegervaters, des belgischen Königs, Monsieur *Schmalzkringel.* Erst mal zu ignorieren. Und ein persönlicher Brief der Kaiserin Eugenie, der Gattin Napoleons. Den würde er nachher handschriftlich beantworten.

Der Rest des Stapels bestand aus Rechnungen, die so hoch waren, dass sie nicht aus dem Etat für die laufenden Kosten beglichen werden konnten. Und schließlich gab es noch einen großen braunen Umschlag, der – Maximilian konnte nicht sagen, woran es lag – irgendwie *gefährlich* wirkte. Der Absender bestand aus zwei fast unleserlichen Buchstaben, und als Adresse war lediglich *Venezia* angegeben. Er sah Schertzenlechner fragend an: «Was ist das hier?»

Schertzenlechner setzte seinen Kneifer auf. «Ein ziemlich dicker Umschlag, Kaiserliche Hoheit.»

«Das sehe ich auch.»

«Soll ich ihn für Kaiserliche Hoheit öffnen?»

«Nein, das kann ich selber.»

Was Maximilian dann auch versuchte, indem er ziemlich ungeschickt mit dem billigen Elfenbeinbrieföffner hantierte, den ihm sein kaiserlicher Bruder zum letzten Geburtstag geschenkt hatte. Schließlich platzte der Umschlag auf wie eine Wundertüte, und sein Inhalt flatterte auf den Boden. Und dort, auf dem großen *Aubusson*, der den Fußboden des Salons bedeckte, bildeten die Fotografien, auseinandergeschoben wie ein Kartenspiel, einen obszönen Fächer.

Als Maximilian begriff, worum es sich handelte, hätte er fast einen Schrei ausgestoßen. Jede der Fotografien, die erstaunlich, geradezu *schmerzhaft* scharf waren, zeigten ein liegendes nacktes Paar auf einem Bett, das ihm nur allzu bekannt vorkam. Kein Zweifel –

die Fotografien waren vor dem Bett aufgenommen worden, in dem Anna Slataper und er fast ein Jahr lang in der Wohnung am Rio della Verona geschlafen hatten.

Nicht, dass sie auf der Fotografie irgendetwas *taten,* aber das mussten sie auch gar nicht, denn über das, was sie bereits getan *hatten,* war kein Missverständnis möglich. Dafür war die Pose, die Anna Slataper auf der Fotografie eingenommen hatte, viel zu lasziv: Sie blickte herausfordernd in die Kamera, ihr rechtes Bein lag über seinen Knien, eine Hand ruhte leicht auf seiner Schulter. Maximilian fühlte sich an Gemälde erinnert, wie sie auf den Fluren von Jagdschlössern hingen. Anna Slataper sah aus wie eine schlanke Diana und er wie ein erlegter Keiler – auf dem Rücken liegend, mit geöffnetem Mund und blöde herabgesacktem Unterkiefer. Dass man gleichsam *hören* konnte, wie er schnarchte, war nicht der Punkt, aber es gab Maximilian den Rest.

Er war, ohne es zu merken, auf die Knie gefallen. Jetzt beugte er sich über die Fotografien wie über die Scherben einer unersetzlichen *Della-Robbia*-Terrakotta und rang nach

Luft. Als er sich ein paar Minuten später schwankend erhob, musste Schertzenlechner ihn stützen.

«Laudanum», sagte Schertzenlechner heiser. «Das ist die einzige Erklärung, die ich für diese Fotografien habe. Sie hat Kaiserliche Hoheit mit Laudanum betäubt.»

Eine Erklärung, die Maximilian tröstete, denn er hatte von Leuten gehört, die sich *freiwillig* so fotografieren ließen – vermutlich Franzosen oder Russen. Dass Schertzenlechner ihn nicht zu diesen Leuten zählte, beruhigte ihn einen Augenblick lang.

Der hatte sich dicht über ihn geneigt, wie über einen Kranken. Seine fischigen Augen blickten in Maximilians Gesicht, wobei die Gläser seines Kneifers wie eine Lupe wirkten, sodass die winzigen Schuppen auf Schertzenlechners Lidern wie Kieselsteine aussahen. Sein Atem roch unangenehm – wie Muschelbänke bei Ebbe. Aber das, was er sagte, war interessant.

Schertzenlechner sagte, indem er Maximilian etwas Flaches, Weißes entgegenhielt: «Da ist noch ein Umschlag, Kaiserliche Hoheit.»

Die Botschaft, die Maximilian mit zitternder Hand geöffnet hatte, war kurz und knapp. Für einen zweiten Satz Fotos wurden fünftausend Lire verlangt – in Gold. So viel konnte ein Mann tragen, ohne darauf verzichten zu müssen, notfalls nach der Übergabe die Beine in die Hand zu nehmen. Damit, dass er politisch erledigt sein würde, falls diese Fotografien an die Öffentlichkeit gelangten, brauchten sie nicht zu drohen. Das verstand sich von selbst. Und für ein Kaiserreich, fand Maximilian, war der Preis, den sie forderten, alles in allem moderat. *Sie* – denn er hatte die Überzeugung gewonnen, dass es sich um mindestens zwei Erpresser handeln müsse. Dass jemand die Nerven hatte, einen österreichischen Erzherzog, der im Begriff war, Kaiser von Mexiko zu werden, im Alleingang zu erpressen, konnte er sich nicht vorstellen.

Die Erpresser hatten den Campiello Madonna dell'Orto als den Ort angegeben, an dem sie – in vier Tagen um Mitternacht – weitere Instruktionen hinterlassen würden, die zum Platz der eigentlichen Übergabe führen würden. Vermutlich, dachte Maximilian, mit

Kreide an die Wand geschrieben. Eine Schnitzeljagd also quer durch das nächtliche Venedig – darauf würde es hinauslaufen. Das Problem war nur, dass weder er, Maximilian, noch Schertzenlechner oder Beust die Stadt besonders gut kannten – jedenfalls nicht so gut wie ein Einheimischer.

Maximilian erhob sich, ging langsam auf die Balkontür zu, öffnete sie aber nicht, sondern blieb vor den Scheiben stehen. Der Nebel hatte sich ein wenig gelichtet, aber dafür drückte ein scharfer auflandiger Wind gegen die Fenster. Auf dem Balkon, dachte Maximilian, würde er jetzt das Brechen der Wellen am Fuß der Felsen hören, auf denen sich Miramar erhob.

Er schloss die Augen und massierte sich mit den Fingerspitzen die Schläfen. Manchmal drohten die Kopfschmerzen lediglich, so wie sich Gewitterwolken an einem Sommernachmittag zusammenballten und dann wieder fortwehten, um ihre Blitze und ihren Donner über eine andere Gegend auszuschütten. Aber diesmal war er sicher, dass die Kopfschmerzen kommen würden – um in seinem Schädel zu explodieren wie ein Gewitter mit allem, was dazugehörte, mit pulsierenden Blitzen, Donner und Hagelkörnern, so groß wie Gewehrkugeln.

Maximilian nahm seine Finger von der Stirn. Er drehte sich um, und in diesem Augenblick war die Stimme in seinem Hinterkopf wieder zu hören. Doch diesmal klang sie anders – nicht so *fies* wie vorhin, als sie den Vorschlag gemacht hatte, Schertzenlechner über die Balkonbrüstung zu entsorgen. Diesmal war es eine Frauenstimme, die in leicht bayerisch gefärbtem Deutsch zu ihm sprach, und sie hörte sich fast wie die Stimme seiner kaiserlichen Schwägerin an. Das, was sie ihm vorschlug, war ein wenig überraschend. Auf den ersten Blick schien der Plan absurd zu sein. Aber er war, wenn man darüber nachdachte, absolut plausibel.

Maximilian sah Schertzenlechner scharf an. «Haben Sie etwas zu schreiben?» Er registrierte befriedigt, dass Schertzenlechner eine fast militärische Haltung eingenommen hatte. «Dann notieren Sie.»

Maximilians Instruktionen kamen flüssig und konzentriert. Er diktierte die Kommas mit – wie bei Stabsbefehlen. Die Überraschung in Schertzenlechners Gesicht ignorierte er. Da es sich um einen Befehl handelte, gab es keine Diskussion.

Er hätte die Instruktionen auch mündlich erteilen können, denn Schertzenlechners Gedächtnis war ausgezeichnet. Aber Maximilian zog es vor, wichtige Anweisungen zu diktieren. Er fand, das gab seinen Instruktionen jedes Mal einen Einschlag ins *Staatsmännische.*

18

Tron stand am Fenster seines Büros in der *questura* und sah zu, wie zwei uniformierte Sergenti einen Aktenschrank auf ein Ruderboot hievten, das am Rio di San Lorenzo festgemacht hatte. Es hatte im Morgengrauen wieder angefangen zu regnen, und vor dem dunkel schimmernden Rio, dessen Oberfläche von den einschlagenden Regentropfen gesprenkelt war, wirkten die Gestalten der Sergenti wie Silhouetten aus nassem Papier. Der Schrank war viel zu groß für das Ruderboot, und so stellten ihn die Männer schließlich aufrecht auf die vorderen Sitzbretter. Dann bewegte sich das Boot langsam und schwankend den Rio di San Lorenzo hinunter, bis der Regen es verschluckte.

Tron trat vom Fenster zurück und warf einen Blick auf die Uhr, die neben einem Portrait des Kaisers an der Wand hing. Kurz nach elf. Er fragte sich, ob Schertzenlechner auf den Briefumschlag, der an der Rezeption des *Danieli* auf ihn wartete, so reagieren würde, wie er es sich erhoffte.

Der Umschlag enthielt die eine Hälfte der in zwei Teile zerschnittenen Fotografie des Erzherzogs und das Angebot, die zweite Hälfte des Fotos für hundert Lire zu kaufen – eine Summe, die Schertzenlechner mühelos auftreiben konnte.

Wahrscheinlich, sagte sich Tron, würde Schertzenlechner die Haushälterin Anna Slapers hinter der Erpressung vermuten. Er hätte keine Erklärung dafür, wie sie wissen konnte, dass es sich bei der Fotografie um den Erzherzog handelte; er würde sich ebenfalls fragen, wie sie auf ihn kam und woher sie wusste, dass er im *Danieli* absteigen würde. Wahrscheinlich schloss er aus der bescheidenen Höhe der geforderten Summe auf einen kleinen Fisch und würde bezahlen.

Doch was Schertzenlechner sich dabei dachte, spielte keine Rolle. Das Entscheidende war, dass er die Anweisung befolgte und sich um Mitternacht an der Scuola dei Varotari auf dem Campo Santa Margherita einfand. Noch entscheidender war, dass er angesichts der Polizei, mit der er sich plötzlich konfrontiert sehen würde, die Nerven verlor und anfing zu reden. Ein schöner Plan – falls er funktionierte.

Kurz vor halb zwölf, als Tron gerade die Lektüre einer gestern im Café *Quadri* konfiszierten *Stampa di Torino* beendet hatte, klopfte es an der Tür.

Tron hatte Sergente Bossi erwartet, der die *questura* vor einer Stunde verlassen hatte, um festzustellen, ob Schertzenlechner heute Morgen tatsächlich im *Danieli* eingetroffen war. Aber es war nicht Bossi, der auf der Schwelle stand, sondern ein Mann in einem dunklen Gehrock – jemand, der Tron vage bekannt vorkam. Der Mann trug den üblichen schwarzen Zylinder und nahm ihn höflich vom Kopf, nachdem er die Tür hinter sich geschlossen hatte – so als wären sie verabredet gewesen und hätten nun eine längere Unterredung vor sich. Wäre der Besuch nicht so unwahrscheinlich gewesen, hätte Tron ihn sofort erkannt.

«Commissario Tron?»

Schertzenlechner, der Privatsekretär Erzherzog Maximilians, der Mann, den Angelina Zolli in der Mordnacht neben der Leiche Anna Slatapers angetroffen hatte, zog fragend seine Augenbrauen nach oben. Er hatte seinen Oberkörper leicht nach vorne geneigt, und mit seinem fliehenden Kinn und seinen kleinen, eng zusammenstehenden Augen entsprach er in fast lächerlicher Weise dem Klischee einer intriganten Hofschranze.

Tron erhob sich hinter seinem Schreibtisch und ging Schertzenlechner, wie er es bei allen Besuchern tat, automatisch entgegen, doch dann widerstrebte es ihm, dem Privatsekretär die Hand zu reichen. Also beschränkte er sich darauf, den Besucherstuhl vor seinem Schreibtisch ein paar Zentimeter zu verrücken und den Privatsekretär mit einer Handbewegung zum Sitzen aufzufordern. Schertzenlechner nahm Platz, wobei er sorgfältig vermied, sich anzulehnen, vermutlich aus Rücksicht auf seinen neuen Gehrock, der teuer aussah, aber viel zu modisch war, um elegant zu sein.

Tron, der immer noch nicht wusste, was von alledem zu halten war, fragte: «Was verschafft mir die Ehre, Signor Schertzenlechner?»

Wenn Schertzenlechner überrascht darüber war, dass Tron wusste, wer er war, zeigte er es nicht. Stattdessen lächelte er breit und entblößte eine Reihe gelber, leicht nach innen gekrümmter Zähne, die Tron an die Klauen eines Raubtiers erinnerten. «Ich glaube, Sie wissen, weshalb ich gekommen bin, Commissario.»

Nein, das konnte man kaum behaupten. Aber offenbar nicht, um ein Geständnis abzulegen, dachte Tron. Dafür war Schertzenlechners Gesichtsausdruck zu selbstsicher, sein ganzes Auftreten zu glatt. Außerdem war ihm sicherlich bekannt, dass er als Militärangehöriger der zivilen venezianischen Polizei keine Rechenschaft schuldig war.

Tron brachte es fertig, höflich zu lächeln. «Sagen Sie es mir, Signor Schertzenlechner.»

«Weil Seine Hoheit es für besser hielt, der

örtlichen Polizei mitzuteilen, dass Seine Hoheit in näherem Kontakt zu der Ermordeten gestanden hat», sagte Schertzenlechner.

Das näselnde Schönbrunner Deutsch des Privatsekretärs passte zu seiner aufgesetzten Arroganz, die zugleich etwas Geducktes, Beflissenes hatte. Tron musste an das Gerücht denken, dass Schertzenlechner ursprünglich ein Lakai an der Wiener Hofburg gewesen war. Sie hatten wie selbstverständlich Deutsch gesprochen – eine Sprache, die Tron fließend beherrschte. Schertzenlechner schien vor seinem Besuch auf der *questura* Erkundigungen über ihn eingezogen zu haben. Aber was zum Teufel wollte er hier?

Schertzenlechner lächelte fischig. «Seine Hoheit stand unter Schock. Die ganze Angelegenheit ist äußerst kompromittierend.» Er räusperte sich umständlich. «Speziell in der gegenwärtigen Situation.» Dann sagte er: «Und ich bin auch hier, um mich nach dem letzten Stand der Ermittlungen zu erkundigen.»

Tron lehnte sich auf seinem Stuhl zurück. Er war sich immer noch nicht darüber im Klaren, was für ein Spiel Schertzenlechner mit ihm spielte. Wusste der Privatsekretär, dass Angelina Zolli geredet hatte? Nein – das war unmöglich. Dass die einzige Zeugin sich ihm, Tron, anvertraut hatte, war auf eine Reihe von unwahrscheinlichen Zufällen zurückzuführen. Schertzenlechner war völlig ahnungslos. Vielleicht, dachte Tron, würde seine Rechnung doch noch aufgehen.

«Ja, es gibt etwas Neues», sagte er langsam. «Wir haben einen Zeugen. Jemand, der den Täter in der Mordnacht gesehen hat.»

Schertzenlechner runzelte die Stirn. «Das war keine Nacht, in der man viel sehen konnte. Der Lloyd hätte fast den Betrieb eingestellt, und ich wäre nicht mehr nach Triest gekommen», sagte er. Womit er zugab, dass er sich in der Mordnacht in Venedig aufgehalten hatte.

«Unser Zeuge *hat* aber etwas gesehen», sagte Tron.

«Und *was*, Commissario?» Klang das jetzt irritiert, oder hatte sich Schertzenlechner lediglich verschluckt? Denn er hustete kurz, nachdem er gesprochen hatte.

«Den Mörder, Signor Schertzenlechner.» Tron machte eine Pause, bevor er weitersprach. «Und zwar so gut, dass er in der Lage war, uns eine Beschreibung zu liefern.»

Und jetzt hatte Tron auf einmal den Eindruck, dass Schertzenlechners Maske – jedenfalls einen Moment lang – bröckelte. Der Privatsekretär wurde blass. Er lehnte sich ruckartig auf seinem Stuhl zurück, so als hätte ihm jemand einen Schlag versetzt. Seine Augenlider klapperten hektisch auf und ab. Allerdings hatte er sich sofort wieder in der Gewalt. Er brachte sogar ein Lächeln zustande, als er fragte: «Die Beschreibung einer Person, die Sie kennen?»

Tron beschloss anzugreifen – mit allem, was er hatte. Er sagte: «*Ihre* Beschreibung, Signor Schertzenlechner. *Sie* sind in der Mordnacht am Tatort gesehen worden.» Und ohne Pause fuhr er fort: «Ich werde Ihre Akte mit dem Protokoll der Zeugenaussage der Militärpolizei übergeben müssen. Doch wenn sich dieses Verbrechen unter Umständen ereignet hat, die für die kaiserliche Familie höchst kompromittierend sind, könnte das Militärgericht die Ermittlungen gegen Sie einstellen.»

Die Botschaft war so klar und eindeutig, dass Schertzenlechner sie unbedingt verstanden haben musste. Wir wissen, dass du Anna Slataper getötet hast, lautete die Botschaft. Und wir vermuten, dass dich Maximilian zu diesem Mord angestiftet hat. Wenn du auspackst, können wir ein Geschäft machen.

Schertzenlechner hatte sein Gesicht nach dem ersten Satz gesenkt, sodass seine Augen nicht zu erkennen waren. Doch wenn Tron vor ein paar Minuten noch den Eindruck gehabt hatte, dass sich in Schertzenlechners Maske Risse zeigten, geschah jetzt das Gegenteil. Schertzenlechners Züge wurden starr, sie schienen regelrecht zu vereisen, so als hätte ein plötzlicher Frost sie überrascht. Als der Privatsekretär aufsah, war seine Miene verschlossen wie eine Muschelschale.

«Ich verstehe nicht, worauf Sie hinauswollen», sagte Schertzenlechner kalt.

Tron machte einen letzten Versuch. «Es wäre zu Ihrem Vorteil», sagte er ruhig, «wenn die kompromittierenden Umstände, unter denen das Verbrechen geschah, bereits in der Akte enthalten wären, die ich den Militärbehörden übergebe. Die Militärbehörden werden in diesem Fall ein Interesse daran haben, die Angelegenheit diskret zu regeln. Von diesem Interesse dürften Sie zweifellos profitieren.»

Es war unglaublich, wie gut Schertzenlechner sich in der Gewalt hatte. Der sagte: «Sie wissen, dass Sie nicht in der Position sind, mich zu einem Gespräch zu zwingen.»

«Weil Sie einen militärischen Rang bekleiden?»

Schertzenlechner nickte hochmütig. «Ich bin ...» Er zögerte kurz. Dann sagte er: «Ich bin, äh, Kapitän zur See.»

«Ich will Ihnen lediglich die Gelegenheit geben, mildernde Umstände in Anspruch zu nehmen. Dass es aufgrund meiner Ermittlung zu einem Verfahren gegen Sie kommen wird, ist Ihnen hoffentlich klar.»

Jetzt klang Schertzenlechners Stimme erstaunlich sicher. «Das glaube ich nicht, Commissario.»

«Und warum nicht?»

«Weil Sie, bevor Sie Ihre Akten an irgendjemanden schicken, ein Gespräch führen werden», sagte Schertzenlechner.

«Ich habe ein Gespräch *mit Ihnen* geführt. Weiteren Gesprächsbedarf sehe ich nicht.»

«Ich denke schon.» Schertzenlechner griff

in die Innentasche seines Gehrocks und förderte einen leicht zerknitterten Umschlag zutage, auf den eine kleine goldene Krone geprägt war.

Tron beugte sich über den Tisch. «Was ist das für ein Brief?»

«Ein Brief an *Sie*, Commissario. Der eigentliche Grund meines Besuches. Jemand bittet Sie um Hilfe. Lesen Sie ihn.»

Tron erbrach das Siegel und faltete den Brief auseinander. Die Botschaft enthielt nur ein paar lakonische Zeilen. Sie lauteten:

Lieber Conte,

ich würde Sie gerne sprechen, um mich in einer heiklen Angelegenheit Ihres Rates und Ihrer Unterstützung zu versichern. Mein Sekretär Schertzenlechner wird Ihnen Zeit und Ort mitteilen.

Ich bin Ihr sehr ergebener
Maximilian

Der Erzherzog ging also in die Offensive. Ob dieses Manöver mit Spaur abgestimmt war? Wahrscheinlich nicht.

Tron sagte: «Können Sie mir verraten, um welchen Dienst es sich handelt, den ich dem Erzherzog erweisen soll, Signor Schertzenlechner?» Nicht, dass er es nicht bereits ahnte.

«Das hat sich Seine Hoheit ausdrücklich selbst vorbehalten.» Schertzenlechners Miene blieb ausdruckslos.

«Ich werde dem Erzherzog über den Rahmen meiner Dienstpflichten hinaus nicht zur Verfügung stehen können.»

Schertzenlechner griff nach seinem Zylinderhut, den er neben sich auf den Boden gestellt hatte, und erhob sich von seinem Stuhl. «Seine Hoheit erwartet Sie morgen um zwölf Uhr auf Schloss Miramar. Der Erzherzog wird Ihnen ein Angebot machen, das Sie unmöglich ablehnen können.» Er wandte sich zur Tür, blieb aber nach zwei Schritten plötzlich stehen und drehte sich um. «Commissario?»

«Ja?»

«Hier ist noch etwas, das Sie interessieren dürfte.» Wieder griff Schertzenlechner in die Innentasche seines Gehrocks, aber diesmal zog er ein zusammengefaltetes Stück Papier und eine runde, in der Mitte durchgeschnittene Fotografie heraus.

Tron erstarrte, als er das Foto erkannte – hoffentlich, dachte er, nicht lange genug, um Schertzenlechner misstrauisch zu machen. Wann hatte er vor ein paar Tagen schon einmal das Gefühl gehabt, plötzlich in einen grotesken Traum geraten zu sein? Richtig – als der eifersüchtige Spaur ihn dazu aufforderte, sein Gereimsel im *Emporio della Poesia* zu veröffentlichen.

Trons Stimme klang gepresst. «Was ist das?»

«Irgendjemand hat das Medaillon gefunden, das Seine Hoheit Anna Slataper zum Geburtstag geschenkt hatte.» Schertzenlechner lächelte verächtlich. «Es enthielt eine Fotografie des Erzherzogs. Offenbar versucht man, mich mit einer Hälfte der Fotografie zu erpressen. Ich könnte die andere Hälfte des Bildes kaufen. Für hundert Lire. Das lag heute Morgen in meinem Hotel.»

«Weiß man, wer das abgegeben hat?»

«Ein Dienstmann hat dem Hotelportier einen Umschlag übergeben.»

Tron stellte die Frage, die Schertzenlechner

wahrscheinlich von ihm erwartete. «Halten Sie es für sinnvoll, in dieser Angelegenheit etwas zu unternehmen?»

Schertzenlechner schüttelte den Kopf. «Dieser Versuch, mich zu erpressen, ist so kolossal einfältig, dass man ihn ignorieren sollte. Lächerliche hundert Lire.»

Tron schluckte. «Wer könnte dahinterstecken?»

«Vermutlich diese Signora, die bei Anna Slataper geputzt hat.»

«Signora Saviotti?», fragte Tron.

«Ich glaube, so hieß sie.»

«Möchten Sie, dass ich einen Sergente bei Signora Saviotti vorbeischicke?»

«Campo Santa Margherita um Mitternacht! Zur Geisterstunde!» Schertzenlechner winkte ab und verdrehte die Augen. «Das hat sie aus irgendeinem Dienstbotenroman.» Er zog verächtlich die Mundwinkel nach unten, bevor er sich wieder zur Tür wandte. «Wissen Sie, was das für mich ist, Commissario?»

Tron hob fragend die Augenbrauen.

«Ein typischer Putzfraueneinfall.»

19

Angelina Zolli sah erleichtert zu, wie Signora Zuliani mit schweren Schritten den Mittelgang von Santa Maria Zobenigo entlangstapfte, vor dem Hochaltar eine fast militärische Drehung nach rechts vollführte und auf die Tür zumarschierte, die auf den kleinen Hof an der Westseite der Kirche führte. Einen kurzen glücklichen Augenblick lang hoffte sie, dass Signora Zuliani in der Pfütze, die sich bei Regen immer vor der Tür bildete, ausrutschen und sich das Genick brechen würde (wahrscheinlich hegte Signor Zuliani ähnliche Hoffnungen), aber sie vernahm weder einen Schrei noch ein Platschen. Stattdessen hörte sie ein Schnaufen, danach das Quietschen der Angeln und anschließend, wie die Tür krachend ins Schloss fiel, sodass die Kerzen vor den Kapellen flackerten und der Wasserspiegel des Weihwasserbeckens erzitterte. Die Nummer mit der Tür erlaubte sich Signora Zuliani auch während des Hochamtes, aber selbst Pater Maurice hatte es nie gewagt, sich darüber zu beschweren. Niemand legte sich freiwillig mit Signora Zuliani an.

Vorsichtshalber hielt Angelina Zolli noch einen Moment lang lauschend den Atem an. Aber das Einzige, was sie hörte, waren die Regentropfen, die der Wind in unregelmäßigem Rhythmus an die oberen Kirchenfenster wehte. Dann breitete sie das feuchte Scheuertuch auf dem Kirchenfußboden aus und stellte den Schrubber auf das Tuch. Sie schlug die vier Ecken des Scheuertuchs nach oben, drehte sie um den Stiel des Schrubbers und band sie mit einem Stück Bast zusammen. Sie machte eine *Schleife* – keinen Knoten, denn falls Signora Zuliani wider Erwarten zurückkam, war es notwendig, den Scheuerlappen mit einem Griff entfernen zu können. Angelina Zolli hatte nicht die geringste Lust, sich einen langen Vortrag darüber anzuhören, wie man richtig wischt – nämlich auf den Knien und mit einem Scheuerlappen, den man in die Hände nimmt, damit man auch *in den Ecken* wischen kann. Weil Christus, der Herr und Erlöser, der *alles* sah, selbstverständlich auch *in den Ecken* gucken würde, ob sein Tempel reinlich war. Und wenn der Heiland feststellen würde, dass sich *in den Ecken* Schmutz oder Staub befand, dann … Signora Zuliani äußerte sich nie genauer zu den Folgen, die eine Vernachlässigung der Ecken in einem Gotteshaus nach sich ziehen würde, aber ihr Gesichtsausdruck ließ jedes Mal das Schlimmste befürchten.

Angelina Zolli ergriff den Schrubber und warf einen prüfenden Blick auf den Kirchenfußboden. Der Mittelgang war noch zu putzen, dann die Altarstufen und die Stufen zu den Kapellen. Wenn sie sich beeilte, konnte sie in einer halben Stunde fertig sein und sich anschließend am Lloydanleger umsehen.

Gestern und vorgestern hatte sie die *Erzherzog Sigmund,* den Lloyddampfer, den der Mörder Sonntagnacht bestiegen hatte, nicht gesehen. Aber vielleicht würde das Schiff heute in Venedig sein. Und dann könnte sie ... einfach an Bord gehen und mit dem Zahlmeister reden? Nein, das würde nicht funktionieren. So, wie sie bekleidet war, mit ihrem geflickten Kleid und dem Umhang, den sie sich aus einer Pferdedecke genäht hatte, würde man sie nicht einmal auf den Steg lassen. Angelina Zolli seufzte. Wenn ihr auf dem Weg zum Lloydanleger nichts einfiel, würde sie an Ort und Stelle improvisieren müssen.

Als sie die Kirche eine knappe Stunde später verließ, fiel der Regen, der die Stadt den ganzen Tag lang in einen flüssigen Vorhang gehüllt hatte, nur noch als feine Gischt vom Himmel herab, und auf der Salizada San Moisè, kurz bevor sie die Piazza San Marco erreichte, hörte er plötzlich auf.

Sie betrat die Piazza kurz nach vier, passierte zwei Kroatische Jäger, die den Aufgang zum Palazzo Reale bewachten, und lief langsam über den Markusplatz, wobei sie die Gesichter der ihr entgegenkommenden Männer misstrauisch musterte. In den letzten sechs Tagen hatte sie sich immer wieder gefragt, ob der Mann, dem sie vor der Leiche Anna Slatapers begegnet war, ihr nicht noch gefährlich werden konnte.

Wenn er kein Fremder war, der das Lloydschiff nach Triest nur benutzt hatte, um weiterzureisen, sondern ein Einheimischer, war nicht auszuschließen, dass er inzwischen bereute, sie am Leben gelassen zu haben. Angelina Zolli war zu dem Schluss gekommen, dass der Mann sie nicht aus Mitleid geschont hatte, sondern weil er das Risiko, dass sie schreien würde, nicht eingehen wollte. Was bedeuten konnte, dass er jetzt die Stadt auf der Suche nach ihr durchstreifte.

Sie war unwillkürlich unter die Arkaden der Prokurazien getreten und ließ ihre Blicke über die Piazza schweifen. Links von ihr, direkt vor dem Café *Florian*, stand ein halbes Dutzend österreichischer Offiziere, die in ihren weißen, lässig umgehängten Offiziersmänteln wie eine Ansammlung eitler Pfauen wirkten. Sie rauchten und starrten einer Gruppe von schwarzgekleideten Seminaristen hinterher, die von einem ebenso schwarzgekleideten Priester angeführt wurde. Der Priester trug einen Ausdruck verbissener Entschlossenheit, und Angelina Zolli musste daran denken, wie sehr sie das *Istituto delle Zitelle* immer als Gefängnis empfunden hatte.

Sie trat wieder auf die Piazza zurück, umrundete den Campanile und lief an den Arkaden der Biblioteca Marciana auf den Molo zu. Zwischen den beiden Säulen blieb sie einen Moment lang stehen und sah auf das Becken von San Marco hinaus, dessen stumpfe Oberfläche ein schwacher Westwind kräuselte. Die Isola San Giorgio mit der gleichnamigen Kirche war nur undeutlich zu erkennen, das Geschütz vor der Kirche, das jeden Mittag um zwölf Uhr einen Salut schoss, war zu einem kaum sichtbaren Pünktchen geschrumpft.

Als sie fünf Minuten später den Ponte della Paglia überquert hatte und sich dem Lloydanleger näherte, sah sie, dass sie Glück gehabt hatte. Der Raddampfer, der am Lloydanleger festgemacht hatte, war die *Erzherzog Sigmund* – sie konnte den Schriftzug am Bug deutlich erkennen.

Zwei Matrosen standen rauchend auf dem Vorderdeck, ein dritter war damit beschäftigt, den hölzernen Handlauf der Reling zu reinigen. Zwischen der *Erzherzog Sigmund* und dem Landungssteg lag, breit und einladend, die Gangway – fast so, als hätte die *Erzherzog Sigmund* darauf gewartet, dass sie, Angelina Zolli, heute in einer hochwichtigen Angelegenheit den Fuß auf ihr Deck setzen würde.

Angelina Zolli umrundete eine Gruppe Engländer (karierte Knickerbocker), die gerade das *Danieli* verlassen hatte, und beschleunigte ihren Schritt. Auf einmal schien alles kinderleicht zu sein – so leicht, wie sie es sich vorgestellt hatte. Ihr Herz machte einen kleinen, fröhlichen Satz, und es gelang ihr gerade noch, das laute Kichern, in das sie fast ausgebrochen wäre, in ein paar unauffällige Gluckser zu verwandeln.

Sie würde nach dem Zahlmeister fragen, und der Zahlmeister würde, nachdem er ihre Beschreibung angehört hatte, einen Blick auf die Passagierliste des entsprechenden Tages werfen und ihr den Namen des Mannes nennen. Da es unwahrscheinlich war, dass sich der Commissario um diese Zeit noch in der *questura* aufhielt, würde sie sich anschließend zum Palazzo Tron begeben, um ihm den Namen des Mannes mitzuteilen. Wenn der Commissario noch unterwegs war, würde Signor da Ponte sie auffordern, auf ihn zu warten. Bei einer leckeren Tasse Kakao in seiner wunderbaren Küche.

20

Der silberne Servierlöffel mit dem Wappen der Montalcinos schwebte ein paar Sekunden lang über Trons Teller, dann senkte er sich herab, wurde vorsichtig gedreht, und eine neue Portion Rinderfilet *à la jardinière* rutschte auf das goldgeränderte Sèvres, das die Principessa an Tagen französischer Küche bevorzugte. Auf einen Wink der Principessa trat Moussada (Massouda?), der eben den Servierlöffel bedient hatte, lautlos zurück, und auch Massouda (Moussada?), der seinem Bruder (Vetter? Onkel?) die angewärmte Terrine gehalten hatte, zog sich an die Anrichte zurück, wo beide lautlos und mit sparsamen Bewegungen das Dessert vorbereiteten.

Zwar fand Tron die Kleidung, in der die äthiopischen Diener der Principessa herumlaufen mussten – Pluderhosen, Turban und Krummdolch – immer noch ziemlich affig, aber er musste zugeben, dass die beiden die Kunst des Servierens perfekt beherrschten. Alessandro hingegen hatte serviermäßig in letzter Zeit etwas nachgelassen, was teils an seinem Alter lag, teils auch daran, dass er, bevor er servieren konnte, die Speise erst durch ein kaltes Treppenhaus schleppen musste. Im Palazzo der Principessa gab es selbstverständlich einen Speisenaufzug. Im Palazzo Tron gab es selbstverständlich keinen Speisenaufzug.

«Ich glaube nicht, dass Maximilian mir morgen in Triest Geld anbieten wird», sagte Tron. «Das wäre zu plump.»

«Was, denkst du, wird er dir anbieten?»

Tron zuckte die Achseln. «Schertzenlechner sagte, er würde mir ein Angebot machen, das ich unmöglich ablehnen könne.»

«Klingt wie eine Drohung.»

«Es klingt nach erheblichen Vorteilen, wenn ich es annehme, und erheblichen Nachteilen, wenn ich es ablehne.»

«Worin könnten die erheblichen Vorteile bestehen? Er wird dir kaum einen Orden in Aussicht stellen.»

Tron schüttelte den Kopf. «Mir eine Rangerhöhung anzubieten wäre ebenfalls albern. Erstens lege ich nicht den geringsten Wert darauf, mich Fürst zu nennen, weil ich das nämlich bereits bin. Und zweitens ...»

«Moment.» Die Principessa machte kein Hehl aus ihrer Verblüffung. «Du bist *Fürst*?»

Tron quittierte diese Frage mit einem verständnislosen Blick. «Wie dir bekannt sein dürfte, können alle Mitglieder des Großen Rates zu Dogen gewählt werden. Damit stehen sie Fürsten gleich. Das ist seit über tausend

Jahren so und ist in allen europäischen Staatskanzleien nie anders gesehen worden.»

Die Principessa verdrehte die Augen. «Wie *dir* bekannt sein dürfte, Tron, gibt es die Republik seit 1797 nicht mehr. Das heißt: keine Republik, kein Großer Rat, kein Doge. Wir leben im Jahre 1863, falls du es noch nicht bemerkt haben solltest.»

«Und zweitens», fuhr Tron unbeirrt fort, «gibt es die Trons schon ein paar hundert Jahre länger als die Habsburger. Schon von daher gesehen wäre es lächerlich, mir eine Rangerhöhung anzubieten.»

«Die du ablehnen würdest.»

Tron überhörte die Ironie in der Stimme der Principessa. Er sagte: «Selbstverständlich.»

«Also keine Rangerhöhung und kein Orden. Aber was dann?»

«Dass ein Österreicher Polizeipräsident von Venedig ist», sagte Tron, «galt immer als Notlösung. Und der Baron ist nicht mehr der Jüngste. Maximilian könnte mir den Posten des Polizeipräsidenten in Aussicht stellen. In Absprache mit seinem Bruder. Ich weiß, dass die Österreicher lieber einen Venezianer als Polizeipräsidenten hätten. Solange er loyal ist.»

«*Bist* du loyal?»

«Der Stadt gegenüber schon. Und ich bin weder als Anhänger Garibaldis noch als Parteigänger Turins bekannt. Mit dem Anschluss des Veneto an Italien habe ich nichts am Hut. Das dürfte für eine Ernennung reichen», sagte Tron. Er lehnte den Oberkörper ein wenig zur Seite, damit ihm Moussada (Massouda?) einen Servierlöffel Erbsen auf den Teller häufen konnte.

Die Principessa betrachtete Tron plötzlich mit einem Gesichtsausdruck verwirrter Konzentration. «Willst du damit sagen, dass du bereit wärst, dich auf solch einen Handel einzulassen?»

Ein Handel, der der Principessa eigentlich gefallen müsste, dachte Tron. Maximilian geht unbehelligt nach Mexiko, ihre Anleihen steigen, und ihr Gatte wird Polizeipräsident. Was irritierte sie also daran? Er sagte: «Gestern hast du mir lang und breit erklärt, dass du bankrott bist, wenn deine mexikanischen Staatsanleihen nicht bald anziehen. Und dass sie nur dann anziehen, wenn Maximilian nach Mexiko geht.»

«Ich habe dich zu nichts gedrängt», sagte die Principessa.

Nein, sie hatte ihm lediglich vor Augen geführt, dass er für ihren Bankrott verantwortlich wäre, wenn sich herausstellen sollte, dass Maximilian tatsächlich in diesen Mord verstrickt war.

«Abgesehen davon», fuhr die Principessa fort, «dass ich immer noch nicht davon überzeugt bin, dass es sich hier um einen Mord im Auftrag Maximilians handelt.» Ihre Serviette rutschte zu Boden, ohne dass sie es bemerkte.

Tron lehnte sich über den Tisch. «Und die Einladung nach Miramar? Das Angebot, das ich nicht ablehnen kann? Das ist alles ziemlich eindeutig.»

Was die Principessa insgeheim wahrscheinlich ebenso sah, denn sie brach das Gespräch ab. «Wann musst du gehen?»

Tron warf einen Blick auf seine Repetieruhr. «Die *Erzherzog Sigmund* legt um Mitternacht ab. Ich muss vorher noch in den Palazzo Tron, und ich will vor dem Ablegen noch mit Commandante Landrini reden. Eine Stunde habe ich noch Zeit.»

«Das ist gut.»

«Warum?»

«Weil ich gleich einen Besucher erwarte. Ich

möchte, dass du ihn kennenlernst. Es ist ein alter Freund von mir, der sich zurzeit in Venedig aufhält. Wir kennen uns aus Gambarare.»

Tron hob überrascht den Blick von seinem Filet. Gambarare war das Nest in der *terra ferma*, aus dem die Principessa stammte. Es war außerordentlich selten, dass sie davon sprach.

«Du hast diesen Freund nie erwähnt», sagte Tron.

Die Stimme der Principessa klang gleichgültig. «Wir haben uns vor vier Jahren zufällig in Paris wiedergesehen. Er ging vor zehn Jahren nach Mexiko und musste ins Exil, als Juárez an die Macht kam. Jetzt ist er wegen Gutiérrez nach Venedig gereist. Er hat etwas herausgefunden, das du wissen solltest.»

«Was?»

«Das wird er dir selber sagen.» Die Principessa hob lauschend den Kopf. Dann hörte Tron Schritte in der *sala*, und die Tür des Speisezimmers öffnete sich. «Er ist gerade gekommen», sagte die Principessa.

Tron runzelte die Stirn. Einen kurzen Moment lang hatte sich die Principessa wie eine Frau angehört, die er nicht kannte – wie eine

Debütantin vor ihrem ersten Ball. Irritierend war auch, dass sie reinstes Veneziano gesprochen hatte. Er drehte sich zur Tür und hielt unwillkürlich den Atem an.

Der Mann, der das Speisezimmer der Principessa betreten hatte und sich jetzt mit lebhaften Schritten dem Tisch näherte, so als wäre er hier zu Hause – dieser Mann sah nicht nur gut aus, er sah *blendend* aus. Seine hochgewachsene Gestalt, sein dunkelbraunes, dichtes Haar und seine sonnengebräunte Haut verliehen ihm einen Einschlag ins Abenteuerliche. Alles das musste bei Frauen gut ankommen – sodass sie notfalls wohl bereit sein würden, die Soutane des Mannes zu ignorieren. Genauso wie den Rosenkranz, den er stur in seiner rechten Hand behielt, während er Tron zur Begrüßung seine linke Hand entgegenstreckte.

Merkwürdig, dachte Tron eine halbe Stunde später, wie schnell er seine Vorbehalte gegenüber Pater Calderón – so stellte die Principessa ihren Freund vor – revidiert hatte. Die unangenehme Vorstellung, dass zwischen der Principessa und dem Pater ein Verhältnis bestand, das Anlass zur Irritation bieten konnte, hatte sich restlos verflüchtigt. Pater Calderón, stellte Tron fest, war ihm in gewisser Weise sogar sympathisch – trotz der gusseisernen Glaubensüberzeugungen, die der Pater kundtat und die Tron (der insgeheim zu einem jovialen Agnostizismus neigte) nicht teilte. Ebenso wenig, wie er die Empörung des Paters über die Konfiszierung der Kirchengüter teilte, die Benito Juárez vorgenommen hatte und auf die Pater Calderón bald zu sprechen kam. So fanatisch, wie sich der Pater bei diesem Thema anhörte, konnte man fast meinen, er sei höchstpersönlich bestohlen worden. Jedenfalls wurde Tron zum ersten Mal klar, weshalb die katholische Kirche zu den engsten Verbündeten des Erzherzogs zählte: Rom erwartete von Maximilian die Rückgabe der Kirchengüter.

Schließlich brachte Tron das Gespräch auf den Grund für Pater Calderóns Anwesenheit in Venedig. «Die Principessa sagte, Sie sind Gutiérrez' wegen nach Venedig gekommen?»

Pater Calderón sah Tron scharf an – so als würde er prüfen, auf welcher Seite dieser stand. Dann sagte er langsam: «Wir glauben, dass Gutiérrez sowohl den Erzherzog als auch die heilige Kirche hintergeht.»

Das Tremolo, mit dem er *heilige Kirche* aussprach, dämpfte die anfängliche Sympathie Trons für Pater Calderón ein wenig. Er fragte: «Was bringt Sie zu dieser Annahme?»

Wieder traf Tron ein prüfender Blick aus den Augen des Paters. «Weil Gutiérrez durch einen Mittelsmann drei große Haziendas in der Nähe von San Luis Potosí gekauft hat», sagte er schließlich. «Haziendas aus enteignetem Kirchenbesitz. Wenn Maximilian Kaiser von Mexiko wird, fallen die Haziendas zurück an die Kirche. Gutiérrez hat diese Haziendas aber trotzdem gekauft.» Pater Calderón machte eine Pause. Dann fügte er grimmig hinzu: «Er kann also kein Interesse daran haben, dass Maximilian nach Mexiko geht.»

«Sie halten den Botschafter für einen Verräter?»

Was der Pater natürlich tat – das sah Tron in seinen Augen –, aber er sprach es nicht direkt aus. «Auf jeden Fall», sagte Pater Calderón vorsichtig, «steht Gutiérrez in Kontakt mit dem amerikanischen Konsul. So viel habe ich herausfinden können. Als dieser Verdacht gegen Gutiérrez aufkam, hat mich Bischof Labattista nach Venedig geschickt. Gutiérrez durfte von meiner Anwesenheit nichts erfahren.»

Tron machte ein nachdenkliches Gesicht. «Die Vereinigten Staaten sind aufseiten der Juaristas. Kann es sein, dass Gutiérrez für die Feinde Maximilians arbeitet?»

Pater Calderón zog es vor, auch diese Frage indirekt zu beantworten. «Ich frage mich inzwischen sogar, ob er etwas mit diesem Mord zu tun hat. Diese Geschichte könnte für Maximilian ziemlich kompromittierend werden.»

Tron fand, dass der Pater erstaunlich gut informiert war. «Woher wissen Sie, dass Anna Slataper Maximilians Geliebte war?», erkundigte er sich.

«Von Gutiérrez.» Pater Calderón lächelte. «Dass der Erzherzog eine Geliebte in Venedig hatte, war ein offenes Geheimnis.»

«Hat sich Gutiérrez sonst noch zu Anna Slataper geäußert?»

Pater Calderón schüttelte den Kopf. «Er hat es auch nur am Rande erwähnt.»

Tron hielt es für vertretbar, einen Teil seiner Karten auf den Tisch zu legen. Es gab keinen Grund, Pater Calderón zu misstrauen. Er sagte: «Gutiérrez kannte Anna Slataper.»

«Ist das wahr?» Pater Calderón riss die Augen auf.

Tron nickte. «Gutiérrez hat Anna Slataper in der Mordnacht gegen acht zu ihrer Wohnung am Rio della Verona begleitet und ist danach ins *Danieli* zurückgekehrt. Behauptet er. Aber er ist in Wahrheit erst kurz vor halb zwölf im *Danieli* gewesen. Gutiérrez hat uns drei Stunden verschwiegen. Die drei Stunden, in denen Anna Slataper ermordet wurde.»

«Steht der Botschafter unter Verdacht?»

Tron zuckte die Achseln. «Wenn das stimmt, was Sie über den Ankauf der Haziendas sagen, hätte er ein Motiv, Maximilians Pläne zu sabotieren. Das macht ihn aber noch lange nicht zum Mörder.»

«Was haben Sie jetzt vor?»

«Der Erzherzog hat mich gebeten, zu ihm auf Schloss Miramar zu kommen. Ich nehme um zwölf die *Erzherzog Sigmund*.»

«Wissen Sie, warum der Erzherzog Sie sprechen möchte?»

Tron hielt es nicht für notwendig, *alle* Karten auf den Tisch zu legen. «Das weiß ich nicht», sagte er. «Erzherzog Maximilian fühlt sich vermutlich dazu verpflichtet, unsere Ermittlungen zu unterstützen.»

21

Für jemanden, dessen *Vorfahren den Herrn ermordet hatten*, wie Signora Zuliani gesagt hätte, sah Signor Levi ausgesprochen friedlich aus. Er stand vor dem großen hölzernen Tresen, der sich inmitten seines mit gebrauchten Kleidungsstücken vollgestopften Ladens befand, und sein langer weißer Bart, der das Licht der beiden Petroleumlampen an der Decke auffing, glitzerte wie Schneeflocken.

An der Wand hinter dem Tresen war ein Schild befestigt, auf dem in großen, etwas ungelenk gemalten Buchstaben stand: *COMPRIAMO, VENDIAMO, CAMBIAMO* – Wir kaufen, wir verkaufen, wir tauschen. Auf dem Tresen selber stand eine flache Glasvitrine, in der ein paar Uhren tickten. Daneben lag ein abgewetztes Samtkissen, vermutlich, um darauf die Schmuckstücke zu begutachten, die

Signor Levi an- und verkaufte. Der größte Teil seines Geschäfts schien jedoch im Ankauf und Verkauf von alten Kleidern zu bestehen.

Eines davon, ein grüngestreiftes Leinenkleid, hatte Angelina Zolli hinter einem roten Samtvorhang angezogen und versuchte jetzt, ihr Bild im Halbdunkel in einem fast vollständig erblindeten Spiegel zu erkennen. Sehen konnte sie kaum etwas, aber das Kleid gefiel ihr trotzdem.

Im Grunde war es das erste richtige Kleid, das sie überhaupt trug. Der Kittel (denn anders konnte man ihn nicht bezeichnen), den sie normalerweise trug, war kein Kleid, eher ein bloßer Schutz gegen die Kälte, so wie die – euphemistisch *Umhang* genannte – Pferdedecke. Kein Wunder, dachte sie seufzend, dass man sie, so abgerissen, wie sie aussah, nicht auf die *Erzherzog Sigmund* gelassen hatte.

Angelina Zolli hatte eine halbe Stunde gebraucht, um ihre Wut über den unverschämten Matrosen (es war derjenige, der die Reling geputzt hatte) hinunterzuschlucken, eine zweite halbe Stunde, um einen neuen Plan zu entwickeln – nachdem ihr erster Anlauf so grandios gescheitert war. Das Schlimme war, dass sie dem Matrosen im Nachhinein recht geben musste. Jemanden, der so einen Anblick bot wie sie – wirre, schmutzige Haare, zerfetzte Leinenschuhe und als Umhang eine Pferdedecke, die auch so *aussah* wie eine Pferdedecke –, lässt man nicht an Bord eines Schiffes, dessen erste Klasse vorzugsweise Generalstabsoffiziere, Hofräte und hin und wieder einmal Mitglieder der kaiserlichen Familie befördert.

Signor Levi (Angelina Zolli hatte inzwischen entschieden, dass sie ihn mochte, ganz egal, wen seine Vorfahren auf dem Gewissen hatten) war an ihre Seite getreten. Er hatte den Saum ihres linken Ärmels ein wenig herabgezupft, sodass der Ärmel jetzt bis zum Handgelenk reichte, und machte ein nachdenkliches Gesicht.

«Die Signorina sieht aus wie eine Signorina», sagte er schließlich. Das war nun ein komplizierter Satz, über den man lange nachdenken konnte. Der Satz brachte einerseits zum Ausdruck, dass sie unter ihrer Pferdedecke *nicht* wie eine Signorina ausgesehen hatte. Andererseits deutete er darauf hin, dass sie jetzt, in dem grüngestreiften Leinenkleid, aussah wie eine Signorina und damit wie sie selber. Vor allen Dingen aber hatte Signor Levi *Signorina* zu ihr gesagt, was Angelina Zolli sofort an Commissario Tron denken ließ. Wie sie überhaupt das Kleidergewölbe von Signor Levi an den Ballsaal des Palazzo Tron erinnerte. Zwar war der eine Raum groß und der andere klein, aber über beiden Räumen hing ein Geruch von Staub und Alter und Geheimnissen.

«Ich glaube, ich nehme das Kleid», sagte Angelina Zolli, ohne nachzudenken. Ihr war klar, dass es klüger gewesen wäre, den Kauf auf morgen zu verschieben und vorher das Kleid bei Tageslicht zu prüfen, aber sie hatte auf einmal den Wunsch, dieses Kleid nicht erst morgen, sondern sofort zu besitzen. Außerdem fühlte es sich – die Art, wie der Stoff sich an ihren Rücken und ihre Arme schmiegte – einfach … *gut* an.

Sie nahm die Augen von ihrem Spiegelbild und richtete sie wieder auf Signor Levi. Sie hoffte, dass ihre Stimme nicht allzu aufgeregt – nicht allzu *gierig* – klang.

«Was kostet es?», fragte sie.

Der Preis – das war die entscheidende

Frage, und entsprechend lange brauchte Signor Levi, um darüber nachzudenken. «Gib mir das, was du entbehren kannst», sagte er schließlich.

Er sah sie mit einem Blick an, den sie nicht deuten konnte, und plötzlich erinnerte sie sich daran, dass *Signora Nachwischen* noch etwas über die Leute gesagt hatte, *deren Vorfahren den Herrn ermordet hatten.* Bei denen, hatte sie gesagt, musste man bei Geschäften höllisch aufpassen. Die waren – wie hatte sie sich ausgedrückt? –, ja, richtig – die waren alle vom *Stamme Nimm.*

Jesus! Und sie hatte nicht die geringste Ahnung, wie viel ein *neues* Kleid kostete, geschweige denn, wie viel man für ein *gebrauchtes* Kleid (das ihr jetzt etwas ausgeblichen vorkam) ausgeben musste. Was war, wenn sie jetzt einen Preis nannte, der viel zu hoch war? Wahrscheinlich, dachte sie, war es überhaupt ein Fehler gewesen, Signor Levi merken zu lassen, dass ihr das Kleid gefiel.

«Ich könnte Ihnen zehn Lire zahlen», sagte sie lahm.

So viel hatte sie dabei. Der Rest ihres Geldes befand sich im Palazzo Tron.

Angelina Zolli hatte ein Stirnrunzeln erwartet, eine abwehrende Geste oder ein bedauerndes Kopfschütteln. Doch stattdessen stellte Signor Levi eine Frage, die einerseits beweisen mochte, dass er ein raffinierter Händler war, die andererseits jedoch eine gewisse Berechtigung hatte. Immerhin stand der Winter vor der Tür.

«Und was ziehst du *über* dem Kleid an?», fragte Signor Levi. Und setzte völlig überflüssigerweise hinzu: «Du kannst zu diesem Kleid schlecht diesen Umhang tragen.»

Nein, dachte sie resigniert. Konnte sie natürlich nicht. Schon der Gedanke, sich diese *Pferdedecke* über das Kleid zu hängen, war abwegig. Aber den zusätzlichen Kauf eines Mantels, den Signor Levi indirekt empfohlen hatte, würde sie sich wahrscheinlich nicht leisten können. Wenn sie sich das *Kleid* überhaupt leisten konnte. Dieses Kleid, das sich mit jeder Minute, in der sie es auf ihren Armen und auf ihrem Rücken spürte, angenehmer anfühlte und in dem sie aussah wie eine *Signorina.*

Einen Augenblick lang befürchtete sie ernsthaft, in Tränen auszubrechen. Sie wusste, wie kläglich sich ihre Stimme jetzt anhörte, aber sie konnte es nicht verhindern. «Und wenn ich nur das Kleid nehme?»

Signor Levi runzelte die Stirn. «Um es erst im nächsten Frühjahr zu tragen?»

Da kam er plötzlich hinter seinem Tresen hervor, lief ohne ein Wort zu sagen an ihr vorbei und verschwand in den Tiefen seines Gewölbes. Als er wiederauftauchte, hatte er einen Mantel über dem linken Arm und in der rechten Hand ein Paar Stiefel. Er deponierte den Mantel und das Paar Stiefel auf dem Tresen und sah sie an – mit einem Blick, als würde er Maß nehmen oder vielleicht, dachte sie, ihre Zahlungsfähigkeit einschätzen.

«Probier den Mantel», sagte er schließlich. «Und die Schuhe auch.»

Der Mantel erwies sich als ein dunkelblauer Stoffmantel mit abgewetzten Ärmeln und einem kleinen Riss im Kragen. Der unterste Knopf des Mantels fehlte, aber als sie ihn angezogen hatte, fühlte er sich gut an.

Signor Levi hatte sie inzwischen mehrmals umrundet und kritisch betrachtet – so als wäre sie ein gebrauchtes Kleidungsstück, das man ihm zum Kauf angeboten hatte. Offenbar war er zu keinem Urteil gekommen, denn er beschränkte sich darauf zu sagen: «Und jetzt zieh die Schuhe an.»

Die Schuhe waren aus braunem, etwas morschem Leder, aber keine der Sohlen hatte ein Loch. Sie hatten erhöhte Absätze, was ihr gefiel, weil es sie größer machte, obwohl sie sich fragte, ob sie überhaupt in der Lage wäre, in solchen Schuhen zu laufen. Sie richtete sich auf und kam schwankend zum Stehen.

«Der Mantel ist zu groß», sagte Signor Levi. «Und die Schuhe auch.»

Was definitiv nicht stimmte, und nur Gott wusste, warum Signor Levi es behauptete. Der Mantel war vielleicht ein bisschen zu *lang*, aber zu behaupten, er sei zu groß, war Unsinn. Und dass die Schuhe zu groß waren, traf ebenso wenig zu. Die Schuhe mochten sich nicht dafür eignen, nach einem geglückten Handgriff in der Menge (oder im Nebel) zu verschwinden, aber für einen zweiten Auftritt an Bord der *Erzherzog Sigmund* waren sie genau richtig.

Jetzt stand Signor Levi wieder hinter seinem Tresen, und die Fingerspitzen seiner rechten Hand strichen über das Kissen aus blauem Samt. Er sah sie skeptisch an. «Nun? Was sagst du?»

Angelina Zolli bemühte sich, ein ebenso skeptisches Gesicht zu machen. «Ich glaube, es geht so einigermaßen», sagte sie.

Das war so stark untertrieben, dass es praktisch einer Lüge gleichkam, aber sie konnte es sich nicht leisten, ein Risiko einzugehen.

Signor Levi löste seine Fingerspitzen von dem blauen Kissen und stieß den resignierten Seufzer eines Mannes aus, der gerade gezwungen worden ist, ein schlechtes Geschäft abzuschließen. «Dann gib mir die zehn Lire für das Kleid», sagte er mürrisch. Und anschließend mit einem Achselzucken: «Der Mantel und die Schuhe sind nichts wert.»

Er ließ die Münzen mit der Geschicklichkeit eines Taschenspielers in seinem abgewetzten Gehrock verschwinden. Was Angelina Zolli unwillkürlich zum Lachen brachte, weil er sie dabei an Signor Settembrini erinnerte – jedenfalls wenn man davon absah, dass Signor Settembrini weder einen langen weißen Bart gehabt hatte noch Vorfahren, die *den Herrn getötet* hatten.

Signor Levi lächelte zum Abschied, und sein Lächeln mitten in seinem weißen Bart schien eine Tür zu einem anderen Gesicht zu öffnen. Angelina Zolli konnte sich auf einmal vorstellen, dass es irgendwo eine Signora Levi und (wer weiß?) auch eine *Signorina* Levi gab.

«Pass auf dich auf», sagte Signor Levi.

22

Frischgepflanzte Eiben, jede noch in einem hölzernen Gerüst, säumten die Zufahrt zu Schloss Miramar; dahinter schlängelten sich Kieswege durch verblühte Rabatten und Büsche. In der Ferne konnte Tron die teils kahlen, teils waldbedeckten Anhöhen des Karstgebirges erkennen, über denen sich ein grauer Oktoberhimmel wölbte. Hin und wieder blitzte, durch herbstlich verfärbte Bäume hindurch, der Spiegel der Adria auf.

Der dunkelblaue und mit dem Wappen des Erzherzogs versehene Landauer, der Tron am Lloydanleger erwartete, hatte das Verdeck hochschlagen müssen, denn nach einer sternenklaren Überfahrt begann es bei der Ankunft der *Erzherzog Sigmund* in Triest zu regnen. Nach Schertzenlechner hatte Tron auf dem Schiff vergeblich Ausschau gehalten. Bis auf Kapitän Landrini und den verwachsenen Chefsteward Putz hatte er niemanden an Bord gesehen, den er kannte.

Sie waren, nachdem sie Triest hinter sich gelassen hatten, auf einer schlecht befestigten Küstenstraße in Richtung Norden gefahren und hatten nach einer halben Stunde das Tor des Parks erreicht, wo zwei Soldaten sie ohne Umstände durchwinkten.

Der Park von Schloss Miramar war erheblich größer, als Tron ihn sich vorgestellt hatte. Er erstreckte sich über viele Morgen sanft zum Meer abfallenden Landes, und wenn es stimmte, dass ganze Schiffsladungen Muttererde auf den mageren Karstboden verteilt werden mussten, damit mehr gedieh als Ginster und Krüppelkiefern, hatte der Erzherzog schon allein für die Anlage des Parks ein Vermögen ausgegeben.

Nachdem sie ein paar Minuten lang durch ein Gehölz gefahren waren, machte der Weg eine Biegung nach links, und plötzlich sah Tron das Meer wieder, das die Bäume verdeckt hatten – und direkt am Meeresrand, mit seinen Zinnen und seinem Turm wie der bizarre Einfall eines Operndekorateurs aussehend, erhob sich Schloss Miramar.

Das Schloss stand hart am Wasser auf einem Felsvorsprung, und durch die nassen Scheiben des Landauers hindurch betrachtet, schienen seine Konturen mit denen des Himmels und des Meeres hinter ihm zu verschmelzen. Vermutlich war es das, dachte Tron, was den seefahrtbegeisterten Erzherzog zu diesem Bauplatz bewogen hatte: Wenn man aus einem der Fenster auf der Seeseite des Schlosses blickte, musste man das Gefühl haben, auf der Kommandobrücke eines Schiffes zu stehen.

Der Landauer hielt auf einem kiesbedeckten Ehrenhof direkt vor dem Schloss, und Tron wurde von einem überaus höflichen Mann empfangen, der zu einem konventionellen schwarzen Gehrock eine auffällige rote Weste mit einer goldenen Uhrkette trug. Merkwürdig war, dass er sich als *Kapitänleutnant von Beust* vorstellte – offenbar hatte er seine Gründe, keine Uniform zu tragen. Über eine Marmortreppe führte er Tron in einen Salon im ersten Stock des Schlosses und bat ihn, dort auf Erzherzog Maximilian zu warten.

Der Raum war riesig, dämmrig, mit einer hohen Decke, von der ein alter Murano-Leuchter herabhing – einer von der Sorte, für die man ein kleines Vermögen ausgeben musste. Die halbgeschlossenen Vorhänge vor den Fenstern hielten das ohnehin nicht sehr helle Tageslicht zurück, trotzdem war es drinnen hell genug, um neben dem Fenster ein großes Astrolabium zu erkennen, das auf einer englischen Marinekommode stand. Darüber hing ein Plan Mexikos, dessen einzelne Landesteile teils rot, teils grün schraffiert waren. Tron erinnerte sich daran, dass die französischen Truppen immer noch nicht alle Provinzen unter Kontrolle hatten, Maximilian die entscheidende Auseinandersetzung mit Benito Juárez noch bevorstand. Auf der anderen Seite des Raumes sah Tron ein Empiresofa, flankiert von zwei antiken Gobelinsesseln. Die Sessel standen in der Nähe eines Kamins mit einer Umrandung aus rötlichem Marmor, über dem das Portrait einer strengblickenden junge Dame hing. Tron vermutete, dass es sich um die Erzherzogin handelte.

Ein paar Minuten später waren Schritte im angrenzenden Raum zu hören. Dann sah Tron, wie sich die Klinke herabsenkte und Erzherzog Maximilian, dem unsichtbare Hände die Tür geöffnet hatten, mit vorsichtigen, fast zögernden Schritten den Salon betrat.

Er war größer, als Tron ihn sich vorgestellt hatte, und auch schlanker. Der Mode folgend, trug er einen Backenbart, der die Oberlippe und den mittleren Teil des Kinns frei ließ – ein markantes Kinn, das ihn unverkennbar als einen Habsburger auswies. Dieses Kinn ein wenig theatralisch emporgereckt, hielt er sich beim Betreten des Salons straff aufrecht, aber Trons Eindruck zufolge nur mit einiger Mühe. Dazu passte der schlaffe, leicht schlingernde Gang, mit dem er den Salon durchquerte, sowie der unstete Blick, das nervöse Augenrollen, das ihm offenbar zur Gewohnheit geworden war.

Der Erzherzog war in einen dunkelroten Überrock gekleidet, dessen dick aufliegender Kragen ihm hoch im Nacken stand, vorn aber die Pikeeweste und das gekreuzte Halstuch sehen ließ. An den Füßen hatte er bequeme Hausschuhe aus grünem Samt, in die mit Goldfäden das kaiserliche Wappen gestickt war. Vermutlich, dachte Tron, sollte dieser häuslich-legere Aufzug den inoffiziellen Charakter dieser Zusammenkunft betonen. Dementsprechend würde der Erzherzog ihn nicht mit Commissario, sondern mit Conte anreden. Das verbindliche Lächeln, das er aufgesetzt hatte, passte allerdings nicht ganz zu einem Mann, der seinen Privatsekretär gerade zu einem Mord angestiftet hatte.

«Sie wissen vermutlich», sagte der Erzherzog mit dunkler, gaumiger Stimme, «warum ich Sie hierhergebeten habe, Conte.»

Tron hatte erwartet, dass sich der Erzherzog in deutscher Sprache an ihn wenden würde, aber zu seiner Überraschung sprach Maximilian ein fließendes Italienisch mit leichtem venezianischem Akzent.

Ja, dachte Tron, das wusste er. Der Erzherzog hatte ihn auf sein Schloss gebeten, um ihm ein schmutziges Geschäft vorzuschlagen. Und Seine Hoheit schien entschlossen zu sein, sofort zur Sache zu kommen. Tron verneigte sich leicht. «Allerdings, Hoheit.»

«Mein Privatsekretär hat mir mitgeteilt», fuhr der Erzherzog fort, nachdem sie beide auf den Gobelinsesseln Platz genommen hatten, «dass man ihn in der Mordnacht am Rio della Verona gesehen hat.» Er schlug die Beine übereinander und lehnte sich, wieder nervös die Augen verdrehend, zurück. «Es gefällt mir nicht, dass ein Mann in Schwierigkeiten gerät, der lediglich meine Anweisungen ausgeführt hat.»

«Schertzenlechner hat auf Anweisung gehandelt?» Im Grunde war damit alles gesagt, aber Tron wollte, dass Erzherzog Maximilian es wiederholte.

Der Erzherzog runzelte die Stirn, so als hätte er die Frage nicht verstanden. Dann sagte er achselzuckend: «Selbstverständlich hat er auf Anweisung gehandelt.»

Natürlich würde der Erzherzog diese Äußerung später abstreiten. Aber seine Worte würden in dem Bericht an den Polizeipräsidenten stehen. Spaur würde den Bericht an den Militärstaatsanwalt weiterleiten, und von dort aus würde der Bericht über das Hauptquartier in Verona nach Wien gehen.

«Doch was geschehen ist», setzte der Erzherzog noch hinzu, «war nicht zu vermeiden.»

Tron sagte: «Es wird sich ebenso wenig vermeiden lassen, dass ich dem Polizeipräsidenten einen entsprechenden Bericht vorlege.» Er hatte bei dem Wort *Polizeipräsident* – dem *Stichwort* – die Stimme gehoben.

Der Erzherzog lehnte sich nach vorne. Er sah Tron scharf an, und einen Augenblick lang kam sogar die rollende Bewegung seiner Augen zum Stillstand. «Und was wäre», sagte er langsam, «wenn Sie die Beteiligung Schertzenlechners an dieser Affäre unter den Tisch fallenließen?»

Na, also. Jetzt war es so weit. In ein paar Sekunden würde der Erzherzog mit einem schleimigen Gesichtsausdruck sagen: *Ich könnte mich in diesem Fall dafür verwenden, Commissario, dass der Posten des ...*

Doch stattdessen sagte der Erzherzog etwas, das Tron nicht verstand. Er sagte: «Immerhin war Schertzenlechner nur am Rande an diesem Vorgang beteiligt. Hätte sein Besuch bei Signorina Slataper einen Tag früher stattgefunden, wäre er nie mit diesem Mord in Verbindung gebracht worden.»

Wieso nur *am Rande* beteiligt? «Wir haben einen Zeugen, der Schertzenlechner neben der Leiche gesehen hat.»

Der Erzherzog fuhr ruckartig aus seinem

Sessel hoch. «Einen Zeugen, der ihn neben der Leiche gesehen hat?» Entweder war die Bestürzung in seinem Gesicht echt, oder er war ein ausgezeichneter Schauspieler. «Was reden Sie da?»

«Es handelt sich um ein Mädchen, das etwas bei Signorina Slataper abgeben wollte. Sie war so verstört, dass sie sich erst vier Tage später bei uns gemeldet hat. Ich habe Schertzenlechner gestern damit konfrontiert», sagte Tron. «Daraufhin hat er die Aussage verweigert.»

«Und das Mädchen hat Schertzenlechner tatsächlich erkannt?» Der Erzherzog schien seine Fassung wiedergewonnen zu haben.

Tron nickte. «Sie hat einen Mann beschrieben, der hinkt.»

«Was auf Schertzenlechner zutrifft, und insofern verstehe ich Ihren Verdacht. Hat er nichts dazu gesagt?»

«Er hat mich auf das Gespräch verwiesen, das ich mit Hoheit führen würde. Und sich darauf berufen, dass er als Kapitän zur See von mir nicht verhört werden kann.»

«Kapitän zur See?» Der Erzherzog schien sich kurz zu amüsieren. Dann sagte er: «For-

mal betrachtet hat er recht. Aber natürlich handelt es sich hier um ein äußerst unangenehmes Missverständnis.» Er schüttelte genervt den Kopf.

Tron verstand überhaupt nichts mehr. Irgendetwas ging hier schief. «Was für ein Missverständnis?»

Erzherzog Maximilian hatte den Kopf in den Nacken gelegt und betrachtete die Salondecke, als verfolge er eine Szene, die sich am Rio della Verona abspielte. «Können Sie etwas zum Zeitpunkt des Mordes sagen, Conte?»

Tron dachte einen Moment nach. Natürlich konnte er das. Die Vorstellung im *Fenice* war an diesem Abend um halb elf beendet worden. Ungefähr eine halbe Stunde später hatte sich Angelina Zolli in die Wohnung am Rio della Verona geflüchtet. Der Zeitpunkt, an dem Anna Slataper gestorben war, ließ sich also ziemlich genau bestimmen. «Als unser Zeuge den Mörder in der Wohnung antraf», sagte Tron, «war es kurz nach elf. Wir glauben, dass Signorina Slataper kurz zuvor ermordet worden ist.»

Das schien den Erzherzog zu erfreuen, denn

er lächelte. Ohne dass er wusste weshalb, erfreute es Tron ebenfalls. Er lächelte zurück.

Der Erzherzog sagte: «Schertzenlechner ist um Punkt zehn Uhr am Rio della Verona gewesen. Er hat die Glocken von San Stefano gehört, als er mit Signorina Slataper sprach. Er hat sich höchstens eine Viertelstunde in der Wohnung aufgehalten. Sein Auftrag bestand lediglich darin, Signorina Slataper mitzuteilen, dass ich sie nicht mehr treffen werde, und ihr das Eintreffen einer größeren Geldsumme anzukündigen. Anschließend hat Schertzenlechner sich in sein Zimmer im *Danieli* begeben und dann um Mitternacht das Lloydschiff genommen.»

Tron sagte: «Also war der hinkende Mann …»

Er musste abbrechen, weil er plötzlich das Gefühl hatte, auf einem Karussell zu sitzen, das sich mit rasender Geschwindigkeit drehte. Du lieber Himmel – nur gut, dass er seine Theorie vom Auftragsmord nicht gleich ausgebreitet hatte. Er hätte überhaupt mehr auf die Principessa hören sollen als auf Sergente Bossi. Andererseits hatte alles so logisch gewirkt – so überzeugend.

Tron holte tief Luft, um das Schwindelgefühl zu bekämpfen, das ihn erfasst hatte. Dann schloss er die Augen, atmete wieder aus und lehnte sich auf seinem Sessel zurück. Zum ersten Mal seit zwei Tagen durchströmte ihn eine kolossale Erleichterung. «Dann war der hinkende Mann, den die Zeugin gesehen hat, jemand anders», sagte er.

Erzherzog Maximilian nickte. «Schertzenlechner hätte kein Motiv gehabt, Signorina Slataper zu töten. Die beiden kannten sich praktisch nicht. Im Übrigen ist Schertzenlechner heute Morgen in wichtigen Geschäften nach Wien gereist.» Er stand auf und hinderte Tron mit einer Handbewegung daran, sich ebenfalls zu erheben. «Allerdings», sagte er, «ist diese traurige Affäre nicht der eigentliche Grund, aus dem ich Sie hierhergebeten habe.»

«Und was ist der eigentliche Grund?»

Der Erzherzog sah Tron an, doch anstatt ihm zu antworten, betätigte er den Klingelzug neben dem Kamin. Tron konnte das Anschlagen der Glocke im angrenzenden Raum hören. Fast unmittelbar nach dem Läuten erschien Kapitänleutnant von Beust auf der Schwelle des Salons. In der rechten Hand hielt er eine Petroleumlampe, in der linken eine lederne Schreibmappe.

Erzherzog Maximilian verzog seinen Mund zu einem freudlosen Lächeln. «Diese Mappe hier ist der Grund», sagte er.

23

Als Tron die Mappe aufschlug, sah er, dass sie drei schwarze Kartons im Format eines halben Briefbogens enthielt, in die jeweils zwei kreisrunde Öffnungen von der Größe eines Maria-Theresia-Talers geschnitten worden waren. In der einen Öffnung war der Kopf einer jungen Frau zu sehen, in der anderen der Kopf eines bärtigen Mannes. Offenbar handelte es sich bei den Bildern um Fotografien. Die junge Frau blickte in die Kamera, der Mann schien fest zu schlafen. Die drei Kartons unterschieden sich kaum. Lediglich die Position der Köpfe und der Gesichtsausdruck der jungen Frau schienen leicht voneinander abzuweichen.

Betätigte sich Erzherzog Maximilian künstlerisch? Handelte es sich hier um eine Art Triptychon? Tron beschloss, seinen Kneifer aufzusetzen, bevor er einen Kommentar abgab.

Es dauerte dann nur ein paar Sekunden, bis er den Erzherzog und Anna Slataper identifiziert hatte, und auch nicht länger, bis er die Bedeutung des schwarzen Kartons verstand und begriff, was hier gespielt wurde. Er wäre, dachte Tron, nie so schnell auf die Bedeutung der Kartons gekommen, wenn er nicht selbst gestern Nacht etwas Ähnliches mit Schertzenlechner versucht hätte. Kein Zweifel – der Erzherzog wurde mit kompromittierenden Fotos erpresst. Da die abgedeckten Partien keine relevanten Informationen enthielten, hatte er die nackten Körper überklebt – wahrscheinlich höchstpersönlich mit Zirkel, Federmesser und Gummiarabikum.

«Gibt es dazu einen Brief mit einer Forderung?» Trons Stimme klang ruhig und professionell – Commissario Tron, der alles im Griff hatte.

Aus den Augenwinkeln sah er, wie der Erzherzog lächelte und Kapitänleutnant von Beust einen zufriedenen Blick zuwarf.

Beust sagte: «Der Erpresser fordert fünftausend Lire in Gold für drei weitere Fotografien.» Er reichte Tron einen Bogen im Kanzleiformat, der einseitig mit großen Druckbuchstaben beschrieben war. «In zwei Tagen wird um Mitternacht am Campo Santa Maria dell'Orto mitgeteilt, wohin man sich zu wenden hat, um das Geld zu übergeben und die restlichen Fotografien in Empfang zu nehmen.»

«LAU-DA-NUM», sagte der Erzherzog, indem er Tron ansah und jede einzelne Silbe betonte, so als würde er eine Frage beantworten, die ihm gerade gestellt worden war. «In Alkohol gemischt. Das Zeug ist im Champagner nicht zu schmecken. Raubt Ihnen für mindestens zehn Stunden das Bewusstsein.» Tron hatte den Eindruck, dass der Erzherzog Wert auf die Feststellung legte, unfreiwillig auf diese Fotografien geraten zu sein.

«Haben Hoheit einen Verdacht, wer hinter dieser Erpressung stecken könnte?»

«Irgendjemand aus dem Bekanntenkreis von Signorina Slataper. Den ich meinerseits überhaupt nicht kenne. Sie hat selbstverständlich darauf geachtet, dass wir unter uns waren, wenn ich sie besucht habe.»

«Einen politischen Hintergrund sehen Hoheit nicht?»

Der Erzherzog schüttelte den Kopf. «Der Erpresser will Geld. Allerdings hat er angedeutet, diese Bilder der katholischen Kirche übergeben zu wollen.» Er lächelte schmal. «Die möchte ihr Eigentum zurückhaben, das Juárez konfisziert hat. In Rom befürchtet man, dass ich mich weigern könnte, den konfiszierten Kirchenbesitz zurückzugeben. Ich hatte im Sommer ein etwas unangenehmes Gespräch mit dem Bischof von Puebla, der im römischen Exil lebt.»

«Würde Rom diese Fotografien als Druckmittel benutzen?»

Der Erzherzog stieß ein zynisches Lachen aus. «Die heilige Kirche hat ihre Feinde noch nie geschont.»

«Haben Hoheit eine Vermutung, wann diese Bilder gemacht worden sein könnten?»

Das Gesicht des Erzherzogs nahm einen unglücklichen Ausdruck an. Tron hatte plötzlich das Gefühl, einen wunden Punkt berührt zu haben.

«Vermutlich in den ersten zwei Wochen unserer Bekanntschaft», sagte der Erzherzog schließlich. «Als Signorina Slataper noch nicht wusste, wer ich bin. Als sie es erfahren hatte, wird sie sich gedacht haben, dass in dieser Bekanntschaft mehr steckt als nur ein schnelles Geschäft mit einer Erpressung.» Er seufzte und zuckte die Achseln. «Sie sehen, ich mache mir da nichts vor. Aber irgendwann im Laufe des Frühlings wurde die Beziehung zwischen mir und Signorina Slataper ...» Der Erzherzog brach ab, um über das Wort nachzudenken, das diese Beziehung – jedenfalls in seiner Erinnerung – charakterisierte. Mehr zu sich selber als zu Tron sagte er nach einer Weile: «Unsere Beziehung wurde *persönlich.* Von beiden Seiten.» Dann setzte er noch hinzu: «Ich könnte mir sogar vorstellen, dass sie versucht hat, diese Fotografien zu vernichten.» Er hob den Arm und umklammerte mit der Hand die Lehne seines Sessels, als wollte er sich hochhieven.

«Wenn es solch eine *persönliche* Beziehung war», sagte Tron, «dann hat es Signorina Slataper wahrscheinlich tief getroffen, als sie erfahren hat, dass Hoheit sich von ihr trennen wollte. Wie hat sie reagiert?»

«Meinen definitiven Entschluss hat sie erst

von Schertzenlechner erfahren. Allerdings hatte ich ihr bereits vor zwei Wochen angedeutet, dass ich mich von ihr trennen müsse. Ich habe sie anschließend nicht wiedergesehen.» Der Erzherzog strich sich über die Stirn und schob dann sein in der Mitte gescheiteltes Haar mit einer jungenhaften Geste zur Seite.

Die nächste Frage lag auf der Hand, und Tron sah keinen Grund, sie nicht zu stellen. «Wäre es möglich, dass Signorina Slataper daraufhin beschlossen hat, Hoheit zu erpressen?»

Das Gesicht des Erzherzoges nahm wieder einen unglücklichen Ausdruck an. «Das glaube ich nicht. Immerhin hatte ich ihr eine sehr großzügige Abfindung versprochen. Ich vermute, dass hinter dieser Erpressung der Fotograf steckt.» Nach einer Pause fügte er hinzu: «Und dass sie von der Absicht, mich zu erpressen, erfahren hat.»

Tron beugte sich auf seinem Sessel vor. «Wie kommen Hoheit darauf?»

Der Erzherzog sagte etwas melancholisch: «Signorina Slataper hat mir einen Brief geschrieben. Drei Tage vor ihrem Tod. In diesem Brief sprach sie von einer Gefahr, die mir drohe und an der sie die Schuld trage. Was ich für einen Vorwand hielt, mich zu einem Treffen zu bewegen. Ich habe Schertzenlechner daraufhin nach Venedig geschickt, um ihr mitzuteilen, dass unsere Beziehung beendet ist.»

Beust schaltete sich ein. «Signorina Slataper hat Hoheit vermutlich von dieser Erpressung berichten wollen. Und Hoheit vielleicht den Namen des Erpressers mitteilen wollen. Daraufhin wurde sie ermordet. Der Erpresser und der Mörder von Signorina Slataper dürfte ein und dieselbe Person sein.»

«Die damit ein ziemlich riskantes Spiel spielt», sagte Tron. «Immerhin muss er damit rechnen, bei der Übergabe der Fotografien verhaftet zu werden.»

Beust schüttelte den Kopf. «Muss er nicht. Er wird ein oder zwei Fotografien zurückbehalten. Und er wird dafür gesorgt haben, dass diese Fotos im Falle einer Verhaftung dorthin gelangen, wo wir sie absolut nicht haben wollen.»

«An die katholische Kirche», sagte Tron.

«Da er weiß», sagte Beust, «dass wir uns genau das sagen, geht er kein großes Risiko ein, verhaftet zu werden.»

«Das heißt, man sollte ihn nach der Übergabe der Fotografien laufen lassen.»

Der Erzherzog nickte. «Auf jeden Fall. Es dürfte ohnehin schwierig sein, ihn zu verhaften, da er mit uns eine Schnitzeljagd durch Venedig veranstalten wird. Er wird unseren Emissär beobachten und die Aktion sofort abbrechen, wenn er eine Falle wittert.»

Tron wandte sich an Beust. «Werden Sie diesen Austausch vornehmen, Commandante?»

Anstelle Beusts beantwortete jedoch der Erzherzog Trons Frage. «Nein, Conte», sagte er. «Niemand aus meinem Stab kennt Venedig gut genug, um für eine Schnitzeljagd durch die Stadt gerüstet zu sein. Wir dachten an einen Einheimischen.» Der Blick, den er Beust zuwarf, forderte diesen auf weiterzusprechen.

Der Kapitänleutnant lächelte auf eine Art und Weise, die Tron nicht gefiel. Beust sagte: «An jemanden, der die Stadt gut kennt und bewiesen hat, dass er diskret und kaltblütig ist.»

Diskrete und kaltblütige Venezianer? Wenn es die gab, dachte Tron, dann waren sie ihm noch nicht begegnet.

«Wir dachten dabei», sagte Erzherzog Maximilian feierlich, «an Sie, Conte.»

«An *mich*? Hoheit, ich ...»

Der Erzherzog hob die Hand. «Ihre Flucht aus den Bleikammern hat auch in Wien die Runde gemacht.» Er lächelte. «Ich kann mir nicht vorstellen, dass ein Mann wie Sie mit einer einfachen Übergabe Schwierigkeiten haben wird.»

24

Eigentlich, dachte Tron, als er kurz nach Mitternacht an der Reling der *Erzherzog Sigmund* stand und die Lichter des Triester Hafens in der Dunkelheit verschwinden sah – eigentlich hätte er mit dem Verlauf seines Besuches auf Miramar zufrieden sein können. Erzherzog Maximilian war unschuldig. Der böse Verdacht, der wahrscheinlich ein solides Hindernis auf seinem Weg nach Mexiko dargestellt hätte, hatte sich aufgelöst. Zwar konnte sich Tron nicht vorstellen, dass ausgerechnet ein von Erzherzog Maximilian geleitetes

Staatswesen imstande sein sollte, *Schulden* zurückzuzahlen. Offenbar reichte aber bereits die bloße Aussicht darauf, um die mexikanischen Staatsanleihen wieder anziehen zu lassen und somit die Principessa vor dem Ruin zu retten.

Dass Tron trotzdem ein leichtes Unbehagen verspürte, lag an den Folgen, die sich daraus für sein Verhältnis zur Principessa ergaben. Wenn die Principessa deshalb mit der Heirat gezögert hatte, weil sie Befürchtungen hinsichtlich ihrer finanziellen Zukunft hegte, dann war die Heirat jetzt ein Stückchen näher gerückt – und genau da fingen die Probleme an.

Sollte er nach der Heirat in den Palazzo der Principessa ziehen? Zu Moussada und Massouda? Tron war sich ziemlich sicher, dass ihm die luxuriöse Operettenwelt des Palazzo Balbi-Valier sehr schnell auf die Nerven gehen würde. Außerdem konnte er Alessandro und die Contessa unmöglich allein im Palazzo Tron zurücklassen. Andererseits war es kaum denkbar, dass sich die Principessa bereit erklären würde, in den Palazzo Tron überzusiedeln – nicht so, wie die Dinge zwischen ihr und der

Contessa standen. Und selbstverständlich würde sich die Principessa weigern, im Obergeschoss Quartier zu nehmen – schon der Gedanke daran war lächerlich.

Tron löste seine Hände vom Handlauf der Reling und ging langsam auf den Niedergang zu, der zu den Kabinen der ersten Klasse führte. Während er seine Kabinentür aufschloss, stellte er resigniert fest, dass er es sich in der Rolle des ewigen Verlobten eingerichtet hatte wie auf einem bequemen, wenn auch etwas liederlichen Sofa.

Das leise Stampfen der Dampfmaschine und das Geräusch, mit dem die zwei großen Schaufelräder des Raddampfers durch die Wellen pflügten, wiegten Tron eine halbe Stunde später in den Schlaf. Dass er in weiter Ferne ein Grollen wie von Donner hören konnte, war seltsam. Denn nach einem regnerischen Tag war die Wolkendecke gegen Abend aufgerissen, und Tron hatte darüber gestaunt, wie klar die Luft auf einmal geworden war und wie viele Sterne er am Himmel sehen konnte.

Er döste ein, versank in einem traumlosen Schlaf. Das Letzte, was er in dem aufsteigenden, ihn langsam einhüllenden Dunkel sah, war das Gesicht der Principessa, ihre grünen Augen, die sie mit einem Ausdruck auf ihn gerichtet hatte, den er nicht deuten konnte.

Die Principessa, die Tron am Mittag des folgenden Tages aufsuchte, nahm die Nachricht von der Unschuld Maximilians gelassen auf – vielleicht weil sie ohnehin nicht daran geglaubt hatte, dass der Erzherzog in diesen Mord verwickelt war. Allerdings schien der Principessa die Vorstellung gar nicht geheuer, dass Tron die Auslösung der Fotos vornehmen würde.

«Hast du eine Vermutung, wer der Mann sein könnte, der Maximilian mit diesen Fotografien erpresst?» Sie beugte sich über ihren Teller und schob ein letztes Blättchen ihres *Radicchio alla griglia* von links nach rechts. Es hatte Perlhuhn, *Faraona con la peverada*, gegeben, aber die Principessa hatte sich, wie in letzter Zeit öfter, beim Essen auf ihren Salat beschränkt.

«Wir vermuten», sagte Tron, «dass es sich um den Mann handelt, der Anna Slataper getötet hat.» Er nahm sich zum dritten Mal von der *Mousse au Chocolat*, die Moussada (Massouda?) in einer silbernen Schale serviert hatte. Die *Mousse* war fast schwerelos, und schon das Gefühl, mit dem Löffel in die schaumige Masse zu dringen, war unbeschreiblich. Tron fragte sich, ob er vielleicht eine Rezeptkolumne in den *Emporio della Poesia* aufnehmen sollte. Nachdem Spaur seine Gedichte dort veröffentlicht hatte, würde das Renommee der Zeitschrift ohnehin ruiniert sein.

«Wirst du dich bewaffnen?»

Tron schüttelte den Kopf. «Warum sollte ich?»

Die Augen der Principessa verengten sich. «Immerhin ist der Mann ein Mörder.»

«Er hat nicht den geringsten Grund, mich ebenfalls zu töten. Er wird mir die Fotografien zeigen, das Geld zählen und sich dann aus dem Staub machen.»

«Mann gegen Mann also.» Jetzt klang die Principessa so, als würde sie sich ernsthaft Sorgen machen.

«Das hört sich viel zu dramatisch an.» Tron lächelte.

Aber die Principessa erwiderte sein Lächeln nicht. «Es gefällt mir nicht, Tron. Ich kann nicht sagen, warum es mir nicht gefällt, aber ich habe kein gutes Gefühl dabei.» Dann fügte sie übergangslos hinzu: «Übrigens war Alessandro bei mir.»

«Alessandro war bei dir?»

Die Principessa nickte. «Gestern Mittag. Er ist auf meine Bitte hin zum Essen geblieben und hat den Speisenaufzug bewundert.» Mit einem Seitenblick auf Moussada (Massouda?) setzte sie hinzu: «Und den Stil meines Personals.» Den er, Tron, bekanntlich weniger bewunderte, wollte sie damit zum Ausdruck bringen.

Tron lächelte. «Alessandro träumt seit langem von einem Speisenaufzug. Was hat er gewollt?»

«Mir den Schal bringen, den ich bei euch vergessen hatte. Aber das war nur ein Vorwand.»

«Wofür?»

«Ich glaube, dass die Contessa ihn geschickt hat. Er hat es zwar nicht direkt gesagt, aber ich hatte den Eindruck. Er und die Contessa haben Angst, du könntest nicht mehr im Palazzo Tron wohnen wollen, wenn wir geheiratet haben.»

«Darüber denke ich nach, wenn es so weit ist.»

«Die Contessa denkt bereits jetzt darüber nach. Und was Alessandro mir gesagt hat, war bemerkenswert. Sie könnte sich vorstellen, in den Seitenflügel zu ziehen.»

Tron nickte. «Ich weiß. Aber ich war mir nicht ganz sicher, ob ich diesen Vorschlag zur Sprache bringen sollte.»

«Warum nicht?»

«Weil es bedeuten würde, dass ich dich mit der Heirat zwinge, ein Vermögen in den Palazzo Tron zu stecken», sagte Tron.

«Interessant. Du willst mich nicht heiraten, weil ich Geld habe und ...»

Tron unterbrach die Principessa. «Und *du* wolltest *mich* nicht heiraten, weil du befürchtet hast, bald kein Geld mehr zu haben. Was aus meiner Sicht die Dinge vereinfachen würde.»

«Und sie aus meiner Sicht verkomplizieren würde. Aber ich kann dir ein Geschäft vorschlagen. Du hattest mal erwähnt, dass ihr euch früher mit Glasfabrikation beschäftigt habt.»

Tron zuckte die Achseln. «Das ist lange her. Ich glaube, wir haben irgendwann im *quattrocento* damit aufgehört.»

«Also vor der Entdeckung Amerikas.»

«So ungefähr. Aber mein Vater erwähnte gelegentlich, dass wir nicht besonders lange im Glasgeschäft waren.»

«Was heißt *nicht besonders lange* bei euch?»

«Vielleicht hundert Jahre.»

«Und das nennst du *nicht besonders lange?*»

Tron gähnte. «Die Trons gibt es seit tausend Jahren. Daran gemessen sind hundert Jahre nicht sehr lange. Warum interessierst du dich dafür?»

«Dann würde», sagte die Principessa bedächtig, «eure Glasproduktion etwa ein halbes Jahrtausend existieren, wenn ihr sie damals nicht eingestellt hättet.» Sie lehnte sich über den Tisch und fixierte ihn mit ihren grünen Augen. «Ist dir klar, dass so ein alter Markenname Gold wert ist? Wir wären die älteste Glasfabrik Venedigs.» Eine Vorstellung, von der die Principessa offenbar fasziniert war. Sie schwieg und schien über etwas nachzudenken. Dann fragte sie: «Wie sind die Trons zu ihrem Geld gekommen?»

Geld? Tron musste unwillkürlich lächeln. «Du meinst ursprünglich?»

Die Principessa nickte ungeduldig. «Ja, natürlich.»

Tron überlegte einen Moment. «Wie alle alten Familien. Durch den Handel mit Salz, Glas und Gewürzen. Safran, Pfeffer, Zimt. Seide aus China. Später Wein von Zypern und Getreide aus der Terra Ferma.» Und durch die Plünderung Konstantinopels im Jahre des Herrn 1204, fiel ihm noch ein – aber das sagte er nicht.

«Und was spricht dagegen, wieder an die alten Traditionen anzuknüpfen?»

Gute Idee, dachte Tron. Am besten fangen wir mit der Plünderung Wiens an. Er räusperte sich. «Wir sind ein wenig aus der Übung.»

Die Principessa zog ungeduldig die Stirn kraus. «Ich meine es ernst, Tron. Wir könnten die alten Traditionen wiederaufnehmen. Allerdings müssten wir vorher ...» Sie unterbrach sich und blies einen Rauchring über den Tisch, der einen Moment lang wie ein Heiligenschein über der *Mousse au Chocolat* schwebte.

«Heiraten?» Trons Löffel, den er eben zum Mund führen wollte, blieb in der Luft stehen, als wäre er auf ein unsichtbares Hindernis gestoßen.

Die Principessa nickte. «Darauf könnte es hinauslaufen. Der Palazzo Tron ist erheblich größer als der Palazzo Balbi-Valier. Ich hätte genug Platz für meine Büros und für die Lager. Außerdem haben die Immobilienpreise am unteren Ende des *Canalazzo* stark angezogen. Ich könnte günstig verkaufen oder vermieten.»

«Soll das bedeuten, dass du nur dann bereit bist, mich in absehbarer Zeit zu heiraten, wenn ich in Zukunft in Glas mache?»

Die Miene der Principessa gefror zu Eis. «Sei nicht albern, Tron. Du kannst machen, wozu du Lust hast. Ich will nur die Marke.»

«Wir sind keine Marke.»

«Ihr könntet es werden.»

«Wie *Farina Gegenüber*? Oder ...» Trons Blick fiel auf den Champagnerkühler auf der Anrichte. «Oder *Veuve Clicquot*?»

«Zum Beispiel.»

Tron seufzte. «Wieso kannst du mich nicht einfach heiraten, ohne gleich ein Geschäft daraus zu machen?»

«Ich will dich *und* das Geschäft. Das ist ein Reflex. Vielleicht, weil ich zu lange arm war.»

«Und wenn du mich nur *ohne* Geschäft kriegst?»

Die Principessa lächelte kühl. «Das halte ich für unwahrscheinlich.»

«Das ist keine Antwort auf meine Frage.»

«Die Frage ist auch sinnlos.»

«Warum?»

Die Principessa schwieg ein paar Sekunden. Dann sagte sie mit betont gleichgültiger Stimme: «Weil du selbst das beste Geschäft meines Lebens bist.»

Was zweifellos eine Liebeserklärung war, denn die Wimpern über den grünen Augen der Principessa senkten sich. Tron wusste, dass es ihr unangenehm war, wenn er sah, wie ihre Kanten abbröckelten. Wahrscheinlich würde sie gleich das Thema wechseln.

«Übrigens hat Alessandro noch etwas erwähnt», sagte die Principessa unvermittelt, nachdem sie sich geräuspert und umständlich eine neue Zigarette angezündet hatte.

Na, bitte. Tron häufte sich eine neue Portion *Mousse* auf seinen Teller. «Was hat er erwähnt?»

«Dass dieses Mädchen von Santa Maria Zobenigo …»

«Angelina Zolli.»

«Dass sie im Palazzo Tron gewesen ist, um sich einen Teil von ihrem Finderlohn zu holen. Alessandro war ganz angetan von ihr. Er hat ihr den Ballsaal gezeigt.»

Tron nickte. «Und ihr einen Kakao angeboten, ich weiß.»

Die Principessa dachte kurz nach. «Bist du sicher, dass das Mädchen nicht in Gefahr ist?»

«Warum sollte sie in Gefahr sein?»

«Weil sie den Mörder gesehen hat. Sie ist die Einzige, die den Mann identifizieren kann.»

«*Könnte* – wenn sie ihn gesehen *hätte.* Tatsache ist, dass sie nur gesehen hat, dass der Mann gehinkt hat. Worauf wir Schertzenlechner im Verdacht hatten, der es aber definitiv nicht gewesen ist. Wenn Angelina Zolli sich nachträglich an etwas erinnert hätte, wäre sie sofort auf die *questura* gekommen. Außerdem wird sich der Bursche aus dem Staub machen, sobald er das Geld für die Fotografien kassiert hat.»

«Du hältst es also nicht für nötig, sie unter Polizeischutz zu stellen?»

Tron schüttelte den Kopf. «Der Mann wird

morgen Nacht die Stadt verlassen. Ich bezweifle, dass er zurückkommen wird, um Angelina Zolli zu töten.»

Der Blick, den die Principessa ihm zuwarf, war ausgesprochen skeptisch. «Und wenn du dich irrst?» Sie hatte nicht gesagt: wenn du dich *wieder* irrst – aber vermutlich hatte sie genau das gedacht.

Tron sagte lächelnd: «Ich wette, dass der Bursche jetzt in seiner Kammer sitzt und sich erst morgen Nacht wieder auf die Straße traut.»

Er hoffte, dass er sich halbwegs glaubwürdig anhörte. Und dass es stimmte.

25

Er betrat den Markusplatz um drei Uhr von der Frezzeria aus und stellte enttäuscht fest, dass es für sein Vorhaben eindeutig zu voll war. Offenbar reichte ein kurzes Aussetzen des Regens, um Einheimische und Fremde in Scharen auf die Straßen zu treiben. Und in der Regel guckten die dann missbilligend, und manchmal wurden sie, speziell Besucher aus dem *perfiden Albion*, regelrecht aggressiv.

Einen Moment lang blieb er frustriert vor dem Gebäude mit der großen Uhr (die nie richtig ging) stehen und ließ seinen Blick über die Piazza schweifen. Ein paar Tauben, deren Gefieder das schmutzige Grau des Himmels imitierte, flogen auf, drehten eine kleine Runde und landeten wieder auf dem regennassen Pflaster. Direkt vor ihm kaufte ein gutgekleideter Fremder einem fliegenden Händler eine Tüte Mais ab, zweifellos, um die Tüte an Gattin und Tochter weiterzureichen, die den Mais gleich an die Tauben verfüttern würden. Selbstverständlich hatten sie keine blasse Ahnung davon, dass mit jeder Taube, mit jeder *fliegenden Ratte*, die über ihren Köpfen flatterte, ganze Heerscharen von Milben auf sie herabrieselten.

In der letzten Woche hatte er dreimal voll getroffen und erfreuliche Resultate erzielt, aber heute würde er sich darauf beschränken müssen, seine Körperhaltung und seinen Gang zu kontrollieren. Das war ein bisschen so, als würde man auf einer stummen Klaviatur oder auf einer Violine mit eingefetteten Saiten spielen, aber es war besser als gar nichts.

Der Trick war ganz einfach. Er bestand darin, die Muskelbewegungen beim Laufen auf das Minimale zu beschränken. Also nicht mit den Armen zu rudern und auch die Beine nicht hektisch zu schlenkern, sondern, wenn man sich einem Haufen pickender Tauben näherte, mit ruhigem Oberkörper möglichst kleine Schritte zu machen. Alles andere versetzte die Tierchen in eine dumpfe Alarmbereitschaft, und das durfte nicht sein.

Der mit dem rechten Fuß ausgeführte Tritt, der locker aus dem Fußgelenk zu erfolgen hatte, entfaltete nur dann seine Wirkung, wenn er aus großer Nähe erfolgte. Drei Handbreit Abstand zwischen Stiefel und Taube war das Maximum. Ansonsten galt: je näher, desto besser. Perfekt war ein Tritt, der das Vieh nicht am Hals oder am Kopf, sondern direkt an der Brust erwischte. In der letzten Woche hatte er einen solchen perfekten Tritt gelandet. Die *fliegende Ratte* war ein paar Meter durch die Luft gesaust (ohne dass sie ihre Flügel benutzen musste), war auf dem Rücken gelandet und hatte zuckend auf dem Pflaster gelegen. Die

Versuchung war groß gewesen, dem Mistvieh durch einen zweiten Tritt den Rest zu geben, aber dann hatten sich ihm zwei uniformierte Polizisten genähert, und diese Venezianer waren bekanntlich unberechenbar.

Er ging mit sparsamen Bewegungen weiter, passierte eine Gruppe von Kaiserjägern, die rauchend vor dem Markusdom standen. Als er die Piazzetta erreicht hatte und die Gondeln vor dem Molo sah, die wie längliche Schmutzflecke in einer grünlichen Soße schwammen, stellte er wieder fest, dass er Venedig nicht ausstehen konnte.

Einen Moment lang wehte ein Schwall frischer Meeresluft von der östlichen Lagune auf den Molo, aber er ließ sich nicht täuschen. Wenn im Frühling die Temperaturen anstiegen, würde wieder dieser furchtbare Geruch nach Tang und verfaultem Fisch über der Stadt liegen, der ihm das Atmen bisweilen unmöglich machte. Angeblich hielten Ebbe und Flut die Kanäle sauber, doch das war natürlich ein Gerücht, denn sonst würde die Stadt im Sommer nicht so unerträglich stinken. Er war sich ziemlich sicher, dass man all diese Kanäle – diese offenen *Kloaken* –

irgendwann zuschütten würde. Damit würden auch diese affigen Gondeln verschwinden, und anstelle des Canal Grande würde es eine breite, saubere Straße geben. Mit einer Pferdebahn.

Er wandte sich am Molo nach rechts, kam an der Rückseite des Palazzo Reale vorbei und nahm dann, ohne ein bestimmtes Ziel anzusteuern, den Traghetto, der ihn auf die andere Seite des Canalazzo nach Dorsoduro brachte. Hinter Santa Maria della Salute, deren kitschige Kuppel ihn immer an einen riesigen Konfektaufsatz erinnerte, bog er in eine Gasse ein, die ins Innere der Landzunge führte, und ließ sich durch das Labyrinth der kleinen Gassen treiben. Er glaubte schon, sich verirrt zu haben, als er plötzlich wieder den Canalazzo erblickte und auf dem kleinen Platz vor der Accademia stand, von dem die gusseiserne Brücke zurück nach San Marco führte.

Auf der Brücke blieb er einen Moment lang stehen, legte die Hand auf das Geländer und spürte das kalte Metall unter seinen Fingern. Gusseisen war etwas Solides. Kein bröckelnder Ziegelstein, von dem der Putz oder die Marmorverkleidung abfiel, sondern präzise

Ingenieursarbeit, aus vorgefertigten Teilen in ein paar Tagen an Ort und Stelle zusammengebaut. Gusseisen hatte auch etwas Militärisches – etwas, auf das man sich verlassen konnte.

So wie auf seinen Instinkt, dachte er, indem er die Stufen auf der anderen Seite der Brücke zum Campo San Vidal herabstieg. Auf seinen Instinkt hatte er sich bisher immer verlassen können. Und der sagte ihm, dass die kleine Kröte, wenn sie ihren Schock erst überwunden hatte, sich auch an sein Gesicht erinnern würde. Und nichts Besseres zu tun haben würde, als auf die *questura* zu sausen, um diesem Tron einen perfekten Steckbrief zu liefern. Tron war kein Dummkopf. Es würde keine Viertelstunde dauern, bis bei ihm der Groschen fiel. Früher oder später würde er eine Gegenüberstellung organisieren. Keine offizielle Gegenüberstellung – natürlich nicht. Der Commissario und das Mädchen würden einfach bei ihm auftauchen, und die kleine Kröte würde vor ihn treten, mit dem Finger auf ihn zeigen und sagen: *Ja, Commissario, das ist der Mann.* Dann hatte er schlechte Karten. *Ganz* schlechte Karten. Es war ein Fehler, dass er das Mädchen am Leben gelassen hatte. Jetzt musste er es finden. Und zwar schnell.

Er lief geradeaus weiter, bog ein paar Minuten später am Campo Sant Angelo nach rechts ab und stellte hundert Schritte weiter fest, dass er vor einer Brücke stand, die über den Rio della Verona führte. Mein Gott, war es wirklich so, dass es den Mörder immer zum Schauplatz seiner Tat zurückzog? Er dachte kurz darüber nach, kam dann aber zu dem Schluss, dass das Unsinn war. Er war deshalb nach rechts abgebogen, weil er Rechtshänder war. Wenn Leute ziellos durch die Stadt liefen, dann gingen sie an Kreuzungen meistens in die Richtung ihrer dominierenden Hand. So einfach war das.

Links von der Brücke stand ein einstöckiges, mit runden Coppi-Ziegeln gedecktes Gebäude, in dessen Erdgeschoss ein Maskengeschäft untergebracht war. Er trat näher und betrachtete einen Augenblick lang sein Gesicht, das sich in der Fensterscheibe spiegelte. Was er sah, war ein durchschnittlich aussehender Mann, dessen ein wenig zu triviale Züge keine Aufmerksamkeit erregten. Wäre sein Kinn markanter gewesen und seine Stirn höher, dann wäre es vielleicht ein Gesicht gewesen, nach dem sich die Frauen umdrehten, um noch einen zweiten Blick darauf zu werfen. Aber das Gesicht, das ihn aus der Schaufensterscheibe ansah, hatte keine besonderen Merkmale – es hatte nichts, woran sich ein Zeuge ohne weiteres erinnern würde, und das war unter den gegebenen Umständen sehr beruhigend.

Denn das andere Problem bestand in der Übergabe der Fotos, die heute Nacht stattfinden würde. Eine Schnitzeljagd durch das nächtliche Venedig zu veranstalten war natürlich überflüssig und albern – das hätte besser auf einen Kindergeburtstag gepasst, aber es würde die Dinge für ihn vereinfachen. Die Schnitzeljagd würde ihm genau die Zeit verschaffen, die er brauchte.

Als er sein Gesicht von der Fensterscheibe abwandte, sah er die Taube. Sie saß, nur ein paar Schritte von ihm entfernt, auf den algenbewachsenen Stufen, die zum Rio della Verona hinabführten, und pickte auf einem Stück Brot herum.

Die Taube war vollständig weiß, nur ihre

Flügelspitzen hatte eine hellgraue, fast unsichtbare Zeichnung. Er ging langsam auf sie zu, blieb eine Handbreit vor ihr stehen und verlagerte sein Gewicht vorsichtig auf das linke Bein, bevor er seinen rechten Fuß mit aller Kraft nach vorne schnellen ließ. Die Stiefelspitze traf die Taube mitten auf die Brust, und diesmal hörte er sogar das Knacken, mit dem ihre Rippen brachen. Es war ein feines, knisterndes Knacken, das klang, als würde man auf trockenes Laub treten. Dann sah er, wie die Taube sich in der Luft überschlug und hinter den Stufen verschwand.

26

Acht Stunden später – es war inzwischen kurz vor elf – betrat Angelina Zolli den Markusplatz. Sie hatte das Gefühl, alle Leute würden bewundernde Blicke auf sie werfen. Ihr Verstand sagte ihr zwar, dass wohl niemand einer jungen Signorina wegen eines abgewetzten Mantels und eines Paars abgetretener Schuhe bewundernde Blicke zuwarf, aber sie hatte nicht die Absicht, sich ihr Gefühl durch kleinliche Überlegungen verderben zu lassen.

Nach der Abendmesse hatte sie zweimal in den Ecken hinter dem Altar *nachwischen* müssen (der Erlöser verabscheute schmutzige Ecken), und wie üblich hatte ihr Signora Zuliani jedes Mal einen Platz in der Hölle in Aussicht gestellt. Doch diesmal hatte sie das Höllenfeuer, das Signora *Nachwischen* vor ihren Augen entzündet hatte, kalt gelassen. Angelina Zolli hatte festgestellt, dass sie nur an ihr Kleid, ihren Mantel und an ihre Schuhe denken musste, um den Nörgeleien von Signora Zuliani mit erstaunlicher Gelassenheit zu begegnen. Die Gewissheit, diese Kleidungsstücke zu besitzen, gab ihr Kraft und Zuversicht, so wie anderen Leuten der Gedanke an die Jungfrau Maria Kraft gab oder die Vorstellung eines saftigen Bratens in der Ofenröhre.

Und natürlich war es ein ungeheures Vergnügen, den Mantel und die Schuhe abends auf der Piazza spazieren zu führen. Das hatte sie bereits gestern getan – allerdings bei Nebel und leichtem Nieselregen, was den Genuss allein schon wegen des fehlenden Publikums beeinträchtigt hatte. Heute jedoch war der Himmel klar, und das Licht des Mondes, der rund und gelblich wie ein Pfannkuchen über der Stadt hing, wetteiferte mit den Gaslaternen der Piazza.

Sie war bis zur Mitte des Markusplatzes gelaufen. Dort – zwischen dem österreichfreundlichen Café *Quadri* und dem österreichfeindlichen Café *Florian* – blieb sie stehen und sah sich um.

Trotz der späten Stunde war die Piazza voller Menschen – fast wie an einem Sommerabend. Überall standen österreichische Offiziere in kleinen Gruppen herum, liefen Pulks von elegant gekleideten Fremden umher. Tauben flatterten empor, wurden gefüttert oder vertrieben, und kleine Schlangen bildeten sich vor den Ständen, an denen *galiani* und *frittolini* verkauft wurden. Vor dem Campanile hatte ein Maronenverkäufer seinen Stand aufgebaut, über dessen Kohlenbecken sich schwacher Rauch in der nächtlichen Herbstluft kräuselte.

Angelina Zolli ging langsam in Richtung Molo weiter. Sie spürte die Berührung des Mantelkragens an ihrem Hals und genoss den Klang ihrer Absätze auf den Steinplatten der Piazza – dieses sonore *Klack-Klack*, das auch die Stiefel von *Erwachsenen* machten.

Sie hatte zwei Tage gebraucht, um sich an die Absätze ihrer neuen Schuhe zu gewöhnen. Genauso lange hatte es gedauert, bis Signora Zuliani davon überzeugt war, dass es bei dem Erwerb des Kleides, des Mantels und der Schuhe mit rechten Dingen zugegangen war. Natürlich hatte sie ihr nichts von ihrem merkwürdigen Einkauf bei Signor Levi *vom Stamme Nimm* erzählt. Sie hatte eine Geschichte über einen weiteren Besuch in der *questura* erfunden und etwas von Finderlohn für die Brieftasche fabuliert. Dass Signora Zuliani in der *questura* nachfragen würde, war auszuschließen. Signora *Nachwischen* hatte zu viel Respekt vor einem Commissario von San Marco – der überdies noch ein waschechter Conte war –, um ihn wegen einer Lappalie zu belästigen.

Angelina Zolli entdeckte den Mann auf der Piazzetta, als er höchstens drei Schritte von ihr entfernt hinter einer Gruppe von Kroatischen Jägern hervorkam und stehenblieb – ein glattrasierter, unauffälliger Mann, dessen einziges Merkmal (doch daran erkannte sie ihn sofort) die buschigen Augenbrauen waren. Er trug einen runden schwarzen Hut, wie Priester ihn tragen, und seine Hände steckten in den Taschen eines ebenfalls schwarzen Mantels. Sein Blick glitt über die Menge, als würde er jemanden suchen, und einen furchtbaren Augenblick lang sah er sie an.

Der Schock, den sie empfand, als seine Augen sie streiften, fühlte sich eisig und glühend heiß zugleich an – er schien alle Kammern ihres Verstandes zu füllen. Plötzlich rückte ein hysterischer Schreikrampf – so wie ihn Signora *Nachwischen* gehabt hatte, als sie vor ein paar Tagen in ihrem Bett eine tote Maus entdeckt hatte – in greifbare Nähe. Angelina Zolli hielt ihn durch schiere Willenskraft auf Armeslänge von sich.

Dann sah sie mit grenzenloser Erleichterung, wie der Mann sich abwandte und auf die hölzernen Stege zulief, an denen die Gondeln warteten. *Er hatte sie nicht erkannt* – was zweifellos daran lag, dass sie den Mantel und die Schuhe aus dem Geschäft Signor Levis (möge sein Tod noch tausend Jahre auf sich warten lassen) getragen hatte.

Angelina Zolli stieß einen harschen, bebenden Seufzer der Erleichterung aus. Beängstigend war allerdings die Tatsache, dass sie ihn wahrscheinlich ebenfalls nicht erkannt hätte, wenn er mehr als nur ein paar Schritte von ihr entfernt an ihr vorbeigelaufen wäre. Denn als er weiterging, stellte sie fest, dass er nicht hinkte – nicht *mehr* hinkte.

Jetzt hatte der Mann den Molo erreicht, und Angelina Zolli beobachtete, wie er mit einem der Gondolieri sprach, die dort auf Kundschaft warteten. Dann stieg er ein, die Gondel löste sich vom Steg, und ein paar Minuten später verschwand sie im Schwarz des Lagunenwassers, an dessen Horizont die Lichtpunkte auf der Isola San Giorgio glühten.

Als sie sich abwandte, um zur Piazza zurückzulaufen, fühlte sich Angelina Zolli auf einmal kraftlos und fahl – wie eine Milchglasscheibe, durch die man fast hindurchsehen kann. Die *Erzherzog Sigmund* würde morgen wieder in Venedig sein. Dann würde sie mit dem Zahlmeister sprechen, den Namen des

Mannes erfahren und anschließend sofort auf die *questura* gehen.

Diesmal – in ihrem neuen Mantel – würde alles klappen.

27

Wenn süß das Mondlicht auf den Hügeln schläft, dachte Tron. Er stand frierend auf dem Campo dell'Orto und hatte beide Hände tief in den Taschen seines Gehpelzes vergraben. Und war – wie in letzter Zeit üblich – frustriert. Weil er sich nämlich nie daran erinnern konnte, wie der Text nach dieser Zeile weiterging. Irgendetwas mit *sitzen* und *Musik.* Wieso konnte er sich nie dazu aufraffen nachzusehen, wenn er wieder zu Hause war? Ach, egal. Jedenfalls hatte das Mondlicht heute tatsächlich einen gewissen Charme.

Der Mond, fast vollständig rund, hing wie ein bleicher Lampion über der nördlichen Lagune, und die Fassade der Kirche hob sich so präzise vom Himmel ab, als wäre sie mit einer scharfen Schere aus schwarzem Papier ausgeschnitten. Merkwürdig, wie manchmal ein paar Stunden Westwind – wenn er denn keine neuen Wolken über die Lagune wehte – ausreichten, um die Stadt von all dem Regen und dem Nebel zu befreien, sie auszulüften wie einen muffigen Schrank.

Tron drehte langsam den Kopf und musterte zum hundertsten Mal die wenigen Häuser, die den Platz säumten. Aber da rührte sich nichts, ebenso wenig wie auf dem Rio Madonna dell'Orto, der den Campo an einer Seite begrenzte. Er war verabredungsgemäß Punkt Mitternacht aus der Gondel gestiegen, die ihm der Erzherzog zur Verfügung gestellt hatte. Jetzt wartete er bereits seit einer halben Stunde darauf, dass irgendjemand auftauchte.

Inzwischen fragte er sich, ob es nicht besser gewesen wäre, diesen Auftrag abzulehnen. Zumal unklar war, was ihm das alles einbrachte – ob es ihm überhaupt etwas einbringen würde. Der Erzherzog hatte nicht einmal *angedeutet*, dass er sich erkenntlich zeigen wollte. Falls sich anschließend nicht mehr als ein Händedruck ergab, würde Tron den Erzherzog auf den Maskenball der Contessa bitten. Die Anwesenheit eines leibhaftigen Erzherzogs auf dem Maskenball der Contessa würde dem Ball zusätzlichen Glanz verleihen. Das war nicht die Beförderung zum Polizeipräsidenten – aber immerhin etwas.

Die zweite Möglichkeit bestand darin, ein wenig zu verhandeln und den Preis für die Fotografien zu drücken. Von den verabredeten fünftausend Lire in Gold auf viertausend Lire. Genau! Was ihm einen Gewinn von tausend Lire in Gold einbringen würde. Nicht schlecht für zwei Stunden Arbeit. Die Einladung zum Maskenball konnte er ja trotzdem aussprechen. Und hatte außerdem eine hübsche Geschichte, die er der Principessa erzählen konnte. Von wegen er und nicht geschäftstüchtig!

Die Gondel kam eine Viertelstunde später. Bevor Tron den Bug im Mondlicht erkennen konnte, hörte er den leichten Stoß, den das Drehen des Ruders in der *forcola* erzeugte, und einen Augenblick später teilte der schlanke Bug der Gondel die Wasseroberfläche in kleine glitzernde Wellen.

Der Gondoliere allerdings, der dann aus der Gondel kletterte und steif auf Tron zulief, war klein und dick. Drei Schritte vor Tron blieb er stehen und deutete eine servile Verbeugung an.

«Ich soll einen Signore abholen, der um Mitternacht auf dem Campo dell'Orto wartet, um ein paar Fotografien zu kaufen», sagte er. Bei dem Wort *Fotografien* lächelte er anzüglich. Im Mondlicht, das die eine Seite seines Kopfes hell anleuchtete und die andere vollständig im Dunkeln ließ, wirkte sein Gesicht trotz des Lächelns maskenhaft und starr.

«Wer hat Sie beauftragt, mich hier abzuholen?»

«Einer der Gäste. Ich kenne den Signore nicht. Er trug eine Maske.»

«Einer *welcher* Gäste?»

Der Gondoliere zuckte die Achseln. «Einer der Ballgäste. Ich bringe Sie dorthin, Signore.»

«Was für ein Ball?»

«Es handelt sich um einen Maskenball.»

«Und wo findet der Ball statt?»

«Der Signore, der mich beauftragt hat, Sie hier abzuholen, hat mich gebeten, Ihnen unser Ziel nicht zu verraten. Der Signore war dafür sehr großzügig.» Er hob seine rechte

Hand und rieb Daumen und Zeigefinger aneinander. Es war klar, dass er keine weiteren Auskünfte mehr geben würde.

Sie stiegen in die Gondel, bewegten sich den Rio dell'Orto hinab in östliche Richtung und wandten sich am Canale della Misericordia nach rechts. Nach etwa fünf Minuten, dort, wo der Canale della Misericordia sich verzweigte, machte die Gondel wieder kehrt. Tron vermutete, dass der Mann, mit dem er sich treffen würde, irgendwo im Dunkeln gestanden hatte, um festzustellen, ob er tatsächlich allein gekommen war und ob ihm jemand folgte.

Wie sich herausstellte, war das Ziel ein verwilderter Garten am Rio di Santa Caterina, der an zwei Seiten von niedrigen Mauern begrenzt war. Hinter dem Garten war ein schwach erleuchteter Eingang zu sehen, aus dem undeutlich Stimmengewirr und Musik drangen. Ein paar Leute standen vor der Tür und rauchten. Tron, der aus der Gondel gestiegen war und auf einem wackeligen Anleger aus Holz stand, drehte sich um. «Wie finde ich den Signore, der mir die Fotografien verkauft?»

Der Gondoliere lächelte. «Überhaupt nicht. Er findet Sie.»

«Wie?»

«Hiermit.» Der Gondoliere bückte sich, nahm ein Bündel vom Boden der Gondel und streckte es Tron entgegen. «Tragen Sie diese Maske und diesen Umhang. Der Signore wird Sie ansprechen.»

Tron sah, dass es sich um einen dominoähnlichen Umhang aus grobem Leinen handelte. Die Maske war eine dunkle, von einem samtigen Stoff überzogene *bautta* mit hell abgesetzten Rändern. Er seufzte und schlang sich den Umhang um die Schultern, während er auf das Gebäude zulief. Im Vestibül setzte er die Maske auf. Nach einem Spiegel, in dem er sich betrachten konnte, suchte er vergeblich. Aber die Maske, fand er, roch überraschend angenehm – nach Marzipan und nach einem Parfum, an dessen Namen er sich nicht erinnern konnte.

Billig, dachte Tron, als er den Raum, in dem der Ball stattfand, betreten hatte. Den Fußboden aus unsauber zusammengefügten Steinplatten bedeckten Sägespäne, und über die weißgekalkten Wände waren nachlässig rötliche Stoffbahnen drapiert. Anstelle von Kerzen (Tron konnte sich keinen venezianischen Maskenball ohne Kerzen vorstellen) erhellten an den Deckenbalken aufgehängte Petroleumlampen den Raum. Offenbar standen sie in einem ehemaligen Lager, denn der Raum war sehr groß, hatte aber eine im Verhältnis zu seiner Größe niedrige, von schwärzlichen Holzbalken getragene Decke.

Der Ball war nicht überlaufen, aber doch so gut besucht, dass das Stimmengewirr die Musik übertönte, die ein kleines Salonorchester erzeugte. In der Mitte des Raumes tanzten zwei Dutzend Paare einen langsamen Walzer, die übrigen Gäste standen dicht gedrängt an den Wänden und unterhielten sich, wobei fast alle Herren Zigarren oder Zigaretten rauchten, sodass der Qualm dick unter den Balken hing.

Der größte Teil der Gäste hatte das Gesicht mit *bauttas* verdeckt, mit Halbmasken aus Pappmaché und Leinen, die den Mund frei ließen. Die Herren trugen Kniebundhosen, Perücken und Zierdegen, die Damen Contouches und Reifröcke im Stil des achtzehnten Jahrhunderts. Das alles wirkte nur auf den ersten

Blick authentisch, denn auf den zweiten Blick sah man, dass es sich um die Sorte von Kostümen handelte, die überall preiswert zu mieten waren.

Tron durchquerte den Raum mehrmals in verschiedenen Richtungen, blieb des Öfteren stehen, aber das, was er erwartet hatte, nämlich, dass ihn jemand ansprach, geschah nicht. Schließlich machte er vor einem roh zusammengezimmerten Holztresen in der äußersten Ecke des Raumes halt, unschlüssig, ob er sich ein Glas Champagner leisten sollte oder nicht.

Er bemerkte die Frau mit der blonden Perücke erst, als sie unmittelbar neben ihm stand und ihn von der Seite ansah. Sie trug einen roten Umhang, darunter ein unförmiges schwarzes Kleid, das nichts von ihrer Figur erkennen ließ, und – was ungewöhnlich war – keine *bautta,* sondern eine Maske, die ihr Gesicht vollständig bedeckte.

Dass etwas mit der Frau nicht stimmte, begriff Tron, als sie die rechte Hand hob und er auf ein ziemlich kräftiges Handgelenk blickte, das sich zwischen dem Saum des Handschuhs und dem Ärmel des Kleides zeigte. Erst als die Frau mit dem kräftigen Handgelenk ihn ansprach, begriff er.

Die Stimme klang hell und ein wenig affektiert. «Ich wollte sicher sein, dass Sie allein kommen, Signore», sagte der Mann. Seine Maske war weiß, mit aufgemalten schwarzen Augenbrauen, schwarz umrandeten Augen und einer stilisierten Träne unter dem rechten Auge.

Tron hob die Brauen. «Ist das der Grund, aus dem wir den Rio Felice zweimal entlanggefahren sind?»

Das Gesicht unter der Maske senkte sich. «Es war notwendig, um festzustellen, ob Ihnen jemand folgt.»

«Mir ist niemand gefolgt.»

«Was auch nicht sehr klug gewesen wäre. Haben Sie das Geld?»

«Haben Sie die Fotografien?»

«Nein. Das wäre viel zu riskant.»

«Und wo sind die Fotografien?»

«An einem sicheren Ort in der Nähe.»

Tron zuckte die Achseln. «Worauf warten wir dann noch?»

Wieder hob sich die rechte Hand des Mannes, diesmal um auf etwas hinter Trons Rücken zu deuten. Tron drehte sich um und begriff, was der Mann damit sagen wollte. Eine Gruppe von Ballgästen, die eben gekommen war, drängte sich lärmend vor dem Buffet und wartete ungeduldig darauf, bedient zu werden. Es war klar, dass niemand freiwillig Platz machen würde, um einen schmächtigen Domino und eine zweifelhaft aussehende Frau mit einer albernen blonden Perücke vorbeizulassen.

Die Frau mit der blonden Perücke – der Mann – sagte: «Wir können entweder noch ein paar Minuten hier stehen, bis wir an der Tanzfläche vorbeikönnen, oder ...» Er hielt inne, um hinter seiner Maske in kurzes Nachdenken zu versinken.

«Oder?»

Diesmal klang der Maskierte eindeutig kokett. «Oder auf die andere Seite zum Ausgang tanzen», sagte er, und einen Augenblick lang konnte sich Tron sein Gesicht hinter der Maske vorstellen: geschminkt und gepudert, mit rot angemalten Lippen, geschwärzten Wimpern und Rouge auf den Wangen. Er war so verblüfft über den Vorschlag, dass ihm nichts anderes einfiel, als das letzte Wort der Frage wie ein Erstklässler zu wiederholen. «Tanzen?»

Die Hand des Mannes mit der blonden Perücke landete auf seinem Arm, wo sie ein paar Sekunden liegen blieb. «Können Sie nicht tanzen? Walzer?»

«Ja, sicher. Aber ...»

«Wollen *Sie* führen?»

«Wie bitte?»

«Ich fragte, ob *Sie* führen wollen.»

Nein – wollte er nicht. Wirklich nicht. Was er wollte, waren die tausend Lire in Gold und die Fotografien. Und vor allem wollte er von hier verschwinden.

«Kommen Sie», sagte er zu dem Mann mit der blonden Perücke. Die Perücke war ein wenig verrutscht, sodass man einen schwarzen Haaransatz sehen konnte. Tron überlegte kurz, ob er es dem Mann sagen sollte, doch dann unterließ er es. Stattdessen packte er den Oberarm des Mannes, stieß ihn in die Tanzenden hinein und versuchte, den spitzen Schrei zu ignorieren, den der Maskierte von sich gab.

In den nächsten fünf Minuten sah Tron sich

ungläubig dabei zu, wie er mit einer blonden Frau, die weder blond noch eine Frau war, über die Sägespäne der Tanzfläche walzte. So lange dauerte es, bis sie die andere Seite des Raumes erreicht hatten, denn sie waren gezwungen, sich dem Strom der Tanzenden anzupassen, der wie ein langsam drehendes Mühlrad durch den Raum kreiste.

28

Als sie vor die Tür traten, diesmal auf der anderen Seite des Gebäudes, schien die Luft noch klarer geworden zu sein. Der Mond war ein Stückchen nach Osten gerückt und stand jetzt so, dass sein Licht nicht nur die oberen Stockwerke der Häuser erreichte, sondern auch den Grund der Gasse erleuchtete. Sie liefen hundert Schritte geradeaus und bogen dann in eine schmale *calle* ein, die direkt auf die Fondamenta Nuove zulief. Vor dem dritten Haus hinter der Ecke machte der Maskierte halt und zog einen Schlüssel aus der Tasche.

Das Scharnier knarrte mit Grabesecho, als er die Tür aufstieß. Der Mann entzündete eine Kerze, und Tron folgte ihm in ein überraschend geräumiges Vestibül, dann in einen großen Raum mit kahlen Wänden. Die Wandflächen waren durch Pilaster gegliedert, die sich zur Täfelung einer stückweise abgebröckelten Decke emporreckten. Außer einem Tisch, der in der Mitte des Salons stand und von einer Petroleumlampe erleuchtet war, war der Raum leer. Das ganze Gebäude schien lange Zeit nicht mehr betreten worden zu sein, denn überall lag feiner Staub, der sich bei jedem Schritt vom Boden löste und wie trockener Nebel emporwirbelte. Durch ein schmutziges Fenster drang fahles Mondlicht herein, trüb wie gestautes Wasser, das die Wand mit schwarzen Schattenpunkten sprenkelte.

Der Maskierte trat ans Fenster, blickte hinaus und blieb einen Moment lauschend stehen. Dann drehte er sich zu Tron um. «Legen Sie das Geld auf den Tisch», sagte er. Er holte unter seiner Maske tief Luft und atmete hörbar durch die Nase aus.

Tron schüttelte den Kopf. «Erst wenn ich die Fotografien gesehen habe.»

Einen Moment lang sah ihn der Mann ruhig an. Dass Tron seine Augen nicht erkennen konnte, sondern in zwei schwarze Höhlen blickte, in denen das Licht der Petroleumlampe funkelte, machte ihn plötzlich nervös. Schließlich sagte der Maskierte: «Warten Sie hier.»

Er verschwand durch eine Tür auf der anderen Seite des Raumes, und zwei Minuten später kam er wieder zurück, in der Hand einen braunen Umschlag. Dann trat er an den Tisch, öffnete den Umschlag und legte die Fotografien aufgefächert auf die Tischplatte, dicht neben die Petroleumlampe. Es handelte sich um sechs Fotografien, die immer das Gleiche zeigten: den unbekleideten, schlafenden Maximilian und neben ihm Anna Slataper, ebenso unbekleidet wie der Erzherzog, aber wach und mit laszivem Gesichtsausdruck in die Kamera blickend.

Tron richtete sich auf und nickte. Es war nicht nötig, die Fotografien in die Hand zu nehmen. Aber waren das sämtliche Abzüge? Vermutlich nicht, dachte er. Wahrscheinlich hatte der Bursche ein oder zwei Fotografien zurückbehalten – für alle Fälle. Was bedeuten könnte, dass er leichter bereit sein würde, einen Abschlag von tausend Lire zu akzeptieren.

Tron griff in seine Tasche und warf vier der kleinen Lederbeutelchen auf den Tisch. Dann sah er zu, wie der Mann jeden einzelnen Beutel öffnete, seinen blitzenden Inhalt auf den Tisch schüttete und wieder im Beutel verstaute. Die weiße Maske des Mannes reflektierte das Licht der Petroleumlampe und schien auf dem schwarzen Grund des Zimmers zu schweben. Nachdem der Mann jeden Beutel bedächtig geprüft hatte, schüttelte er den Kopf, blickte auf und sagte traurig: «Das sind leider nur viertausend Lire.» Die aufgemalte Träne auf seiner linken Wange passte zu diesen Worten.

«Viertausend Lire in Gold sind eine Menge Geld.» Tron zuckte die Achseln. Dann fügte er höflich hinzu: «Seine Durchlaucht bedauert außerordentlich, dass es unmöglich war, die vollständige Summe zur Verfügung zu stellen.»

Für jemanden, der um tausend Lire betrogen werden sollte, blieb der Mann bemerkenswert gelassen. «Sie bringen mich in Verlegenheit, Signore», sagte er.

Tron lächelte. «Das war nicht meine Absicht. Aber die finanziellen Verhältnisse Seiner Durchlaucht sind ...»

Der Mann schnitt Tron mit einer energischen Bewegung das Wort ab. Diesmal klang seine Stimme hart und entschlossen. «Ist Ihnen klar, dass unsere Vereinbarung damit hinfällig geworden ist?»

Vereinbarung? Beeindruckend, dachte Tron, mit welcher Unverfrorenheit der Bursche seine Erpressung eine Vereinbarung nannte. Tron zuckte mit den Achseln. «Ich sagte es Ihnen bereits. Viertausend Lire sind viel Geld.»

Geld, das der Bursche, der immer noch seine blonde Perücke trug, zweifellos gleich mitnehmen würde. Er brauchte nur die Hand auszustrecken, den Beutel mit dem Geld einzustecken und wieder zu verschwinden. Doch stattdessen drehte er sich zur Seite und griff unter seinen Umhang. Fast im selben Moment sah Tron, wie etwas in seiner Hand aufblitzte. Dann hörte er das metallische Klicken, mit dem der Hahn der Derringer gespannt wurde. Eine Frauenwaffe – es passte alles zusammen.

«Treten Sie einen Schritt zurück, Signore.»

Tron machte vorsichtshalber einen Schritt

nach hinten. Er sah, wie der Mann seine linke Hand nach den Geldbeuteln ausstreckte und sie unter seinem Umhang verstaute. Dann griff der Mann nach den Fotografien, die er ebenfalls unter seinem Umhang verschwinden ließ.

Plötzlich war Tron kalt. Und mit der Kälte, die durch die Sohlen seiner Stiefel in seine Beine kroch, kam ein anderes, noch unangenehmeres Gefühl: das Gefühl, dass er sich verrechnet hatte und hier etwas fürchterlich schieflief. «Diese Fotografien gehören mir», sagte er matt.

Das Lachen des Mannes klang abrupt und atemlos. «Sie haben versucht, mich zu betrügen, Signore. Ich mache jetzt dasselbe.»

Eine Derringer war keine extrem gefährliche Waffe, aber aus vier, höchstens fünf Schritt Entfernung auf seine Stirn abgefeuert, dachte Tron, würde sie ihn vermutlich sofort töten. Er fragte, einfach nur, um Zeit zu gewinnen, denn die Antwort kannte er bereits: «Was soll das heißen?»

Der Mann zuckte mit den Schultern. «Dass ich Sie nun mit den Fotografien und den viertausend Goldlire verlasse.»

«Und was geschieht mit mir?»

Der Mann gab sich nicht einmal die Mühe, einen drohenden Unterton in seine Stimme zu legen. «Das wissen Sie doch.» Der Arm mit der Waffe streckte sich, und Tron registrierte, dass die beiden Läufe der Derringer wieder genau zwischen seine Augen zielten.

Natürlich wusste er es. Er räusperte sich. «Und wenn ich die restlichen tausend Lire finden würde?» Er redete schnell weiter, weil er hoffte, dass ihm der Klang seiner Stimme Halt geben würde. «Ich könnte meine Taschen durchsuchen und sie wahrscheinlich finden. Ich könnte sie auf den Tisch legen, und wenn Sie sich das Geld dann nähmen, könnten Sie mir die Fotografien hier lassen.»

Der Maskierte schüttelte den Kopf. «Viertausend Lire in Gold und die Fotografien sind ein besseres Geschäft.»

«Die Fotografien sind wertlos für Sie. Die katholische Kirche macht keine Geschäfte mit Mördern.»

«Das braucht sie auch nicht.» Der Mann schwieg einen Moment, bevor er weitersprach. «Sie mordet selber.»

«Legen Sie die Fotografien zurück auf den

Tisch und gehen Sie. Ich bin Commissario der venezianischen Polizei. Wir geben Ihnen einen Vorsprung von zwölf Stunden. Das dürfte genügen, um Turiner Gebiet zu erreichen.»

«Sind Sie ... Alvise Tron?» Jetzt klang die Stimme des Mannes ausgesprochen überrascht.

Tron nickte. «Sestiere San Marco.»

«Und Sie untersuchen auch den Mord an Signorina Slataper?»

Tron nickte schweigend. Der Mann stand mit leicht gespreizten Beinen hinter dem Tisch, den Kopf gesenkt, als würde er nachdenken. Die Stille im Salon war plötzlich sehr tief, und das Geräusch eines kleinen Tiers, das irgendwo in der Dunkelheit über den Fußboden lief, schien sie unergründlich zu machen.

«Ich habe Anna Slataper nicht getötet», sagte der Mann schließlich. Seine linke Hand, die immer noch in einem Handschuh aus schwarzer Spitze steckte, berührte den Saum seiner Maske, und einen Augenblick lang dachte Tron, dass er sie abnehmen würde. Der Mann hatte den rechten Arm mit der Derringer gesenkt und schien mit einer Entscheidung zu kämpfen. Schließlich griff er unter seinen Umhang, zog den Umschlag mit den Fotografien heraus und warf ihn mit einer Geste, die etwas Resigniertes hatte, auf den Tisch. «Geben Sie mir die tausend Lire», murmelte er. Auf einmal hörte er sich müde an.

Tron trat an den Tisch. Er legte den fünften Beutel neben den Spitzenhandschuh und richtete seinen Blick auf den Erpresser. «Warum sind Sie sich so sicher, dass ich mein Versprechen halten werde?»

Obgleich Tron seine Augen unter der Maske nicht erkennen konnte, spürte er, dass ihn der Mann eindringlich musterte. «Weil Sie ein *cavaliere* sind, Signor Tron.» Der Mann zögerte einen Moment, dann sagte er etwas ganz Erstaunliches. Er sagte: «Und weil ich Ihnen verraten werde, wer Signorina Slataper getötet hat, bevor ich gehe.» Er stieß unter seiner Maske ein Knurren aus. «Wollen Sie die ganze Geschichte hören, Commissario?»

Was für eine Frage. Natürlich wollte er die ganze Geschichte hören. Tron nickte. Er sagte: «Wir haben Zeit. Die Uhr läuft erst, nachdem wir uns verabschiedet haben. Die anschließenden zwölf Stunden garantiere ich Ihnen.»

Himmel, er hätte ihm auch zwölf Tage garantiert. Zumal er plötzlich davon überzeugt war, dass der Mann unschuldig war. Der Mörder Anna Slatapers hätte nicht die geringsten Skrupel gehabt, ihn ebenfalls zu töten.

«Nennen Sie mir den Namen des Mörders», sagte Tron.

Der Maskierte machte einen Schritt nach vorne. Dicht vor dem Tisch blieb er stehen, hob den linken Arm und drehte die Handfläche nach oben – in einer Geste, die für einen Moment wie eine Entschuldigung aussah. Das matte Licht der Petroleumlampe passte zu dieser Geste. Es ließ seinen roten Umhang sanft aufleuchten, in dessen Falten die herabhängende rechte Hand mit der Derringer verschwand. Vielleicht lag es daran, dass Tron ein paar Sekunden brauchte, bis er begriff, was unmittelbar darauf geschah.

Der Schuss – ein trockener, harter Knall, auf den ein beißender Korditgeruch folgte, traf den Mann in den Rücken. Er taumelte nach vorne, ging aber nicht sofort zu Boden. Tron sah, wie er seine Derringer nach oben riss und noch eine Vierteldrehung um seine Achse zustande brachte. Dann kippte der Kopf ruckartig auf seine Brust, so als wäre sein Genick mit einem Scharnier befestigt gewesen, das sich plötzlich gelockert hatte. Ein Blutstrom quoll aus seiner Brust hervor. Der Mann stieß einen Seufzer aus, die Finger seiner rechten Hand lösten sich von der Derringer. Langsam sackte er in die Knie und fiel seitlich zu Boden.

Was anschließend passierte, musste mindestens vier oder fünf Sekunden gedauert haben – erst im Rückblick schien sich das Geschehen auf einen Augenblick zusammenzudrängen. Zuerst sah Tron nur einen dunklen Mantel, der auf ihn zuflog, darüber ein schnurrbärtiges Gesicht, die obere Hälfte unter einer *bautta* verborgen. Dann, als er instinktiv zurückwich, einen Schatten, der sich näherte, und etwas, das sich aus dem Schatten löste und auf seinen Kopf zuraste. Das Letzte, was Tron bewusst registrierte, war der mit großer Wucht geführte Hieb eines Totschlägers, der auf seiner linken Schläfe landete. Es gelang ihm noch, sich zur Seite zu drehen, um nicht auf die brennende Petroleumlampe zu stürzen. Dann verlor er das Bewusstsein, und gnädige Dunkelheit umfing ihn.

29

Tron erwachte aus seiner Ohnmacht, als etwas an seinem Stiefel knabberte, das definitiv größer war als eine Maus. Instinktiv streckte er den Fuß aus und hörte, wie die Ratte mit einem erschrockenen Pfeifen in der Dunkelheit verschwand. Er hätte auch in die Hände klatschen können, so wie er es im Palazzo Tron tat, wenn eine Ratte oder eine Maus über den Fußboden seines Schlafzimmers huschte. Aber er saß weder an seinem Schreibtisch, noch ruhte er auf seinem Bett. Stattdessen lag er frierend auf dem Fußboden eines fremden Raums, das Gesicht in einer dicken Staubschicht vergraben.

Er stützte sich, immer noch liegend, auf seine Ellbogen und pustete den Staub von seinen Lippen. Dann schüttelte er vorsichtig den Kopf – und staunte. Es war weniger schlimm, als er erwartet hatte. Auf das Kopfschütteln folgte kein rasendes Zunehmen des Schmerzes, kein glühendes Pulsieren im Inneren seines Schädels, so als würde ihm jemand mit wuchtigen Schlägen einen rostigen Nagel ins Gehirn treiben. Lediglich ein leichtes Schwindelgefühl stieg in ihm auf. Auch die Beule auf seiner linken Schläfe ertrug die Berührung seiner Hand. Zwar fühlte sich seine ganze linke Gesichtshälfte etwas taub an, aber der Schlag mit dem Totschläger schien ihm keinen dauerhaften Schaden zugefügt zu haben – er war ja nicht einmal ernsthaft verletzt. Offenbar hatte der Unbekannte nicht die Absicht gehabt, ihn zu töten – vielleicht weil er davon überzeugt war, dass er, Tron, nicht die geringste Chance hatte, ihm auf die Spur zu kommen.

Tron streckte den Arm nach der Tischplatte aus, um sich hochzuziehen. Er kam schwankend auf die Beine und sah sich um. Der Mond, der vorhin durch die Fenster in den Raum geschienen hatte, war weitergezogen, und die einzige Lichtquelle war jetzt die Petroleumlampe, die immer noch beharrlich brennend auf dem Tisch stand. Wie lange hatte er auf dem Fußboden gelegen? Eine Stunde? Zwei Stunden? Die Frage, kaum gestellt, wurde durch vier dumpfe Glockenschläge beantwortet, die von der Gesuati herüberklangen. Also war es vier Uhr. Tron schätzte, dass er den Ball zusammen mit dem Maskierten gegen eins verlassen hatte. Folglich hatte er gute zwei Stunden auf dem Fußboden gelegen. Mehr als reichlich Zeit für den Mann, der ihn niedergeschlagen hatte, seine Spuren zu verwischen und zu verschwinden.

Er machte zwei unsichere Schritte in den Raum hinein und stellte fest, dass er immer noch benommen war. Dann schloss er die Augen und dachte intensiv an die kurze Zeitspanne von höchstens zehn Sekunden, in denen der Mann den Schuss auf den Maskierten abgefeuert und danach ihn, Tron, niedergeschlagen hatte. Gab es irgendetwas, das ihm aufgefallen war? Irgendetwas, das er noch im Gedächtnis hatte? Tron zermarterte sich das Gehirn, aber es war so, als versuchte er, kurz nach dem Erwachen einen Traum zu rekonstruieren. Manchmal hatte er Erfolg damit, doch diesmal schien es aussichtslos zu sein. Das Einzige, woran er sich erinnerte, war der Schnurrbart unter der *bautta.* Doch Tron war zu lange Polizist, um zu wissen, dass diese Beschreibung nichts wert war – sie war zu ungenau, sie traf einfach auf zu viele Personen zu.

Plötzlich fühlte er sich so schlaff und kraftlos, als hätte während seiner Ohnmacht jemand sein Skelett entfernt. Er taumelte einen Schritt zurück, stützte sich mit der rechten Hand auf die Tischkante und schloss erneut die Augen.

Als er sie wieder öffnete, sah er ihn – dicht an der Wand auf dem Rücken liegend –, und es war ihm schleierhaft, warum er ihn jetzt erst bemerkte. Die im Todeskampf abgerissene Maske lag neben ihm, und selbst das trübe Licht der Petroleumlampe reichte aus, um seine weitaufgerissenen Augen zu erkennen, die bewegungslos an die Decke starrten. Dann blickte Tron an sich herab auf den Tisch und registrierte ohne große Überraschung, dass die Fotografien verschwunden waren. Die Mühe, in den Taschen des Toten zu wühlen, konnte er sich sparen. Er wusste, dass auch das Geld verschwunden sein würde.

Es dauerte dann noch eine gute Stunde, bis die übliche Mannschaft am Tatort eingetroffen war: Bossi, der sich in der *questura* bereitgehalten hatte, drei weitere Sergenti aus der Wache an der Piazza und Dr. Lionardo in Begleitung zweier Leichenträger. Kapitänleutnant von Beust, den der umsichtige Bossi im *Danieli* benachrichtigt hatte, traf zehn Minuten später ein. Beust sah bleich und verschlafen aus. Offenbar war er in großer Eile im Hotel aufgebrochen, denn er hatte den Zylinderhut vergessen, und seine purpurfarbene Weste unter dem offenstehenden Gehrock war schief geknöpft.

Tron hatte sich nicht anders zu helfen gewusst, als zum Ball zurückzulaufen, in der Hoffnung, am Rio di Santa Caterina noch eine Gondel anzutreffen. Tatsächlich hatte er mit viel Glück einen Gondoliere erwischt, der sich allerdings zunächst weigerte, eine Nachricht auf die *questura* zu bringen. Erst als Tron ihm mit dem Entzug der Lizenz drohte, hatte der Mann sich mürrisch dazu bereit erklärt.

Jetzt saß Tron auf der Tischkante und sah zu, wie Dr. Lionardo den Toten untersuchte. Neben ihm stand die obligatorische schwarze Ledertasche, in der Dr. Lionardo ein unerschöpfliches Arsenal von Scheren, Skalpellen, Pinzetten und Holzspateln verwahrte. Er pfiff eine Melodie aus der *Traviata,* während er das Hemd des Toten aufschnitt, um einen ersten Blick auf die Wunden zu werfen.

Bossi und die drei anderen Sergenti hatten ein halbes Dutzend große Petroleumlampen mitgebracht – Lampen, die vor einem Schirm aus rundem Spiegelglas brannten und auf hölzerne Stative montiert waren. In einem großen Halbkreis um das Opfer angeordnet, tauchten sie den Toten in ein helles, unbarmherziges Licht. Tron sah die Spuren, die der Mann auf dem Weg vom Tisch zur Wand im Staub hinterlassen hatte: Blut, das überall zu kleinen, bräunlich schimmernden Lachen geronnen war. Und er sah dort, wo der Mann vergeblich versucht hatte, sich hochzustemmen, die Blutspuren auf dem Putz – ein bizarres Muster von kleinen und großen Flecken, das an eine Schrift aus unbekannten Buchstaben erinnerte. Die Pariser Polizei, hatte Tron im *Wiener Polizeikurier* gelesen, rückte inzwischen stets mit einem Fotografen an, der die Leiche und den Ort des Verbrechens aus allen erdenklichen Blickwinkeln auf die Platte bannte. *Tatortfotografien* nannte man das. Der Vorteil bestand darin, dass man, falls man am Ort des Verbrechens etwas übersehen hatte, auf die Fotografien zurückgreifen konnte. Und irgendetwas übersah man immer.

«Er hat nicht versucht, sich zu wehren», sagte Dr. Lionardo. Er drehte sich um, und Tron sah das Skalpell, mit dem der *dottore* eben das Hemd des Toten zerschnitten hatte, in seiner Hand blitzen.

«Weil er sofort tot gewesen ist?»

Dr. Lionardo schüttelte den Kopf. «Das war er nicht. Es ist zweimal auf ihn gefeuert worden. Und auch nach dem zweiten Schuss war er nicht sofort tot.»

Der Doktor ließ sich auf die Knie fallen und drehte den Körper des Toten vorsichtig auf die Seite. Wieder schnitt er eine handtellergroße Öffnung in das Hemd des Toten. «Der erste Schuss traf ihn in den Rücken», sagte er. «Knapp neben der Wirbelsäule. Das hat ihn erst mal außer Gefecht gesetzt. Diese Wunde hat stark geblutet. Dann hat der Mörder ein zweites Mal geschossen. Diesmal auf die Brust des Mannes. Er hat vermutlich genauer gezielt. Aber er hat das Herz knapp verfehlt.»

«Was bedeutet das?»

Dr. Lionardo überlegte kurz. «Dass der Mann noch länger gelebt hat und wahrscheinlich bei Bewusstsein war. Vermutlich ist er an inneren Blutungen gestorben, aber mit Sicherheit kann ich das erst nach der Sektion sagen.» Er erhob sich von den Knien und streifte seine weißen Baumwollhandschuhe ab. Einen Moment lang verdeckte seine massige Gestalt den Ermordeten und die bizarren Blutflecke an der Wand.

«Was für eine Waffe hat der Mörder benutzt?», erkundigte sich Tron.

Dr. Lionardo hob die Hand. Die Schatten seiner Arme huschten über die Wand wie schwarze Fledermausflügel. «Schwer zu sagen. Ein Armeerevolver war es nicht. Die Kugel hat den Körper nicht durchschlagen. Irgendetwas Kleineres.» Er verstaute die Handschuhe in seiner Ledertasche. Dann trat er einen Schritt nach vorne, sodass die Wand und der Ermordete wieder im hellen Licht der Petroleumlampen lagen.

Später fragte sich Tron, warum er nicht sofort darauf gekommen war. Im Grunde lag es auf der Hand oder, besser gesagt, im hellen

Licht der spiegelverstärkten Petroleumlampen. Es war genau das, was die Pariser Kriminalpolizei mit ihren Fotografien einfangen wollte. Etwas, das Bossi eine *geschlossene Indizienkette* genannt hätte. Oder, in diesem Fall, den *Anfang* einer Indizienkette.

«Ich verstehe nicht, warum er zur Wand gekrochen ist», sagte Tron langsam. Was nicht ganz stimmte, denn er glaubte sehr wohl zu verstehen, warum der Mann versucht hatte, die Wand zu erreichen. «Der Schuss traf ihn, als er vor dem Tisch stand. Die Wand ist mindestens fünf Schritte vom Tisch entfernt.»

«Panik.» Dr. Lionardo gähnte. Tron wusste, dass der *dottore* es grundsätzlich ablehnte, aus seinen Befunden irgendwelche Schlüsse zu ziehen. «Er ist einfach in irgendeine Richtung gekrochen, nachdem ihn der erste Schuss getroffen hat», fügte Dr. Lionardo hinzu.

Tron schüttelte den Kopf. «Wenn er einfach nur in Panik weggekrochen wäre, dann hätte er sich instinktiv unter den Tisch geflüchtet. Außerdem ist er zur Wand gekrochen, als der Mörder bereits verschwunden war.»

«Woraus schließen Sie das?» Dr. Lionardo sah Tron verwundert an.

«Aus dem, was Sie eben gesagt haben, *dottore.* Sie haben gesagt, dass die Wunde am Rücken sehr stark geblutet hat und dass der zweite Schuss von vorne ins Herz abgegeben worden ist.» Tron zeigte auf einen großen Blutfleck direkt vor dem Tisch. «Und was ist das hier?»

Dr. Lionardo warf einen Blick auf den Fußboden. «Ziemlich viel Blut», musste er zugeben.

Tron nickte. «Er ist also mitnichten weggekrochen, nachdem der erste Schuss gefallen war. Er hat sich auf seine blutende Wunde im Rücken gedreht. Daraufhin hat der Mörder auf sein Herz gezielt. Dann ist er verschwunden. Er hatte allen Grund, sich zu beeilen, denn er konnte nicht ausschließen, dass jemand in einem der Nebenhäuser die Schüsse gehört hatte. Aber der Mann war nicht tot. Er hat noch etwas Wichtiges erledigt, bevor er starb.»

Dr. Lionardo runzelte die Stirn. «Sie sprechen in Rätseln, Commissario.»

Es war Beust, der als Erster begriff, worauf Tron hinauswollte. Der Kapitänleutnant hatte sich vor der Wand niedergekniet und musterte die Blutspuren auf dem Putz mit zusammengekniffenen Augen. «Das sind keine Flecke», sagte er schließlich, den Blick starr auf das Blut an der Wand gerichtet. «Das sind Buchstaben.»

Tron nickte. «Er hat etwas an die Wand geschrieben. Mit seinem eigenen Blut.»

«Wieso hat er seine Botschaft nicht in den Staub geschrieben?», fragte Dr. Lionardo.

Tron lächelte. «Das Risiko, dass jemand die Schrift im Staub zerstören würde, war viel zu groß. Also blieb ihm nur noch die Wand, um uns den Namen des Mörders mitzuteilen.»

Beust, immer noch auf den Knien, drehte sich um. «Was lesen *Sie*, Commissario? Ich kann ein D, ein A und ein N erkennen.»

Tron hatte seinen Kneifer aufgesetzt und war ebenfalls vor der Schrift an der Wand in die Knie gegangen. «Ich lese das Wort ‹Daniel›», sagte er schließlich. «Und dahinter stehen noch ein paar Ziffern oder Buchstaben.»

«Es könnte sich um eine Fünf, eine Zwei und eine Neun handeln», mutmaßte Beust.

«Der Name oder der Vorname des Mörders», sagte Tron.

Beust runzelte nachdenklich die Stirn. «Es

sieht fast aus, als hätte er den Namen verschlüsselt.»

«Warum sollte er den Namen des Mörders verschlüsseln?»

Der Kapitänleutnant erhob sich ächzend und ordnete umständlich die goldene Uhrkette auf seiner roten Weste. «Vielleicht hat er befürchtet», sagte er schließlich, «dass der Mörder zurückkommt, seinen Namen an der Wand entdeckt und ihn wieder auslöscht. Eine auf den ersten Blick sinnlose Kritzelei hätte er übersehen können.»

Tron überlegte einen Moment lang. «Fest steht jedenfalls, dass eine zweite Person von diesem Treffen gewusst hat. Eine Person, die den Ort und die ungefähre Zeit des Treffens kannte. Vielleicht wollte der Erpresser jemanden für den Fall in der Nähe haben, dass es zu einer tätlichen Auseinandersetzung käme. Aber dann hat dieser Jemand beschlossen, das Geschäft auf eigene Rechnung zu machen.»

«Sie meinen, es ging ihm nur um das Geld?» Der Kapitänleutnant sah Tron skeptisch an.

Tron schwieg ein paar Sekunden. Dann sagte er: «Vielleicht kam es ihm vor allem auf die Fotografien an. Wie dem Mörder Anna

Slatapers.» Er erhob sich ebenfalls. «Aber wir sollten aufhören zu spekulieren. Erst müssen wir herausfinden, um wen es sich bei dem Toten handelt.»

Dr. Lionardo meldete sich wieder zu Wort. «Das kann ich Ihnen sagen, Commissario.»

Tron gab sich keine Mühe, seine Überraschung über diese Mitteilung zu verbergen. «Sie kannten den Mann?»

Dr. Lionardo nickte.

«Und wer ist es?»

«Ettore Pucci. Er hat sein Studio am Campo San Barnaba. Direkt neben der Kirche. Ich sehe ihn immer morgens.»

Tron erinnerte sich daran, dass Dr. Lionardo an den Fondamenta Gherardini wohnte, die auf den Campo San Barnaba mündeten. Die Frage war überflüssig, aber er stellte sie trotzdem. «Um was für ein Studio handelt es sich dabei?»

«Er ist Fotograf», sagte Dr. Lionardo. Dann fügte er noch etwas Interessantes hinzu. «Pucci war früher Priester.»

«Was wissen Sie sonst noch über ihn?», erkundigte sich Beust.

Dr. Lionardo zuckte die Achseln. «Nicht

viel. Nur dass er seine Soutane wegen irgendeiner Geschichte ausziehen musste und dass er angeblich, äh ...» Der *dottore* zögerte einen Moment, dann grinste er. «Dass er angeblich pikante Fotografien macht.»

Ja, dachte Tron, pikante Fotografien, das trifft es. Plötzlich war er todmüde. Die Beule auf seiner linken Schläfe meldete sich mit einem leisen Pochen und erinnerte ihn daran, dass er bereits seit sieben Uhr auf den Beinen war. Die knappen zwei Stunden, die er bewusstlos auf dem staubigen Fußboden verbracht hatte, ließen sich kaum als erholsames Nickerchen bezeichnen. Tron konnte nicht anders: Er gähnte – mit offenem Mund und so laut, dass Dr. Lionardo und Bossi ihm einen erstaunten Blick zuwarfen. Dann streckte er sich und stellte sich auf die Zehenspitzen, bis das Rückgrat knackte. Als er sprach, war er entsetzt darüber, wie zittrig sich seine Stimme anhörte.

«Ich will», sagte Tron zu Bossi, «dass diese Räume für die nächsten vierundzwanzig Stunden gesichert werden.» Er drehte sich zu Dr. Lionardo. «Sind Sie fertig, *dottore*?»

Dr. Lionardo beschränkte sich darauf, zu nicken und seinen beiden Leichenträgern, die rauchend an der Tür gestanden hatten, einen Wink zu geben.

Tron, bereits im Begriff zu gehen, wandte sich an Bossi. «Und Sie treiben einen Fotografen auf, der diese Schrift an der Wand fotografiert.»

Ein Vorschlag, der Bossi schlagartig in Begeisterung versetzte. Sein Gesicht leuchtete förmlich auf, als er sagte: «Ich wollte ohnehin anregen, dass wir eine neue Planstelle einrichten. Wir brauchen einen Polizeifotografen, Commissario. Gute Tatortfotografien» – Bossi schwelgte geradezu in diesem Wort – «würden die Spurensicherung optimieren und die Indizienketten erhärten.»

Spurensicherung optimieren und *Indizienketten erhärten.* Tron fragte sich, ob alle jungen Polizeibeamten inzwischen so geschwollen daherredeten. Vielleicht sollte auch er gelegentlich sein Vokabular erneuern.

Bossi, immer noch in Schwung, fuhr fort. «In Paris ist es inzwischen üblich ...»

«Danke, Bossi.» Tron winkte ab. «Ich kenne den Artikel aus dem *Grazer Polizeiboten.* Aber vermutlich hält Spaur das alles für neumodischen Firlefanz.» Nein – nicht vermutlich, sondern mit Sicherheit. Der Polizeipräsident würde nicht einmal darüber nachdenken.

Tron drehte sich um, als er eine Hand auf seiner Schulter spürte. Es war Beust, dessen Lippen zitterten, als er fragte: «Was haben Sie vor, Commissario?»

Ach, richtig. Tron hatte über der Leiche und der Schrift an der Wand völlig vergessen, dass es ursprünglich darum gegangen war, kompromittierende Fotografien aus dem Verkehr zu ziehen. Tron konnte sich gut vorstellen, wie dem Kapitänleutnant zumute war. Maximilian zu eröffnen, dass sowohl die fünftausend Lire als auch die Fotografien verschwunden waren, dürfte kein Vergnügen sein.

Tron lächelte, um Beust zu zeigen, dass er, Tron, sich gut in seine Situation versetzen konnte. Er sagte: «Ich habe vor, mindestens sechs Stunden zu schlafen und anschließend zusammen mit Sergente Bossi das Studio von Pucci zu durchsuchen.»

Beusts Antwort klang matt und resigniert. «Der Erzherzog kommt heute nach Venedig.»

Wo Maximilian zweifellos die Absicht hatte,

dachte Tron, die Fotografien in Empfang zu nehmen. Er fragte: «Mit dem Lloydschiff um neun?»

Beust schüttelte den Kopf. Jetzt sah er aus, als würde man ihn geradewegs zum Galgen führen. «Maximilian kommt auf der *Novara.*» Er zögerte, bevor er weitersprach. «Der Erzherzog wird den Wunsch äußern, Sie an Bord der *Novara* zu sehen. Auch um den Polizeibericht mit Ihnen abzustimmen. Niemand kann wünschen, dass der Name Seiner Hoheit in diesem Zusammenhang ...» Der Kapitänleutnant biss sich auf die Lippen und brach den Satz ab. Es war ohnehin klar, was er meinte.

Tron sagte: «Ich bin überzeugt davon, dass wir eine Lösung finden.» Er lächelte verbindlich. «Eine Lösung im gegenseitigen Einvernehmen.»

Im gegenseitigen Einvernehmen – ob die Botschaft bei Beust angekommen war und ob er sie an Maximilian weiterleiten würde? Der Kapitänleutnant sah jedenfalls nicht so aus, als würde sein Gehirn noch einwandfrei funktionieren.

Als Tron ein paar Minuten später zu den Polizeigondeln lief, die am Rio di Santa Caterina auf ihn warteten, war er fest entschlossen, den Polizeibericht nicht ohne Gegenleistung zu frisieren.

30

Es waren zwei Entdeckungen, die dem Fall acht Stunden später eine neue, unerwartete Wendung gaben. Die erste Entdeckung machte ein Gondoliere, dem am frühen Morgen ein *sandalo* auffiel, der herrenlos auf der Sacca della Misericordia trieb. Als der *sandalo* von einer Polizeipatrouille geborgen wurde, ergab sich, dass auf dem Boot Proviant für eine Woche verstaut war, hauptsächlich Schiffszwieback und Trinkwasser. Außerdem – und hier wurden die Sergenti stutzig – befand sich eine kleine Kiste an Bord, die eine hölzerne Kamera enthielt. Also konfiszierten sie das Boot und meldeten den Vorfall in der *questura*, wo eine Kombination von unwahrscheinlichen Zufällen dazu führte, dass Bossi davon erfuhr und Tron auf dem Weg zum Campo San Barnaba davon unterrichtete.

Zu diesem Zeitpunkt brachte noch niemand den herrenlosen *sandalo* mit Pucci in Verbindung.

Die zweite Entdeckung machte Sergente Bossi unter einem losen Bodenbrett in Puccis Atelier. Die Entdeckung veranlasste ihn, von einer *geschlossenen Indizienkette* zu sprechen, und Tron musste zugeben, dass der Sergente wahrscheinlich recht hatte.

Als Tron und Bossi zusammen mit zwei weiteren Sergenti kurz nach zwei Uhr die Tür von Puccis Atelier am Campo San Barnaba aufbrachen, stellten sie zweierlei fest. Einmal, dass es in der vergangenen Nacht zu einem Einbruch in Puccis Atelier gekommen war – die Tür zum Hof war aufgebrochen worden, wobei der Einbrecher das Schloss zerstört hatte. Zum Zweiten stellten sie fest, dass der Einbrecher zu spät gekommen war. Denn Pucci hatte seine Wohnung und sein Studio zu diesem Zeitpunkt bereits geräumt und dabei, wie Sergente Bossi es ausdrückte, haufenweise *relevantes Beweismaterial* vernichtet – was sich zweifellos nachteilig auf die *Indizienkette* auswirkte. Eine Indizienkette, die sich allerdings kurz darauf unter Mitwirkung eines wackligen Bodenbrettes und einer etwas merkwürdig aussehenden Ausgabe des Romans *I Promessi Sposi*, die sich unter dem Bodenbrett befand, auf überraschende Weise wieder schloss.

Denn bei den *Promessi Sposi* handelte es sich in Wahrheit um eine als Buch getarnte Kassette, die das enthielt, was der Einbrecher wahrscheinlich gesucht hatte: ein halbes Dutzend gestochen scharfer Fotografien, die Anna Slataper zusammen mit Gutiérrez zeigten. Sie belegten, dass Ettore Pucci kein Freund künstlerischer Innovationen war, sondern lieber auf Bewährtes zurückgriff. Wie der Erzherzog lag auch der Botschafter unbekleidet im Tiefschlaf auf dem Rücken, während Anna Slataper mit freudloser Laszivität in die Kamera starrte.

«Auf jeden Fall», sagte Tron zwei Stunden später an Bord der *Novara* zu Erzherzog Maximilian, «war es jemand, der in Puccis Pläne eingeweiht gewesen sein musste. Er kannte Zeit und Ort der Übergabe. Und wahrscheinlich wusste er auch, dass sich Pucci unmittelbar danach absetzen wollte.»

Tron war aufgefallen, dass alles in der geräumigen Kommandantenkajüte der *Novara* an seinem Platz befestigt war. Der flache Tisch aus rötlichem Mahagoniholz und die gepolsterten Sessel, auf denen sie Platz genommen hatten, waren auf dem Boden der Kabine verschraubt. Die umfangreiche geographische Bibliothek des Erzherzogs und die zahlreichen nautischen Instrumente wurden durch abnehmbare Mahagonistäbe in den Regalen gehalten, um nicht bei stärkerem Seegang durch die Kabine zu fliegen. Selbst Erzherzog Maximilian, der formlos wie ein nasser Schwamm auf einem der drei Sessel hockte und seine flossige Hand um ein Sherryglas geschlungen hatte, schien seine blaue Marineuniform weniger zu tragen als in ihr festgezurrt zu sein. Falls er die Uniform eines Konteradmirals angezogen hatte, um ein wenig Haltung und Fassung aus diesem Kleidungsstück zu beziehen, schien seine Idee aufzugehen. Auf den ersten Blick jedenfalls war Maximilian die Enttäuschung über den missglückten Austausch und den Verlust der fünftausend Lire in Gold nicht anzusehen.

Beust hingegen, der seinen üblichen Gehrock mit der purpurfarbenen Weste trug, machte ein Gesicht, als sei er persönlich für das Misslingen der nächtlichen Operation verantwortlich. Er hatte in der letzten halben Stunde Unmengen von Kaffee in sich hineingeschüttet, während sich der Erzherzog an eine Karaffe mit Sherry hielt, die vor ihm auf dem Tisch stand.

«Wer könnte das gewesen sein?» Maximilian stellte das Glas, aus dem er getrunken hatte, auf den Tisch zurück. Tron schätzte, dass es das vierte oder das fünfte Glas war, das der Erzherzog auf ex geleert hatte – was allerdings weder sein Denkvermögen noch seine Aussprache zu beeinträchtigen schien. Nur das nervöse Augenrollen hatte sich verstärkt.

Tron schwieg einen Moment. Dann sagte er langsam: «Es gibt zwei Dinge, die ich über Gutiérrez weiß.»

Maximilian sah Tron irritiert an. «Über Gutiérrez?»

Tron griff zu dem Umschlag mit den Fotografien, die auf dem Tisch gelegen hatten. «Das eine ergibt sich aus diesen Fotografien hier.» Er zog die Bilder aus dem Umschlag und legte sie neben die Sherrykaraffe.

Maximilian wurde bleich. Er betrachtete die Fotografien lange, ohne ein Wort zu sagen. Als er schließlich sprach, hörte sich seine Stimme an, als würde Kreide über eine Tafel kratzen. «Woher stammen diese Fotografien?»

«Aus Puccis Atelier», sagte Tron. «Sie befanden sich in einem Versteck.» Dass sie die Fotografien rein zufällig gefunden hatten, erwähnte er nicht.

Maximilian sagte: «Also hatten Pucci und Gutiérrez eine kurze Geschäftsbeziehung.» Es war klar, was er meinte. «Der Botschafter wird vermutlich sofort gezahlt haben. In seiner Position blieb ihm gar nichts anderes übrig.» Der Erzherzog blickte unglücklich zu Tron hinüber und streckte automatisch die Hand nach der Karaffe aus. Dann fragte er: «Was wissen Sie noch über Gutiérrez, Commissario?»

Tron sah den Erzherzog aufmerksam an. «Dass er angeblich für die Juaristas arbeiten soll.»

«Dieses Gerücht kenne ich.» Maximilian zog den Glasstöpsel aus der Karaffe. «Wer sagt das?»

«Ein Priester, den Bischof Labattista aus diesem Grund nach Venedig geschickt hat.»

«Pater Calderón. Ich weiß. Der Bischof hat mich darüber informiert.»

«Halten Sie es für möglich?»

«Ich halte grundsätzlich alles für möglich, Commissario. Aber falls der Verdacht zutrifft, hätte Gutiérrez in der Tat ein Interesse an den Fotografien, auf denen ich zu sehen bin. Die Juaristas würden sich die Finger danach lecken.» Maximilian verstummte, starrte den Tisch an und sagte dann: «Jedenfalls wusste der Botschafter von meiner Verbindung mit Signorina Slataper.»

«Woher wissen Sie das?»

«Weil ich Signorina Slataper auf einem Ball kennengelernt habe, den auch Gutiérrez besuchte.» Maximilian lächelte sarkastisch. «Er konnte sich also denken, dass man mich genauso erpressen würde, wie man ihn erpresst hat.»

Tron hob die Augenbrauen. «Also nahm Gutiérrez Kontakt mit Pucci auf und machte ihm das Angebot, diese Fotografien zu kaufen.»

Maximilian nickte. «Und der könnte sie ihm dann verkauft haben.»

«Es gab nur ein Problem», sagte Tron. «Signorina Slataper wusste, was hier gespielt wurde. Und sie war irgendwann nicht länger bereit mitzuspielen.»

«Deshalb hat sie mich um eine Zusammenkunft gebeten.»

Tron senkte das Kinn. «Das muss sie Pucci erzählt haben. Und als Pucci nicht mehr weiterwusste, hat er Gutiérrez eingeschaltet.»

«Der ihr wahrscheinlich Geld angeboten hat», mutmaßte Beust.

«Aber erfolglos», sagte Tron. «Sonst wäre Signorina Slataper noch am Leben.»

Maximilian schenkte sich ein weiteres Glas Sherry ein. «Wollen Sie damit sagen, dass Gutiérrez Signorina Slataper daraufhin getötet hat?»

Tron hob die Schultern. «Ich könnte mir vorstellen, dass Gutiérrez noch einen letzten Versuch unternommen hat, Signorina Slataper umzustimmen. Er hat sie in der Mordnacht nach Hause begleitet.»

«Und woher wissen Sie das?» Der Erzherzog sah Tron verblüfft an.

«Ein Zeuge hat die Signorina und Gutiérrez zusammen gesehen», sagte Tron. «Mir hat Gutiérrez gesagt, dass er sofort ins *Danieli* gegangen sei, nachdem er die Signorina an der Haustür abgesetzt hat. Wir wissen aber, dass er in Wahrheit erst drei Stunden später wieder im Hotel war.»

«Und warum hat mich Pucci nach dem Tod von Signorina Slataper mit den Fotografien erpresst?»

«Weil er Geld brauchte, um aus Venedig zu verschwinden. Er musste damit rechnen, dass wir früher oder später auf ihn stoßen würden und dann der Verdacht auf ihn fallen würde. Vermutlich hat Gutiérrez ihn in seinem Vorhaben, zu verschwinden, bestärkt. Immerhin wusste Pucci, dass es der Botschafter war, der Signorina Slataper getötet hatte.»

«Was für einen Grund hatte er dann, Pucci zu erschießen?»

«Pucci wollte mir gerade den Namen des Mörders verraten, als ihn der Schuss traf. Gutiérrez muss gelauscht und rechtzeitig eingegriffen haben.»

«Wohin wollte Pucci eigentlich mit seinem *sandalo*?»

«Vermutlich auf eine der Inseln in der nördlichen Lagune. Das ist ein riesiges Gebiet, das aus Hunderten von schilfbewachsenen Inseln besteht. Da kann sich ein Mann wochenlang verstecken, ohne entdeckt zu werden.»

Maximilian sah Tron gespannt an. «Was haben Sie vor, Commissario?»

«Gutiérrez morgen zu besuchen. Ihm die Fotografien vorzulegen und ihn zu fragen, ob er ein Alibi für gestern Nacht hat.»

«Und wenn er sich weigert, mit Ihnen zu reden?» Maximilian machte ein skeptisches Gesicht.

«Das wird er nicht, nachdem er die Fotos gesehen hat», sagte Tron. «Der Botschafter wird den dringenden Wunsch haben, dass diese Fotos aus dem Verkehr gezogen werden. Und die Fotografien habe *ich*.»

Maximilian beugte sich über den Tisch. Er sah Tron nicht an, als er sprach. «Und was wäre Ihr Preis für diese Fotografien?»

Auf einmal begriff Tron, welcher Preis Maximilian vorschwebte. Er begriff auch, dass Maximilian wollte, dass er, Tron, es aussprach.

Tron räusperte sich. «Ich könnte ihm einen Tausch vorschlagen», sagte er langsam. «Die fünftausend Lire in Gold und die Fotos, die er gestern Nacht mitgenommen hat, gegen die Fotografien, die ihn zusammen mit Anna Slataper zeigen.»

Maximilian lächelte. «Sie könnten bei dieser Gelegenheit durchblicken lassen, dass Sie die Ermittlungen nach einiger Zeit einstellen werden.»

Ich könnte außerdem durchblicken lassen, dachte Tron, was *mein* Preis dafür ist. Er räusperte sich. Dann richtete er sich in seinem Sessel auf und sagte mit fester Stimme: «Das würde meiner Berufsauffassung widersprechen, Hoheit.» Dieser Satz würde dem Erzherzog zu denken geben. Tron musste ein Grinsen unterdrücken.

Er sah, wie Maximilian sein Glas abstellte, sich erhob und mit steifen Schritten zu einem der Kajütfenster ging. Der Erzherzog taumelte ein wenig, was aber auch daran liegen konnte, dass die Bugwelle eines Raddampfers, der gerade aus dem Giudecca-Kanal kam, die *Novara* einen Augenblick lang zum Schaukeln brachte.

Ein paar Minuten lang blieb Maximilian bewegungslos vor dem Kajütfenster stehen. Schließlich drehte er sich um und sagte ernst:

«Ich will nur die Fotografien.» Dann fing er plötzlich an zu lachen.

Erst grinste Tron.

Dann nickte er.

31

So wie der Botschafter an seinem Schreibtisch saß, die Augen starr auf die Fotografien gerichtet, die vor ihm auf der Tischplatte lagen, hätte man ihn fast bedauern können.

Gutiérrez hatte Tron den Stuhl auf der anderen Seite seines Schreibtisches angeboten, und Bossi stand, wie beim letzten Mal, zwei Schritte hinter Tron. Vom Campanile hatte es gerade fünf geschlagen, und auf dem Weg von der *questura* ins *Danieli* war der Nebel plötzlich so undurchdringlich geworden, dass Tron die Bedenken vieler Fremder, an solchen Tagen ihr Hotel zu verlassen, nachvollziehen konnte. Für Typen wie Gutiérrez allerdings konnte der Nebel nie dicht genug sein.

Der schob jetzt die Fotografien, die er ein

paar Minuten lang regungslos betrachtet hatte, mit einer energischen Handbewegung zusammen. «Würden Sie mir verraten, wie Sie in den Besitz dieser Bilder gekommen sind, Commissario?»

Obwohl seine Mundwinkel zitterten, klang seine Stimme erstaunlich fest. Tron konnte sich gut vorstellen, dass das mexikanisch gefärbte Italienisch des Botschafters, das seiner Erscheinung einen zusätzlichen Einschlag ins Exotische gab, auf Frauen attraktiv wirkte.

«Wir haben gestern das Studio von Emilio Pucci durchsucht», sagte Tron. «Und stießen unter anderem auf diese Fotografien. Das sind drei aus einem halben Dutzend, die wir in Puccis Studio gefunden haben.»

Gutiérrez legte eine beringte Hand auf die zusammengeschobenen Fotografien, die vor ihm auf dem Tisch lagen, und beugte sich schwer atmend nach vorne. «Wo sind die anderen Fotografien?»

«In einem Safe auf der *questura.* Exzellenz können vollkommen beruhigt sein. Dort sind die Fotografien sicher.»

«Und was wollen Sie von mir?»

«Lediglich ein paar Auskünfte.»

Gutiérrez schwieg und schien nachzudenken. Schließlich sagte er: «Und wenn ich Ihnen diese Auskünfte gebe, Commissario – was geschieht dann mit den drei anderen Fotografien?»

«Das hängt von der Qualität der Auskünfte ab, Exzellenz.» Tron lächelte höflich. «Im Augenblick handelt es sich bei diesen Fotografien um wichtiges Beweismaterial. Selbstverständlich hat niemand ein Interesse daran, Exzellenz unnötig zu kompromittieren.»

«Und welche Auskünfte wünschen Sie?»

«Pucci hat Sie erpresst. Ist das korrekt?»

Da es keinen Sinn hatte, das Offensichtliche abzustreiten, gab Gutiérrez es zu. «Ja, das hat er. Ich hatte ihn bezahlt und hielt die Angelegenheit für erledigt. So war es mir von Pucci versprochen worden.»

«Aber?»

«Vor zwei Wochen hat er mir drei weitere Fotografien zum Kauf angeboten. Ich war gezwungen, ein zweites Mal zu zahlen. Dass Pucci darüber hinaus noch Bilder hatte, überrascht mich nicht.»

«Dann werden Sie den Tod von Signor

Pucci nicht bedauern, Exzellenz. Er ist ermordet worden.»

Was Gutiérrez selbstverständlich wusste, denn er hatte ihn ja selber getötet. Aber es gehörte zum konventionellen Schema der Situation, dass Gutiérrez nun nach dem Täter fragen musste. Wenigstens schien der Botschafter es für albern zu halten, seine Überraschung zu übertreiben. «Wer hat Pucci getötet?», erkundigte er sich ruhig.

«Wir hatten die Vorstellung, dass *Sie* uns diese Frage beantworten könnten. Sie werden nicht abstreiten, dass Sie ein großes Interesse an den Fotografien hatten, die sich noch in Puccis Besitz befanden.»

«Das wäre für mich kein Grund gewesen, diesen Mann zu töten», sagte Gutiérrez. «Ich hätte vermutlich auch zum dritten Mal gezahlt.»

«Das mag sein. Aber es gibt noch einen anderen Grund, weswegen wir hoffen, dass Sie uns etwas zu diesem Fall sagen können.»

«Und der wäre?»

«Wussten Sie, dass Erzherzog Maximilian ein Verhältnis mit Anna Slataper hatte?»

Einen Moment schien Gutiérrez verwirrt –

oder er brachte es zumindest fertig, eine gewisse Verwirrung perfekt vorzutäuschen. Schließlich nickte er. «Sie haben sich auf einem Ball kennengelernt, auf dem ich auch gewesen bin.» Dann stellte er wieder eine Frage, die man von ihm erwarten würde. «Hat Pucci versucht, den Erzherzog auf die übliche Tour zu erpressen?»

«Ja, das hat er», sagte Tron. «Und er ist von jemandem getötet worden, der diese Fotografien um jeden Preis in seinen Besitz bringen wollte.»

«Und wer wäre das?»

«Es gibt verschiedene Kreise, die an diesen Fotografien interessiert sein dürften.»

«Vermutlich die katholische Kirche und der militärische Geheimdienst. Maximilian ist in konservativen Militärkreisen geradezu verhasst. Da sind noch alte Rechnungen offen.»

«Exzellenz haben eine Gruppierung vergessen.»

«Welche?»

«Die Juaristas», sagte Tron. «Maximilians eigentliche politische Feinde.» Er machte eine Pause, bevor er weitersprach. «Zu denen Sie über den amerikanischen Konsul freundliche

Beziehungen unterhalten sollen. Genauer gesagt über die Gattin des amerikanischen Konsuls.»

Gutiérrez schob seinen Stuhl laut scharrend zurück, als er aufstand. Er ging zum Fenster, schob die Gardine zurück und starrte ein paar Minuten lang auf die Riva degli Schiavoni hinab, so als würde es dort mehr zu sehen geben als ein paar Gaslaternen, die gelblich schimmernde Kreise in die feuchte Dunkelheit malten. Als er zurückkam und sich wieder setzte, war er bleich. «Sie wissen Bescheid?»

Tron nickte. «Wir wissen, dass Sie sich in regelmäßigen Abständen mit der Frau des amerikanischen Konsuls getroffen haben.»

Gutiérrez griff nach einem silbernen Zigarettenetui, das auf seinem Schreibtisch lag. «Es ging bei diesen Treffen nicht um Politik, Commissario», sagte er.

Tron ließ Gutiérrez Zeit, eine Zigarette aus dem Etui zu holen und sie anzuzünden. «Und worum ging es?»

Gutiérrez schwieg. Er blickte von Tron zu Bossi, dann wieder zurück zu Tron, so als könne er in Trons Gesicht lesen, welche Folgen seine Antwort für ihn haben könnte.

Schließlich seufzte er und sagte: «Wir hatten eine Beziehung, von der selbstverständlich weder meine Frau noch der Heilige Stuhl etwas wissen durfte. Ich bin auch in der Nacht, in der Anna Slataper ermordet wurde, bei Mrs. Bennet gewesen. Vermutlich haben Sie bereits herausgefunden, dass ich erst kurz nach elf wieder im Hotel war.»

Tron lächelte. «Das haben wir in der Tat. Und wir wissen ebenfalls, dass Sie Grundstückskäufe in der Sonora getätigt haben, von denen Sie nur dann profitieren würden, wenn die Juaristas siegen würden.»

Gutiérrez lehnte sich auf seinem Stuhl zurück und stieß eine Rauchwolke aus. «Woraus Sie schließen, dass ich aufseiten der Juaristas stehe. Richtig?»

«Allerdings.»

Gutiérrez lächelte matt. «Ich nehme an, Sie haben diese Information von Pater Calderón.»

Tron machte eine unbestimmte Handbewegung, die weder Zustimmung noch Ablehnung signalisierte.

«Ich kann Ihnen versichern», sagte Gutiérrez, «dass es sich dabei um ein reines Gerücht handelt, das die Kirche gezielt verbreitet. Pater Calderón ist ein Fanatiker. Genauso wie Bischof Labattista. Der Bischof befürchtet offenbar, dass ich seine Position in der Frage der Kirchengüter nicht nachdrücklich genug unterstütze. Deshalb hat er dieses Gerücht in die Welt gesetzt. Die katholische Kirche sieht sich im Moment in der Rolle eines Märtyrers. Pater Calderón und Bischof Labattista wittern überall Verrat.» Gutiérrez beugte sich über den Tisch und sah Tron an. «Ich bin nicht der Mann, den Sie suchen, Commissario.»

«Die Suche nach dem Täter ist nur ein Aspekt dieser Angelegenheit, Exzellenz. Es geht dem Erzherzog nicht in erster Linie um eine Strafverfolgung.»

Gutiérrez brachte es fertig, arrogant zu gähnen. «Die sich ohnehin schwierig gestalten würde, Commissario, da ich diplomatische Immunität genieße.»

«Das ist mir bewusst, Exzellenz. Aber ein Bericht des Polizeipräsidenten, der als Anhang die Fotografien enthält, dürfte für beträchtlichen Wirbel sorgen.»

«Und worum geht es dem Erzherzog?» Gutiérrez zog an seiner Zigarette. «Ich meine, wenn es ihm nicht um eine Strafverfolgung geht?»

«Um die Fotografien, die Seine Hoheit mit Anna Slataper zeigen», sagte Tron. Dann setzte er noch hinzu: «Und um die Summe, die gestern Nacht verschwunden ist.»

Gutiérrez hob spöttisch die Brauen. «Unterstellen Sie mir allen Ernstes, dass ich Pucci ermordet habe?»

«Ich unterstelle überhaupt nichts, Exzellenz. Ich weise nur auf das große Interesse hin, das der Erzherzog an diesen Fotografien hat.» Tron beugte sich über den Tisch und sah Gutiérrez aufmerksam an. «Wenn Exzellenz uns behilflich sein könnten, in den Besitz dieser Fotografien und des verschwundenen Geldes zu gelangen, würden wir Exzellenz im Gegenzug unsere Fotografien überlassen. Mein Bericht würde den Namen Seiner Exzellenz nicht erwähnen.»

Gutiérrez nahm eine der Fotografien, die immer noch vor ihm auf dem Schreibtisch lagen, in die Hand und betrachtete sie mit ausdrucksloser Miene. Schließlich sagte er: «Eine elegante Lösung, ohne Frage. Es gibt nur ein Problem dabei, Commissario.»

«Und welches?»

«Ich bin weder im Besitz der Fotografien noch im Besitz des Geldes.» Gutiérrez legte die Fotografie auf den Tisch zurück und seufzte.

«Und wer könnte im Besitz dieser Fotografien sein?» Trons Frage war ironisch gemeint, aber Gutiérrez zog es offenbar vor, sie ernst zu nehmen. Oder so zu tun, als würde er sie ernst nehmen. Er machte ein nachdenkliches Gesicht. «Ich frage mich, welche Rolle Pater Calderón in dieser ganzen Angelegenheit spielt», sagte er langsam.

Tron zog die Stirn kraus. «Wie meinen Sie das?»

«Haben Sie den Pater mal gefragt, wo *er* sich in der Mordnacht aufgehalten hat?»

«Pater Calderón mag Ansichten haben, die ein wenig streng sind», entgegnete Tron. «Was Exzellenz da unterstellen, ist grotesk.»

Aber war es wirklich so grotesk? Die Ansichten Pater Calderóns als *ein wenig streng* zu bezeichnen, musste Tron zugeben, war die Untertreibung des Jahres.

Gutiérrez betrachtete aufmerksam seine manikürte rechte Hand, die auf der Kante seines Schreibtisches ruhte. Er schien es nicht für nötig zu halten, Tron zur Bekräftigung seiner Worte anzusehen. «Sie werden jedenfalls zugeben müssen», sagte er, ohne die Stimme zu heben, «dass die katholische Kirche ein großes Interesse an diesen Fotografien hat. Das Verhältnis von Erzherzog Maximilian und Bischof Labattista ist äußerst angespannt. Der Bischof hat ihn im Sommer auf Miramar besucht, und es wäre fast zum Streit zwischen den beiden gekommen. Maximilian hat aus seinen liberalen Ansichten nie ein Hehl gemacht, Commissario. Nur ist er im Moment auf die Unterstützung der katholischen Kirche angewiesen. Also muss er lavieren. Was ihm der Vatikan außerordentlich übelnimmt.»

Tron sagte: «Ich glaube nicht, dass man in Rom so weit gehen würde, einen Mord zu billigen.»

Was zweifellos krasser Unsinn war. Dass die heilige Kirche selbst vor Massenmord nicht zurückschreckte, wenn sie ihren weltlichen Besitz gefährdet sah, hatte sie im Laufe ihrer Geschichte zu oft bewiesen.

Das Lächeln, das Gutiérrez durch den sich kräuselnden Rauch seiner Zigarette hindurch über den Tisch schickte, war dünn wie ein Messer. «Was wissen Sie über Pater Calderón?»

Gute Frage. Was wusste er über Calderón? Gar nichts, dachte Tron. Er wusste nur, dass der Priester mit der Principessa befreundet war. Und dass ihm, Tron, irgendetwas an dieser Freundschaft nicht gefiel. Und dass er es immer vermieden hatte, darüber nachzudenken. Laut sagte er: «Genug, um diese Möglichkeit auszuschließen.»

Gutiérrez zuckte die Achseln. «Auf jeden Fall hatte er ein Motiv. An Ihrer Stelle würde ich mich fragen, ob der Pater auch ein Alibi hat.» Der Botschafter drückte seine Zigarette aus, als würde es sich bei dem Stummel um das Alibi von Pater Calderón handeln.

«Das ist eine ziemlich schwere Anschuldigung, die Sie hier erheben, Exzellenz.»

Gutiérrez wischte sich einen Krümel Tabak vom Handrücken. «Die Anschuldigung, die Sie gegen mich erhoben haben, wog nicht weniger schwer.»

«Wie kann ich *Ihr* Alibi für die Mordnacht überprüfen?»

«Mein Wort reicht Ihnen nicht, oder?»

Tron lächelte verbindlich. «Ich fürchte, in diesem Fall reicht es nicht.»

Gutiérrez stand auf. Die Art, wie er sich erhob, signalisierte, dass das Gespräch beendet war. «Sie können es überhaupt nicht überprüfen», sagte er. «Aber Sie sollten sich gelegentlich um das Alibi von Pater Calderón kümmern.»

«Was meinen Sie, Bossi? Hat Gutiérrez gelogen?»

Sie standen unter der grüngestreiften Markise, die den Eingang des *Danieli* überspannte, und sahen zu, wie die Feuchtigkeit vom Rand der Markise auf das Pflaster herabtropfte. In anderen Städten, dachte Tron, kündigte sich der Herbst mit gelben Blättern an, die ein kalter Wind über das Pflaster wehte. Hier in Venedig, wo es kaum Bäume gab, war es der Atem, der irgendwann Ende Oktober wie Rauch in der Luft hing.

«Natürlich hat er gelogen.» Bossi verzog das Gesicht. Ob er das tat, weil Trons Frage die Möglichkeit enthielt, dass Gutiérrez die Wahrheit gesagt haben könnte, oder weil ihm einfach kalt war, blieb unklar. «Dass Gutiérrez eine Affäre mit der Frau des Konsuls hatte, ist ein Märchen. Er hat Informationen übermittelt. *Darum* ging es bei diesen Treffen.»

«Zu diesem Zweck hätte er sich auch mit dem Konsul selbst treffen können», wandte Tron ein.

Bossi schüttelte den Kopf. «Das wäre viel zu riskant gewesen. Man hätte sie zusammen sehen können. Dieses Risiko konnte der Botschafter nicht eingehen.»

«Es gibt genug Möglichkeiten, sich bei Nebel und Dunkelheit irgendwo in Venedig zu treffen. Sie hätten sich kaum im *Florian* verabredet.»

«Und was folgt jetzt daraus, Commissario?» Bossi runzelte die Stirn.

«Dass die Geschichte, die uns Gutiérrez erzählt hat, vielleicht stimmt», meinte Tron.

Bossi sah Tron einen Moment lang schweigend an. Dann sagte er: «Also hat er weder Signorina Slataper noch Pucci getötet. Ist es das, was Sie denken?»

Tron zuckte die Achseln. «Es geht in diese Richtung.»

«Gibt es die Möglichkeit, die Frau des Konsuls zu befragen? Immerhin ist sie das Alibi von Gutiérrez.»

«Sie zu befragen ist sinnlos, weil sie diese Zusammenkünfte abstreiten würde. Aber vielleicht könnten wir herausfinden, wo sie sich aufgehalten hat, als Signorina Slataper ermordet wurde.»

«Und wo sie war, als Pucci ermordet wurde», ergänzte Bossi.

«Wenn sich herausstellt», sagte Tron, «dass der Konsul an beiden Abenden eine Gesellschaft gegeben hat, auf der auch seine Frau anwesend war, wissen wir, dass Gutiérrez uns belogen hat.»

«Hat er mit Sicherheit.»

«Finden Sie es heraus, Bossi. Die Bennets haben italienisches Personal. Stellen Sie fest, ob Signora Bennet an den entsprechenden Abenden zu Hause war oder nicht. Wenn das der Fall war, hat Gutiérrez gelogen, und dann sehen wir weiter. Übrigens treffe ich heute Abend Pater Calderón, von dem die Information über die Verbindung zwischen Gutiérrez und Bennet ursprünglich stammt. Vielleicht kann er ja noch etwas dazu sagen.»

Bossi sah Tron an. «Haben Sie diesen Pater

Calderón mal gefragt, wo er sich Sonntagnacht aufgehalten hat?» Der Sergente trat einen Schritt zur Seite, um einen Leutnant der Kroatischen Jäger passieren zu lassen. Dann fuhr er fort, ohne Trons Antwort abzuwarten. «Pucci ist ein ehemaliger Priester. Und wahrscheinlich wusste er genau, wie wertvoll diese Fotografien unter bestimmten Umständen für die katholische Kirche sein könnten. Er könnte Pater Calderón gekannt und ihm die Fotografien angeboten haben.» Bossi hielt inne und betrachtete ein paar Augenblicke lang seine Schuhspitzen. Schließlich fragte er: «Seit wann ist dieser Pater Calderón in Europa?»

Tron zuckte die Achseln. «Pater Calderón ist der Sekretär von Bischof Labattista. Ich weiß nicht, wie lange sich Labattista bereits im römischen Exil aufhält. Vielleicht seit einem Jahr. Das Treffen mit Maximilian in Triest fand im Juli statt.»

«Dann ist Labattista vermutlich auch in Venedig gewesen. Zusammen mit Pater Calderón», sagte Bossi. Der gedehnte Tonfall, in dem er sprach, machte deutlich, woran er dachte.

«Und bei dieser Gelegenheit hätte Pucci mit ihm Kontakt aufnehmen können. Ist es das, was Sie meinen?»

Bossi nickte. «Und als Pater Calderón von Pucci gehört hatte, dass Signorina Slataper dem Erzherzog alles beichten wollte, ist er nach Venedig gekommen und hat sie getötet.» Eine Vorstellung, die Bossi zu gefallen schien, denn sein Gesicht leuchtete förmlich.

Tron wusste, welche Frage Bossi jetzt erwartete, und tat ihm den Gefallen. «Und wer hat Pucci getötet?»

Bossis Antwort kam sofort. «Pater Calderón natürlich.»

«Mit anderen Worten», sagte Tron, «was auf Gutiérrez zutrifft, das könnte auch auf Pater Calderón zutreffen.» Er musste unwillkürlich lachen. «Vor fünf Minuten sind Sie noch davon überzeugt gewesen, dass Gutiérrez der Täter ist, Bossi.»

Bossi legte den Kopf schräg und sagte: «Wenn die Faktenlage oder die Indizienlage einen anderen Schluss zulässt, muss der ermittelnde Beamte ihn auch ziehen, Commissario.»

Wieder ein Satz, den der Sergente in der Prüfung verwenden konnte.

32

Dass alteingesessene Venezianer ihren Weg durch die Stadt auch bei Nebel und völliger Dunkelheit finden, dachte Tron, war natürlich ein bloßes Gerücht – er selber hatte bereits Schwierigkeiten, bei Dunkelheit die beiden Höfe des Palazzo Tron zu durchqueren, ohne dabei die Richtung zu verlieren. Heute jedenfalls war er froh über die Gaslaternen, die den Uferrand der Riva degli Schiavoni wie Leuchtfeuer markierten und eine Reihe von gelblichen Lichtkreisen in die feuchte Watteluft über der Stadt malten.

Am Giardino Reale nahm Tron den Traghetto und überquerte den Canalazzo zusammen mit zwei schweigenden Pionierleutnants. Als er schließlich durch das Labyrinth der kleinen Gassen zum Palazzo der Principessa lief – merkwürdigerweise ohne sich zu verirren, denn man konnte in der nebligen Dunkelheit kaum die Hand vor Augen erkennen –, dachte er noch einmal über das nach, was Gutiérrez über Pater Calderón gesagt hatte.

Was, wenn man es recht bedachte, so abwegig nicht war. Denn darüber, dass Pater Calderón ein Motiv hatte, die Fotografien an sich zu bringen, konnte ebenso wenig Zweifel bestehen wie am militanten Einschlag von Pater Calderóns Glaubensüberzeugungen. Alles das machte ihn verdächtig. Nur: Tatsache war auch, dass die Principessa dem Pater ihr Leben verdankte. Sie hatte es niemals direkt ausgesprochen, doch Tron war sich sicher. Bei dem Nachbarsjungen, der der Principessa, die damals noch Maria Galotti hieß, an jenem verhängnisvollen Spätsommertag des Jahres 1849 das Leben gerettet hatte, musste es sich um Pater Calderón handeln. Und das wog schwer, nicht nur für die Principessa, sondern auch für ihn, weil er die Principessa liebte – ein Umstand, der jedoch die ganze Angelegenheit zusätzlich komplizierte, weil Tron nicht die Absicht hatte, die Figur des Eifersüchtigen aus einer Goldoni-Komödie zu geben.

Fest stand allerdings, dass sich Pater Calderón und die Principessa, nachdem sie sich länger als ein Jahrzehnt aus den Augen verloren hatten, in Paris wiederbegegnet waren. Im *Sündenbabel Paris*! Auch über diese Begegnung hatte sich die Principessa nur sehr vage geäußert. Dass irgendetwas zwischen ihr und dem Pater geschehen war oder *fast geschehen wäre,* hatte sie nicht einmal angedeutet, aber Tron hatte trotzdem das Gefühl, dass es zwischen der Principessa und Pater Calderón etwas Ungeklärtes gab – etwas, das wie ein feines Gespinst über den Blicken lag, die sie einander zuwarfen, über der Art, wie sie miteinander redeten. Tron wusste selbstverständlich, dass dieses Gefühl in hohem Maße irrational war, ein bloßes Produkt seiner Einbildungskraft, aber das half ihm nicht. Er war unfähig, dieses vage Unbehagen gegenüber Pater Calderón abzuschütteln – dieses diffuse Misstrauen, das es ihm unmöglich machte, sich in der Gegenwart des Paters zu entspannen und beim Anblick seines gutgeschnittenen Profils und seiner breiten Schultern nicht schlagartig nervös zu werden. Nein – es hatte keinen Sinn, sich etwas vorzumachen. Er konnte Pater Calderón schlicht und einfach nicht ausstehen.

Als Tron kurz nach sieben den eisernen Klingelzug am Palazzo der Principessa betätigte und ihm Woussada (Wassouda?) die

Tür öffnete, gestand er sich ein, dass ein Teil von ihm Pater Calderón mit dem größten Vergnügen aus dem Verkehr ziehen würde – unabhängig davon, ob das, was Bossi die *Faktenlage* nannte, es nun zuließ oder nicht.

An einem Punkt jedenfalls war die Faktenlage eindeutig. Der schwarze Mantel, der im Vestibül der Principessa hing und dessen Ärmel sich leicht im Luftzug des Treppenhauses bewegten, gehörte niemand anderem als Pater Calderón. Also war der Pater (sozusagen aus dem *Sündenbabel Paris* herbeigeeilt) zu Besuch, zweifellos um ihr hinsichtlich seines wahren Charakters Sand in die Augen zu streuen und nebenbei – dem Burschen war alles zuzutrauen – gegen ihre Verlobung zu sticheln.

Während Tron langsam auf die Salontür zuschritt, die Moussada (Massouda?) bereits zeremoniell geöffnet hatte, überlegte er sich hastig eine Strategie. Wahrscheinlich wäre es am klügsten, dem Pater erst mal einen kräftigen Schock zu versetzen. Und die Mitteilung, dass sich Gutiérrez als unschuldig erwiesen hatte, würde ihn ziemlich dumm aus seiner Soutane gucken lassen. Wenn die Juaristas als Verdächtige aus dem Rennen waren, blieben nur noch die *heilige Kirche* und deren Handlanger übrig. Tron würde dies nicht direkt aussprechen, sich aber in lockerem Konversationston nach dem Alibi des Paters erkundigen. Da würde der Pater noch dümmer aus der Soutane gucken. Der Rest war Polizeiroutine. Vorladung auf die *questura*, dort eine protokollierte Vernehmung und anschließend, falls der Pater mit keinem plausiblen Alibi aufwarten konnte, was Tron stark annahm, die Verhaftung.

Falls es nicht klüger war – und das war die andere Möglichkeit, die Tron durch den Kopf schoss – die Angelegenheit sofort zu regeln. Ohne Vorladungen, Vernehmungen, Protokolle und Gerichtsverfahren. Immerhin hatte der Pater der Principessa das Leben gerettet, und Tron widerstrebte die Vorstellung, diesen Mann für den Rest seines Lebens hinter Gitter zu schicken – falls ihn das Gericht nicht gleich zum Tode verurteilte.

Tron blieb vor einem der zahlreichen Spiegel im Vestibül stehen, reckte das Kinn nach oben und fixierte sein Spiegelbild, so wie er gleich Pater Calderón fixieren würde. Dann räusperte er sich und sagte mit einem Gesichtsausdruck gelassener Entschlossenheit: «Wir wissen alles über Sie, Calderón.» Das *Pater* würde er weglassen. «Eigentlich müsste ich Sie verhaften. Aber ich gebe Ihnen zwölf Stunden Zeit, aus der Stadt zu verschwinden.»

Das Erste, was Tron auffiel, als er den Salon betrat, war der Umstand, dass die Récamiere der Principessa und der Stuhl, von dem sich Pater Calderón mit einem salbungsvollen Lächeln erhob, geradezu obszön dicht nebeneinanderstanden. Das Zweite war die Unverfrorenheit, mit der Pater Calderón ihm wieder die *linke* Hand entgegenstreckte – seine rechte Hand schien mit dem Rosenkranz verwachsen zu sein.

Tron sah die Principessa an, die wiederum zu ihm aufblickte. Ihr Stirnrunzeln war ein Signal für etwas, das er nicht verstand, und er wünschte sich plötzlich, dass er dieses Gespräch nicht führen müsste – oder dass er es bereits hinter sich hätte.

«Ich war bei Gutiérrez», sagte Tron ohne Einleitung zu Pater Calderón. Und dann ohne

Pause weiter: «Wir haben uns getäuscht. Gutiérrez ist unschuldig. Die heimlichen Begegnungen zwischen Gutiérrez und Mrs. Bennet waren eher ...»

Pater Calderón unterbrach ihn. «Eher privater Natur? Ist es das, was Sie sagen wollen, Conte?»

Wie bitte? Tron schnappte nach Luft. Er hatte das unangenehme Gefühl, dass er dabei wie ein Fisch aussah. Schließlich fand er die Sprache wieder. «Woher wissen Sie davon?»

Pater Calderón lächelte dünn. «Die Bennets sind Katholiken. Signora Bennet wird von einem Amtskollegen aus San Stefano betreut. Den ich heute Vormittag gesprochen habe.» Und der es mit dem Beichtgeheimnis nicht so genau nahm, was Pater Calderón aber für selbstverständlich zu halten schien. «Die Dame», fuhr Calderón lakonisch fort, «hatte eine Affäre mit Gutiérrez. Das war alles.» Er zuckte die Achseln. «Ich gebe zu, ich habe mich getäuscht. Sie werden den Täter in anderen Kreisen suchen müssen, Commissario.»

Was eigentlich genau das war, dachte Tron,

was er Pater Calderón hatte erzählen wollen. Er sah, wie die Principessa nach ihren Zigaretten griff und sich auf ihrer Récamiere zurücklehnte. Durch die aufflackernde Flamme ihres Streichholzes blickte sie erst zu ihm, dann zu Pater Calderón.

«Der Botschafter hat angedeutet», sagte Tron langsam, «dass die *Kirche* ein Interesse an diesen Fotografien haben könnte. Er sprach von einer ernsten Meinungsverschiedenheit zwischen dem Erzherzog und Bischof Labattista hinsichtlich der Rückgabe der Kirchengüter. Und der Möglichkeit, auf die Meinung des Erzherzogs einzuwirken, die der Besitz dieser Fotografien eröffnet.»

War das deutlich genug? Offenbar, denn Pater Calderón ging sofort darauf ein. Allerdings nicht wie jemand, der sich in die Enge getrieben fühlte. Er klang eher amüsiert.

«Hat Gutiérrez Sie auch aufgefordert, mich nach meinem Alibi für die Zeitpunkte der beiden Morde zu befragen?» Jetzt lächelte der Pater sogar.

Tron erwiderte das Lächeln nicht. «Wenn ich das tun würde – was würden Sie mir antworten?»

«Dass Sie immer noch in die falsche Richtung blicken, Commissario.»

«Und in welche Richtung *sollte* ich blicken?»

Pater Calderón hob die Schultern. «Maximilian ist ein Liberaler. Wenn er in Mexiko Erfolg hat, wird er diesen Erfolg als Sprungbrett für höhere Aufgaben benutzen. Das spricht er nicht aus, aber alle wissen es.»

«Er könnte zurück nach Europa kommen?»

Pater Calderón nickte. «Der Albtraum der Hofkamarilla. Die würden Maximilian am liebsten bereits in Triest erledigen. Und mit diesen Fotografien hätten sie den Erzherzog in der Hand.»

«Soll das heißen, dass der *Kaiser* diese Verbrechen angeordnet hat?»

Pater Calderón schüttelte den Kopf. «Franz Joseph wird sich hüten, konkrete Vorschläge zu machen. Es reicht, wenn er zu erkennen gibt, dass er bestimmte Resultate wünscht.»

«Zum Beispiel die völlige Kompromittierung seines Bruders durch irgendeine unappetitliche Geschichte.»

«Die wäre für den Kaiser außerordentlich wünschenswert.»

Zu seinem Erstaunen stellte Tron auf einmal fest, dass er Pater Calderón glaubte. Oder kurz davor war, ihm zu glauben. Oder ihm glauben *wollte*, weil es ihm die unvermeidliche Auseinandersetzung mit der Principessa ersparte. «Und wer könnte diese Morde begangen haben?»

Tron sah, wie sich Pater Calderón erhob, seine Soutane glatt strich, sich zur Seite wandte und den Ricci über dem Kamin betrachtete, auf dem eine unbekleidete Najade mit einem römischen Krieger verhandelte.

«Sagen wir es so, Commissario.» Pater Calderón nahm wieder Platz und betrachtete den Rosenkranz in seiner rechten Hand, so als würde er dort einen komplizierten Text ablesen. «Ich habe etwas erfahren, das wahrscheinlich inzwischen schon in halb Venedig bekannt ist. Vermutlich hat einer der Leichenträger geredet, und Sie wissen ja, wie schnell sich bestimmte Informationen verbreiten.» Er dachte einen Moment lang nach. Dann sagte er: «In gewisser Weise passt jetzt alles zusammen.»

«Was passt zusammen, und was haben Sie erfahren?»

«Dass es Schriftzeichen an der Wand gibt, die einen Hinweis auf die Identität des Mörders enthalten.»

«Die niemand entziffern konnte.»

Pater Calderón lächelte müde. «Weil Sie den Code nicht kennen.»

«Was soll das heißen?»

«Darf ich Ihnen erst noch eine Gegenfrage stellen, Commissario?»

«Fragen Sie.»

«Wo war Kapitänleutnant von Beust, als Anna Slataper ermordet und als Pucci erschossen wurde? Hat er sich in Triest oder in Venedig aufgehalten?»

«Er war in Venedig», sagte Tron. «Wieso fragen Sie danach?»

Pater Calderón zog es vor, eine indirekte Antwort zu geben. Er schlug die Beine unter seiner Soutane übereinander – die Bewegung hatte zu Trons Freude einen Einschlag ins Lächerliche – und sagte, indem er ein betrübtes Lächeln aufsetzte: «Der Kapitänleutnant verfasst alle vierzehn Tage einen Bericht, der direkt auf dem Schreibtisch des Kaisers landet.»

Es dauerte ein, zwei Augenblicke, bis Tron begriff, was Pater Calderón eben gesagt hatte.

«Was Sie hier andeuten, ist grotesk», sagte er. «Woher stammen diese Informationen?»

Pater Calderóns Gesicht verschloss sich wie eine Auster. «Aus einer zuverlässigen Quelle», sagte er knapp. «Außerdem ist die Beschreibung von Beust eindeutig. Ich wüsste jedenfalls nicht, wer sonst noch eine rote Weste und eine goldene Kette trägt.»

«Welche Beschreibung?»

«Der Schlüssel ist die *Bibel,* Commissario.» Der Pater beugte sich auf seinem Stuhl nach vorne und sah Tron an wie einen begriffsstutzigen Seminaristen. «Buch Daniel. Fünftes Kapitel. Vers neunundzwanzig. *Da befahl Belsazar, dass man Daniel mit Purpur kleiden und ihm eine goldene Kette um den Hals geben sollte …*»

Wahrscheinlich, dachte Tron, hätte ihm Pater Calderón den Satz am liebsten auf Hebräisch um die Ohren gehauen. Er räusperte sich. «Sie meinen …»

Calderón nickte und lächelte kalt. «Beust hat Pucci getötet. Er wird sehr schnell von der Affäre zwischen dem Erzherzog und Anna Slataper erfahren haben. Näheres über den Charakter der Dame und ihren Freund, den Fotografen Pucci, herauszufinden dürfte kein

Problem gewesen sein. Ob die Idee, den Erzherzog zusammen mit Anna Slataper zu fotografieren, auf ihn zurückgeht oder auf Pucci, ist unwichtig. Entscheidend ist, dass Beust für diese Fotografien gezahlt hat. Er war es auch, der Anna Slataper getötet hat, als diese sich entschlossen hatte, Maximilian alles zu erzählen.»

«Und was ist mit Pucci passiert? Warum musste Pucci sterben?»

«Pucci wollte aus Venedig verschwinden und besaß noch ein paar kompromittierende Abzüge.»

«Die hätte er Beust anbieten können.»

«Vermutlich hat er das auch getan. Aber Beust hat abgelehnt und den Vorschlag gemacht, noch ein bisschen Geld aus Maximilian herauszuholen. Der Plan, sich in diesem Haus in Canareggio zu treffen, stammt vermutlich von Beust. Der nichts anderes vorhatte, als Pucci bei der Übergabe zu töten und das Geld und die Fotografien an sich zu nehmen. Pucci würde für immer schweigen, und der Verdacht würde fast zwangsläufig auf Gutiérrez oder auf mich fallen. Eine fast perfekte falsche Spur.»

Eine fast perfekte falsche Spur – ein Satz, mit dem Pater Calderón nicht fast, sondern ziemlich perfekt das zusammenfasste, dem er, Tron, gerade aufgesessen war. Ausschließlich fast perfekten Spuren hatte er in den letzten Tagen nachgejagt: Schertzenlechner, Gutiérrez, Pater Calderón. Tron seufzte. Vielleicht sollte er sich aus diesem Geschäft zurückziehen, das Angebot der Principessa annehmen und Glas verkaufen. Mit einem Musterkoffer nach Wien reisen. Perfekte Geschäfte abschließen und nie wieder gezwungen sein, den Murks von Spaur im *Emporio* zu veröffentlichen.

Tron sagte: «Ich kann nicht ohne harte Beweise zu Maximilian gehen und ihm erklären, dass Beust hinter den Morden steckt.»

Pater Calderón zuckte die Achseln. «Dann reden Sie mit Spaur. Der Baron wird die Möglichkeit haben, sich direkt an den Kaiser zu wenden. Beust hat seine Kompetenzen definitiv überschritten. Allerdings wird Franz Joseph versuchen, die Angelegenheit geräuschlos zu bereinigen. Er wird Beust versetzen und darauf dringen, die Ermittlungen einzustellen.»

«Das würde heißen, dass Beust ungeschoren davonkommt.»

Was Pater Calderón nicht besonders zu stören schien. «Aber der Kapitänleutnant wäre gezwungen, die Fotografien herauszurücken», sagte er. «Die Hofkamarilla hätte nichts mehr gegen den Erzherzog in der Hand, und Franz Joseph wäre gezwungen, seine Hunde in Zukunft an die kurze Leine zu nehmen.»

Die Principessa mischte sich ein. «Pater Calderón hat recht», sagte sie. «Du kommst an Beust nicht heran. Aber du kannst verhindern, dass die Hofkamarilla den Erzherzog versenkt, bevor er überhaupt abgelegt hat.» Sie sah Tron durchdringend an, und ihre Warnung vor einem möglichen Einwand spiegelte sich deutlich in ihrem Gesicht.

«Geh zu Spaur», sagte sie, «und rede mit ihm. Wir brauchen einen Bericht, der direkt in die Hofburg geschickt wird. Und zwar einen, den der Baron persönlich unterzeichnet hat.»

33

Johann-Baptist von Spaur, dessen graue Haarfarbe sich innerhalb der letzten drei Wochen in ein jugendliches Haselnussbraun verwandelt hatte, zupfte nervös an seiner rosafarbenen Schleife von der Größe eines jungen Flamingos, während er Tron den Bescheid der Zensurbehörde vorlas. Die Schleife des Polizeipräsidenten harmonierte komplementärfarbenmäßig mit dem fröhlichen Grünton seines Gehrocks. Beides, der grüne Gehrock und die rosa Schleife, war von Signorina Bellini für ihn ausgesucht worden – Spaur hatte diesen Umstand Tron gegenüber mit einem gewissen Stolz erwähnt. Der Gehrock (grün) und die Schleife (rosa) waren ebenso Ausdruck einer Generalüberholung von Spaurs Persönlichkeit wie seine neuen Gamaschen (gelb) und seine Empörung über die Zensurbehörde.

Die in diesem Fall durch Oberleutnant Malparzer vertreten wurde, dessen Bescheid auf Spaurs Schreibtisch lag, direkt neben einer Schachtel mit Demel-Konfekt, aus der sich Spaur bereits ausgiebig bedient hatte. Der silberne Bilderrahmen auf dem Schreibtisch (den Tron nur von hinten sah) enthielt vermutlich eine Fotografie von Signorina Bellini, denn jedes Mal, wenn der Polizeipräsident ihren Namen erwähnte, warf er einen zärtlichen Blick darauf.

Wie üblich hatte Tron auf dem wackligen Bugholzstuhl auf der anderen Seite von Spaurs Schreibtisch Platz genommen, allerdings ohne bisher die Gelegenheit gehabt zu haben, das Gespräch auf den Bericht über Beust zu lenken, den er Spaur heute Morgen geschickt hatte. Denn der Polizeipräsident hatte, kaum dass Tron saß, damit begonnen, ihm den von Oberleutnant Malparzer verfassten Zensurbescheid vorzulesen. Und der enthielt in der Tat eine kleine Sensation. Zum ersten Mal in seiner dreißigjährigen Geschichte war der *Emporio della Poesia* von einer Zensurmaßnahme betroffen. Dies nicht wegen Baudelaire, sondern wegen der abgeschriebenen Gedichte Spaurs. Es war alles ein Witz.

Spaur hatte den Bescheid, den er bereits gestern Abend erhalten hatte, mit einer Stimme vorgelesen, in die sich Wut und Entsetzen mischte. Jetzt kam er zum letzten Absatz:

«Speziell die phallischen Konnotationen dieses Gedichtes sind daher geeignet, das sittliche Volksempfinden in empfindlicher Weise zu verletzen und die Grundsätze des christlichen Glaubens in Frage zu stellen. Die Veröffentlichung wird hiermit versagt.»

Der Polizeipräsident versank einen Moment lang in tiefes Nachdenken. Dann fragte er: «Was ist eine *phallische Konnotation*?»

Tron räusperte sich. «Eine Anspielung auf das männliche Geschlechtsorgan, Herr Baron.»

Das musste sich Spaur offenbar erst mal durch den Kopf gehen lassen. Tron konnte fast sehen, wie sich die Rädchen hinter seiner Stirn drehten. Schließlich schickte Spaur einen verdutzten Blick über den Tisch. «Sind Sie sicher, Commissario?»

Tron nickte. «Oberleutnant Malparzer nimmt vermutlich an der Stelle Anstoß, an der von dem *Schweif* die Rede ist, dem *prahlenden Schweif*. In seinen Ohren mag das etwas zweideutig geklungen haben.»

Spaurs Unterkiefer klappte nach unten. «So war das nicht gemeint.»

Natürlich nicht, dachte Tron. Weil Spaur überhaupt nichts gemeint, sondern einfach nur abgeschrieben hatte. Ob er fragen sollte, von wem er es abgeschrieben hatte? Nein – lieber nicht.

«Sie hätten mich darauf hinweisen müssen, Commissario», meinte Spaur.

Tron sagte steif: «Ich greife grundsätzlich nicht in die Verse meiner Autoren ein. Das ist nicht der Stil des *Emporio.* Aber man könnte in Erwägung ziehen, die entsprechende Zeile behutsam zu ändern.»

Oder einfach ein anderes zu Wort nehmen, das so ähnlich klang. Oder ein anderes Gedicht abzuschreiben. Nicht, dass es darauf ankäme.

Doch Spaur schüttelte energisch den Kopf. «Das geht leider nicht mehr.»

«Warum nicht?»

«Wegen Signorina Bellini. Sie schätzt meine Verse sehr und war empört über den unverschämten Bescheid von Oberleutnant Malparzer. Violetta hat mich aufgefordert zu kämpfen.»

«Zu kämpfen?»

Spaur nickte. «Sie sagte, jetzt käme es darauf an, meine künstlerische, äh, Inter...»

«Integrität.»

«Exakt ihre Worte. Die zu verteidigen. Darauf käme es an, sagte sie.» Spaur schlug dröhnend mit der flachen Hand auf den Bescheid vor ihm, sodass Tron unwillkürlich zusammenzuckte.

«Flagge zu zeigen», sagte Tron automatisch. Wieder hatte er das unangenehme Gefühl, langsam, aber sicher verrückt zu werden.

«Genau.» Spaur hob den rechten Arm und schwenkte eine imaginäre Flagge.

«Und was wollen Sie unternehmen, Herr Baron? Wir könnten notfalls eine Veröffentlichung anderer Gedichte im nächsten *Emporio* ins Auge fassen.»

Spaur schüttelte den Kopf. «Ich beabsichtige, mich direkt an den Kaiser zu wenden. Jedenfalls habe ich mich in diesem Sinne Violetta gegenüber geäußert.» Dann sagte er unvermittelt: «Ihr Bericht übrigens war sehr aufschlussreich. Gute Arbeit.» Der Polizeipräsident bedachte Tron mit einem anerkennenden Blick. «Die ganze Angelegenheit ist ein Skandal.»

Tron atmete erleichtert auf. Na, wunderbar. Das lief wesentlich besser, als er erwartet hatte. Spaur schien unter Signorina Bellinis Einfluss seine übliche Scheu, sich mit dem Miltär anzulegen, verloren zu haben. Tron nahm sich vor, gelegentlich einen Blick in das Überwachungsprotokoll zu werfen, das er Spaur gestern geschickt hatte. Die Signorina wurde ihm langsam sympathisch. «Skandal ist genau das richtige Wort, Herr Baron», sagte er.

Spaur nickte. «Den man nicht dulden darf. Ich würde vorschlagen, dass wir ein Exempel statuieren.»

«Und an welche Maßnahme hatten Sie gedacht?»

Offenbar war Spaur sich über diesen Punkt bereits im Klaren. «Wir sollten den Burschen verhaften. Notfalls unter einem Vorwand.» Er beugte sich über den Tisch und funkelte Tron verschwörerisch an. «Ihm etwas unterjubeln, das er nicht mit sich führen darf. Eine Turiner Zeitschrift. Vielleicht eine Waffe. Und ihn erst mal einbuchten.»

Einbuchten? Eine Waffe unterjubeln? Tron runzelte die Stirn. Er sagte: «Ich glaube, er führt ohnehin immer eine Waffe mit sich, und außerdem ist er Angehöriger der Marine. Wir können ihn nicht so ohne weiteres verhaften.»

«Er ist *was*?» Spaur machte ein irritiertes Gesicht.

«Angehöriger der Marine», sagte Tron.

«Unsinn. Der Bursche ist ein Jurastudent aus Padua.»

Kapitänleutnant von Beust – ein *Jurastudent aus Padua*? Einen Moment lang erwog Tron die exotische Möglichkeit, dass der Kapitänleutnant in seiner Freizeit ein Jurastudium in Padua aufgenommen haben könnte. Schließlich begriff er. Und fragte vorsichtshalber noch einmal nach. «Über welchen Bericht sprechen wir, Herr Baron?»

Spaur sah ihn an wie einen Schwachsinnigen. «Über Ihren Bericht über die Bewachung von Signorina Bellini. In dem stand, dass dieser angebliche Vetter aus Padua sie einmal in der Woche besucht und bei ihr übernachtet.»

«Ich dachte, wir sprechen über meinen Bericht über Kapitänleutnant von Beust.» Dass er das gedacht hatte, war eigentlich klar, aber Tron hatte das Bedürfnis, es noch einmal auszusprechen. In den letzten Tagen ging alles so fürchterlich durcheinander.

In Spaurs Stimme mischten sich jetzt Missbilligung und Langeweile. «In dem Sie die

Theorie vertreten, dass der Kapitänleutnant der Bösewicht gewesen ist.» Der Polizeipräsident gähnte. Aber wenigstens, dachte Tron, hatte er den Bericht gelesen. «Weil Ihnen dieser Pater Calderón mitgeteilt hat», fuhr Spaur fort, «dass Beust im Auftrag des Kaisers Informationen über Maximilian sammelt.» Er gab sich nicht die geringste Mühe, sein Desinteresse an diesem Fall zu verhehlen.

«Er hat seine Quelle nicht genannt, aber mir erschien er glaubwürdig.»

Spaurs Hand stieß auf die Schachtel mit dem Demel-Konfekt herab und fischte einen in Silberpapier verpackten Würfel aus der Schachtel. Dann sagte er, ohne Tron anzusehen: «Ein alter Hut, Commissario. Maximilian weiß, dass Beust Berichte über ihn schreibt, und Beust weiß, dass Maximilian es weiß. Das ist in der Kommandantur seit langem bekannt.»

Aber Tron war nicht bereit, so schnell aufzugeben. Er sagte: «Es geht hier um mehr als nur um ein paar Berichte. Es geht um zwei Morde. Und da offenbar weder die Kirche dahintersteckt, noch die Juaristas dafür in Frage kommen ...»

Der Polizeipräsident unterbrach ihn mit

einer ungeduldigen Handbewegung. «... tippen Sie jetzt auf eine Verschwörung reaktionärer Militärkreise.» Er wickelte eine kakaobestäubte Praline aus dem Papier und ließ sie in seinem Mund verschwinden.

«Was Pater Calderón sagte, erschien mir plausibel. Beust hat seine Kompetenzen eindeutig überschritten.»

«Wenn es Beust gewesen *wäre*, dann *hätte* er seine Kompetenzen überschritten. Dafür, dass er sie *tatsächlich* überschritten hat, gibt es keine Beweise. Die Umstände, unter denen seine Dossiers über den Erzherzog zustande kommen, sprechen jedenfalls nicht dafür, dass der Kapitänleutnant zum harten Kern reaktionärer Militärkreise gehört.»

«Ich dachte», sagte Tron, «dass ein Bericht, der direkt auf dem Schreibtisch des Kaisers landet, uns zumindest absichern könnte.»

«Absichern? Wogegen?»

«Man könnte später den Vorwurf gegen uns erheben, dass wir einer wichtigen Spur nicht nachgegangen sind.»

«Und was soll in diesem Bericht stehen?»

«Der augenblickliche Stand der Ermittlungen.»

Diese dünne Antwort ließ Spaur erwartungsgemäß nicht gelten. Er sagte streng: «Ich sehe keine Ermittlungen, nur Spekulationen. Und außerdem kann ich mich nicht wegen jeder Kleinigkeit direkt an den Kaiser wenden.»

Womit klar war, welchen Status die beiden Morde für ihn hatten. Und damit Tron es wirklich kapierte, sprach Spaur seine Priorität noch einmal aus, wobei er theatralisch die Schwurhand hob, die ein Stück Trüffelkrokant hielt.

«Die Freiheit des künstlerischen Wortes steht auf dem Spiel», sagte er feierlich. «Und damit die Veröffentlichung meiner Gedichte.» Offenbar war er mittlerweile fest davon überzeugt, dass er diese Gedichte selbst geschrieben hatte.

In diesem magischen Augenblick klopfte es an der Tür, und ein Sergente aus der Abteilung Spaurs steckte den Kopf ins Büro. Der Sergente schwenkte, ohne etwas zu sagen, einen zusammengefalteten Bogen in der Hand. Auf einen Wink Spaurs kam er näher und legte, immer noch stumm, den Bogen auf Spaurs Schreibtisch. Danach verschwand er wieder.

Spaur faltete den Bogen auseinander und überflog ihn. Dann legte er ihn neben die Schachtel mit dem Demel-Konfekt und sah Tron an. «Die Nachricht ist für Sie, Commissario», sagte er langsam. Er machte keine Anstalten, den Bogen an Tron weiterzureichen.

Tron hob die Augenbrauen. «Von wem?»

«Von Ihrem Freund Maximilian höchstpersönlich.» Spaur lächelte säuerlich. «Es scheint sich etwas Wichtiges ereignet zu haben.» Seine Missbilligung war offenkundig. Die Art und Weise, wie er *Wichtiges* aussprach, ließ durchblicken, dass es sich im Vergleich mit der Bedrohung des *künstlerischen Wortes* nur um Kinderkram handeln konnte.

«Und was?», erkundigte sich Tron.

Spaur zuckte die Achseln. «Das schreibt er nicht. Nur dass er Sie sprechen möchte.»

Er stand auf und kam hinter seinem Schreibtisch hervor. Tron fiel auf, dass er hellblaue Knöpfe an seinen gelben Gamaschen trug – zweifellos auf Anraten von Signorina Bellini.

«Sie sollen sofort auf die *Novara* kommen», sagte Spaur mürrisch. «Unten wartet eine Gondel auf Sie.»

34

Erzherzog Maximilian von Österreich, ein Glas Champagner in der Hand, stand vor dem Spiegel seiner mahagonivertäfelten Ankleidekabine an Bord der *Novara* und drehte sich langsam nach links, ohne seinen Blick vom Spiegel zu nehmen. Dass es nicht *zwei* Spiegel gab, die es ihm gestatteten, sich von hinten und von der Seite zu sehen, ohne dass er sich den Hals verrenken musste, war im Grunde ein Skandal. Maximilian hatte seinen Bruder erst kürzlich wieder darauf hingewiesen, dass ein Ankleidezimmer von der Größe eines Eisenbahncoupés definitiv zu klein für einen zukünftigen Kaiser von Mexiko war und dass die *Novara* schon aus diesem Grund durch ein größeres Schiff ersetzt werden müsste – doch Franz Joseph hatte lediglich die Mundwinkel nach unten gezogen und Daumen und Zeigefinger der rechten Hand vielsagend aneinandergerieben.

Maximilian nippte an seinem Champagner und seufzte. Leider war über pekuniäre Themen ein rationales Gespräch mit dem Kaiser nicht möglich. Der legte nur sofort reflexartig die Hand über seine Börse und nahm es kaltherzig in Kauf, dass sein Bruder im Elend verkam. Kein Wunder, dass es ihn, Maximilian, in die Fremde trieb.

Da die *Novara* tagsüber nicht auf die Leuchtfeuer angewiesen war, sondern einen direkten Kurs steuern konnte, hatte die Überfahrt nach Venedig lediglich sechs Stunden gedauert. Sie hatten vor einer knappen Stunde an der Riva degli Schiavoni festgemacht, und Maximilian hatte sofort einen Matrosen auf die *questura* geschickt.

Um der Bitte, die er an den Commissario richten würde, mehr Nachdruck zu verleihen, hatte Maximilian kurz erwogen, die Uniform mit dem Tigerfell anzulegen, mit der er vor einer Woche die mexikanische Delegation so schwer beeindruckt hatte. Doch dann hatte er den Gedanken verworfen. Denn im Gegensatz zu seinen zukünftigen mexikanischen Landsleuten ließen sich die Venezianer durch Äußerlichkeiten wenig beeindrucken. Er musste sich also ganz auf die Kraft seines Wortes verlassen – und auf die Demonstration seines Scharfsinns. Und das würde ihm nicht schwerfallen.

Zu behaupten, dass vor drei Stunden auf dem Achterdeck der Heilige Geist über ihn gekommen war, wäre ein wenig übertrieben gewesen. Aber irgendetwas in der Richtung *war* über ihn gekommen – so völlig unerwartet, dass er einen entzückten Schrei ausgestoßen und sich von dem Ersten Offizier, der gerade die Luvtreppe heraufkam, einen irritierten Blick eingefangen hatte.

Im Grunde war die Lösung kolossal simpel – man musste nur darauf kommen. Der Commissario jedenfalls war *nicht* darauf gekommen. Er würde staunen, dachte Maximilian, ihn vielleicht sogar ein wenig *bewundern* – und schon aus diesem Grund bereit sein, ihm ein zweites Mal behilflich zu sein.

Maximilian löste seinen Blick vom Spiegelbild seiner Uniform und trat an das Kajütfenster. Erst jetzt fiel ihm auf, dass das Wetter aufgeklart hatte. Der unangenehme, nach links drehende Wind, der kurz vor ihrer Einfahrt in die Lagune aufgekommen war, schien sich wieder gelegt zu haben. Zwei kreischende Möwen schwebten mit regungslosen Schwingen über den Mastspitzen der *Erzherzog Sigmund*, die auf der anderen Seite des Anlegers festgemacht hatte, und ein stämmiger Schlepper mit hektisch sich drehenden Schaufelrädern kam langsam aus dem Giudecca-Kanal. Maximilian sah die schmutzige, sich am Himmel hinziehende Rauchfahne, die er hinterließ, und die zwei langsam zerfließenden Schaumstreifen auf dem Wasser.

Auf der Überfahrt hatte er Trons Bericht über den verunglückten Austausch, der ihn in Triest erreicht hatte, wieder und wieder gelesen. Er hatte sich in den beigefügten Grundriss des Hauses vertieft und über den Fotografien meditiert, die von den Schriftzeichen an der Wand angefertigt worden waren. Der Bericht selber bestand aus zwölf akkurat beschriebenen Bogen im Kanzleiformat, auf denen der Verlauf dieser Nacht Punkt für Punkt festgehalten wurde – ein Bericht, der sich nicht zu Spekulationen hinreißen ließ, nichts beschönigte und nichts erklärte, sondern sich darauf beschränkte, ein möglichst akribisches Bild der Geschehnisse jener Nacht zu geben.

Auch bei der Deutung der Buchstaben und Ziffern an der Wand übte der Commissario Zurückhaltung. Entweder – hatte er ausgeführt –

handelte es sich dabei um eine codierte Nachricht, oder – das war die andere Möglichkeit, die er für denkbar hielt – die Buchstaben und die Ziffern ergaben überhaupt keinen Sinn, waren ein reines Zufallsprodukt, von einem Mann geschrieben, dessen Geist bereits vom nahenden Tod umflort war.

Diese Vermutung mit dem Zufall und der Sinnlosigkeit gefiel Maximilian. Für seinen kaiserlichen Bruder hatte immer alles einen tieferen Sinn – speziell, dass das Schicksal ihn, Franz Joseph, zum Kaiser gemacht hatte und nicht seinen Bruder Maximilian. Es war echt zum Lachen.

Allerdings würde man feststellen, dass in diesem Fall weder das eine noch das andere zutraf. Weder war die Botschaft codiert, noch war sie sinnlos. Und wenn man in die richtige Richtung dachte (eine Richtung, die eigentlich auf der Hand lag, fand Maximilian), dann war das Entziffern der Botschaft kein Problem. Nur dass es außer ihm niemandem aufgefallen war. Maximilian grinste. Im Grunde lief es auf eine Binsenweisheit hinaus: Manche Leute hatten den Dreh raus, andere nicht.

Hinzu kam, dass Beust auf interessante

Neuigkeiten gestoßen war. Der Kapitänleutnant hatte tatsächlich ein paar Dinge herausgefunden, die seine Lösung abrundeten – ihr gewissermaßen den letzten Schliff gaben. Die Angelegenheit war jetzt in ein Stadium getreten, in dem es darum ging, den Burschen aus dem Verkehr zu ziehen – und zwar indem man ihn mit dem Arm bis zum Ellenbogen im Marmeladentopf erwischte.

Und genau das würde der Commissario für ihn besorgen. Der Umstand, dass sein erster Einsatz ein Fehlschlag gewesen war, sagte sich Maximilian, dürfte ihn dazu motivieren, die Scharte wieder auszuwetzen. Obwohl das, was der Commissario diesmal zu erledigen hatte, möglicherweise noch ein bisschen prekärer war als der erste Auftrag, den man ihm erteilt hatte.

Maximilian stellte das Champagnerglas ab und schloss den obersten Knopf seiner Uniformjacke. Ein letzter prüfender Blick in den Spiegel fiel zu seiner Zufriedenheit aus. Er sah einen hochgewachsenen Mann in der Uniform eines Konteradmirals, dessen kühne Gesichtszüge einen Einschlag ins Majestätische hatten. Wenn ihn der Commissario mit

Majestät anredete, nahm sich Maximilian vor, würde er nicht protestieren.

Ob er dem Commissario zur Begrüßung ein Glas Champagner anbieten sollte? Nein – lieber nicht. Auf viele Menschen machte Champagner vor sechs Uhr abends einen unseriösen Eindruck. Franz Joseph hatte ihm bei ihrem letzten Zusammentreffen einen Vortrag darüber gehalten und sich nicht entblödet, auf die Kosten des Champagnergenusses hinzuweisen.

Aber sein kaiserlicher Bruder, dachte Maximilian trotzig, kannte das Gefühl nicht, in einem mit Gas gefüllten Zimmer zu sitzen und darauf zu warten, dass jemand ein Streichholz anzündet. Er begriff nicht, dass man unter diesen Umständen ein natürliches Recht auf Entspannung hatte.

Es war Punkt vier, als Maximilian im großen Salon der *Novara* Platz nahm und sich vorsichtshalber erst mal ein Gläschen Sherry genehmigte. Fünf Minuten später sah er durch das Kabinenfenster, wie ein Mann in einem altmodischen Gehpelz und einem zerbeulten Zylinderhut die Gangway der *Novara* betrat – Commissario Tron auf dem Weg zu neuen Taten.

35

«Ich hatte erwartet», sagte Tron zu Maximilian, «dass Botschafter Gutiérrez auf das Angebot, die Fotografien auszutauschen, eingehen würde.»

Das hatte er tatsächlich erwartet – jedenfalls so lange, bis die Karten wieder einmal neu gemischt worden waren und sich herausstellte, dass Gutiérrez die Fotografien gar nicht besaß. Weil er nicht derjenige war, für den sie ihn gehalten hatten. Tron schätzte, dass das Blatt in diesem Spiel alle vierundzwanzig Stunden neu gemischt wurde. Der Fall erinnerte ihn immer mehr an die bunten Steinchen eines Kaleidoskops, die nach jeder neuen Drehung ein verändertes Bild ergaben.

Beust war aufgetaucht, kurz nachdem der Kabinensteward Tron Kaffee und Gebäck gebracht hatte. Der Kapitänleutnant trug wie üblich Zivil – auf der roten Weste unter dem grauen Gehrock blitzte die goldene Uhrkette. Wie zwei Tage zuvor saßen sie zu dritt an dem festgeschraubten Mahagonitisch der *Novara.*

Maximilians Überraschung über diese Mitteilung schien sich in Grenzen zu halten. Er nippte an seinem Sherry und betrachtete Tron mit zusammengekniffenen Augen über den Rand des Glases hinweg. «Denken Sie, er hat deshalb abgelehnt, weil ein Austausch einem Geständnis gleichgekommen wäre?»

Tron schüttelte den Kopf. «Gutiérrez hätte behaupten können, dass er die Fotografien *besorgen* kann, ohne sich darüber äußern zu können, von wem.»

«Was nicht sehr glaubwürdig gewesen wäre.»

«Es wäre ausreichend gewesen», sagte Tron, «um die Form zu wahren. Wir können ohnehin aufgrund seines diplomatischen Status nichts gegen ihn unternehmen.»

«Dann ist es völlig unverständlich, dass Gutiérrez den Austausch der Fotografien abgelehnt hat. Haben Sie eine Erklärung für sein Verhalten?»

Maximilians Blick wanderte durch den Raum, blieb kurz an Beust hängen und heftete sich dann auf die Sherryflasche, die direkt vor ihm stand. Seine spärlichen, aber regelmäßigen Augenbrauen waren emporgezogen. Ohne dass Tron sagen konnte, woran es lag, hatte er plötzlich den absurden Verdacht, dass der Erzherzog Bescheid wusste – und es ihm überlassen wollte, den Kapitänleutnant zu entlarven.

Was Tron auch vorhatte – er würde gleich das Buch Daniel mit der Uhrkette des Kapitänleutnants in Verbindung bringen. Aber im Moment waren sie noch bei Gutiérrez.

«Die Erklärung ist die, dass Gutiérrez die Fotografien gar nicht besitzt», sagte Tron.

Aus den Augenwinkeln sah er, dass Beust keine Reaktion zeigte. Entweder verfügte der Kapitänleutnant über eine beneidenswerte Selbstbeherrschung oder war bereits in eine verzweifelte Erstarrung verfallen.

«Wir haben die heimlichen Treffen zwischen Gutiérrez und Signora Bennet falsch interpretiert», fuhr Tron fort. «Es ging dabei nicht um Politik. Der Botschafter und Signora Bennet hatten eine *Affäre.* Deshalb mussten sie ihre Begegnungen geheim halten. Pater Calderón kennt den Priester, der Signorina Bennet betreut. Sie hat dieses Verhältnis ...»

«In ihrer Seelennot gebeichtet», ergänzte Maximilian den Satz. Er lächelte, als er Trons überraschten Gesichtsausdruck bemerkte. Offenbar, dachte Tron, verfügte der Erzherzog über bessere Informationsquellen, als er vermutet hatte. Und war auch in der Lage, die richtigen Schlüsse zu ziehen. Ohne Pathos in der Stimme, ganz der nüchterne Commissario, brachte Tron die Guillotine in Stellung, die gleich auf Beust herabsausen würde. «Es hat den Anschein», sagte er ruhig, «dass wir unseren Verdacht auf die falsche Person gerichtet hatten.»

Dass nach dieser dramatischen Mitteilung ein Augenblick andächtiger Stille eintrat, überraschte Tron nicht. Das Sherryglas, das der Erzherzog gerade zum Mund führen wollte, verharrte nachdenklich in der Luft, und der auf die Tischkante genagelte Blick Beusts wurde noch starrer.

Überraschend war das, was Maximilian auf diese Feststellung erwiderte. Tron verstand nicht, was der Erzherzog *wollte* – jedenfalls nicht sofort.

Denn statt die Frage zu stellen: *Und auf wen hätten wir unseren Verdacht richten müssen?* – und dabei einen finsteren Blick auf Beust zu werfen –, sagte Maximilian etwas anderes. Er sagte: «Gutiérrez hat Sie an der Nase herumgeführt, Commissario. Und Pater Calderón ist ebenfalls auf ihn hereingefallen. Der Kapitänleutnant», fuhr Maximilian fort, «hat einiges herausgefunden. Und das alles passt zu meinen eigenen Überlegungen.»

Was Beust als Aufforderung verstand, das Wort zu ergreifen. «Eine intime Beziehung hat es zwischen Gutiérrez und Signora Bennet nie gegeben», sagte er knapp.

Tron verstand immer noch nicht. «Und die Beichte, die Signora Bennet abgelegt hat?»

Beust lächelte. «Sagen wir, sie ist Teil eines Musters.»

«Eines *Musters*?»

Beust nickte. «Nachdem die Bennets erfahren hatten, dass die Kirche Verdacht geschöpft und Pater Calderón nach Venedig geschickt hatte, haben sie allen möglichen Leuten unter dem Siegel der Verschwiegenheit mitgeteilt, Signora Bennet unterhalte eine intime Beziehung zu Gutiérrez. Es war lediglich eine Frage der Zeit, bis Pater Calderón davon erfahren würde.»

Auf einmal begriff Tron. «Der sich nicht vorstellen konnte, dass man eine Todsünde beichten könnte, ohne sie begangen zu haben.»

Beust nickte. «Und daraus den Schluss zog, dass Signora Bennet und Gutiérrez tatsächlich nur eine Affäre hatten.»

«Raffiniert.» Tron sah Beust an und versuchte, ein Lächeln zustande zu bringen.

Maximilian beugte sich vor. «Es gibt noch einen Hinweis darauf, dass es Gutiérrez war», sagte er langsam. «Ich habe mir Gedanken über die Zeichen an der Wand gemacht. Die Botschaft ist weder codiert, noch ist sie die Kritzelei eines Mannes, der nicht mehr bei Verstand war.» Maximilians Augen strahlten plötzlich – wie bei einem eitlen Schauspieler, der eine tolle Vorstellung gibt. «Wie heißt das Hotel gegenüber, Commissario?»

«Danieli.»

Der Erzherzog schwieg ein paar Sekunden. Dann sagte er: «*Daniel* steht für *Danieli.*» Er sah Tron triumphierend an. «Und das Zeichen, das Sie als 5 gelesen haben, ist nichts anderes als ein C, das für *camera* steht, für Zimmer.»

«Sie meinen, dass ...»

Maximilian verschluckte sich fast vor Wonne über seinen Scharfsinn. «Der Mann, der Signor Pucci getötet hat», sagte er, «wohnt im *Danieli.* Und seine Zimmernummer ist neunundzwanzig. Verstehen Sie jetzt?»

«Die Suite, die Gutiérrez bewohnt?»

«Genau.»

«Das ist noch kein Beweis», wandte Tron ein.

«Aber ein deutlicher Hinweis darauf, wo sich der Beweis befindet.»

«Sie meinen die Fotografien?» Tron sah Maximilian mit erhobenen Augenbrauen an.

Der Erzherzog nickte. «Die befinden sich wahrscheinlich in der Suite des Botschafters.»

«Die Suite ist exterritorial. Ein Durchsuchungsbefehl müsste vom Ballhausplatz unterzeichnet sein. Allein der Schriftverkehr dürfte mindestens ein halbes Jahr in Anspruch nehmen.»

Der Erzherzog machte ein Gesicht wie ein Vampir, der schaudernd vor einem Kruzifix zurückschreckt. «Dann verzichten Sie auf die Erlaubnis aus Wien.»

«Ich würde nicht einmal die Erlaubnis des Polizeipräsidenten bekommen», sagte Tron. «Spaur wird sich weigern, über so etwas überhaupt nur zu reden. Außerdem hält sich Gutiérrez fast den ganzen Tag in seiner Suite auf.»

«Man könnte dafür sorgen, dass Gutiérrez seine Suite für ein paar Stunden verlässt.»

«Und wie?»

Ein Punkt, über den Maximilian offenbar bereits nachgedacht hatte. «Indem ich ihn zu einer Besprechung auf die *Novara* bitte», sagte er.

«Und sein Sekretär?»

«Ich werde darauf dringen, ihn bei dieser Besprechung dabeizuhaben. Dann ist niemand in der Suite, und Sie könnten mit Hilfe des Zimmermädchens hinein.»

Tron lächelte schief. «Für die Suite von Gutiérrez hat das Zimmermädchen keinen Schlüssel. Weil die Räume des Botschafters als exterritorial gelten.»

«Gibt es einen Hauptschlüssel, der für alle Zimmer passt?», erkundigte sich Beust.

«Den bekommt man nicht ohne die Erlaubnis der Hoteldirektion. Spaur wohnt ebenfalls im *Danieli* und ist mit dem Direktor befreundet. Er wird also davon erfahren.»

«Soll das bedeuten, dass es keine Möglichkeit gibt, in die Suite von Gutiérrez einzudringen?» Maximilians Stimme klang nervös.

Tron dachte einen Moment lang intensiv nach. Dann sagte er: «Doch. Es gibt eine.»

«Und die wäre?»

Ja, so könnte es funktionieren, dachte Tron. Die Principessa würde ihm garantiert die Hölle heißmachen, wenn er ihr davon erzählte, aber es war die einzige Möglichkeit. Jedenfalls fiel ihm im Moment keine andere ein. «Ich kenne jemanden, der uns den Schlüssel besorgen kann», sagte er.

Maximilian hob die Brauen. «Den Schlüssel, den Gutiérrez bei sich hat?»

«Den er *nicht* mehr bei sich haben wird», sagte Tron, «wenn er seinen Sekretär, Signor González, damit losgeschickt hat, um etwas für ihn aus seiner Suite zu holen. Irgendwelche Unterlagen, die er für das Gespräch hier benötigt.»

«Ich kann Ihnen nicht ganz folgen, Commissario.» Der Erzherzog streckte seine Hand automatisch nach dem Sherryglas aus – wie immer, wenn ihn etwas irritierte.

Tron sagte: «Es ist ganz einfach, Hoheit. Sie sorgen dafür, dass der Sekretär des Botschafters während des Gesprächs in die Suite des Botschafters geht, um irgendetwas zu holen.»

«Und dann?»

«Wenn González aus dem Hotel zurückkommt und auf dem Weg zur *Novara* die Riva degli Schiavoni überquert, wird ihm jemand diesen Schlüssel abnehmen. Natürlich, ohne dass er es bemerkt.»

Maximilian schien amüsiert und beeindruckt zugleich zu sein. «Einer ihrer Mitarbeiter?»

Tron schüttelte lächelnd den Kopf. «Es handelt sich nicht um ein Mitglied der regulären Polizeikräfte.»

36

«Schlüssel sind kleiner als Brieftaschen», sagte Angelina Zolli vier Stunden später zu Commissario Tron. «Wenn sie mit anderen Schlüsseln an einem Ring befestigt sind, klingeln sie und können sich in der Tasche verhaken. Ich könnte Pech haben, und der Mann könnte es merken.»

Sie standen auf der Riva degli Schiavoni, ungefähr hundert Schritte vom *Danieli* entfernt, und sahen zu, wie ein paar einsame Passanten durch den Nebel liefen, der über dem

Kai lag. Angelina Zolli konnte undeutlich den Bug der *Novara* erkennen und dahinter, am Lloydanleger, das kleine Positionslicht auf dem Mast der *Erzherzog Sigmund*. Merkwürdigerweise wurde der Nebel in den höheren Luftschichten dünner, sodass sie den Mond über dem Ponte della Paglia sah, bleich wie ein Totengesicht. Die ganze Szene, fand Angelina Zolli, hatte etwas seltsam Unwirkliches – genauso wie die Bitte, die der Commissario an sie gerichtet hatte.

«Der Mann könnte schreien und mich festhalten», fügte sie sachlich hinzu.

Das war kein grundsätzlicher Einwand gegen den Vorschlag des Commissario, sondern lediglich eine technische Nachfrage. Dass sie bereit war, seine Bitte zu erfüllen, hatte sie schon durchblicken lassen.

Gegen sieben Uhr war, völlig überraschend, ein Sergente Bossi in der Sakristei von Santa Maria Zobenigo aufgetaucht (sie war gerade mit dem Wischen fertig), um ihr mitzuteilen, dass Commissario Tron sie sprechen wolle – sofort. Er hatte ihr fünf Minuten gegeben, um sich umzuziehen – auf dem Umziehen (Kleid, Mantel, Schuhe) hatte sie kategorisch bestanden. In der Polizeigondel hatte der Sergente, der die rechte Hand des Commissario zu sein schien (jedenfalls tat er so), etwas von einer *unkonventionellen Ermittlungsmaßnahme* gemurmelt. Was eine *unkonventionelle Ermittlungsmaßnahme* war, wusste sie nicht. Sie hatte sich auch nicht getraut zu fragen.

Die Polizeigondel hatte sie an der Riva degli Schiavoni abgesetzt, wo der Commissario sie bereits erwartete. Als er ihr erklärt hatte, worum es ging, verstand sie, weshalb er diesen Treffpunkt gewählt hatte. Der Commissario wollte an *Ort und Stelle* mit ihr über die Angelegenheit reden – gewissermaßen am Schauplatz des Verbrechens, das sie morgen in seinem Auftrag begehen würde – am *Tatort*.

«Falls er dich erwischt», sagte er und zog das *falls* in die Länge, um anzudeuten, dass er nicht damit rechnete, «wird Sergente Bossi kommen und dich festnehmen. Ich bezweifle, dass der Mann darauf bestehen wird, mit auf die Wache zu kommen und ein Protokoll aufzunehmen.»

Ihr fiel auf einmal die Arrestzelle in der

questura ein. «Und was geschieht mit mir auf der Wache?»

Der Commissario sah sie verständnislos an. «Gar nichts. Wir warten ein bisschen, und dann kannst du gehen.»

Ein wenig ärgerte sie es, dass der Commissario so tat, als wäre alles ein Kinderspiel – und auch, dass er kein Wort zu ihrem Mantel und ihren Schuhen gesagt hatte. Sie schlug den Kragen ihres Mantels hoch und sagte: «Das Problem ist, dass ich nicht viel Zeit habe. Ich kann nicht alles auf einmal machen.»

Was der Commissario nicht verstand. Er runzelte die Stirn. «Was heißt das?»

«Ich muss zweimal an ihn ran», sagte sie geduldig. «Das erste Mal, um festzustellen, in welcher der beiden Taschen er den Schlüssel hat. Das zweite Mal, um ihn zu ziehen. Wo er ihn hat, kann ich entweder sehen oder fühlen. Wie groß ist der Schlüssel?»

«Er hängt mit einer Kette an einem kleinen Holzblock.»

«Ein *Zimmerschlüssel*? Auf dem *Danieli* und die Zimmernummer steht?» Sie fragte sich, warum der Commissario sich nicht einfach einen Nachschlüssel besorgte. Aber das ging sie nichts an.

Der Commissario nickte knapp.

«Dann werde ich wahrscheinlich *sehen* können, in welcher Tasche er den Schlüssel hat.» Und in welcher Tasche, dachte sie, der Holzblock hängen bleiben könnte. Sie sagte: «Ich kann entweder von hinten an ihn ran, oder ich muss mit ihm zusammenstoßen. Aber dann wird er anschließend prüfen, ob er noch alles in seinen Taschen hat. Und könnte feststellen, dass ihm der Schlüssel fehlt.»

Der Commissario zog seine Mundwinkel nach unten. «Das wäre nicht gut.»

«Also muss ich von hinten an ihn ran. Und das geht leichter, wenn er sich nicht bewegt. Können Sie mit ihm reden? Ihn ablenken? Anhalten?»

Der Commissario schüttelte den Kopf. «Der Mann sollte mich nicht sehen. Er sollte nicht einmal wissen, dass ich in der Nähe des Hotels bin. Meinst du, es ist zu schaffen?»

«Nicht, wenn ich zwischen dem Anleger und dem Hotel mit ihm allein bin. Da würde auch der Nebel nicht viel nützen. Und bei Regen können Sie es vergessen.» Sie dachte kurz nach. «Ideal wäre, wenn morgen Nachmittag die Sonne schiene. Und die ganze Riva voller ...»

Der Commissario unterbrach sie. «Voller Feuerschlucker, Frittoliniverkäufer und Gaukler wäre.»

Sie nickte. «Und der Mann sich durch die Menge wühlen müsste. Er würde doppelt so lange für den Weg vom Hotel zum Anleger brauchen, und ich hätte Deckung. Im Idealfall könnte er auch stehenbleiben – wenn es zum Beispiel etwas Interessantes zu sehen gibt.»

Tron lächelte. «Für ein paar Feuerschlucker kann ich sorgen.»

Sie gab sein Lächeln zurück. «Wenn Sie das hinkriegen, könnte ich es schaffen.»

Über diese Feststellung schien der Commissario erleichtert zu sein. Seine Augen verfolgten eine Gruppe von Offizieren, die in ihren weißen Offiziersmänteln aus dem *Danieli* getreten waren und unschlüssig vor dem Hotel standen, bevor sie sich zum Ponte della Paglia wandten. Dann sagte er: «Lass uns den Ablauf noch einmal durchgehen. Punkt für Punkt. Wann bist du morgen auf der Riva degli Schiavoni?»

«Um drei Uhr.»

«Und wo stellst du dich dann hin?»

«Hinter das Fahrkartenhäuschen am Lloydanleger. Weil ich von dort aus den Steg, an dem die *Novara* liegt, übersehen kann.»

«Und dann?»

«Warte ich darauf, dass ein Mann von der *Novara* kommt.»

Tron nickte. «Ein Mann mit einem großen Schnurrbart, der lediglich mit einem Gehrock bekleidet ist. Und wohin geht der Mann?»

«Er geht ins *Danieli.*»

«Und was machst du danach?»

Sie seufzte. «Ich präge mir genau ein, wie er aussieht. Der Mann wird das Hotel betreten und nach ungefähr zehn Minuten wieder herauskommen. Auf seinem Rückweg zur *Novara* ziehe ich den Schlüssel.»

«Und wenn du den Schlüssel hast?»

«Gebe ich ihn unauffällig an Sergente Bossi weiter.» So, wie sie die Antworten gab, flott und wie geölt, hörte sich alles ganz einfach an.

Der Commissario nickte zweimal. Einen Moment lang machte er ein äußerst zufriedenes Gesicht – als hätte sie den Schlüssel bereits an Sergente Bossi übergeben. Dann sah er sie plötzlich an und sagte unvermittelt: «Warst du deswegen vor ein paar Tagen bei Alessandro?»

Zuerst wusste sie nicht, was er meinte.

«Das Kleid», erklärte er. «Und die Schuhe.»

Also war es ihm doch aufgefallen. Wurde ja auch Zeit.

«Gefällt es Ihnen?»

Sie lächelte, und dann fühlte sie, wie sie rot wurde – richtig *heiß* im Gesicht. Etwas Derartiges hatte sie noch nie in ihrem Leben zu einem Mann gesagt – es war regelrecht *kokett* –, aber sie hatte auch noch nie in ihrem Leben so einen Mantel und so ein Paar Schuhe besessen. Nur gut, dass die nächste Gaslaterne zehn Schritt entfernt war.

«Es erleichtert die Sache», sagte der Commissario.

Einen Moment lang war sie verwirrt. «Welche Sache?»

«Die Sache mit dem Schlüssel. Dein Umhang wäre vielleicht etwas zu …» Der Commissario zögerte und schien nach dem richtigen Wort zu suchen.

Auf einmal wusste sie, was er meinte. «Zu *auffällig* gewesen?»

Der Commissario nickte. Dann schlug er den Kragen seines Gehpelzes hoch, rückte seinen Zylinderhut zurecht und sagte: «Die Gondel bringt dich zurück zum Rio San Maurizio.»

Sie schüttelte den Kopf. «Ich kann laufen.»

«Es ist dunkel und neblig, Angelina.»

Das war natürlich ein alberner Einwand, wenn man bedachte, was der Commissario über sie wusste. Aber er hatte sich besorgt angehört, und das rührte sie. Außerdem verkörperte er das Gesetz.

Angesichts dieser Polizeiwillkür konnte sie nur die Achseln zucken. «Wenn Sie meinen.»

Als sie wieder in der Gondel saß – ganz allein diesmal, denn Sergente Bossi war mit dem Commissario auf der Riva zurückgeblieben –, fragte sie sich, was sie davon abgehalten hatte, dem Commissario ihre Geschichte zu erzählen.

Die Sache war die, dass sie gestern Nachmittag keinen Erfolg auf der *Erzherzog Sigmund* gehabt hatte und kurz davor gewesen war, dem Commissario alles zu beichten. Zwar war sie gestern ohne Schwierigkeiten auf das Schiff gekommen – der Matrose, der sie bei ihrem ersten Versuch nicht einmal auf die Gangway gelassen hatte, ließ sie diesmal anstandslos passieren. Doch der Zahlmeister, Signor Putz, ein buckeliger Zwerg, hatte sie zwar geduldig angehört, ihr aber nicht helfen können. Ein Mann, der wie ein Priester ausgesehen hatte und kurz vor zwölf auf den Dampfer gekommen war? Schwarzer Mantel? Schwarzer runder Hut? Ja, an den konnte er sich erinnern. Aber der hatte seine Kabine nicht vorher gebucht. Im Grunde, hatte er ihr freundlich erklärt, gebe es keine Passagierlisten, sondern nur Reservierungslisten. Keine Reservierung – kein Name auf der Passagierliste. Es tue ihm leid.

Die Gondel passierte den Molo, und sie konnte die Gaslaternen auf der Piazzetta sehen, die sich träge gegeneinander verschoben, so als würde sich die Piazzetta selber bewegen und nicht die Gondel, in der sie saß. Gondelfahren – das war auch eine neue Erfahrung für sie. Ob es viele Venezianer gab, die noch nie in einer Gondel gesessen hatten? Auf jeden Fall war es ein wunderbares Gefühl, und sie genoss das ruhige Ausgleiten nach jedem

Ruderschlag, danach die sanfte Beschleunigung und das weiche Schwappen, mit dem die Wellen gegen den Bug schlugen. Ein bisschen war es wie die Träume vom Fliegen, die sie manchmal hatte – Träume, in denen sie über Dächer und Schornsteine schwebte und ihre Haare wie eine Flagge hinter ihr herwehten.

Zwei Minuten später glitt die Gondel in die Mündung des Canalazzo, und ihre Gedanken kehrten wieder zu ihrem Besuch auf der *Erzherzog Sigmund* zurück – und zu der Frage, wie sie sich verhalten sollte.

Natürlich konnte sie den Commissario immer noch Montag in der *questura* aufsuchen. Doch dann waren fast zwei Wochen seit dem Mord am Rio della Verona vergangen, und der Commissario würde sie fragen, warum ihr das Gesicht des Mannes erst jetzt eingefallen war – eine naheliegende Frage, die sie nicht beantworten konnte, ohne zu lügen. Und etwas in ihr sträubte sich dagegen, den Commissario zu belügen.

Und was folgte daraus? Angelina Zolli lehnte sich in die Kissen zurück und streckte die Beine aus. Daraus folgte, sagte sie sich, dass sie weitermachen musste. Dass sie jeden Abend auf die Piazza gehen musste in der Hoffnung, den Mann zufällig wiederzusehen. Vor allen Dingen – bei diesem Gedanken fing ihr Herz an zu klopfen – den Mann zu sehen, bevor er *sie* sah. Denn das war eine ziemlich grauenhafte Vorstellung: dass der Mann sie, ohne dass sie es merkte, entdecken und ihr nachschleichen würde, um sie dann in einer dunklen Ecke …

Im Grunde, dachte sie seufzend, war das alles ein Wahnsinn. Oder – wie hatte sich Sergente Bossi ausgedrückt? – eine *unkonventionelle Ermittlungsmethode.* Sie nahm sich vor, sich diesen Ausdruck zu merken.

37

Es war kurz nach vier, als González von Bord der *Novara* kam. Tron stand auf dem Ponte del Vin wie auf einem Feldherrnhügel und hatte alles im Blick: Angelina Zolli neben dem Fahrkartenhäuschen, die jetzt ihre Hand erhob, um zu signalisieren, dass sie González gesehen hatte, und Sergente Bossi, heute in Zivil, der sich vor dem Café *Oriental* postiert hatte und beide beobachtete.

Mit dem Wetter – der entscheidenden Voraussetzung für den Erfolg der Operation – hatten sie Glück gehabt. Die Wolkendecke war seit Mittag immer häufiger aufgerissen, und ein milder Wind rollte Bänder von Licht und Schatten über die Riva degli Schiavoni. Gemessen an den Temperaturen der letzten Tage, war es heute fast warm. Wahrscheinlich, dachte Tron, hätte das schöne Wetter allein ausgereicht, um Einheimische und Fremde in Scharen ins Freie zu treiben – jedenfalls herrschte ein regelrechtes Gedränge zwischen dem Hotel und dem Anleger.

Bossi hatte fünf Schritte vom Eingang des *Danieli* entfernt einen Feuerschlucker postiert, daneben einen Jongleur (vier Bälle) und auf halbem Weg zum Kai einen Drehorgelspieler mit einem Pudel, der zu den Melodien der Drehorgel tanzähnliche Bewegungen auf den Hinterbeinen vollführte. Direkt vor dem Steg, an dem die *Novara* lag, hockte der alte Giuseppe Calcina mit seiner singenden Säge und spielte – *sägte* – eine Arie aus dem *Ballo in Maschera.* Es war eine Qual, ihm zuzuhören, aber wie immer, wenn er *sägte*, bildete sich sofort eine Traube um ihn. Sie alle bewirkten das Gedrängel, das Angelina Zolli als Deckung brauchte. Natürlich wussten sie nicht, warum Sergente Bossi sie aufgefordert hatte, ihre Nummern heute vor dem *Danieli* vorzuführen, und sie würden es auch nie erfahren.

Jetzt hatte González das *Danieli* erreicht, und der livrierte Portier riss ihm die Tür auf. Angelina Zolli war dem Sekretär in zwei Schritten Entfernung gefolgt, vermutlich in der Hoffnung, bereits jetzt festzustellen, in welcher der beiden Taschen des Gehrockes sich der Schlüssel befand – und sich vermutlich auch befinden würde, wenn González das Hotel wieder verließ. Der Sekretär würde die Riva degli Schiavoni in spätestens zehn Minuten wieder betreten, und dann käme die Stunde Angelina Zollis. Besser gesagt: ihre höchstens drei Minuten, denn länger würde González für den Weg zum Anleger nicht benötigen.

Wie Tron vorausgesehen hatte, trat González knapp zehn Minuten später wieder vor die Tür. Er trug ein kleines Aktenkonvolut in der Hand, und natürlich bemerkte er das Mädchen im blauen Mantel nicht, das vor dem Hotel auf ihn gewartet hatte. Tron sah, wie Angelina Zolli ihm in drei Schritten Entfernung folgte. Einen Moment lang verschwanden sie und González hinter den weißen Mänteln einer Gruppe von Offizieren, dann tauchten sie wieder auf, und Angelina Zolli schloss zu González auf – der stehengeblieben war, um dem Feuerschlucker zuzusehen. Sie ging langsam an ihm vorbei, schien ihn dabei fast zu streifen. Zwei Schritte von ihm entfernt verharrte sie, dann heftete sie sich wieder an seine Fersen, als er sich aus der Gruppe der Zuschauer löste und weiterging. Offenbar hatte sie noch nicht zugeschlagen, und auf einmal begriff Tron, was sie plante. Vor der *singenden Säge* war das Gedränge am größten. Dort war es unmöglich, die Menge zu durchqueren, ohne irgendjemanden zu berühren oder von jemandem berührt zu werden – die ideale Gelegenheit, den Schlüssel aus der Tasche des Gehrocks zu ziehen. Fatal nur, dass sie danach keine weitere Chance mehr haben würde.

Wieder versperrte Tron eine Menschentraube den Blick auf Angelina Zolli und González. Dann kam González hinter der Ansammlung hervor, die sich vor dem Mann mit der Drehorgel und dem Affen gebildet hatte. Angelina Zolli war ihm dicht auf den Fersen, wie ein Schatten. Gleich würde sie ihm in die Menschenansammlung vor der *singenden Säge* folgen und ihm – begleitet von den Arien des *Ballo in Maschera* – in die entsprechende Rocktasche langen.

Doch – das tat sie nicht. Stattdessen bog sie plötzlich nach rechts ab, lief auf das Kartenhäuschen zu, in dessen Schutz sie auf González gewartet hatte, und blieb dort stehen. Tron sah, dass der Sekretär den Anleger bereits verlassen hatte und über die Gangway der *Novara* lief. Und er sah Angelina Zolli, die regungslos neben dem Kartenhäuschen verharrte.

Erst jetzt fiel ihm auf, wie stark er unter seinem Gehpelz schwitzte. Er nahm seinen Zylinderhut ab und wischte sich den Schweiß von der Stirn. Die Operation hatte insgesamt eine Viertelstunde gedauert, und alle Figuren standen wieder in ihrer Ausgangsposition. Es war vorbei. Tron zweifelte nicht daran, dass Angelina Zolli gute Gründe gehabt hatte, auf den Zugriff zu verzichten. Vielleicht hatte González den Schlüssel zusammen mit dem Aktenkonvolut in der Hand gehalten, vielleicht hatte sich der Schlüssel auch in der Innentasche seines Gehrocks befunden. Das konnte er nicht beurteilen. Letzten Endes spielte es keine Rolle.

Angelina Zolli, die offenbar gewartet hatte, bis González im Inneren der *Novara* verschwunden war, drehte sich jetzt um und ging auf Sergente Bossi zu, der immer noch vor dem Café *Oriental* ausharrte. Sie lief ruhig, ohne Hast und hatte beide Hände in den Taschen ihres Mantels vergraben. Kurz bevor sie auf Sergente Bossi traf, drängten sich ein paar Leute aus dem Café und versperrten Tron die Sicht auf die beiden.

Tron stieß einen tiefen Seufzer aus, als er die Stufen des Ponte del Vin hinabstieg. Er war enttäuscht, weil die Operation fehlgeschlagen war, und zugleich erleichtert darüber, dass es ihm nun erspart blieb, in die Suite des Botschafters einzubrechen. Denn nichts anderes, dachte er, wäre es gewesen, wenn man es nüchtern auf den Punkt brachte: ein Einbruch.

Am Fuß der Treppe kam Bossi ihm entgegen. Von Angelina Zolli war nichts mehr zu sehen – sie hatten verabredet, sich nicht auf der Riva degli Schiavoni zu begegnen. Tron konnte nur hoffen, dass sie nicht das Gefühl hatte, versagt zu haben. Die Tatsache, dass sie keinen Erfolg gehabt hatte, änderte nichts daran, dass er jetzt in ihrer Schuld stand.

«Uff», sagte Bossi und ließ die Luft ruckartig aus seinen Lungen entweichen. Sein Gesicht war gerötet. Er grinste plötzlich wie ein Zwölfjähriger, der jemandem einen besonders raffinierten Streich gespielt hatte. Dann zog er etwas aus seiner rechten Manteltasche und streckte es Tron entgegen. Tron griff automatisch zu, spürte etwas Metallisches auf der Handfläche, aber es dauerte noch ein paar Sekunden, bis sein Gehirn registrierte, worum es sich handelte.

«Der Schlüssel?»

Bossi nickte – so stolz, als hätte er das Kunststück selber vollbracht. «Sie muss es gemacht haben, als González dem Feuerschlucker zugesehen hat. Sie ist dabei noch nicht einmal stehengeblieben.» Er gab sich keine Mühe, die Bewunderung aus seiner Stimme herauszuhalten.

«Ich gehe über die Hintertreppe», sagte Tron.

38

Das Schloss an der Tür des Botschafters öffnete sich mit dem satten Geräusch teurer Schlösser, und mit einem ebenso sonoren Geräusch rastete es wieder ein, als Tron die Tür hinter sich zuzog. Weder auf der Hintertreppe noch auf dem Flur des ersten Stocks war ihm jemand begegnet – kein Gast, der ihn misstrauisch gemustert hatte, kein Zimmermädchen, das beim Anblick seines schäbigen Gehpelzes womöglich auf den Gedanken gekommen wäre, den Portier zu benachrichtigen.

Tron hatte das Vorzimmer der Suite, das er jetzt zum dritten Mal betrat, größer in Erinnerung. Ohne den schnurrbärtigen González schien der Raum geschrumpft, nicht mehr als ein *Antichambre* zu sein: Tron registrierte drei Sessel, einen runden Tisch und eine kleine Anrichte, auf der Flaschen, Gläser und alle möglichen Zeitungen lagen. Die Vorhänge waren zurückgezogen, und Tron sah den weißen Schornstein der *Erzherzog Sigmund*, daneben die Takelage der *Novara* und auf der anderen Seite des Beckens von San Marco die Isola di San Giorgio – in der durchsichtigen Herbstluft schien die Insel nur einen Steinwurf entfernt zu sein.

Trons Verstand war nicht weniger klar, aber das Gefühl, alles in einem Spiegel zu betrachten, der die Dinge grotesk verzerrte, war plötzlich wieder da. Er wusste, dass er Angst hatte, aber verglichen mit dem Gefühl, dass seine gewohnte Umgebung jeden Tag mehr aus den Fugen geriet, war diese Angst bedeutungslos. Wer hätte vor zwei Wochen gedacht, dass der Polizeipräsident (in gelben Socken) für die Freiheit des künstlerischen Wortes eintreten würde? Dass der *Emporio della Poesia* seine Gedichte veröffentlichen würde? Dass er, Tron, ein junges Mädchen zum Straßenraub anstiften und anschließend einen Einbruch begehen würde? Und dass er langsam, aber sicher verrückt wurde? Was natürlich – so wie die Dinge lagen – niemandem auffallen würde.

Da Tron es für ausgeschlossen hielt, dass Gutiérrez Fotografien, die das Schicksal des mexikanischen Kaiserreiches entscheiden könnten, im Vorzimmer aufbewahrte, begann er mit der Suche im Empfangszimmer. Hier waren, im Gegensatz zum Vorzimmer, die Vorhänge vor den Fenstern sorgfältig geschlossen, und Trons Augen brauchten einen Moment, um sich an das Dämmerlicht im Raum zu gewöhnen. Zwei Fünkchen aus mattem Licht schwebten dicht vor der Wand zum Hotelflur. Als Tron näher trat, sah er, dass es sich bei den Pünktchen um winzige Flammen hinter einem Schirm aus rundem Milchglas handelte. Darunter kam ein Rohr aus der Wand, auf dem ein drehbarer Griff aus Messing angebracht war – der Regulator für die Menge des in die Lampe strömenden Gases. So also sah die neue Gasbeleuchtung aus, die in den Zimmern des *Danieli* installiert worden war.

Die drei Schubladen des Schreibtisches waren unverschlossen, und insofern überraschte es Tron nicht, dass er sie vergeblich nach den Fotografien durchsuchte. Auf der Ablage direkt neben dem Schreibtisch hatte Gutiérrez einen Stapel Akten deponiert, aber die Durchsicht des Stapels ergab erwartungsgemäß nichts. Eine hochbeinige Kommode mit zwei Schubladen-Attrappen (Tron hatte an den Griffen gerüttelt) enthielt unter einer aufklappbaren Deckplatte eine Batterie von Gläsern, daneben eine Metallwanne, in der auf einem Bett aus zerstoßenem Eis ein halbes Dutzend Champagnerflaschen standen. Auf einem Konsoltisch unter den Gaslampen stapelten sich italienische und französische Zeitungen. In einem bräunlichen Umschlag, der unter einem Exemplar des *Moniteur* lag (Trons Herz fing törichterweise an zu klopfen), hatte Gutiérrez Zeitungsausschnitte gesammelt, die sich auf die Aktivitäten der französischen Armee in Mexiko bezogen.

Tron ging weiter ins Schlafzimmer (auch hier waren die Vorhänge geschlossen) und lehnte sich einen Moment lang mit dem Rücken an die Wand. Er registrierte ein großes Doppelbett, einen Kleiderschrank, daneben zwei Schrankkoffer, einen Waschtisch und drei Stühle.

Wo würde er selber solche Fotografien verstecken? Zwischen seinen Socken und seinen Frackhemden? Unter seiner Matratze? Da Tron sich nicht zwischen Matratze und Frackhemd entscheiden konnte (und Gutiérrez wahrscheinlich ganz andere Entscheidungen getroffen hatte), fing er einfach damit an, die Schublade des Waschtisches zu durchsuchen. Sie enthielt einen Rasierpinsel, ein Stück Mandelseife aus Florenz, zwei Rasiermesser und einen Reisespiegel. Sonst nichts. Tron wandte sich dem Kleiderschrank zu. Er betastete drei Fräcke, sechs Gehröcke, einen Pelz und einen schwarzen, klerikal aussehenden Mantel. Er tastete den Boden des Schrankes und das Brett über der Kleiderstange ab. Wieder nichts. Auch die Durchsuchung der beiden Schrankkoffer, die Dutzende von Hemden, Unterhemden, Halsbinden und Frackhemden enthielten, blieb ergebnislos – genauso ergebnislos wie das Anheben der Matratze. Er persönlich hatte auch noch bei keiner Hausdurchsuchung erlebt, dass jemand etwas unter seiner Matratze versteckt hätte. So wie er noch nie erlebt hatte, dass jemand etwas Wichtiges unter seinem Bett versteckte. Allerdings, überlegte Tron, könnten raffinierte Leute genau deshalb solche Verstecke wählen. Tron seufzte und ließ sich langsam auf die Knie sinken. Er hob die Tagesdecke aus schwerem Brokatstoff an und streckte ohne viel Hoffnung den Kopf unter das Bett.

Und hier, an einem Ort, den man beim besten Willen nicht als originelles Versteck bezeichnen konnte, wurde er fündig. Unter dem Bett stand ein solider Metallbehälter, versehen mit einem nicht weniger soliden Vorhängeschloss. Tron hatte keinen Zweifel daran, dass sich die Fotografien in diesem Koffer befanden.

Nur: Sollte er versuchen, das Schloss an Ort und Stelle zu öffnen? Etwa mit Hilfe einer Haarnadel? Schon der Gedanke daran war albern. Oder sollte er den Koffer mitnehmen? Ihn über den Hotelflur und die Hintertreppe in die *questura* schleppen, um ihn dort von einem Spezialisten öffnen zu lassen? Die Antwort lautete: natürlich nicht. Immerhin war es auch denkbar, dass Gutiérrez die Fotografien an einem anderen Ort aufbewahrte, und in diesem Fall würde Tron einiges zu erklären haben.

Er hörte die Schritte erst, als die Person

bereits im Empfangszimmer war – hätte er die Tür zum Vorzimmer wieder geschlossen, würde er das Geräusch der Klinke registriert haben. Ohne nachzudenken, ließ Tron sich auf den Boden fallen. Er stieß den Metallbehälter zur Seite, schob sich unter das Bett und hielt den Atem an. Wenn es sich um Gutiérrez handelte, der aus irgendwelchen Gründen misstrauisch geworden war – vielleicht hatte González ja bemerkt, dass er den Schlüssel verloren hatte –, würde er auf jeden Fall unter dem Bett nachsehen.

Die Schritte näherten sich, hielten inne, und Tron konnte plötzlich seinen Puls in den Schläfen spüren, schnell und heftig, so als würde jemand mit dem Finger ein hastiges Stakkato auf eine gedämpfte Trommel klopfen. Eine Stimme in seinem Kopf – die Stimme des Botschafters – sagte: *Sie wollten sich vergewissern, ob alles seine Ordnung hat? Das wollte ich auch, als González feststellte, dass er seinen Schlüssel verloren hatte. Gibt es einen Grund, aus dem Sie unter meinem Bett liegen, Commissario?*

Dann hörte Tron zu seiner grenzenlosen Erleichterung eine Frauenstimme auf Venezianisch fluchen und anschließend das Geräusch, mit dem ein Wasserkrug aus Porzellan auf einer Marmorplatte abgestellt wird. Wieder näherten sich die Schritte. Sie kamen unmittelbar vor dem Bett zum Stillstand, und Tron konnte die Spitze eines schwarzen Leinenschuhs unter dem Saum der Tagesdecke sehen. Schließlich entfernten sich die Schritte. Zweimal schloss sich eine Tür. Tron fragte sich, von wem die Falschinformation stammte, dass die Zimmermädchen keinen Schlüssel zur Suite des Botschafters besaßen. Ja, richtig – von Spaur. Dem er natürlich geglaubt hatte, weil der Polizeipräsident schon seit Jahren ein Zimmer im *Danieli* bewohnte.

«Ich konnte die verdammten Fotografien förmlich riechen», sagte Tron eine Stunde später zu Maximilian.

Was natürlich Unsinn war. Aber Tron fand, es hörte sich gut an – Commissario Tron, ein zäher Spürhund, kurz vor dem Ziel, der dann jedoch auf etwas gestoßen war, das selbst für seine Zähne zu hart war. Gut auch, dachte Tron, dass er instinktiv das Wort *verdammt* benutzt hatte. Das gab dem Einbruch in die Suite des Botschafters schon rein sprachlich den Charakter eines gefährlichen Kommandounternehmens, so als hätte er einen Stoßtrupp angeführt, der kaltblütig ins Hauptquartier des Gegners eingedrungen war.

Tron hatte, nachdem der Schock über das Auftauchen des Zimmermädchens abgeklungen war, das *Danieli* mit weichen Knien über den Hinterausgang verlassen. Den angeblich vor dem Hotel gefundenen Schlüssel hatte Bossi an der Rezeption abgegeben. Vom Café *Oriental* aus hatten sie die *Novara* beobachtet, und kurz nachdem Gutiérrez und González von Bord der Fregatte gegangen waren, hatte sich Tron auf das Schiff begeben.

Nicht unbedingt mit einer Erfolgsnachricht. Wahrscheinlich, dachte Tron, war er deshalb automatisch in einen Jargon verfallen, der die Vorliebe Maximilians fürs Männlich-Militärische befriedigte. Dieser trug wieder die Uniform eines Konteradmirals, allerdings hatte Tron den Eindruck, dass Maximilian es mit den Adjustierungsvorschriften nicht besonders genau nahm. Die Längsstreifen seiner Uniformhosen schienen, so breit und golden, wie der Erzherzog sie trug, der Phantasie eines Theaterschneiders entsprungen zu sein.

«Wir könnten es noch einmal versuchen», sagte Maximilian. Der Erzherzog streckte die Hand nach dem Champagnerglas aus, das Beust wieder aufgefüllt hatte – zum dritten Mal innerhalb einer Viertelstunde, wenn Tron richtig gezählt hatte.

«Und das Vorhängeschloss am Koffer?»

Diesen Einwand ließ Maximilian nicht gelten. «Ich bin Ende nächster Woche wieder in Triest», sagte er. «Zusammen mit Gutiérrez.» Er lächelte schmal. «Was der Botschafter noch nicht weiß. Sie haben also mindestens achtundvierzig Stunden Zeit für das Schloss.»

Falls ihm kein Zimmermädchen in die Quere kam, dachte Tron. Ob er erwähnen sollte, dass die Schlüsseltheorie, die er verbreitet hatte, auf einer Falschinformation Spaurs beruhte? Nein, lieber nicht. Aus Maximilians Blickwinkel könnte diese Bemerkung als Feigheit vor dem Feind ausgelegt werden.

Beim Aufstehen stellte Tron eine gewisse Steifheit in seinen Gelenken fest. Offenbar steckte ihm der Schock, den das Zimmermädchen ihm versetzt hatte, noch in den Gliedern.

39

Spaur lächelte Tron über den Tisch hinweg an, als der befrackte Kellner die silberne Haube von der Terrine entfernte und einen Schritt zurücktrat.

«*Haggis*», sagte der Polizeipräsident fröhlich. Die grüne Halsbinde mit den roten Punkten gab seiner Erscheinung eine künstlerische Note.

«Ein schottisches Gericht», fuhr Spaur fort. «Herz, Lunge und Leber in einen Hammelmagen gestopft und gekocht.» Er neigte gütig den Kopf mit den haselnussbraunen Haaren. «Ich dachte, ich biete Ihnen mal etwas Exotisches.»

Was er – genau genommen – bereits jeden Montag tat, denn einmal in der Woche saßen Tron und der Polizeipräsident im Speisesaal des *Danieli* und verspeisten Beuscherl – *trippa,* Kutteln, Innereien. Vermutlich ahnte Spaur inzwischen, dass ihre angebliche gemeinsame Vorliebe für *Beuscherl* auf einem Missverständnis beruhte, hatte aber beschlossen, dass es ihm egal war. Tron fragte sich, ob er Signorina Violetta ebenfalls dazu nötigte, einmal in der Woche Salonbeuscherl und Kuttelgeröstetes zu verspeisen. Nein – wahrscheinlich nicht.

Da der morgendliche Nebel immer noch dicht und undurchdringlich über der Stadt hing, hielt sich die Neigung der Hotelgäste, das Haus zu verlassen, in Grenzen. Der Speisesaal des *Danieli* war bis auf den letzten Tisch besetzt, und Tron registrierte die übliche Ansammlung von vornehmen Fremden, dazu ein Dutzend Generalstabsoffiziere aus Verona, die immer einen Grund fanden, ein paar Tage auf Kosten der Armee in Venedig zu verbringen.

Der *Haggis* bestand aus einem halben Dutzend handtellergroßer, rötlich schimmernder Gebilde, die dampfend in einem Bett von Kartoffelbrei lagen, der mit Schnittlauch und Petersilie dekoriert war. Die Gebilde rochen muffig und scharf zugleich und erinnerten Tron an etwas, auf das er nicht kam, aber auch nicht unbedingt kommen *wollte*.

Spaur stopfte sich die Serviette in den Kragen und ergriff den Servierlöffel. Er sah Tron fragend an. «Hungrig?»

Die übliche Frage und völlig rhetorisch.

Denn bevor Tron antworten konnte, plumpsten – Klatsch! – drei der Gebilde auf seinen Teller.

«Guten Appetit, Commissario.» Spaur vertauschte den Servierlöffel mit der Gabel.

Tron griff ebenfalls nach seiner Gabel. «Guten Appetit, Herr Baron.»

Sie begannen schweigend zu essen. Der *Haggis*, fand Tron, hatte eine Konsistenz, die irgendwo zwischen zähem Rindfleisch und *panna cotta* lag – sie war nicht gleichmäßig, sondern hier zäh, dort weich. Leber, Herz und Lunge hätte, nach stundenlangem Kochen, allenfalls noch Dr. Lionardo identifizieren können. Ordentlich durchgemischt, konnte sich natürlich alles Mögliche in dem Hammelmagen befinden, und Tron überlegte, was die sparsamen Schotten wohl sonst noch in den *Haggis* stopften. Nein – sie würden bestimmt keine … Oder würden sie doch … Augen?

Die Stimme Spaurs riss ihn aus seinen selbstquälerischen Betrachtungen.

«Die Eingabe, die ich direkt nach Wien geschickt hatte», sagte Spaur, «ist zurückgekommen.» Er sah kurz von seinem Teller auf, dann versenkte er die Gabelzinken in ein Stück Haggis.

«Und warum?»

«Weil der Dienstweg keine direkten Berichte der *questura* an die kaiserliche Kanzlei vorsieht. Alle Anfragen oder Berichte von lokalen Polizeibehörden im Veneto sind zunächst an die örtlichen Militärorgane zu richten.»

«Wie hatten Sie Ihren Bericht geschickt, Herr Baron?»

«Als Kurierpost direkt nach Wien. Aber die Kurierpost nach Wien macht automatisch einen Umweg über das Hauptquartier in Verona. Dort wird die Post, die aus dem Veneto an die kaiserliche Kanzlei versandt wird, gesichtet und aufbereitet.»

«Und was haben die gemacht?»

«Eine Anfrage an die örtliche Kommandantur gerichtet. Und die hat mich darauf hingewiesen, dass ich erstens meine Eingabe über die venezianische Kommandantur hätte schicken müssen und dass zweitens der Begleitantrag fehlt.»

«Der *was*, Herr Baron?»

«Der Begleitantrag.» Spaur räusperte sich. «Im Wesentlichen ein Formular, das den Zweck der Eingabe, den Dienstgrad des Eingebenden und seine Behörde anhand von einfachen Kennziffern erfasst. Damit eine schnelle Bearbeitung der Eingabe gewährleistet ist.»

«Ein Formular also, in das man lediglich Kennziffern einträgt.»

Spaur nickte. «Um Zeit zu sparen. Nach einem Ziffernschlüssel. Das ist eine Art Handbuch, das in jeder Dienststelle vorhanden sein sollte. Bei Eintragungen, die nicht in verschlüsselter Form erfolgen, ist mit längeren Bearbeitungszeiten zu rechnen.»

«Äh, haben wir ein solches Handbuch?»

Spaur schüttelte den Kopf. «Nein. Aber dieses Handbuch kann uns zugeschickt werden. Wir können formlos ein Beantragungsformular für den Ziffernschlüssel bei der örtlichen Kommandantur anfordern.»

«Um dann mit dem Beantragungsformular das Handbuch anzufordern, mit dessen Hilfe wir den Begleitantrag der Eingabe ausfüllen können.»

Spaur nickte. «So habe ich das verstanden.»

«Ein sehr praktisches System.»

Spaur lächelte stolz. «Ohne Frage. Nur wird auf diesem Weg eine schnelle Entscheidung über die Berechtigung dieses Eingriffes der Zensur nicht möglich sein. Wann sollte der *Emporio* erscheinen?»

«In zwei Wochen, Herr Baron.»

Spaur schob seinen Teller fort und verschränkte die Arme über seiner Serviette. Er sagte: «Dann wird die Zeit knapp. Allein das Beantragungsformular für die Anforderung des Handbuches mit dem Ziffernschlüssel für den Begleitantrag anzufordern dürfte mindestens drei Wochen dauern.»

Das war nun ein Satz, den Tron relativ kompliziert fand. Erstaunlich, wie flüssig er dem Polizeipräsidenten über die Lippen kam. Tron nahm einen kräftigen Schluck von seinem schottischen Cognac, den Spaur zum *Haggis* bestellt hatte. Wie nannten die Schotten ihren Cognac? Spaur hatte den Namen vorhin erwähnt, aber Tron hatte ihn wieder vergessen.

«Und wenn man sich direkt an Toggenburg wendet?», schlug er vor.

«Damit wir das Handbuch mit dem Ziffernschlüssel schneller erhalten?»

Tron schüttelte den Kopf. «Um den Stadtkommandanten zu bitten, ein Gespräch mit diesem Malparzer zu führen.»

«Damit er diesem Malparzer erklärt, dass sein Zensurbescheid albern ist?»

«Das würde uns den Umweg über die Hofburg ersparen.»

Spaur machte ein unschlüssiges Gesicht. «Wenn ich Toggenburg um einen Gefallen bitte, wird er mich früher oder später ebenfalls um einen Gefallen bitten. Und bei diesem Burschen weiß man nie.» Er stocherte lustlos in seinem Kartoffelbrei herum.

Und hätte zweifellos zu einem längeren Vortrag über das *Mittelalterliche* der Zensur angesetzt, wenn nicht Sergente Guardi plötzlich neben dem Tisch gestanden hätte. Weder Spaur noch Tron hatten ihn gesehen, als er den Speisesaal des *Danieli* durchquerte.

Der Sergente grüßte vorschriftsmäßig, wenn auch ein wenig steif. Die vielen hohen Offiziere und das elegante Publikum im Speisesaal des *Danieli* schienen ihn nervös zu machen. In der Hand hielt er einen zusammengefalteten Zettel, den er Tron entgegenstreckte.

«Was ist das, Sergente?»

Sergente Guardi räusperte sich, bevor er sprach. «Eine Nachricht von Sergente Bossi, Commissario.»

Die Nachricht war ein wenig konfus – allerdings nur, was die näheren Umstände des Verbrechens betraf. Tron nahm einen letzten Schluck aus seinem Glas mit dem schottischen Cognac. Dann richtete er sich auf und legte seine Hände auf die Stuhllehne.

«Am Rio della Verona ist eine weibliche Person ermordet worden», sagte er langsam.

Eine Mitteilung, der Spaur, dessen Gedanken immer noch um den gemeinen Malparzer kreisten, nur ein mäßiges Interesse abgewinnen konnte. Er hob träge den Blick von seinem *Haggis* und seinem Kartoffelbrei. «Ist da nicht die Wohnung, in der diese Slataper ermordet wurde?»

An die Adresse konnte er sich also noch erinnern. Was jedoch nicht bedeutete, dass Spaur sich für eine solche Lappalie wie einen Mord groß interessierte. Jedenfalls nicht im Moment, wo die *Freiheit des künstlerischen Wortes* bedroht war.

Als Tron aufstand, schwenkte Spaur sein Glas mit dem schottischen Cognac und entblößte dabei eine hellblaue Manschette. «Ich rede morgen früh mit Toggenburg», sagte er.

Auf den ersten Blick war die Wohnung, die Anna Slataper am Rio della Verona bewohnt hatte, ein Chaos aus herumflatternden Papieren, auf den Fußboden geworfenen Kleidungsstücken und hastig durchwühlten Kommoden. Auf den zweiten Blick jedoch hatte Tron den Eindruck, dass derjenige, der die Wohnung Anna Slatapers durchsucht hatte (nachdem er Signora Saviotti den Schädel eingeschlagen hatte), sehr präzise und professionell vorgegangen war.

Sogar ein Teil der hölzernen Wandverkleidung über dem Bett im Schlafzimmer war entfernt worden, um – was auch immer – zu finden. Über das Sofa im Wohnzimmer zog sich ein länglicher Schnitt, aus dem die Wergpolsterung quoll, und auch im Schlafzimmer war die Matratze – ein teures Modell, das wahrscheinlich noch der Erzherzog bezahlt hatte – aufgeschlitzt und ausgeweidet worden.

Signora Saviotti lag ziemlich genau an der Stelle, an der sie vor vierzehn Tagen Anna Slataper gefunden hatten. Sie wurde von einem Satz spiegelverstärkter Petroleumlampen beleuchtet, die Bossi mit großer Sorgfalt halbkreisförmig angeordnet hatte, so als wollte er auch bei dieser Gelegenheit auf den beschämenden Umstand hinweisen, dass die venezianische Polizei immer noch nicht in der Lage war, *Tatortfotografien* anzufertigen.

Hatte Anna Slataper selbst im Tod noch *bella figura* gemacht, so war Signora Saviotti jetzt endgültig auf das kümmerliche Wesen zusammengeschnurrt, das sie wohl auch im Leben gewesen war. Der Schlag hatte sie mit großer Wucht auf die linke Schläfe getroffen und ihren mageren Körper auf die hölzernen Dielen geschleudert. Vermutlich hatte sie sofort das Bewusstsein verloren. Tron hielt es für unwahrscheinlich, dass sich Signora Saviotti gewehrt hatte. Jetzt lag sie, das Gesicht zu einer bizarren Grimasse verzerrt, auf der linken Seite und hatte die Knie in einem letzten Reflex zum Körper gezogen. Der rechte Arm ruhte leicht verdreht auf ihrer Hüfte, ihre spinnenartigen Finger waren nach oben gereckt, so als würde sie noch im Tod die Hand nach etwas ausstrecken.

Kurioserweise hatte der Schlag die sorgfältig hochgesteckte Frisur Signora Saviottis weitgehend intakt gelassen. Das gute Dutzend

Klemmen und Klammern, das die Haare der Signora an ihrem Schädel fixierte, hatte der Erschütterung widerstanden, und so hatte sich der kunstvoll geflochtene Dutt nicht gelöst.

Als Tron in die Knie ging und sich dazu zwang, die Wunde genau zu betrachten, sah er in der blutverkrusteten Vertiefung neben dem Ohr zackige Knochensplitter. Ob das einen Rückschluss auf die Art des stumpfen Gegenstandes zuließ, mit dem der Mörder Signora Saviotti erschlagen hatte? Wahrscheinlich würde Dr. Lionardo einiges dazu sagen können.

Tron schwankte ein wenig, als er sich wieder erhob, was vermutlich mit dem schottischen Cognac zusammenhing, den er zum *Haggis* konsumiert hatte. Zugleich aber registrierte er, dass sein Verstand vollständig klar war – fast *zu* klar für das, was er hier vor Augen hatte.

Er sah Bossi an. «Wer hat sie gefunden?»

Bossi warf einen Blick auf seinen Notizblock, den er seit einiger Zeit immer mit sich führte. «Eine Nachbarin», sagte er. «Die Tür stand auf. Sie hat sich darüber gewundert und den Kopf in die Küche gesteckt.»

«Hat sie die Wohnung betreten?»

Bossi schüttelte den Kopf. «Das brauchte sie auch nicht, um zu erkennen, dass Signora Saviotti tot war. Sie hatte die Signora am Abend zuvor noch gesehen.»

«Wann?»

Wieder konsultierte Bossi sein Notizbuch. «Nach der Abendmesse auf dem Hof.»

«Also ist sie irgendwann heute Nacht ermordet worden.»

«Es sieht ganz danach aus.»

«Türen? Fenster?», erkundigte sich Tron.

«Unbeschädigt.»

«Was hat Signora Saviotti in der Wohnung von Anna Slataper gemacht?»

«Die Nachbarin sagte, Signora Saviotti wollte hier so lange übernachten, bis Ende des Monats der Bruder von Anna Slataper aus dem Friaul kommt und die Wohnung auflöst. Sie wollte auf die Sachen aufpassen.»

«Sie hat hier *gewohnt*?»

«Mehr oder weniger.»

«Hat irgendjemand etwas beobachtet?»

«Ein Mann, der die Wohnung am *sottoportego* bewohnt, hat gesehen, wie ein Priester den Hof verlassen hat. Er sagt, es sei kurz nach elf gewesen.»

«Er hat einen *Priester* gesehen?»

Bossi nickte. «Schwarzer Mantel, schwarzer runder Hut und unter dem Mantel eine Soutane.»

Tron machte ein skeptisches Gesicht. «Das alles hat er bei Nebel und Dunkelheit erkannt?»

«Der Priester trug eine Blendlaterne.»

«Ein Priester, der gerade ein Verbrechen begangen hat, läuft mit einer Blendlaterne herum, die seine Soutane beleuchtet?»

«Vielleicht deshalb.»

Tron runzelte die Stirn. «Vielleicht deshalb was, Bossi?»

«Weil es so unwahrscheinlich ist.» Bossi dachte kurz nach. «Ein Priester, der die Absicht hat, ein Verbrechen zu begehen, würde keine Soutane tragen und auch nicht einen runden schwarzen Hut. Folglich ist es genau das, was er anziehen wird, wenn er klug ist.»

Tron musste lachen. «Das ist zweimal um die Ecke gedacht, Bossi. Wir sollten erst einmal feststellen, ob einer der Anwohner gestern Nacht Besuch von einem Geistlichen hatte.»

«Was die einfachste Erklärung für die Beobachtung des Mannes am *sottoportego* wäre.»

«Uns allerdings um eine wichtige Spur bringen würde.» Tron sah Bossi an. «Was meinen Sie zu alledem?»

Doch Bossi, der es normalerweise liebte, komplizierte Hypothesen aufzustellen, hielt sich diesmal zurück. «Der Mörder», sagte er vorsichtig, «hat etwas aus der Wohnung entfernt, das ihn verraten hätte, wenn wir es gefunden hätten.»

Tron lächelte. «Und da nicht alle Leute so subtil denken wie Sie, wäre es denkbar, dass er einen schwarzen Mantel angezogen und einen schwarzen runden Hut aufgesetzt hat, um eine falsche Fährte zu legen.»

«Gutiérrez?»

Tron hob die Schultern. «Rein theoretisch.»

«Und was machen wir jetzt?»

«Reden Sie mit dem Nachtportier vom *Danieli*», sagte Tron. «Ich muss wissen, ob Gutiérrez letzte Nacht im Hotel gewesen ist.» Nach kurzem Nachdenken fügte er zögernd hinzu: «Bei der Gelegenheit könnten Sie sich auch danach erkundigen, ob Pater Calderón die Nacht im Hotel verbracht hat.»

«Ich dachte, Pater Calderón wäre aus dem Spiel.» Sergente Bossi lächelte.

Tron seufzte. «Ist er auch. Nur wenn sich herausstellen sollte, dass Gutiérrez für die letzte Nacht ein Alibi hat und Pater Calderón nicht, dann ...»

«Dann?» Bossi hob die Augenbrauen.

Tron holte tief Luft und atmete heftig wieder aus. Der Kopf tat ihm weh. Er schloss die Augen und sah plötzlich Pater Calderón vor sich. Der Pater erschien einen kurzen Augenblick am Ende eines langen Tunnels, jemand, der jäh aus der Dunkelheit auftauchte und dann wieder in der Dunkelheit verschwand.

Tron schlug die Augen auf und zuckte die Achseln. «Wenn Gutiérrez das *Danieli* in der letzten Nacht definitiv nicht verlassen hat, dann werden die Karten neu gemischt», sagte er verdrossen.

40

Der Fisch, den Massouda (Moussada?) zum Nachtisch serviert hatte, war rot. Er hatte dickliche grüne Rückenflossen, zwischen denen rote Kirschen arrangiert waren, und einen wulstigen, halbgeöffneten Mund, vollgestopft mit grünlichen Pistazien. Der Fisch ruhte in einem Kranz von zuckerüberstäubten Löffelbiskuits, die ihrerseits auf einem Bett aus süßer Schlagsahne lagen. Wenn Tron den Servierlöffel in seinen glänzenden Leib stieß, geriet der aus Rum-Gelatine geformte Fisch in ein ekstatisches Zittern, und eine neue Wolke von Ambraduft waberte über den Tisch.

Tron musste jedes Mal die Versuchung bekämpfen, sich gleich den ganzen Servierlöffel in den Mund zu stecken. Dass er bereits die fünfte (oder sechste?) Portion auf seinen Teller häufte, ging eigentlich schon zu weit, aber dieser Fisch aus Rum-Gelatine schmeckte einfach phantastisch. Das Rezept, hatte die Principessa beiläufig erwähnt, stammte von einem Fürsten von Salina, einem *Sizilianer,* dem sie in Paris begegnet war – im *Sündenbabel Paris.*

Himmel, dachte Tron, er sollte endlich damit aufhören, überall Nebenbuhler und verflossene Liebhaber zu wittern. Wobei ihm sofort wieder Pater Calderón einfiel.

Er lehnte sich auf seinem Stuhl zurück und versuchte eine harmlose Miene aufzusetzen. Einen Punkt hatte er in seinem Bericht, den er der Principessa während des Abendessens gegeben hatte, ausgespart. «Weißt du zufällig, wo Pater Calderón gestern Nacht gewesen ist?»

Die Principessa schickte einen misstrauischen Blick über den Tisch. «Was hat Pater Calderón mit der Sache zu tun?»

«Jemand hat gestern Nacht einen Priester im Hof des Hauses gesehen», sagte Tron. «Aber wahrscheinlich hat es nichts zu bedeuten.»

«Und obwohl es nichts zu bedeuten hat, fragst du nach Pater Calderón? Ich dachte, ihr haltet Gutiérrez für den Täter.»

Tron nickte. «Der sich als Priester verkleidet haben könnte. Oder es war reiner Zufall, dass in dieser Nacht ein Priester auf dem Hof gesehen wurde.»

«Wo liegt dann das Problem? Du sagst doch immer, du glaubst an Zufälle.»

«Sicher. Aber solange wir keinen wirklich harten Beweis gegen Gutiérrez haben, ist das Spiel noch offen. Und Pater Calderón hat meine Frage nach seinem Alibi nie beantwortet.»

«Er hat dich auf die Möglichkeit hingewiesen, dass es Beust gewesen sein könnte.»

«Beust war es nicht. Und Pater Calderón hat mir erklärt, warum Gutiérrez unschuldig ist.»

«Willst du damit sagen, dass er versucht hat, dir Sand in die Augen zu streuen?»

Tron zuckte die Achseln. «Das würde ich nie behaupten.»

«Du scheinst etwas gegen Pater Calderón zu haben.»

Sehr richtig beobachtet. Aber auch das würde er nie behaupten. «Weißt du nun, wo Pater Calderón gestern Nacht war, oder weißt du es nicht?»

Die Principessa schüttelte unwillig den Kopf. «Ich weiß es nicht. Vermutlich war er im *Danieli*.»

«Da war er nicht. Sagt der Nachtportier.»

«Und Gutiérrez?»

«Der war auch nicht im Hotel.»

«Na, bitte.»

«Was soll das heißen?»

«Also war es Gutiérrez.»

Tron lächelte matt. «Wenn Pater Calderón die Nacht im Hotel verbracht hätte, würde ich dir zustimmen.»

«Du kannst es nicht lassen, was?»

«Darüber nachzudenken, wer der Mörder sein könnte?» Tron lächelte. «Allerdings nicht. Das Problem ist nur, dass ich zu keinem Resultat komme. Noch nicht einmal zu einer Hypothese.»

«Hat Bossi eine Hypothese?»

«Bossi hat sich sehr zurückgehalten. Aber er hasst alles, was eine Soutane trägt.»

«Pater Calderón ist aber der Täter, der am besten zu seinen Ansichten passt.»

Tron nickte. «So ist es.»

«An diesem Punkt seid ihr bereits gewesen.»

Tron seufzte. «Genau das ist das Problem. Es dreht sich alles im Kreis. Und die Umdrehungen werden mit jedem Zyklus schneller. Wie bei einem Karussell, von dem alle am liebsten so schnell wie möglich abspringen würden.»

«Dann spring ab. Hör auf, Polizist zu sein.»

«Du redest wie die Contessa. Korrespondiert ihr über meine Zukunft?»

«Wir haben über deine Zukunft *gesprochen.*»

Tron beugte sich erstaunt nach vorne. «Ihr habt miteinander gesprochen? Wann denn?»

«Heute Vormittag, hier an diesem Tisch.»

«Die Contessa hat dich *besucht*?»

Die Principessa nickte. «Sie hatte nicht die geringsten Schwierigkeiten, Massouda von Wassouda zu unterscheiden.»

«Hätte ich auch nicht, wenn die beiden sich nicht so ähnlich sehen würden. Wie kam es, dass sie dich besucht hat?»

Und wie kam es, fragte sich Tron, dass er ein ausgesprochen ungutes Gefühl bei der Sache hatte? Nicht, dass er eine Annäherung zwischen der Principessa und der Contessa nicht begrüßt hätte, aber irgendetwas an diesem unerwarteten Besuch der Contessa im Palazzo Balbi-Valier machte ihn misstrauisch.

Die Principessa sagte: «Alessandro hat mich gebeten, der Contessa den Speisenaufzug zu zeigen.»

«Und der Contessa vermutlich mitgeteilt,

dass du dich über einen Besuch außerordentlich freuen würdest.»

Die Principessa lächelte. «Alessandro ist ein kleiner Intrigant. Aber ich bin ihm trotzdem dankbar.»

«In welcher Hinsicht?»

Die Principessa dachte einen Moment nach. Dann sagte sie: «Es war gut, dass mich die Contessa besucht hat.» Sie nahm sich eine kleine Portion Rum-Gelatine von der Schwanzflosse des Fisches, ließ sie aber unangerührt auf ihrem Teller liegen. «Vielleicht habe ich die Contessa falsch eingeschätzt.»

«So ähnlich hat sie sich auch über dich geäußert.»

«Die Contessa ist eine Frau, die sich von guten Argumenten überzeugen lässt.»

Tron runzelte leicht die Stirn. «Soll das heißen, dass die Contessa von deiner Idee, wieder in die Glasproduktion einzusteigen, überzeugt ist?»

Die Augen der Principessa blitzten einen Moment lang gefährlich auf. «Der Speisenaufzug hat sie überzeugt, Tron. Und dass es hier warm ist und nicht durchregnet.»

«Und einen Speisenaufzug kriegt sie nur,

wenn sie in die Glasproduktion einsteigt», sagte Tron. «Ist es das, wovon du sie überzeugt hast?» Er gab sich keine Mühe, den Sarkasmus aus seiner Frage herauszuhalten.

Aber die Principessa (die einem Streit normalerweise nicht aus dem Weg ging) war heute nicht in der Stimmung, sich provozieren zu lassen. «Mit der Produktion als solcher wird sie natürlich nichts zu tun haben», sagte sie in sachlichem Ton. Und fügte dann, fast beiläufig, hinzu: «Wir hatten an ein Geschäftsfeld gedacht, in dem es eher auf Repräsentation ankommt.»

Einen Moment lang war Tron davon überzeugt, dass er sich verhört hatte. Dann dachte er kurz über das Wort *Geschäftsfeld* nach. Das war kein Wort, das zu seinem aktiven Wortschatz gehörte. Aber die Bedeutung war klar. Er beugte sich über den Tisch. «Du hast der Contessa eine *Stellung* angeboten?»

Die Principessa zuckte die Achseln. «Nicht direkt. Aber wir haben gemeinsam ein paar Möglichkeiten erörtert.» Wie immer, wenn sie über Geschäftliches sprach, nahm ihr Gesicht einen konzentrierten Ausdruck an. «Die Contessa», sagte sie, «könnte das tun, was sie auf ihren Maskenbällen macht. Offenbar ganz hervorragend macht, wenn man sich ihre Gästeliste ansieht.»

«*Was* macht sie hervorragend?»

Die Principessa hob die Augen von der Rum-Gelatine auf ihrem Teller. «Leute beeindrucken», sagte sie ruhig. «Das Haus Tron verkörpern. Venedig verkörpern. Die traditionellen Produkte dieser Stadt verkörpern.»

«Und bei welcher Gelegenheit soll sie das künftig tun?»

«Im Kontakt mit Großkunden und Banken. Auch zu entsprechenden Anlässen im Palazzo Tron.»

«Zu welchen *Anlässen*?»

«Wenn wir zum Beispiel neue Produkte vorstellen.»

Produkte – schon wieder dieses Wort. Tron brachte ein schiefes Lächeln zustande. «Aschenbecher aus Rauchglas? Bei uns im Ballsaal?» Er schüttelte den Kopf. «Ich kann mir nicht vorstellen, dass die Contessa ernsthaft bereit sein wird, sich auf *Geschäftsfeldern* zu tummeln und *neue Produkte* zu präsentieren.»

Oder dass er sich jemals an Wörter wie *Geschäftsfelder* und *Produkte* gewöhnen würde.

Tron streckte reflexartig die Hand nach dem Servierlöffel aus, um sich eine neue Portion Rum-Gelatine auf den Teller zu häufen, stellte dann aber fest, dass sich auf der Servierplatte nur noch ein paar zerbrochene Löffelbiskuits befanden, die in zerfließender Schlagsahne schwammen.

Er legte den Servierlöffel wieder ab und seufzte. Das Licht im Speisezimmer des Palazzo Balbi-Valier schien auf einmal milchig geworden zu sein, beinahe trübe, undurchsichtig wie der Nebel, der draußen über der Stadt lag. Nicht nur die Schlagsahne auf der Servierplatte, sondern alles schien auf eine irritierende Weise zu zerfließen: der Fall, der sich hartnäckig weigerte, eine feste Form anzunehmen, die Pläne der Principessa, bei denen sich Tron immer fragte, ob sie wirklich ernst gemeint waren, und schließlich: Hatte die Contessa sich tatsächlich bereit erklärt, auf einem der *Geschäftsfelder* der Principessa aktiv zu werden?

Tron hob den Blick von den Resten der Rum-Gelatine, in denen er trübsinnig gestochert hatte. Die Principessa hatte etwas gesagt, das ihm entgangen war.

«Alessandro», wiederholte die Principessa lächelnd, «hat das Rezept für die Rum-Gelatine bereits notiert. Die Fischform kann dir Massouda morgen mitgeben.»

Na, wenigstens etwas.

41

Ungefähr vierundzwanzig Stunden später saß Martha Kietzke, groß und dürr und seit genau fünf Tagen Martha von Stechow, *Frau Premierleutnant,* in korrekter Haltung, mit durchgedrücktem Kreuz und angewinkelten Armen an einem der gescheuerten Tische des *Conte Pescaor* und ließ ihren Blick durch das Restaurant schweifen. Da es sich um ein *typisch venezianisches Restaurant* handelte (eine *trattoria* oder wie immer diese Italiener dazu sagten), hatte man an den Wänden Fischnetze zum Trocknen aufgehängt (noch mit den grünen Glaskugeln daran) und Sägespäne auf den Fußboden gestreut. Die Kellner waren stämmige junge Burschen, hübsch anzusehen mit ihren geringelten Hemden und den kleinen Strohhüten. Sie hatten kaum Schwarzes unter ihren Fingernägeln, und auch das Essen – Leber auf venezianische Art – war passabel gewesen. Nicht so schmackhaft wie Berliner Schweineleber mit Kartoffelpüree und gebratenen Äpfeln, aber wenn man in Rechnung stellte, dass hier in der Küche nur *Katholiken* arbeiteten, die bekanntlich *hinterlistig und schlampig* waren, konnte man halbwegs zufrieden sein.

Wenn es nach ihr gegangen wäre, hätten sie eine Hochzeitsreise an die Ostsee gemacht – nach Heringsdorf vielleicht oder nach Usedom. Sie hatte sich auch mehrfach in diesem Sinne geäußert – *Bedenke die Kosten, Joachim –*, aber Joachim von Stechow hatte ausdrücklich auf Venedig bestanden. Venedig musste es sein. Weil sein Regimentskommandant, Oberst von Bülow, seine Hochzeitsreise in Venedig verbracht hatte. Da konnte man sich nach der Reise im Casino austauschen. Und die Kosten? *Da dreh ich die Hand nicht um, Martha.*

Drei Dinge hatte sie in den ersten vier Tagen ihrer Ehe über ihren Gatten herausgefunden. Erstens, dass sie den Mann, den sie auf Drängen ihrer Familie – *du bist nicht mehr die Jüngste, Martha* – geheiratet hatte, definitiv nicht leiden konnte. Zweitens, dass er eine schwache Blase hatte. Und drittens, dass er nicht nur tagsüber bei jeder Gelegenheit salutierte und die Hacken zusammenschlug (das hatte sie bereits gewusst), sondern auch abends vor dem Zubettgehen. Letzteres schien ihr nicht normal zu sein, speziell der Umstand, dass er darauf bestand, dabei ihr Korsett zu tragen. Aber als er ihr erklärt hatte, er mache das aus «militärischen Gründen», hatte sie nicht weiter nachgefragt. Joachim von Stechow stand bei den Zweiten Gardedragonern am Hallischen Tor – die galten als *ganz scharfe Truppe.* Außerdem: Was verstand sie schon von militärischen Gründen?

Dass er sie nicht angerührt hatte, war ebenfalls ein wenig eigenartig. Nicht, dass sie übermäßig großen Wert darauf gelegt hätte, auch auf diesem Sektor die Seine zu werden – Joachim von Stechow hatte so etwas *Fischiges* –, aber trotzdem empfand sie seine Zurückhaltung in gewisser Weise als kränkend.

Erfreulich war jedenfalls die *Pensione Seguso,* in der sie Quartier genommen hatten.

Das Essen war schmackhaft und reichlich, die Betten frisch bezogen. Selbst das Badezimmer auf dem Flur war für südländische Verhältnisse erstaunlich sauber. In dieser Hinsicht hatten sie es gut getroffen.

Doch ansonsten, fand Martha von Stechow, konnte ihr Venedig gestohlen bleiben. Von wegen Gondeln und Mondschein! Seit ihrer Ankunft vorgestern hatte es unentwegt genieselt, und wenn es nicht nieselte, war der Nebel so dicht, dass man kaum die Hand vor Augen sehen konnte. Sie hatten trotzdem verschiedene Kasernen besichtigt, und Joachim von Stechow hatte ihr einen Vortrag über die Geschützstellungen auf dem Lido gehalten. Was der *Lido* war, wusste sie nicht, vermutete aber, dass es sich dabei um eine Hügelkette handelte.

Am Markusplatz hatten sie zu Preisen, für die man bei *Kranzler* eine ganze Torte kriegen würde, ein Stück Kuchen und ein Kännchen Kaffee bestellt und den Klängen einer österreichischen Militärkapelle gelauscht, die Joachim von Stechow mit einem anerkennenden Nicken als *schwer auf Zack* bezeichnet hatte, obgleich er dem österreichischen Heereswesen eher skeptisch gegenüberstand.

Dass sie heute Abend im *Conte Pescaor* gelandet waren, verdankten sie einer Empfehlung eines Regimentskameraden – *tadelloser Fressplatz, Stechow* – und seinem Hinweis darauf, dass die Gaststätte bei den in Venedig stationierten Offizieren beliebt sei. Doch Offiziere hatten sie nicht entdecken können, jedenfalls keine in Uniform. Die zwei Dutzend Tische des Restaurants waren ausschließlich von Zivilisten besetzt – Martha von Stechow tippte auf kleine Beamte, Handwerker, Buchhalter. Die einzige interessante Person in der Gaststätte war ein gut aussehender *Cavaliere,* der unmittelbar nachdem Joachim von Stechow (schwache Blase) auf die Toilette verschwunden war, am Nebentisch Platz genommen hatte und jetzt mit sparsamen Bewegungen einen Teller Suppe löffelte. Der gutaussehende Cavaliere schien eine Verabredung zu haben, denn nach jedem zweiten Löffel hefteten sich seine Augen unruhig auf die Tür, wobei es sich nicht vermeiden ließ, dass sein Blick sie jedes Mal streifte – erst gleichgültig, doch dann, wie ihr schien, mit einem gewissen Interesse.

Ihre Blicke waren sich jetzt zum dritten

Mal begegnet, und Martha von Stechow hätte schwören können, dass diesmal in seinen Augen ein kleines Lächeln aufgeblitzt war. *Ich könnte mit ihm flirten,* dachte sie, während ihr Gesicht sich verfärbte und die Farbe alter Ziegelsteine annahm. Dann dachte sie: *Wenn Joachim von der Toilette kommt und sieht, wie ich mit einem Ausländer flirte, kommt es womöglich zu einem Duell.* Sie stieß einen wollüstigen Seufzer aus. Das war eine Vorstellung, die etwas ausgesprochen Romantisches hatte. Und wenn Joachim im Duell fallen würde, dann …

Aber sie kam nicht dazu, diesen interessanten Gedanken weiterzuspinnen, denn in diesem Moment geschah etwas, das Martha von Stechow ihr ganzes Leben lang nicht vergessen würde – obwohl sie eine Stunde später nicht in der Lage war, dem etwas abgerissen aussehenden Commissario (der allerdings gut Deutsch sprach) einen auch nur halbwegs zusammenhängenden Bericht davon zu geben.

Der Vorhang, der vor dem Gang hing, der zur Toilette führte, teilte sich plötzlich. Aber nicht Premierleutnant Joachim von Stechow betrat den Gastraum, sondern ein Mann, der einen schwarzen Mantel und einen runden, breitkrempigen Hut trug und dessen obere Gesichtshälfte seltsamerweise von einer Halbmaske verdeckt wurde. Der Mann – seiner Kleidung nach handelte es sich um einen Priester – verharrte kurz am Vorhang und musterte die Gäste. Es schien, als würde er jemanden suchen. Ein paar Sekunden später setzte er sich in Bewegung, lief direkt in ihre Richtung und blieb hinter dem gutaussehenden Cavaliere stehen. Er schlug mit der linken Hand seinen schwarzen Mantel zurück, mit der rechten Hand griff er an seinen Gürtel. Das Nächste, was Martha von Stechow registrierte, war eine schnelle Bewegung seines Arms nach oben und ein nicht besonders lauter, flacher Knall. Worauf durch den gutaussehenden Cavaliere ein Ruck ging, er erstaunt den Mund aufriss, die Augen nach oben verdrehte und mit dem Gesicht – Klatsch! – in die Suppe fiel. Die Suppe spritzte ziemlich weit, ein paar Tropfen erreichten auch Joachim von Stechows neuen Gehpelz, den er auf dem Stuhl zurückgelassen hatte, aber darauf, dachte Martha von Stechow, kam es jetzt wohl nicht an.

Danach ging der maskierte Priester ohne

Hast weiter, so als hätte er dem gutaussehenden *Cavaliere* gerade einen freundschaftlichen Klaps auf den Rücken versetzt. Martha von Stechow wagte nicht, sich nach ihm umzudrehen. Aber sie hörte, wie er die Klinke herabdrückte, um die Tür zu öffnen. Und als die Tür nicht richtig schloss (es war einen Augenblick lang vollständig still im Restaurant), konnte sie ein oder zwei Sekunden später das Geräusch hören, mit dem er die Tür zum zweiten Mal ins Schloss zog.

Daran erinnerte sich Martha von Stechow genau: an das Klicken, mit dem das Türschloss einrastete, auch an das ungläubige Gesicht, das der gutaussehende Cavaliere machte, bevor sein Kopf in den Suppenteller stürzte. Doch mit dieser Aussage konnte der Commissario später nicht viel anfangen.

42

Zwei Stunden zuvor – die Glocken von San Stae hatten gerade fünf geschlagen – durchquerte Tron den Ballsaal des Palazzo Tron, um sich in den Salon der Contessa zu begeben, als er plötzlich eine Stimme aus ihrem Salon hörte. Etwas war ungewöhnlich an dieser Stimme – obwohl das solide Eichenholz der Salontür sie dämpfte, klang sie ein wenig schrill. Sie erinnerte ihn an die Stimmen der Frauen, die auf dem Fischmarkt ihre Waren anpreisen.

Tron, der nie daran geglaubt hatte, dass der *Lauscher an der Wand seine eigene Schand* hört, blieb vor der Tür des Salons stehen und hielt den Atem an, um besser horchen zu können. Hatte die Contessa Besuch? Jetzt war die Stimme, die durch die Salontür in den Ballsaal drang, einwandfrei als die Stimme der Contessa zu erkennen, nur sprach sie seltsamerweise in einem Ton, als würde sie zu einer größeren Menschenansammlung reden. Und noch viel eigenartiger war, welche Wörter sie benutzte. Tron konnte keine vollständigen Sätze verstehen, aber er unterschied Wörter wie *Tradition* und *große Zukunft* und *Wiederauferstehung aus langem Dornröschenschlaf.* Danach kam ein Satz, der mit dem Wort *Möge* begann, dessen Rest aber leider unverständlich blieb. Schließlich drang dünner, mit zwei einzelnen Bravorufen bekräftigter Applaus in den Ballsaal – Applaus, der sich nach einer einzelnen Person anhörte, allerdings ziemlich lange anhielt.

Tron stieß den angehaltenen Atem mit einem Stoßseufzer aus, drückte die Klinke herab und betrat den Salon der Contessa.

Dass er Alessandro stehend antraf, war normal. Bei aller Vertrautheit der Beziehung, die sich über fast ein halbes Jahrhundert herausgebildet hatte, gehörte es nicht zu Alessandros Obliegenheiten, der Contessa sitzend Gesellschaft zu leisten. Dass aber auch die Contessa stand, in der rechten Hand einen Bogen, der Tron unwillkürlich an ein Redemanuskript erinnerte, war ungewöhnlich. Und noch ungewöhnlicher war das, was Tron auf dem Tisch vor der Contessa erblickte.

Auf dem von zerschlissenen Empiresesseln umstellten Tisch, den die Contessa normalerweise dafür benutzte, um daran ihren mit Grappa aufgehübschten Kaffee einzunehmen, hatten sie und Alessandro (denn niemand anders konnte es gewesen sein) eine bizarre Sammlung von Glasartikeln aufgebaut, die die Tischfläche fast vollständig bedeckten.

Tron sah unterschiedlich geformte Weingläser (alle mit dem Wappen der Trons), Wassergläser aus buntem und weißem Glas, gläserne Schalen, gläserne Dosen, zwei gläserne Gondeln und ein halbes Dutzend gläserner Briefbeschwerer – alles arrangiert wie *Produkte* auf einer Verkaufsausstellung.

Ertappt, dachte Tron. Er wusste zwar nicht, wobei er die Contessa und Alessandro ertappt hatte, aber dass sie ihn beide anstarrten, als hätte gerade ein Gespenst den Salon betreten, und sich dann einen verlegenen Blick zuwarfen, schien ein klarer Beweis dafür zu sein, *dass* er sie bei etwas ertappt hatte.

Tron lächelte, um die Situation zu entspannen. «Störe ich?»

Die Contessa schüttelte den Kopf. «Nein, absolut nicht.»

«Darf ich fragen, was ihr hier macht?»

«Wir überprüfen die Glasbestände», sagte die Contessa lahm.

Tron räusperte sich. «Ihr überprüft die *Glasbestände*?»

Wieder warf die Contessa Alessandro einen schnellen Blick zu. Dann zuckte sie resigniert die Achseln und sagte: «Setz dich, Alvise.»

Sie ließ sich in einen der Fauteuils fallen,

wobei sie das Glas auf dem Tisch – die *Produkte,* wie Tron unwillkürlich denken musste – zum Klirren brachte.

«Soll Alessandro dir einen Kaffee bringen?» Jetzt klang die Stimme der Contessa, die sich eben noch schuldbewusst und irritiert angehört hatte, wieder völlig normal – fast sogar ein wenig angriffslustig.

Tron begriff, dass es ihr nur darauf ankam, mit ihm allein zu sein. Er nickte.

Als Alessandro den Salon verlassen hatte, wies die Contessa mit einer Hand zum Fenster. «Was siehst du da, Alvise?»

Tron drehte sich zur Seite. Er sah zwischen den aufgezogenen Vorhängen das Fenster, dessen verzogenen Rahmen, dahinter ein sehr dunkles Grau, in dem, kaum zu erkennen, mehrere helle Punkte schimmerten – die Fenster des Palazzo Marcello auf der anderen Seite des Canalazzo.

Tron sagte: «Ich sehe ein Fenster und einen Vorhang.»

Ein dünnes Lächeln geisterte um die Mundwinkel der Contessa. «Genau das hatte ich erwartet. Dass du nicht mehr siehst.» Sie seufzte. «*Ich* sehe ein Fenster, das *beschlagen* ist. An dem das *Wasser herabläuft.* Ein Fenster, auf dem sich *Eisblumen* bilden werden, wenn es kälter wird. Und ich sehe Vorhänge, über die sich bereits vor vierzig Jahren die Motten hergemacht haben.»

«Und?»

Die Contessa warf Tron den Blick einer Lehrerin zu, die gezwungen ist, immer wieder auf denselben Punkt hinzuweisen – einem Schüler gegenüber, der es eigentlich besser wissen sollte. «Hast du dir mal die Fenster im Palazzo der Principessa angesehen?»

«Vermutlich willst du darauf hinaus, dass im Palazzo Balbi-Valier die Fenster trocken sind und die Motte als solche unbekannt ist.»

Die Contessa nickte. «Ebenso unbekannt wie Dächer, durch die es regnet, und bröckelnder Putz.»

«Offenbar hat dich der Besuch im Palazzo Balbi-Valier sehr beeindruckt.»

«Dieser Besuch hätte viel früher stattfinden sollen. Er war in gewisser Weise höchst lehrreich.»

«Du hast nie zu erkennen gegeben, dass du daran interessiert bist, die Principessa zu besuchen.»

«Ich will nicht ausschließen, dass es das eine oder das andere Missverständnis zwischen mir und der Principessa gegeben hat.»

«Meinem Eindruck nach hast du die geschäftlichen Aktivitäten der Principessa immer mit einer gewissen Skepsis betrachtet.»

«Habe ich das?» Die Contessa machte ein unschuldiges Gesicht.

Tron nickte. «Allerdings.»

«Dass ihr ein gewisser gesellschaftlicher Schliff abgeht», gab die Contessa zu, «mag ich hin und wieder angedeutet haben. Aber über ihre geschäftlichen Fähigkeiten habe ich mich meines Wissens nie geäußert.»

Tron verzichtete darauf, der Contessa zu widersprechen. Er sagte: «Über die du jetzt deine Meinung geändert hast.»

Eine Formulierung, die der Contessa missfiel und die sie entsprechend korrigierte. «Über die ich mir jetzt eine Meinung *gebildet* habe.»

«Und?»

Der Blick, mit dem die Contessa Tron bedachte, war so kalt wie das Glas, das zwischen ihnen auf dem Tisch stand. «Es wäre wünschenswert, wenn du ebenfalls eine Spur von Geschäftssinn entwickeln würdest.»

«Hat die Principessa das gesagt?»

Die Contessa schüttelte den Kopf. «Sie hat es noch nicht einmal angedeutet. Ich vermute allerdings, dass dieses Thema zwischen euch hin und wieder zur Sprache kommt.» Sie machte eine kleine Pause und blickte Tron über den Tisch hinweg an. Als der nicht darauf antwortete, fuhr sie fort. «Die Geschäfte der Principessa laufen glänzend», sagte sie. «Was zweifellos damit zu tun hat, dass sie genau weiß, was sie tut. Dem kann ich meine Achtung nicht versagen. Den Speisenaufzug brauche ich dir wahrscheinlich nicht zu beschreiben. Alessandro erwähnt ihn mehrmals täglich.» Die Contessa stieß einen theatralischen Seufzer aus, so als wäre sie höchstpersönlich gezwungen, schwere Tabletts durch das Treppenhaus zu schleppen. «Was ich ihm nicht verdenken kann.»

«Natürlich nicht», sagte Tron.

«Übrigens hatte ich den Eindruck, dass die Achtung, die ich der Principessa und ihrem Speisenaufzug entgegenbringe, durchaus auf Gegenseitigkeit beruht.» Die Befriedigung, mit der die Contessa diesen Satz aussprach, hatte etwas Irritierendes.

«Und woran befestigt sich dieser Eindruck?», erkundigte sich Tron.

«Sie hat mit der größten Hochachtung von meinen Maskenbällen gesprochen», sagte die Contessa. Sie senkte einen Moment lang die Lider, als würde sie sich alle die glanzvollen Namen auf ihrer Gästeliste vor Augen führen: den Comte de Chambord, den Großfürsten und die Großfürstin Trubezkoj, die Gräfin Hohenembs. «Und sie hat mit sehr viel Taktgefühl angefragt, ob ich schon einmal daran gedacht hätte, einen *zweiten* Maskenball im Februar zu veranstalten.»

«Was hast du ihr geantwortet?»

«Dass ich es für kleinlich hielte, mich dieser Idee zu verschließen. Zumal die Principessa für alle Kosten aufkommen würde.»

Tron räusperte sich. «Vermutlich hat sie den Wunsch geäußert, auf die Gästeliste Einfluss zu nehmen.»

Die Contessa nickte. «Sie hat eine Andeutung in diese Richtung gemacht. Aber ich kann darin keinen Nachteil für uns erkennen.»

«Es wird sich dabei im Wesentlichen um *Geschäftspartner* der Principessa handeln», sagte Tron. Er lächelte.

Der Ton, in dem er das Wort *Geschäftspartner* ausgesprochen hatte, schien der Contessa zu missfallen.

«Du selbst hast mir gegenüber erwähnt, dass zu ihren geschäftlichen Kontakten unter anderem der Erzherzog Maximilian gehört», sagte sie. «Wo ist das Problem, Alvise? Wer hat denn immer beklagt, dass dieser Maskenball ein reines Verlustgeschäft ist? Aber genau das wird er in Zukunft nicht mehr sein. Er wird uns Geld bringen.» Sie machte eine kurze Pause, um die Wirkung dieser Feststellung zu verstärken. Dann fügte sie etwas hinzu, das Tron nicht verstand. «Ich hatte daran gedacht, anlässlich des Balles unser Treppenhaus entsprechend zu dekorieren.»

«Das Treppenhaus, äh, *dekorieren*?»

«Ausschmücken. Zur Schau stellen. Eben dekorieren.» Die Contessa sprach, als wollte sie sich einem geistig Behinderten verständlich machen.

«Und womit?»

«Mit unseren *Produkten.* In einer Vitrine auf dem ersten Treppenabsatz und im Vestibül. Ich hatte in Erwägung gezogen, vor dem Tanz ein paar Worte zu den Gästen zu sagen.»

«Worüber?»

«Über die Traditionen des Hauses Tron», sagte die Contessa. «Über unsere *Wurzeln.* Den Quell unseres Reichtums.»

«Ein paar Worte, die du eben schon mal geübt hast.»

Die Contessa nickte. «Allerdings. Geschäftlicher Erfolg beruht auf gründlicher Vorbereitung. Alessandro sieht das genauso. Er hat freundlicherweise so getan, als wäre er eine größere Menschenmenge. Hat die Principessa mit dir nicht über ihre Pläne gesprochen?»

Tron seufzte. «Sie wollte die Heirat und ihre Umsiedlung in den Palazzo Tron mit der Wiederbelebung unserer Glasfabrikation verknüpfen.»

«Du sagst das so herablassend. Was völlig unpassend ist, Alvise.»

«Der Palazzo Tron ist keine Aktiengesellschaft», sagte Tron. Obwohl er wusste, dass es die Contessa nicht interessierte, setzte er noch hinzu: «Genauso wie der *Emporio della Poesia* kein Anzeigenblättchen ist.»

Die Contessa ging darüber hinweg. «Ich habe der Principessa jedenfalls versprochen», sagte sie, «ihr die letzte Gästeliste zu zeigen. Ein paar Namen habe ich ihr bereits aufgezählt, und sie war außerordentlich angetan. Sie bemerkte, es würde sich bei meinen Gästen um hervorragende Multiplikatoren handeln.»

Das hörte sich jetzt nach höherer Mathematik an – ein Fach, in dem Tron am *Seminario Patriarchale* nie geglänzt hatte. Tron beugte sich nach vorne. «Es handelt sich um *was*, bitte?»

«Das Wort ist *Multiplikatoren*, Alvise.» Ihn traf ein Blick, als wäre er ein begriffsstutziger Erstklässler.

«Und was ist das, bitte schön?»

«Leute von Rang und Einfluss. Deren Geschmack und deren Lebensführung das *Kaufverhalten* der breiten Massen bestimmen.»

Kaufverhalten – wieder ein neues Wort, das die Contessa mit sichtlichem Vergnügen benutzte. Tron fand, sie hörte sich an wie Bossi, wenn der von *Tatortfotografie* sprach.

«Das *was*?»

«Das *Kaufverhalten*, Alvise», sagte die Contessa. «Wenn ich den Comte de Chambord oder die Großfürstin von Trubezkoj dazu bewegen kann, eines unserer *Produkte* zu kaufen – eine elegante Vase oder eine geschmackvolle Toilettentischgarnitur –, dann beeinflusse ich damit das Kaufverhalten der großen Masse.»

«Die dann wie wild unsere Produkte kauft.» Hatte er eben tatsächlich *Produkte* gesagt? Es war unglaublich.

Die Contessa nickte feierlich. Ohne eine Spur Ironie, fast mit dem glasigen Blick einer Konvertierten, deklamierte sie: *«Tron-Glas.»*

«Das kann unmöglich dein Ernst sein.» Tron musste unwillkürlich lachen.

Dass er gelacht hatte, nahm die Contessa ihm übel. «Was willst du eigentlich? Dass ich Alessandro böswillig einen Speisenaufzug verweigere? Und Personal, das ihm zur Hand geht?»

«Du weißt genau, was ich meine.»

Die Contessa schüttelte den Kopf. «Nein, weiß ich nicht.»

«Wenn die Principessa den Palazzo Tron renoviert und zugleich ihr Hauptquartier hier aufschlägt», sagte Tron, «dann übernimmt sie das Kommando. Wir werden zu einem reinen Anhängsel ihrer Glasfabrikation.»

«Und was ist die Alternative?»

«Eine Heirat und ein Umzug in den Palazzo Tron, ohne dass wir aus dem Palazzo ein Glasgeschäft machen müssten», sagte Tron.

Die Contessa brachte es fertig, mit herabgezogenen Mundwinkeln zu lächeln, was einen ausgesprochen zynischen Gesichtsausdruck ergab. «Die Principessa soll ein Vermögen für die Restaurierung des Palazzo Tron ausgeben, ohne den geringsten Nutzen davon zu haben?»

«Du redest, als wäre eine Ehe nur ein Geschäft», sagte Tron. Was sich, musste er zugeben, wie ein Satz aus dem Mund einer Romanfigur anhörte, die naiv, weiblich und sehr jung war. Entsprechend fiel auch die Antwort der Contessa aus.

«Eine Ehe ist *auch* ein Geschäft», sagte sie kühl. «Und je besser das Geschäft, desto besser die Ehe. Falls die Principessa sich weigert, auf deine Vorstellungen einzugehen, und du weiter stur bleibst, sind wir in spätestens zwei Jahren gezwungen, das Hauptgeschoss zu vermieten, um die allernotwendigsten Reparaturen bezahlen zu können. *Das* ist die Alternative, Alvise.»

Wenn der Tisch zwischen ihnen nicht voller zerbrechlicher *Glasprodukte* gewesen wäre, hätte sie ihre Worte wahrscheinlich mit einem herzhaften Schlag auf die Tischplatte bekräftigt – so wie Spaur.

«Kein Hauptgeschoss – kein Maskenball», sagte Tron. Seine Stimme klang, als würde jemand mit dem Fingernagel über eine Schiefertafel kratzen. Was er gesagt hatte, war zweifellos das, was die Contessa von ihm hören wollte, und in gewisser Weise hatte sie natürlich recht.

Auf diese Worte folgte ein eigentümliches Intervall des Schweigens, und plötzlich sah Tron, ohne dass er die Augen schließen musste, sich selber: wie er die Stufen des frischrenovierten Treppenhauses im Palazzo Tron emporstieg und albernerweise den Putzeimer mit dem Besen ebenso vermisste wie den Staub und den abbröckelnden Stuck. Die Lampen der neu installierten Gasbeleuchtung zischten wie kleine Giftschlangen, und es roch penetrant nach frischer Farbe.

Oben im Ballsaal drängten sich mindestens hundert Personen vor zwei zusammengeschobenen Konsoltischen, an denen die Principessa und die Contessa mit festgefrorenem Lächeln gläserne Briefbeschwerer, kitschige Gondeln aus gefärbtem Glas, klobige Aschenbecher und protzige Kristallvasen verkauften. Auf den Tischen stapelten sich Goldmünzen wie Jetons auf einem Roulettetisch. Daneben standen Massouda und Woussada, die unter Alessandros wachsamen Blicken die erstandenen *Produkte* in Papier einschlugen.

Die Stimme der Contessa beendete Trons Vision. Sie streckte die Füße aus, als sie sprach, und Tron hörte, wie ihre Schuhe gegen den *scaldino* stießen, der unter dem Tisch stand. «Ist dir schlecht, Alvise? Du siehst so blass aus!» Nicht, dass sie sich ernsthaft besorgt anhörte.

Nein, dachte Tron, ihm war wirklich nicht gut, aber er bezweifelte, dass es sinnvoll war, der Contessa seine Vision zu schildern.

Er stand auf, ging langsam zum Fenster und musste zugeben, dass die Contessa recht hatte. Feuchtigkeit hatte sich an der Innenseite der Scheiben niedergeschlagen. Wenn die Temperaturen unter den Gefrierpunkt fielen, würden sich Eisblumen bilden. Tron streckte die Hand aus, und schon jetzt, bevor der Winter richtig begonnen hatte, konnte er die Kälte wie eine Kuppel um das Fenster herum spüren.

«Alvise?»

Tron drehte sich um und sah, dass Alessandro die Tür des Salons geöffnet hatte. Alessandro sah erleichtert aus – vielleicht, weil er die Unterredung zwischen Tron und der Contessa beenden konnte. Sein Gesichtsausdruck passte allerdings schlecht zu der Botschaft, die er überbrachte.

«Es hat einen Todesfall in einer Trattoria in der Nähe von San Zulian gegeben», sagte er. «Du sollst sofort kommen.» Dann setzte er noch hinzu: «Unten am Wassertor wartet eine Polizeigondel.»

Das Wort *Polizeigondel,* fand Tron, hörte sich irgendwie nett an.

43

Über den Mord an Gutiérrez hatte Sergente Bossi noch in der Nacht einen vorläufigen Bericht verfasst. Als Tron am nächsten Morgen kurz nach elf Uhr das Büro des Stadtkommandanten betrat, lag Bossis Bericht auf Spaurs Schreibtisch – vier eng beschriebene Seiten, sauber und präzise wie ein Tatortfoto. Die Sektion würde Dr. Lionardo heute Vormittag im Ospedale Ognissanti vornehmen. Sie würde das ergeben, was Tron ohnehin wusste: Tod durch einen Schuss in die Schläfe, wobei alles dafür sprach, dass der Täter einen Armeerevolver benutzt hatte.

Dahingehend hatte sich auch Joachim von Stechow geäußert, der Premierleutant aus Berlin, der zum Tatzeitpunkt auf der Toilette gewesen war, aber bei seiner Rückkehr in den Gastraum sofort in knarrendem Italienisch das Kommando übernommen hatte: einen Kellner zur Wache an der Piazza geschickt, den Tatort gesichert und seine angstschlotternde Gattin verhört. Von der war dann kaum etwas Zusammenhängendes zu erfahren, was allerdings auch an dem Premierleutnant lag, der bei jedem Satz seiner Gattin die Augen verdrehte. Er hatte ansonsten das Miniaturschlachtfeld, das ihn sichtlich in Hochstimmung versetzte, nur ungern verlassen. Zum Abschied hatte er zackig salutiert, die Hacken zusammengeschlagen und sich flackernden Auges für den *Höhepunkt seiner Hochzeitsreise* bedankt. Tron hatte einen Augenblick lang Mitleid mit der Gattin des Premierleutnants empfunden, die von nun an die Lebensstraße im Gespann mit diesem speziellen Hengst entlangrollte.

Spaur zog – nachdem Tron Platz genommen hatte – eine Schachtel Demel-Konfekt aus der Schublade seines Schreibtisches und inspizierte den Inhalt – voll konzentriert. Dann nahm er ein blau eingewickeltes Praliné aus der Pappschachtel (selbstverständlich ohne davon anzubieten), wickelte es aus und sah Tron an. Ein rosiger Hauch, teils alkoholisch, teils kosmetisch, lag auf seinen Wangen. «Schwarzer runder Hut, schwarzer Mantel?»

Tron nickte. «So hat ihn die Gattin des Premierleutnants beschrieben.»

«Sind noch weitere Zeugen vernommen worden?»

Tron räusperte sich. «Selbstverständlich.» Er untersagte sich den Hinweis, dass dies alles in Bossis Bericht stand. «Aber sie haben auch nicht mehr sagen können als Frau von Stechow.»

Spaur machte ein nachdenkliches Gesicht.

«Also ein Priester mit einer Halbmaske. Ein Priester, der sich *maskiert* hat, aber offenbar nichts dabei fand, diesen Mord in einer Soutane zu begehen.»

«Wir wissen nicht, ob es wirklich ein Priester war», gab Tron zu bedenken. «Eine Soutane hat niemand gesehen.»

Spaur runzelte die Stirn. «Aber den runden Hut und den schwarzen Mantel. Das ist die typische Bekleidung der Priester.»

«Die man an jeder Ecke kaufen kann», sagte Tron. «Es könnte jemand gewesen sein, der den Verdacht auf einen Priester lenken will.»

«Sind Sie wieder bei Kapitänleutnant von Beust?» Spaur lächelte nachsichtig. «Ich dachte, das hätten wir hinter uns.»

Tron schüttelte den Kopf. «Absolut nicht.»

Was der Wahrheit entsprach, denn sein erster Gedanke hatte Pater Calderón gegolten. Nur wäre der nicht so töricht, bei einem Mord seine Priesterbekleidung zu tragen. Allerdings würde Sergente Bossi sagen: gerade deshalb.

«Jedenfalls», fuhr Spaur fort, «müssen wir aufgrund der besonderen Stellung von Gutiérrez damit rechnen, dass sich der Ballhausplatz einschaltet. Wenn der mexikanische Botschafter am Heiligen Stuhl in Venedig erschossen wird, kann man das in Wien nicht ignorieren.»

Tron seufzte. «Also wird sich früher oder später die Kommandantur mit dem Fall befassen. So wie man Toggenburg kennt.»

Spaur nickte. «Den ich übrigens gestern Nachmittag im Café *Quadri* getroffen habe. Er beabsichtigt, sich mit Ihnen in Verbindung zu setzen.»

«Wegen eines Mordes, der zu diesem Zeitpunkt noch gar nicht geschehen war?»

Spaur schüttelte den Kopf. «Darum geht es nicht. Wir hatten ein Gespräch über Oberleutnant Malparzer. Toggenburg hält nichts von ihm. Er findet, der Oberleutnant sieht alles zu schematisch, zu bürokratisch. Hat keinen Blick für das große Ganze. Toggenburg meint, es kommt weniger auf die einzelnen Beiträge an als auf die Balance.»

«Auf welche Balance?»

«Die erforderlich ist, damit sich ein harmonisches Ganzes ergibt. Wenn das Gleichgewicht stimmt, müssen nicht alle Beiträge vollständig zensurkonform sein.»

Tron, der immer noch nicht verstand, was das alles sollte, sagte: «Ein interessanter Gesichtspunkt.»

Jetzt senkte Spaur verschwörerisch die Stimme. «Der Stadtkommandant kennt übrigens den Inhalt der nächsten Nummer des *Emporio.* Er hat sich persönlich mit dem Fall befasst. Und war ganz angetan von Ihrer Zeitschrift. Insbesondere von der Öffnung des *Emporio* für nichtitalienisches Gedichtgut.»

Gedichtgut – dieses Wort würde sich Tron für den späteren Gebrauch merken.

«Toggenburg meint», fuhr Spaur fort, «dies entspräche dem Geist einer Monarchie, in der verschiedene Völker, äh, friedlich zusammenleben.» Seine linke Hand wühlte nervös in der Konfektschachtel und förderte ein Stück Trüffelkrokant zutage. «Er findet allerdings auch», sagte er, «dass dieser Geist als solcher nicht in hinreichender Weise im *Emporio* gewürdigt wird. Dass er gewissermaßen fehlt. Und damit die Harmonie des Ganzen.»

«Was fehlt denn nach Ansicht Toggenburgs?»

Spaurs Stirn unter den kastanienbraunen Haaren legte sich in Falten. Nachdem er eine

Weile geschwiegen hatte, sagte er: «Der monarchische Gedanke.»

Tron räusperte sich. «Das heißt konkret?»

Aber Spaur scheute sich, allzu konkret zu werden. Entsprechend nebulös fiel seine Antwort aus. Er sagte: «Dass nichts gegen eine Veröffentlichung meiner Gedichte und der Gedichte dieses Franzosen sprechen würde, wenn diese Balance erreicht wäre.»

«Und wie erreichen wir diese Balance?»

Der Polizeipräsident hob das Praliné an den Mund, so als würde er den Versuch machen, sich dahinter zu verstecken. Dann verschwand das Praliné zwischen seinen Zähnen, und Spaur setzte zu einer Erklärung an.

«Toggenburg hat in diesem Zusammenhang einen bemerkenswerten Vorschlag gemacht», sagte er mit malmenden Kiefern, was seine Worte etwas undeutlich machte. «Er könnte dem *Emporio* Material zur Verfügung stellen, aus dem sich diese Balance ergäbe. Das finde ich vom Grundsatz her anerkennenswert.»

«An welches Material hat Toggenburg gedacht?» Tron hatte zunehmend Schwierigkeiten, der Unterhaltung zu folgen.

Spaur warf einen gequälten Blick über seinen Schreibtisch. Wieder schwieg er, um gründliches Nachdenken anzudeuten. «An Gedichte», sagte er schließlich. Er konnte nicht verhindern, dass der Ton am Ende des kurzen Satzes resignierend absackte. «Das Problem ist nur, dass Toggenburgs Gedichte nicht besonders gut sind.» Spaur, ganz der Fachmann, zog die Mundwinkel nach unten. «Das mit dem Reim kriegt er noch nicht richtig hin. Aber als er gehört hat, dass ich im *Emporio* veröffentliche, hat es ihn auch gepackt.» Er zerknüllte wütend ein Stück Einwickelpapier. «Meine Güte, ich kann doch nichts dafür, Tron. Der Schurke hat mich regelrecht erpresst. Und er sitzt am längeren Hebel.»

Tron stellte plötzlich fest, dass sein Magen anfing, langsame, träge Purzelbäume zu schlagen. Spaurs Gesicht, sein Schreibtisch und die Konfektschachtel – alles schien sich zu verdoppeln, zu verdreifachen und dann in Prismen davonzuschweben. «Es geht um *Gedichte* Toggenburgs?», fragte er. Seine Worte kamen als hilfloses Krächzen heraus.

«Die er mir bereits für Sie mitgegeben hat, Commissario», sagte Spaur. Er lächelte düster.

Tron wischte sich mit dem Arm über das Gesicht. «Aber ...»

Spaur schnitt Tron mit einer energischen Handbewegung das Wort ab. Seine Augen funkelten wie auf dem Gesicht angebrachte Nieten. «Wenn Sie die Gedichte abdrucken, wird es kein Problem mit der Zensur geben.»

«Und wenn ich mich weigere?» Ein ausgesprochen kindischer Einwand, den Spaur aus reinem Mitleid beantwortete.

Spaur sagte: «Dann blockiert die Zensur das Erscheinen des nächsten *Emporio della Poesia,* und meine Gedichte können nicht veröffentlicht werden.» Der drohende Unterton in seiner Stimme war nicht zu überhören. «Ich wäre in diesem Fall vor Signorina Violetta bis auf die Knochen blamiert.»

Was natürlich nicht sein durfte. Spaur zog einen Umschlag aus der Schublade und schob ihn über den Schreibtisch. «Sie können sich mit der Übersetzung von Toggenburgs Gedichten ruhig Zeit lassen», sagte er im Tonfall hinterhältiger Großzügigkeit. «Ich nehme an, Sie werden jetzt erst einmal den Erzherzog über den tragischen Tod von Gutiérrez in Kenntnis setzen.»

Tron erhob sich schwankend. Seine Finger, deren Knöchel weiß hervortraten, waren um den Umschlag mit Toggenburgs *Material* gekrallt.

«Toggenburg erwartet Ihre Übersetzung zum Wochenende», murmelte Spaur, ohne Tron anzusehen.

44

«Wir wissen Bescheid», sagte Erzherzog Maximilian.

Einen Moment lang dachte Tron, dass der Erzherzog das Eindringen des *monarchischen Gedankens* in den *Emporio della Poesia* meinte, aber das war natürlich Unsinn.

Maximilian hielt ein Champagnerglas in der Hand, der oberste Knopf seiner Uniformjacke stand jovial offen. Ebenso wie Kapitänleutnant von Beust hatte er sich höflich erhoben, als Tron den Salon der *Novara* betrat.

«González hat uns heute Morgen benachrichtigt», fuhr Maximilian fort. «Wir haben Ihren Besuch bereits erwartet.» Er sah Tron besorgt an. «Sie sehen schlecht aus, Commissario.» Dann fuhr er ohne Pause fort, ganz im Ton eines fürsorglichen Truppenführers: «Kaffee, Sherry oder Champagner?»

«Sherry», sagte Tron.

Er musste unwillkürlich an den schottischen Cognac denken, den er mit Spaur zum Mittagessen getrunken hatte. *Der* wäre jetzt das Richtige. Die Schotten, hatte Spaur ihm erklärt, tranken dieses Zeug – kein Wunder – in rauen Mengen, wenn sie ihren Hammelmagen verspeisten. Und genau darauf würde es hinauslaufen, wenn jetzt auch noch Toggenburg seinen Quark bei ihm veröffentlichte: die Verwandlung des *Emporio della Poesia* in einen *Haggis* – oder wie immer dieses Gericht hieß. Nur zu verdauen, indem man sich einen hinter die Binde kippte.

«Der Tod des Botschafters ist tragisch», sagte Maximilian, «aber er klärt die Situation.» Der Erzherzog schwenkte sein Champagnerglas in Trons Richtung, fast so, als würde er auf diese Klärung anstoßen wollen.

Das verstand Tron nicht. Er leerte seinen Sherry vorsichtshalber in einem Zug.

Maximilian lächelte. «Darf ich ein wenig ausholen, Commissario?»

Sie saßen wieder zu dritt um den angeschraubten Mahagonitisch herum – Beust hatte eine Tasse Kaffee vor sich, Tron ein Glas Sherry, und Maximilian fand offenbar nichts dabei, schon am Nachmittag Champagner zu trinken. Wieder war im Kajütfenster ein Segelschiff zu sehen – diesmal eine griechische Brigg.

«Wir haben uns», begann der Erzherzog, «nachdem das Kommandounternehmen am Sonntag gescheitert war, erlaubt, einen Blick auf die Diplomatenpost des Botschafters zu werfen, die alle zwei Tage mit einer unserer Dampferfregatten aus Ancona in Venedig eintrifft.» Maximilian räusperte sich. «Normalerweise ist uns das Briefgeheimnis heilig, aber in diesem Fall hatte der zuständige Offizier die Anweisung …» Maximilian ließ den Satz unvollendet und stärkte sich mit einem Schlückchen Champagner. «Wir hatten eigentlich», fuhr er fort, «auf Informationen gehofft, die *Gutiérrez* belasten würden. Insofern enthielten die Unterlagen eine Überraschung.»

«In welcher Hinsicht?», erkundigte sich Tron. Offenbar bereitete es Maximilian Vergnügen, seine Erkenntnisse in kleinen Häppchen zu servieren – so wie die Feuilletonromane in Pariser Zeitungen.

«Die Unterlagen enthielten Material über Pater Calderón und über Pucci», erklärte Maximilian. Er hielt kurz inne, damit das Häppchen Zeit hatte zu wirken. Und fügte dann theatralisch hinzu: «Material aus den Verliesen des Vatikans.»

Was offenbar hieß, dass Gutiérrez irgendjemanden in den päpstlichen Archiven gekannt hatte, der für ihn geschnüffelt hatte.

Tron sagte: «Gutiérrez hat den Pater im Verdacht gehabt. Aber irgendwann hat in diesem Fall jeder jeden verdächtigt.»

Hatte der Pater umgekehrt auch Gutiérrez im Verdacht gehabt? Tron stellte fest, dass es ihm Schwierigkeiten bereitete, sich daran zu erinnern. Jedenfalls hatte Pater Calderón den Kapitänleutnant verdächtigt – *Buch Daniel* –, aber das hier, dachte er, war eine neue Variante. Jemand verdächtigte jemanden, nicht die Tat begangen zu haben, sondern einen anderen zu verdächtigen, der wiederum ihn selber verdächtigt hatte – ihn, der wiederum ...

«Nur dass der Verdacht, den Gutiérrez hatte, offenbar begründet gewesen ist», unterbrach Maximilian Trons Gedankengang. «Wir jedenfalls haben unsere Einschätzung des Falles gründlich revidiert.» Der Erzherzog deutete auf zwei schmale Aktenkonvolute, die auf dem Tisch lagen. «Auszüge aus zwei Dossiers», sagte er knapp. «Eins über Pater Calderón. Und eins über Pucci.»

Plötzlich wusste Tron, was jetzt kam.

«Die beiden kannten sich», sagte Maximilian. «Und zwar gut. Haben in Rom am selben Tag zusammen das Priestergelübde abgelegt. Offenbar ist die Verbindung nie abgebrochen. Erstaunlich, wenn man bedenkt, dass Pucci mit Schimpf und Schande aus seinem Priesteramt verjagt wurde.»

Tron beugte sich über den Tisch. «Woraus schließen Hoheit das?»

Jetzt schaltete sich Beust ein. «Als Pater Calderón, bevor er ins *Danieli* zog, inkognito in Venedig war, um einer angeblichen Verbindung zwischen Gutiérrez und den Juaristas nachzugehen, hat er Puccis Wohnung benutzt.»

«Das Atelier am Campo San Barnaba?»

Beust schüttelte den Kopf. «Pucci besaß

noch eine Wohnung in Canareggio. Unter dieser Adresse ist Pater Calderón für Bischof Labattista erreichbar gewesen. Und wir glauben, dass der Pater bereits im Sommer dieses Jahres Kontakt mit Pucci gehabt hat.»

Tron nickte. «Etwas in der Richtung hatte mein Sergente bereits vermutet.»

Maximilian sah Tron aufmerksam an. «Was genau hat Ihr Sergente vermutet?»

«Dass Pucci und Pater Calderón sich kannten. Dass Pucci die Fotografien an Pater Calderón verkauft hat.» Tron seufzte. «Und dass Pater Calderón sowohl Anna Slataper als auch Pucci getötet hat.»

«Volltreffer», sagte der Erzherzog.

«Was ist mit dem Mord an Signora Saviotti?»

Wieder schaltete sich Beust in das Gespräch ein. «Es gab irgendetwas in der Wohnung von Anna Slataper», sagte er in seiner ruhigen Art, «das einen Hinweis auf den Mörder enthielt. Eine Spur, die Pater Calderón beseitigen wollte.»

«Wobei er auf Signora Saviotti traf», sagte Tron. «Was für eine Spur könnte das gewesen sein?»

«Ich weiß es nicht», meinte Beust. «Calderón könnte es – was immer es ist – mitgenommen oder auch nicht gefunden haben.»

«Und die Schrift an der Wand, die Pucci mit letzten Kräften gemalt hat? Was hat die zu bedeuten?» Tron hielt es für klüger, das *Buch Daniel* nicht zu erwähnen.

«Die Schrift stammt von Pater Calderón», sagte Beust. «Er ist davon ausgegangen, dass die Dechiffrierung erheblichen Scharfsinn erfordern würde.» Der Kapitänleutnant warf einen respektvollen Blick auf den Erzherzog. «Und ebendeshalb eine überzeugende falsche Spur legen würde.»

Tron nickte anerkennend: «Raffiniert ausgedacht. Wir sollen Gutiérrez für den Täter halten. Damit wären die Ermittlungen beendet, weil der Botschafter diplomatische Immunität genießt.»

«Calderón hat nicht damit gerechnet», sagte Beust, «dass Gutiérrez über ihn und Pucci in Rom Erkundigungen einziehen würde.»

Tron sagte: «Die Gutiérrez Montagabend erreicht haben.»

Beust nickte. «Gutiérrez wusste also, dass Pater Calderón die Fotografien hatte.»

Tron dachte einen Moment lang nach. Es war alles plausibel bis auf einen Punkt. «Und er – Gutiérrez – hat Pater Calderón ein Geschäft vorgeschlagen. Sein Schweigen gegen die Fotografien. Pater Calderón hat sich dazu bereit erklärt, und Gutiérrez hat als Treffpunkt den *Conte Pescaor* vorgeschlagen. Aber warum eine Trattoria? Warum einen öffentlichen Ort? Sie haben beide im *Danieli* gewohnt. Sie hätten sich in einem der Zimmer treffen können.»

Beust lächelte. «Calderón wollte Gutiérrez töten. Und zwar vor Zeugen. Weil kein Priester, der einen Mord begeht, sich dabei einen schwarzen Mantel anzieht und einen runden Hut aufsetzt. Für einen mordenden Priester ist die Soutane die perfekte Tarnung. Er konnte sich also ziemlich sicher sein, dass Sie in dieser Richtung nicht ermitteln würden.»

Was insofern nicht stimmte, als Bossi genau dieselbe Überlegung angestellt hatte. Aber das sagte Tron nicht. Er fragte: «Und nun?»

Beust sah Tron an. «Die Fotografien sind vermutlich in der Wohnung in Canareggio.»

«Dann holen wir sie uns.»

Beust schüttelte den Kopf. «Ich will nicht

nur die Fotografien. Ich will die Fotografien *und* ein Geständnis. Deshalb wird González Pater Calderón noch heute einen Brief schreiben. Genauer gesagt: *Wir* schreiben einen Brief mit der Unterschrift von González.»

«González? Ich kann Ihnen nicht ganz folgen.»

Beust lächelte eitel. «Es wäre durchaus denkbar, dass González in die Nachforschungen von Gutiérrez eingeweiht war. Und dass er weiß – oder vermutet, dass es Pater Calderón war, der Gutiérrez getötet hat.»

Jetzt begriff Tron, was Beust meinte. «Und sich entschlossen hat, lieber ein Geschäft zu machen, als die Polizei zu informieren.»

Beust nickte. «González wird in diesem Brief den Wunsch äußern, sich mit Pater Calderón über den Mord im *Conte Pescaor* zu unterhalten. Und er wird als Treffpunkt die Wohnung in Canareggio vorschlagen. Die Tatsache, dass González diese Adresse kennt, wird dem Pater einen zusätzlichen Schreck einjagen.»

Tron zögerte einen Moment. Dann sagte er: «Ich bin mit dem Pater privat bekannt. Er ist ein Bekannter der Principessa di Montalcino.»

«Ich weiß», sagte Maximilian. «Der Kapitänleutnant hat es mir gesagt. Und aus Rücksicht auf diese Konstellation hat er vorgeschlagen, dass *er* mit dem Pater verhandelt. Während Sie mit Sergente Bossi das Gebäude von außen sichern.» Der Erzherzog betrachtete das Champagnerglas, als würde sich der Besuch bei Pater Calderón darin abspielen.

«Was erwarten Sie von Calderón, Hoheit?»

«Die Fotografien und ein schriftliches Geständnis», sagte Maximilian. «Dann wird sich Calderón in alle Ewigkeit als äußerst kooperativ erweisen.»

«Keine Strafverfolgung?»

Maximilian runzelte die Stirn. «Wollen Sie wirklich, dass es zu einem Prozess gegen einen guten Bekannten der Principessa di Montalcino kommt, in dem womöglich ein Todesurteil verhängt wird?»

Nein, dachte Tron, das wollte er nicht.

Er stieß beim Aufstehen mit den Knien hart gegen den Tisch und taumelte ein wenig, als er sich aufrichtete – was ihm einen verständnisvollen Blick von Maximilian einbrachte.

«Für wann wollen Sie Pater Calderón in die Wohnung bestellen?», erkundigte sich Tron.

«Fünfzehn Doppelnull», sagte Maximilian im Jargon der Kriegsmarine. Er stellte das Champagnerglas ab und warf einen schneidigen Kommandeursblick auf seine Breguet. «Wir sollten uns Zwölf Doppelnull vorher auf der *Novara* treffen. Wir brauchen einen guten Plan. Der Bursche ist gefährlich.»

45

«Es gab keinen Grund, dir von meinem Treffen mit Pater Calderón zu berichten», sagte die Principessa frostig. «Calderón wollte, dass niemand von seiner Anwesenheit in Venedig erfährt, und es sprach aus meiner Sicht nichts dagegen, diesen Wunsch zu respektieren.»

Sie stieß den Rauch ihrer Zigarette aus und ließ sich auf ihre Récamiere zurückfallen. «Mein Gott, ich konnte doch nicht wissen, was es mit dieser Wohnung in Canareggio für eine Bewandtnis hat. Und dass Pater Calderón und Pucci sich kannten, beweist noch gar nichts.»

Daran, dass sich die Principessa beim Inhalieren des Rauches fast verschluckt hatte, merkte Tron, wie nervös sie war. Was ihn auf eine kindische Art und Weise freute. Der Lack auf Pater Calderóns glänzender Oberfläche blätterte langsam ab.

«Und warum hat Pater Calderón uns diese Bekanntschaft verschwiegen?»

«Weil er sich damit verdächtig gemacht hätte», sagte die Principessa.

Tron nickte. «Allerdings. Und aus genau demselben Grund hat er dir verschwiegen, dass er bereits im Juli in Venedig gewesen ist.»

«Bist du dir da sicher?»

«Pater Calderón», sagte Tron geduldig, «ist die rechte Hand von Bischof Labattista. Und Labattista ist Ende Juli für eine Unterredung mit Maximilian über Venedig nach Triest gereist. Da Pater Calderón nicht zusammen mit dem Bischof auf Miramar gewesen ist, hat er sich vermutlich in Venedig aufgehalten.» Er setzte gnadenlos hinzu: «Und ist hier mit seinem alten Freund Pucci zusammengetroffen.»

Das Gesicht der Principessa nahm einen unglücklichen Ausdruck an. «Diesen Venedigaufenthalt hat er mir gegenüber nicht erwähnt.»

Natürlich hat er das nicht, dachte Tron. Weil es niemand wissen durfte. Er sagte: «Dieses Treffen in Canareggio – warum wollte Pater Calderón dich unbedingt *vor* seiner offiziellen Ankunft in Venedig sehen? Warum hatte er es so eilig, dich zu treffen?»

«Das habe ich ihn auch gefragt.»

«Und was hat er geantwortet?»

«Er wollte mich unbedingt sofort sehen, weil ...»

«Weil?»

«Sagen wir es so.» Eine leichte Röte überzog das Gesicht der Principessa, und ihre Wimpern über den grünen Augen senkten sich einen Moment lang. «Er hatte, als wir uns in Paris wiedertrafen, die Befürchtung, er könnte seine Gefühle mir gegenüber nicht unter Kontrolle haben.»

Tron beugte sich auf seinem Sessel vor. «Ist es das, was er dir bei eurem Treffen gesagt hat?»

Die Principessa nickte. «Dass er feststellen wollte, wie er auf mich reagiert.»

«Was eigentlich ein Grund für ihn gewesen wäre, dieses Wiedersehen in aller Öffentlichkeit stattfinden zu lassen. Worüber habt ihr noch geredet? Auch über mich?»

«Über unsere Heiratspläne war er informiert.»

«Auch darüber, dass du einen Polizisten heiraten wirst?»

Die Principessa nickte. «Er wusste, dass du Commissario von San Marco bist.»

«Hat er dir verraten, weshalb er Zivil trägt? Und sich inkognito in Venedig aufhält?», erkundigte sich Tron.

«Er hat nur gesagt, dass es hier in Venedig Probleme gibt.»

«Probleme womit?»

«Es gäbe Leute, die daran interessiert seien, dass Maximilian scheitert. Mehr hat er nicht dazu gesagt.»

«Hat er Fragen über *mich* gestellt?»

Die Principessa schwieg einen Moment. Dann sagte sie: «Er wollte wissen, ob wir über deine Fälle reden.»

«Was hast du geantwortet?»

«Dass wir nie über deine Arbeit sprechen.»

«Hat dich diese Frage nicht stutzig gemacht?»

«Ich hatte keinen Grund, misstrauisch zu sein.»

«Vielleicht hat er sich Informationen erhofft und wollte dich deshalb sehen. Wenn es ihm nur darauf angekommen wäre, festzustellen, wie er auf dich reagiert, hätte er auch schon im Juli mit dir Kontakt aufnehmen können.»

«Das würde bedeuten, dass er mich belogen hat», sagte die Principessa. Ihre Stimme klang bemerkenswert ruhig. «Was habt ihr vor?»

«Beust wird Pater Calderón morgen in Canareggio einen Besuch abstatten und ihn mit seiner Bekanntschaft mit Pucci konfrontieren.»

«Und worin besteht deine Funktion?»

«Mit Sergente Bossi vor dem Gebäude zu warten. Falls der Kapitänleutant Hilfe braucht.»

Die Principessa sah Tron mit zusammengekniffenen Augen an. «Du hältst Pater Calderón also tatsächlich für den Täter?»

Tron hob die Schultern. «Das Bild ändert sich jeden Tag. Gestern dachten wir noch, dass Gutiérrez der Schurke in diesem Stück ist.»

«Was sagt dir dein Instinkt?»

Tron überlegte einen Augenblick. «Dass Pater Calderón gute Gründe gehabt haben muss, sowohl seine enge Bekanntschaft mit Pucci als auch seinen Venedigaufenthalt im Juli zu verschweigen.»

«Das sagt dir dein Verstand. Ich habe dich nach deinem Instinkt gefragt.»

«Jedes Mal, wenn Pater Calderón von der *heiligen Kirche* spricht, muss ich an die Inquisition denken. Und da schlagen meine venezianischen Instinkte Alarm.»

«Das bedeutet noch lange nicht, dass Pater Calderón ein Mörder ist.»

«Wer dermaßen fanatisch von der Überlegenheit der *heiligen Kirche* überzeugt ist», sagte Tron langsam, «wird alles tun, um ihre Interessen zu schützen.»

«Sieht Maximilian das auch so?»

«Der Erzherzog will die Fotografien. Alles andere ist ihm gleichgültig.»

«Wenn Pater Calderón diese Fotografien tatsächlich besitzt und sie euch überlässt, bedeutet das, dass er ein Mörder ist.»

Tron nickte. «Das bedeutet es wohl.»

«Was habt ihr in diesem Fall mit ihm vor?»

«Wir werden ihn ein Geständnis unterzeichnen lassen.»

«Und dann?»

«Hat Maximilian ihn an der Leine.»

«Keine Verhaftung? Keine Anklage?»

«Als rechte Hand von Bischof Labattista ist Pater Calderón für Maximilian nützlicher als auf der Anklagebank.»

«Und du machst dabei mit?»

Tron zuckte die Achseln. «Noch hat uns Calderón die Fotografien nicht gegeben. Und noch hat er das Geständnis nicht unterzeichnet. Aber Beust ist davon überzeugt, dass Calderón gar keine andere Wahl hat, als auf sein Angebot einzugehen. Niemand will einen Prozess. Calderón ohnehin nicht, und Maximilian nicht, weil ihn diese Affäre politisch erledigen könnte. Also wird Calderón die Fotografien herausrücken und ein Geständnis unterschreiben. Es wäre völlig unlogisch, wenn er sich anders verhalten würde.» Tron lächelte und schüttete vorsichtig ein wenig Milch in seinen Kaffee.

«Vor ein paar Tagen hast du mir erklärt, dass die meisten Kriminalfälle mit Logik nichts zu tun haben.»

Hatte er das? Tron räusperte sich. «Da lagen erheblich weniger Karten auf dem Tisch.»

Er betrachtete eingehend den Kaffee in seiner Tasse, als sei er eine kleine Welt, die es zu entschlüsseln galt. Die Milch, die er in den Kaffee geschüttet hatte, war wieder an die Oberfläche gekommen und nahm einen Moment lang die Form der italienischen Halbinsel an. Oder eines Zylinderhutes. Dann verwandelte sie sich in etwas, das wie ein Tintenfisch aussah. Oder wie irgendetwas anderes. «Es war noch kein Muster zu erkennen», sagte Tron nachdenklich.

«Und jetzt?»

«Ist ein Muster sehr wohl erkennbar.» Die Bewegung der Milch verlangsamte sich, und ihre Schlieren erinnerten Tron ein paar Sekunden lang an die *volta*, an die Biegung des Canalazzo. «In diesem Ermittlungsstadium», sagte er, «sind logische Schlüsse sehr wohl möglich. Wir haben zumindest eine Ahnung von der Grammatik des Falls.»

Grammatik des Falls – mein Gott, was für einen geschwollenen Unsinn er da redete, dachte Tron. Da er sich den Blick vorstellen konnte, den ihm die Principessa jetzt zuwarf, sah er lieber nicht auf, sondern nahm den Löffel und rührte seinen Kaffee um.

46

Der Hof, an dem Puccis Wohnung lag, maß ungefähr zwanzig mal zwanzig Schritt im Geviert und war von zweigeschossigen, ziegelgedeckten Häusern umgeben. Tron und Sergente Bossi saßen seit kurz nach zwölf in einer leerstehenden Wohnung im Untergeschoss eines der Häuser und starrten durch einen zerbrochenen Fensterladen auf den Hof hinaus. Eine feuchte, durchdringende Kälte, ein Eishauch, stieg von den steinernen Bodenplatten auf und ließ erst ihre Füße, dann ihre Beine erstarren. Tron verfluchte sich dafür, dass er den *scaldino* zurückgewiesen hatte, den Alessandro ihm mit auf den Weg hatte geben wollen.

Seit einer halben Stunde, kurz nachdem Pater Calderón den Hof durchquert und der klemmenden Tür zu Puccis Wohnung einen unpriesterlichen Tritt versetzt hatte, fiel ein feiner Sprühregen vom Himmel, der den ungepflegten Plattenweg in der Mitte des Hofes erglänzen ließ. Vor Calderón hatte sich außer einer Katze und einem alten Mann, der langsam über den Hof geschlurft und in einem der Hauseingänge verschwunden war, kein weiteres lebendes Wesen gezeigt.

Beust erschien kurz nach drei. Er hatte irgendwo einen Radmantel aufgetrieben, wie González ihn hin und wieder trug. Sein Zylinderhut war tief ins Gesicht gedrückt. Er lief mit schnellen und, wie es Tron schien, etwas ängstlichen Schritten auf Puccis Wohnungstür zu. Dann klopfte er. Falls Pater Calderón überrascht war (und das war er zweifellos), dass nicht González, sondern Beust vor der Tür stand, hinderte ihn seine Überraschung offenbar nicht daran, den Besucher sofort einzulassen. Nachdem sich die Tür knarrend geöffnet hatte, verschwand der Kapitänleutnant im Inneren des Hauses.

«Das gefällt mir nicht», sagte Bossi ein paar Minuten später. Seine Stimme klang belegt. Tron sah einen Schweißtropfen auf seiner Oberlippe glänzen.

«Was gefällt Ihnen nicht, Bossi?»

Was sich als komplizierte Frage herausstellte, denn Bossi musste ein wenig nachdenken, bevor er sie beantworten konnte. Zwei Tauben flatterten so langsam über den Hof, dass Tron Zeit hatte, bis zehn zu zählen, ehe sie wieder im Nebel verschwanden.

«Dass Pater Calderón ihn sofort in die Wohnung gelassen hat», sagte Bossi schließlich zögernd. «Der Pater ist mit González verabredet gewesen und nicht mit Beust.»

Tron zuckte die Achseln. «Er wollte kein Gespräch auf der Türschwelle.»

Bossi schüttelte den Kopf. «Das meine ich nicht.»

«Und was *meinen* Sie, Sergente?»

Bossi holte tief Atem. «Ich kann es nicht begründen, Commissario. Aber ...» Er unterbrach sich und schluckte.

«Reden Sie weiter, Sergente.»

«Mir kommt es vor, als sei es Calderón völlig egal, wen er in dieser Wohnung empfängt», sagte Bossi. «Als sei es ihm gleichgültig, wen er tötet.» Er zerrte ein Taschentuch aus seiner Hose und wischte sich den Schweiß von der Oberlippe. «Was machen wir, wenn er Beust erschießt?»

«Wir gehen rein und verhaften ihn», sagte Tron ruhig. «Unter diesen Umständen dürfte es Calderón schwerfallen, sich wieder ein Alibi zurechtzulügen.»

Das mit dem Verhaften hörte sich einfach an, setzte allerdings, wie Tron sich eingestehen musste, eine gewisse Kooperationsbereitschaft Calderóns voraus. Tron war fest davon überzeugt, dass der Pater bewaffnet war.

Bossi sprach aus, was beide dachten. «Es wäre besser gewesen», sagte er, «wenn wir ein paar Leute zur Verstärkung mitgebracht hätten.»

Tron hoffte, dass sein Lächeln Bossi beruhigte. «Nur um einen Priester zu verhaften?»

«Wenn Calderón den Kapitänleutnant erschossen hat, dann hat er nichts mehr zu verlieren», beharrte Bossi.

«Aber warum sollte Calderón ihn erschießen?»

«Weil er ...»

Der Schuss, den sie beide hörten, kam aus Puccis Wohnung, und es überraschte sie nicht, dass ein paar Augenblicke später ein zweiter Schuss fiel.

«Wenn Calderón seine Waffe hebt», sagte Tron zu Bossi, während sie sich in Bewegung setzten, «dann schießen Sie ohne Warnung. Ich will den Burschen am Boden haben, bevor er abdrücken kann.»

«Gütiger Himmel!», rief Bossi.

Tron hatte die Tür des Zimmers aufgestoßen, und Bossi stand mit gezogener Dienstwaffe dicht hinter ihm. In der Mitte des Raumes, bleich wie der Tod und in der Haltung einer Marionette, deren Schnüre durchtrennt worden waren, lehnte der Kapitänleutnant mit geschlossenen Augen an einem Tisch. Sein linker Ärmel war über dem Ellenbogen zerfetzt, doch Tron konnte kein Blut erkennen. Beust zitterte so stark, dass die Kaffeetasse, die auf dem Tisch stand, auf ihrer Untertasse klirrte. Er hatte die Lippen zusammengepresst und stöhnte.

Drei Schritte von ihm entfernt, direkt vor dem einzigen Fenster des Raumes, lag Pater Calderón bewegungslos auf dem Rücken. Tron wusste sofort, dass es überflüssig war, nach dem Puls des Priesters zu tasten. Calderón war tot.

Der Schuss aus dem Revolver, den Beust immer noch in der Hand hielt, hatte Pater Calderón in die Brust getroffen. Dessen rechte Hand hielt *seinen* Revolver, den er auf Beust abgefeuert hatte, ebenso umklammert. Selbst der Zeigefinger des Paters lag noch auf dem

Abzug. Sein linkes Auge stand ein wenig auf – so als würde er blinzeln. Zugleich waren seine Mundwinkel leicht nach oben gezogen, was Pater Calderón den völlig unpassenden Gesichtsausdruck eines Mannes verlieh, der gerade einen gewagten Scherz erzählt hatte.

«Commissario Tron?» Der Kapitänleutnant, der Tron offenbar erst jetzt bemerkt hatte, hob schwerfällig den Kopf und riss die Augen weit auf, so als würde ein völlig Unbekannter vor ihm stehen. Tron konnte sehen, dass er unter Schock stand und offenbar im Moment die Orientierung verloren hatte.

Er sagte: «Sie sind in Sicherheit, Herr Kapitänleutnant. Wir hatten verabredet, dass wir eingreifen, wenn …»

Beust unterbrach Tron im nörgelnden, leicht stockenden Tonfall eines Mannes, der kurz vor einem Nervenzusammenbruch steht. «Ja, natürlich. Ich weiß.» Er stöhnte wieder und presste seine Hand auf die abgefetzte Stelle an seinem linken Oberarm. Dann schüttelte er fassungslos den Kopf. «Mein Gott, es ging alles so schnell. Ist Pater Calderón tot?»

«Ich fürchte», sagte Tron.

«Das wollte ich nicht, Commissario.» Beust

schloss die Augen und ließ seinen Revolver polternd zu Boden fallen.

«Was genau ist passiert? Sie sind höchstens fünf Minuten in der Wohnung gewesen. Wie hat Pater Calderón reagiert, als er Sie gesehen hat? Immerhin hatte er González erwartet.»

Die Stimme des Kapitänleutnants hörte sich brüchig an. «Er sagte, dass ich hereinkommen soll und dass ...»

«Und dass?», fragte Tron ruhig.

Beust starrte auf den Fußboden. «Dass er eine Lösung für unser Problem hat. Er war erstaunlich gelassen. Machte nicht einmal einen überraschten Eindruck.»

«Was ist dann passiert?»

«Der Pater hat mich höflich gebeten, Platz zu nehmen. So als würde ich ihm einen Kaffeebesuch abstatten.» Der Kapitänleutnant stieß ein kurzes, hysterisches Lachen aus. «Dann hat er mich gefragt, was ich will.»

«Und was haben Sie gesagt?»

«Dass ich Bescheid wüsste. Über alles.»

«Wie hat er darauf reagiert?»

«Er hat nur langsam genickt. So wie jemand, der mit einer Situation konfrontiert wird, die er seit langem erwartet hat.» Beust sah Tron mit erhobenen Augenbrauen an. «Ich weiß nicht, ob wir das als Geständnis werten können.»

«Haben Sie ihm den Vorschlag gemacht, über den wir gesprochen hatten? Calderón gibt uns die Fotografien, unterschreibt ein Geständnis, und wir verzichten darauf, ihn vor Gericht zu bringen?»

«Ja, natürlich.»

«Und was hat er gesagt?»

«Dass es hier nicht um sein persönliches Schicksal gehe, sondern einzig und allein um die Ehre des Herrn.» Beust verstummte einen Moment lang. «Und dass er den Tod nicht fürchte, weil er wisse, dass das Paradies auf ihn wartet. Und dass dort das Antlitz seines Erlösers über ihm leuchten werde.»

«Er hat also Ihren Vorschlag nicht beantwortet.»

Beust schüttelte den Kopf. «Nein. Er ist aufgestanden und zu dem Schrank dort gegangen.» Beust wies mit der Hand seines unverletzten Arms auf einen hölzernen Küchenschrank. «Dann hat er sich gebückt und etwas aus dem Schrank genommen.»

«Den Revolver?», erkundigte sich Tron.

Beust nickte. «Vermutlich dieselbe Waffe,

mit der er Gutiérrez erschossen hat. Ich hätte nie damit gerechnet, dass er mich bedrohen würde. Er hat mit ganz ruhiger Stimme behauptet, der Erzherzog sei der Antichrist. Und es sei Gottes Wille, dass ich jetzt sterben müsse. Und dass er die Fotografien der Obhut der heiligen Kirche übergeben werde. Alles andere sei ihm gleichgültig.»

«Was ist danach geschehen?»

«Zuerst hat er mich aufgefordert, mit ihm zusammen für mein Seelenheil zu beten.» Beust konnte nicht verhindern, dass seine Stimme bei der Erinnerung an diese Aufforderung zu zittern begann. «Er hat mir angeboten, meine Beichte abzunehmen und mir die Absolution zu erteilen.»

«Und dann?»

«Er hielt die Waffe in seiner rechten Hand, und ich konnte sehen, wie sein Daumen den Hahn nach hinten zog, um den Revolver zu spannen. Mir war klar, dass es in dem Moment, in dem der Hahn einrastete, zu spät sein würde.»

«Also haben Sie selber Ihre Waffe gezogen.»

Beust lächelte matt. «Nicht gezogen, Commissario. Dafür blieb mir keine Zeit. Ich habe aus der Manteltasche heraus gefeuert. Durch meinen Radmantel hindurch. Einfach in seine Richtung gehalten und abgedrückt. Und mich dann zur Seite geworfen.»

«Sodass Sie der Schuss Calderóns nur gestreift hat.»

«Es war reines Glück», sagte Beust. «Wenn alles mit rechten Dingen zugegangen wäre, müsste ich jetzt tot sein.»

«Die Kugel», erklärte Bossi, der inzwischen ein Tischtuch über den Oberkörper des Priesters gebreitet hatte, «hat Calderón direkt ins Herz getroffen. Er muss auf der Stelle gestorben sein.»

Beust stöhnte wieder auf, und Tron fragte sich, was diesen Mann dazu bewogen hatte, zum Militär zu gehen. «Ein reiner Zufallstreffer», sagte der Kapitänleutnant. Er grinste kläglich. «Eigentlich bin ich ein miserabler Schütze.»

Tron sah Beust an. «Was meinen Sie, Herr Kapitänleutnant? Können Sie aufstehen und laufen?» Er musste sich immer wieder ins Gedächtnis zurückrufen, dass die zusammengesunkene Gestalt auf dem Stuhl einen militärischen Rang bekleidete.

Der Kapitänleutnant hob irritiert den Kopf. «Wohin soll ich denn laufen?»

«Nur die paar Schritte zum Rio Madonna dell'Orto. Da liegt unsere Gondel. Wir können Sie ins *Danieli* bringen. Dort wird sich der Hotelarzt um Sie kümmern.»

«Wer benachrichtigt den Erzherzog?»

«Das übernimmt Bossi auf dem Weg zur Wache an der Piazza.»

Beust überlegte einen Moment. Dann sagte er: «Ich muss erst wissen, ob die Fotografien hier sind. Und den Erzherzog muss ich selbst sprechen.» Er drehte seinen Kopf mühsam nach links. «Was ist hinter der Tür da?»

Tron zuckte die Achseln. «Vermutlich das Schlafzimmer.»

«Dann würde ich vorschlagen», sagte Beust mit einer Stimme, die sich jetzt ein wenig fester anhörte, «dass Sie mit der Suche nach den Fotografien im Schlafzimmer beginnen.»

Der zweite Raum der Wohnung, dessen Fenster ebenfalls auf den Hof ging, war kein richtiges Zimmer, sondern eher eine größere Kammer, die nicht viel mehr als ein Bett, einen Schrank und ein Regal enthielt. Auf der einen Seite des Bettes stand ein Stuhl, auf der anderen ein Nachttisch. Fahles, fleckiges Licht fiel durch schmutzige Scheiben, und ein intensiver Geruch nach verschüttetem Petroleum und verdorbenem Essen erfüllte das Zimmer.

Auf dem Regal standen zwei hölzerne Kameras und ein halbes Dutzend Pappschachteln, die voller fotografischer Abzüge waren. Tron sah die Schachteln zusammen mit Bossi durch, doch sie enthielten nur Fotografien mit den üblichen Venedig-Motiven, keine Aufnahmen von Personen und schon gar nicht Aufnahmen, wie sie an spezielle Kunden unter dem Ladentisch verkauft wurden. Danach öffnete Tron den Schrank, in dem zwei Gehröcke und ein Mantel hingen. Automatisch tastete er die Kleidungsstücke ab, aber erwartungsgemäß fand er nichts. Ebenso wenig konnte Bossi unter dem Bett und unter der Matratze entdecken.

Schließlich fand Tron den Umschlag – so als hätte es Pater Calderón für überflüssig gehalten, sich ein besonders raffiniertes Versteck auszudenken – in der Schublade des Nachttisches, nur äußerst nachlässig verdeckt von einem Exemplar der *Gazzetta di Venezia.* Das Problem war, dass der Umschlag nur eine einzige Fotografie enthielt. Was nichts anderes bedeutete, als dass Pater Calderón den größten Teil der Fotografien an einem anderen Ort aufbewahrte – Tron schätzte, dass es mindestens noch ein halbes Dutzend gab. Möglicherweise waren sie bereits im Besitz von Bischof Labattista in Rom. Allerdings, dachte Tron, war es höchst unwahrscheinlich, dass die *heilige Kirche* es wagen würde, die Fotografien unter diesen Umständen noch gegen Maximilian zu verwenden.

Was Beust genauso zu sehen schien, denn er nahm die Mitteilung, dass der Umschlag, den Tron ihm überreichte, nur eine einzige Fotografie enthielt, gleichmütig entgegen.

«Wie geht es jetzt weiter?» Der Kapitänleutnant wedelte mit dem Umschlag in Richtung Calderóns Leiche.

«Sergente Bossi wird Dr. Lionardo holen», sagte Tron. «Dann wird die Leiche ins *Ognissanti* gebracht. Dort kann Pater Calderón morgen früh, bevor die Sektion vorgenommen wird, identifiziert werden.»

Beust runzelte die Stirn. «*Identifiziert* werden? Dieser Mann *ist* Pater Calderón. Warum wollen Sie ihn noch identifizieren lassen? Und *wer* soll ihn identifizieren?»

«Ich sagte Ihnen doch, es gibt jemanden, der ihn in der Wohnung von Anna Slataper gesehen hat.»

«Dieser ominöse Zeuge?»

Tron nickte. «Eine *Zeugin.* Ein junges Mädchen, das unter Schock stand und nicht in der Lage war, Pater Calderón zu beschreiben. Aber ich denke schon, dass sie ihn jetzt für uns identifizieren kann.»

«Wird das nötig sein?» Der Kapitänleutnant schien über diese Mitteilung irritiert zu sein.

«Es ist Teil des normalen Verfahrens», erklärte Tron.

«Meinen Sie die kleine Meisterdiebin, die González den Schlüssel abgenommen hat? Wie war noch ihr Name?»

«Angelina Zolli. Ihr Name ist aus Sicherheitsgründen nie erwähnt worden. Sie wohnt beim Küster von Santa Maria Zobenigo. Wir bitten sie morgen ins *Ognissanti.* Womit der Fall abgeschlossen wäre.»

Beust bedachte Tron mit einem gequälten Lächeln. «Wenn Sie es denn für nötig halten.»

Als er seinen linken Arm auf den Tisch stützte, verzog er das Gesicht.

«Soll Bossi Sie zur Gondel bringen, Herr Kapitänleutnant?»

Die Antwort kam schnell, fast feindselig. «Das war nur ein Streifschuss», sagte Beust knapp. «Sie vergessen, dass ich Soldat bin, Commissario.»

Er bückte sich nach seinem Revolver, schob den Sicherungshebel zurück und verstaute die Waffe wieder unter seinem Radmantel. Dann warf er einen zufriedenen Blick auf Calderón, der immer noch, den Kopf und den Oberkörper vom Tischtuch bedeckt, auf dem Boden lag.

«Aus der Tasche heraus und ohne zu zielen mitten ins Herz», sagte Beust selbstgefällig. «Das wird den Erzherzog beeindrucken.»

47

Als Tron zwei Stunden später Dr. Lionardo und den beiden Sargträgern zum Rio Madonna dell'Orto folgte, hatte sich der Nieselregen in zähen, kompakten Nebel verwandelt.

Dr. Lionardo hatte, wie erwartet, nach kurzer Untersuchung Bossis Vermutung bestätigt, dass Calderóns Tod innerhalb weniger Sekunden eingetreten sein musste – der Schuss des Oberleutnants hatte den Pater tatsächlich mitten ins Herz getroffen.

Wieder sah Tron – ein Anblick, der ihm inzwischen allzu vertraut geworden war –, wie die beiden Sargträger ihre Last auf eine Gondel verluden, die sich kurz darauf lautlos von den *fondamenta* löste. Ein paar Sekunden später hatte der Nebel sie verschluckt, und Tron fragte sich, was ihn daran hinderte, die angemessene Befriedigung über das Ende des Falls zu empfinden.

Sicher, das verwirrende Kaleidoskop, das ihn die letzten zwei Wochen in Atem gehalten hatte, weil es immer neue, überraschende Konstellationen hervorgebracht hatte, war nun zum Stillstand gekommen. Es passte jetzt alles zusammen, fügte sich nahtlos ineinander wie die Teile eines komplizierten, präzise zugeschnittenen Puzzles. Aber irgendetwas störte Tron in dem Bild, das die zusammengefügten Teile ergaben.

Das Geld fiel ihm ein, das Maximilian ihm in Aussicht gestellt hatte und auf das nun –

so wie die Dinge lagen – sicherlich nicht mehr zu hoffen war. War es das, was ihn irritierte? Nein, dachte Tron, das Geld war es nicht. Schon eher der befriedigte Blick, den Beust auf die Leiche Calderóns geworfen hatte, und die Vorstellung, dass der Kapitänleutnant die Lösung des Falles mit arroganter Selbstverständlichkeit auf *seine* Fahne heften würde.

Und natürlich würde es kein Vergnügen sein, der Principessa vom Tod ihres alten Freundes zu berichten. Wie würde sie Calderóns Tod aufnehmen? Mit der üblichen, ihn oft ärgernden Gelassenheit, mit der sie sonst schlechte Botschaften zu empfangen pflegte? Oder würde sie diesmal anders reagieren und *ihm* die Schuld an Calderóns Schicksal geben? Und womöglich – wider alle Vernunft und allen Augenschein – immer noch daran festhalten, dass Pater Calderón unschuldig war?

Es war kurz vor sechs Uhr abends, als Tron den Salon der Principessa betrat, nachdem ihn die Polizeigondel am Wassertor des Palazzo Balbi-Valier abgesetzt hatte.

Die Principessa stand am Fenster. Sie hatte

den Vorhang zurückgeschoben, einen Fensterflügel halb geöffnet und starrte in die graue Dunkelheit hinaus. Die eiskalte Luft, die in den Salon wehte und die Vorhänge in lustloses Flattern versetzte, schien sie nicht zu bemerken. Einen Augenblick lang spiegelte sich ihr Gesicht in der Scheibe und legte sich über die erleuchteten Fenster des Palazzo Barbaro auf der anderen Seite des Canalazzo.

«Was ist passiert?», fragte die Principessa, ohne sich umzudrehen. Ihre Stimme klang ruhig, aber Tron hörte die Angst darunter wie die Flügel eines Vogels flattern.

Er wusste, dass sie jetzt nichts mehr hassen würde als überflüssige Worte. Er sagte: «Calderón hat versucht, Beust zu töten.» Und nach einer kleinen Pause: «Es war Notwehr.»

«Calderón ist tot?»

Die Principessa hatte sich umgedreht und blickte Tron an. Ihre Frage klang sachlich, fast gleichgültig. Tron konnte weder Trauer noch Überraschung auf ihrem Gesicht erkennen. Stattdessen sah er etwas in ihren grünen Augen, das keinen Sinn ergab – falls er es sich nicht nur einbildete: Die Principessa glaubte ihm nicht.

«Er war sofort tot. Beust hat ihn direkt ins Herz getroffen», sagte Tron.

Die Principessa nickte. Ihr Gesicht zeigte noch immer keine Regung, und Tron musste unwillkürlich an das Gespräch denken, das sie vor über einem Jahr an Bord der *Erzherzog Sigmund* geführt hatten, als Tron ihr mitgeteilt hatte, dass an Bord des Raddampfers ein Mord geschehen war. Damals, an die Reling des Lloyddampfers gelehnt, hatte die Principessa ihn ebenso ungerührt angesehen – bis auf ein kurzes Funkeln in ihren grünen Augen.

«Calderón», setzte er hinzu, «hatte bereits seine Waffe auf ihn angelegt.»

Die Principessa hob die Augenbrauen. «Sodass der Kapitänleutnant leider gezwungen war, sich zu wehren.»

Sie löste sich vom Fenster und ging, ohne Tron anzusehen, zu ihrer Récamiere. Als sie Platz genommen und sich zurückgelehnt hatte, sagte sie in ihrem makellosen Florentiner Italienisch: «Erzähl mir, was am Rio Madonna dell'Orto passiert ist.» Sie ließ ihr silbernes Zigarettenetui aufschnappen wie ein Messer. «Ich will jede Einzelheit wissen.»

Tron brauchte für seinen Bericht gute zwanzig Minuten. Die Principessa unterbrach ihn kein einziges Mal, und Tron hatte den Eindruck, dass sie jedes Wort, das er sagte, penibel auf einem unsichtbaren Notizblock notierte – wie einen Erlass oder ein Urteil, dachte er.

Als er seinen Bericht beendet hatte, schloss die Principessa die Augen und schwieg ein paar Minuten. Dann sagte sie: «Calderóns Revolver war also in seiner *rechten* Hand. Habe ich dich richtig verstanden?»

Tron nickte. «Sein Zeigefinger lag sogar noch auf dem Abzug. Bossi hat sich Notizen gemacht. Wir haben leider keine Möglichkeit, Tatortfotos zu machen.»

«*Tatortfotos?*»

«Vergiss es.»

Ein paar Augenblicke lang starrte die Principessa auf die Glut an der Spitze ihrer Zigarette – so als würde sie das *Tatortfoto* betrachten, das es nicht gab. Dann fragte sie: «Hat Pater Calderón dir mal seine Hand gegeben?»

«Ein- oder zweimal.»

«Und ist dir nichts aufgefallen?»

Tron dachte kurz nach. «Er hat mir beide Male seine *linke* Hand gegeben. Weil er einen Rosenkranz in seiner rechten Hand hielt. Wahrscheinlich aus ...» Tron ließ den Satz unvollendet.

Doch die Principessa hatte erraten, woran Tron dachte, und schüttelte den Kopf. «Nicht aus religiösen Gründen.»

«Weshalb denn sonst?»

«Weil seine rechte Hand gelähmt war.» Die Principessa lächelte grimmig. «Pater Calderón konnte mit Mühe den Rosenkranz halten. Er wollte nicht, dass es jemand erfährt. Deshalb hatte er immer diesen Rosenkranz in der rechten Hand.»

Tron sah die Principessa fassungslos an. «Ist dir auch klar, was das bedeutet?»

«Dass Pater Calderón nicht in der Lage war, eine Waffe in der rechten Hand zu halten», sagte die Principessa.

«Aber ...?»

«Beust hat Pater Calderón erschossen», sagte die Principessa. «Anschließend hat er sich mit einem zweiten Revolver einen harmlosen Streifschuss verpasst und diese Waffe dann Pater Calderón in die Hand gedrückt.»

Tron lachte erbittert auf. «Und hat, als wir kamen, eine bewundernswerte schauspielerische Leistung hingelegt. Nachdem er zuvor den Umschlag mit der Fotografie in der Schublade deponiert hatte. Wozu er nicht länger als ein paar Sekunden gebraucht hat.»

Die Principessa nickte. «Er hatte nur keine Ahnung, dass Pater Calderón seine rechte Hand nicht benutzen konnte. Der einzige Fehler in einer sonst perfekten Inszenierung.»

«Also hat Beust den Erzherzog die ganze Zeit hintergangen», sagte Tron. «Was bedeutet, dass Pater Calderón recht hatte. Beust als Handlanger der Hofkamarilla – der Leute, die verhindern wollen, dass Maximilian in Mexiko Erfolg hat. Dass er überhaupt nach Mexiko geht. Aber der Erzherzog wusste doch, dass Beust jede Woche einen geheimen Bericht an den Adjutanten des Kaisers schreibt.»

Die Principessa lächelte matt. «Vielleicht schreibt er ja *zwei* Berichte. Einen, den er abspricht, und einen anderen, in dem das steht, was der abgesprochene Bericht verschweigt.»

«Denkbar wäre es jedenfalls.» So wie ein

Priester, dachte Tron, der seine Morde in einer Soutane begeht, damit niemand auf den Gedanken kommt, der Mörder könnte ein Priester gewesen sein.

«Was wirst du tun?», erkundigte sich die Principessa.

«Gibt es außer dir noch jemanden, der bestätigen kann, dass Pater Calderón seine rechte Hand nicht benutzen konnte?»

Die Principessa zuckte die Achseln. «Vielleicht gibt es jemanden in Rom. Vielleicht auch nicht. In diesem Fall gäbe es nur meine Aussage als Beweis für Calderóns Unschuld.»

«Dann wären die einzigen handfesten Anhaltspunkte die Fotografie im Schlafzimmer und der Streifschuss an Beusts Arm. Und die sprechen *gegen* Calderón.» Tron dachte kurz nach. «Außerdem könnte man argumentieren, dass ...»

«Dass was?»

«Dass in Extremsituationen fast alles möglich ist. Dass Lahme wieder gehen können und ...»

«Blinde wieder sehen?»

Tron nickte «So ungefähr.»

«Du meinst, er hat *doch* seine rechte Hand benutzt?»

«Rein theoretisch wäre es denkbar.»

«Glaubst du, was du da sagst, Tron?»

Gute Frage, dachte Tron. Selbstverständlich glaubte er gar nichts mehr. Er sagte: «Dieser Fall hat sich von einem bestimmten Zeitpunkt an alle vierundzwanzig Stunden völlig anders dargestellt.»

«Seitdem du erfahren hast, wer der angebliche Verlobte Anna Slatapers in Wirklichkeit ist?»

Tron stutzte. Etwas in dem Satz der Principessa hatte einen winzigen Augenblick lang eine diffuse Erinnerung ausgelöst.

Er beugte sich über den Tisch. «Würdest du das, was du eben gesagt hast, noch einmal wiederholen?»

«Ich soll *was*?»

«Den Satz wiederholen, den du eben gesagt hast.»

«Ich sagte: *Seitdem du erfahren hast, wer der angebliche Verlobte von Anna Slataper in Wirklichkeit ist*.»

«*I Promessi Sposi* – ‹Die Verlobten›! Das ist es.» Tron schlug sich gegen die Stirn.

Die Principessa sah Tron irritiert an. «Ich verstehe überhaupt nichts mehr. Was hat der Roman von Manzoni mit dieser Angelegenheit zu tun?»

«Vielleicht enthält er das, was der Mörder in der Wohnung von Anna Slataper gesucht hat.» Tron sprang auf. «Ich muss gehen.»

«Wo willst du hin?»

«Zum Rio della Verona. In Anna Slatapers Exemplar der *Promessi Sposi* blättern.»

Die Principessa warf Tron einen übellaunigen Blick zu. «Ich hasse diese Geheimniskrämerei, Tron.»

Tron lächelte. «Dann komm mit. Ich erkläre dir alles auf dem Weg.»

«Darf ich noch meinen Kaffee austrinken?»

Tron schüttelte den Kopf. «Kaffee trinken wir auf der *questura*.»

«Du willst anschließend auf die *questura*?»

«Bossi ist noch da und schreibt den Bericht für Spaur. Den wird er jetzt ändern müssen.»

48

Eine Viertelstunde zuvor hatte Angelina Zolli den Markusplatz durch die Ala Napoleonica verlassen. In den letzten beiden Stunden war der Nebel auf der Piazza und am Molo so dicht geworden, dass die Gaslaternen an den Hausfassaden wie nächtliche Positionslichter von Schiffen wirkten. Angelina Zolli war zu dem Schluss gekommen, dass dies nicht die besten Bedingungen dafür waren, jemanden in einer Menschenmenge zu entdecken, ihm unauffällig zu folgen und festzustellen, wo er wohnte.

Außerdem war die Gewissheit der letzten Tage, dass sie den Mann in absehbarer Zeit wiedersehen würde, inzwischen einer realistischeren Einschätzung der Lage gewichen. Natürlich war es denkbar, dass sie zum zweiten Mal auf den Mann stieß. Aber es war ebenso denkbar, dass sie ihn wochenlang verfehlte. Oder dass der Mann überhaupt nicht mehr in Venedig war. Oder – und das war die schlimmste Variante – dass er sie entdeckte, bevor sie ihn sah. Was sie spätestens dann bemerken würde, wenn sich in irgendeinem dunklen Winkel der Stadt ein paar Finger um ihren Hals legten.

Wahrscheinlich, sagte sie sich, als sie die Frezzeria passierte, wahrscheinlich wär es doch klüger, Commissario Tron ins Vertrauen zu ziehen. Ihm zu sagen, dass sie den Mann wiedergesehen hatte – ihn *wieder erkannt* hatte – und ihn deshalb beschreiben konnte. Eine Beschreibung war kein Name, aber es war mehr, als der Commissario im Moment hatte. Ja, dachte sie mit einem Gefühl der Erleichterung. Morgen würde sie dem Commissario einen Besuch abstatten. Nicht auf der *questura*, sondern im Palazzo Tron – schon wegen des Kakaos, den ihr Signor da Ponte bestimmt wieder anbieten würde.

Angelina Zolli blieb einen Moment stehen, um sich zu orientieren – ein Unding eigentlich, denn diesen Teil Venedigs kannte sie in- und auswendig. Doch die Sicht war jetzt auf drei Schritte geschrumpft – kein Wunder, dass sie keiner Seele begegnet war, seitdem sie den Markusplatz verlassen hatte. Niemand setzte an einem solchen Abend freiwillig einen Fuß vor die Tür.

Wo also war sie eigentlich? Vermutlich

stand sie auf dem Campo San Moisè. Nicht, dass sie etwas *erkennen* konnte, aber der Klang ihrer Schritte hatte sich verändert – das kleine Echo, das die nahen Hausfassaden zurückgeworfen hatten, war kaum noch zu hören. Sie lief vorsichtig weiter und atmete nach ein paar Metern erleichtert auf, als sie auf die Stufen des Ponte San Moisè stieß, der über den Rio dei Barcaroli führte. Wenigstens hatte sie sich nicht verirrt – was natürlich albern gewesen wäre, aber an solchen Tagen war alles möglich.

Als sie die Brücke überquert hatte, hörte sie Schritte hinter sich. Ohne nachzudenken, bog sie abrupt in die Calle delle Veste ab, beschleunigte ihren Schritt und registrierte mit aufsteigender Panik, dass die Person – wer immer es war – ebenfalls in die Calle delle Veste abgebogen war. Und dass die Schritte in ihrem Rücken ebenfalls schneller geworden waren.

Jemand folgte ihr.

Angelina Zolli blieb stehen. Sie hörte ihre Atemzüge – kurzes, hektisches Luftholen – und spürte eine Gänsehaut auf ihrem Rücken. Jetzt war die Calle delle Veste hinter ihr wieder still. Keine Schritte, kein Klappern der

Absätze auf dem Pflaster, was nur bedeuten konnte, dass ihr Verfolger jetzt ebenso in die Dunkelheit hineinlauschte wie sie.

Dann setzte ihr Verfolger sich wieder in Gang, und als sie hörte, wie seine Schritte auf sie zukamen, tat sie das, was jeder vernünftige Menschen in ihrer Lage getan hätte: Sie schlüpfte aus ihren Schuhen, nahm sie in die Hand und rannte in die Dunkelheit hinein.

Fünf Minuten später betrat Angelina Zolli das Mittelschiff von Santa Maria Zobenigo mit einem Gefühl der Dankbarkeit und der Erleichterung – der Gedanke, dass sie sich die Verfolgung nur eingebildet haben könnte, kam ihr gar nicht. Sie ging zum Weihwasserbecken, tauchte ihre rechte Hand in das Wasser und bekreuzigte sich. Eine alte Frau kniete vor dem Hauptaltar – hinter dem der Putzeimer und der Besen standen. Ihr monotones Murmeln zusammen mit dem Geruch des Weihrauchs erzeugten eine Atmosphäre tiefen, überirdischen Friedens, und Angelina Zolli musste unwillkürlich daran denken, dass die Kirchen früher einmal (Pater Maurice hatte ihr davon erzählt) Orte der Zuflucht gewesen waren.

Genau so fühlte sie sich jetzt: entkommen, beschützt, in Sicherheit. Das war ein gutes Gefühl, ein *erhebendes* Gefühl. Und so betrachtet, dachte Angelina Zolli ein wenig schuldbewusst, war es nur fair, dass man den Tempel des Erlösers entsprechend sauber hielt – auch in den Ecken.

Dann tat sie etwas, das sie normalerweise nie (oder nur sehr selten) aus eigenem Antrieb tat: Sie kniete nieder und betete. Sie betete lang und inbrünstig, wobei sie mehrmals gelobte, ihr Leben zu ändern (nie mehr zu klauen) und in Zukunft auch sorgfältiger in den Ecken zu wischen. Anschließend brach sie in ein hysterisches Kichern aus und musste den völlig irrationalen Impuls unterdrücken, ihren Putzeimer zu umarmen – ein weiteres, eindeutiges Indiz dafür, dass sie völlig mit den Nerven am Ende war.

Angela Zolli erhob sich. Sie klaute im Vorübergehen mit einer routinierten Handbewegung eine der Kerzen, die vor der Kapelle der Heiligen Jungfrau brannten, und öffnete die Tür zu dem kleinen Hof, an dem ihr Zimmer – *ihr Verschlag* – lag.

Sie sah ihn nicht sofort, denn die Ölfunzel,

die in einem kleinen Glaskasten über der Tür brannte, hatte nie zu mehr getaugt, als ein paar matte Lichtkreise in die Dunkelheit zu malen. Erst als sie drei Schritte von ihrer Tür entfernt war, bemerkte sie ihn.

Pater Maurice hatte ihr den Rücken zugekehrt und stand in leicht gebeugter Haltung vor ihrer Tür, so als würde er etwas betrachten. Nur dass es dort, wo er hinstarrte, außer einer alten, verzogenen Holztür nichts zu betrachten gab und es außerdem viel zu dunkel war, um irgendetwas zu sehen.

Angelina Zolli räusperte sich und trat auf ihn zu.

«Pater Maurice?»

Als er sich umdrehte, fiel das Licht ihrer Kerze auf sein Gesicht, und sie erkannte ihn. Dann schossen zwei Hände aus der Dunkelheit auf sie zu, legten sich um ihren Hals und erstickten ihren Schrei.

49

Die Briefe, Kante an Kante hübsch nebeneinander gelegt, teilten sich Trons Schreibtisch auf der *questura* mit drei dampfenden Kaffeetassen, einer Kanne und einer grünen Schatulle, die auf den ersten Blick aussah wie ein normales Exemplar der *Promessi Sposi.*

Tron hatte sich höchstens drei Minuten in der Wohnung am Rio della Verona aufgehalten: Die *Promessi Sposi* lagen noch auf dem kleinen Regal im Schlafzimmer. Als er die Briefe aus der Buchhülle nahm, wusste er, wonach Beust vergeblich gesucht hatte. Nachdem er sie noch in der Gondel durchgelesen hatte, begriff Tron, was geschehen war und warum es geschehen war.

«Beust hat ihr Briefe geschrieben», sagte er über seinen Schreibtisch hinweg zu Sergente Bossi.

Bossis Notizbuch war genauso weit aufgeklappt wie sein Mund. Was auch an der Principessa lag, die an der Schmalseite des Schreibtisches Platz genommen hatte und in ihrem knöchellangen hellgrauen Pelz ungemein mondän wirkte. Jedes Mal, wenn die

Principessa ihn ansah, überzog eine leichte Röte das Gesicht des Sergente.

Bossi gab sich keine Mühe, seine Verwirrung zu verbergen. «Beust und Anna Slataper *kannten* sich?»

Tron nickte. «Allerdings.»

«Aber Pater Calderón hätte den Kapitänleutnant doch beinahe erschossen. Ich verstehe überhaupt nichts mehr.»

«Pater Calderón», sagte die Principessa und schlug die Beine unter ihrem Pelz übereinander, «konnte seine rechte Hand nicht gebrauchen. Das hat niemand gewusst.»

«Auch Beust nicht», fuhr Tron fort. «Sonst hätte er den Revolver in der *linken* Hand des Paters platziert.»

Es sprach für Bossis schnelle Auffassungsgabe, dass er nur ein paar Sekunden brauchte, um sich ein verändertes Szenario vorzustellen. «Beust hat Pater Calderón erschossen, sich dann einen Streifschuss zugefügt und uns anschließend alle ...» Der Sergente schüttelte entgeistert den Kopf.

«... zum Narren gehalten», beendete Tron den Satz.

«Aber die *Indizienkette* schien perfekt.»

Bossi konnte es nicht lassen. «Woher wussten Sie von diesen Briefen, Commissario?»

«Ich wusste überhaupt nichts von diesen Briefen.» Tron lächelte. «Erinnern Sie sich nicht an Ihren Fund in Puccis Atelier?»

«Die *Promessi Sposi.*» Bossi verdrehte die Augen. «Mein Gott, wir hätten darauf kommen müssen, dass Anna Slataper wichtige Dinge in ihrem Lieblingsbuch versteckt hat.»

«Sind wir aber nicht», sagte Tron. «Oder erst zu spät. Wenn wir diese Briefe früher gefunden hätten, wären Pucci, Gutiérrez und Pater Calderón noch am Leben.»

«Fang mit Anna Slataper an», sagte die Principessa. Sie zog ein Zigarettenetui aus ihrem Pelz und musterte einen Augenblick das Wappen der Montalcinos auf dem Deckel. «Sag ihm, warum Beust sie getötet hat.»

«Beust hat Anna Slataper geliebt», erklärte Tron.

Bossi machte große Augen. «Beust und Anna Slataper hatten ein Verhältnis?»

«Für Anna Slataper war Beust lediglich eine Einnahmequelle. So wie Gutiérrez.»

«Sie haben auch *Beust* erpresst? Wie Gutiérrez?»

«Vermutlich. Doch es scheint der Liebe des Kapitänleutnants keinen Abbruch getan zu haben. Als Anna Slataper aber den Erzherzog kennenlernte, brach sie den Kontakt mit Beust ab. Sie weigerte sich, ihn zu sehen.»

«Deshalb die Briefe.»

Tron nickte. «Jedenfalls teilte ihr Beust Ende Juli mit, dass er im Besitz von Fotografien sei, die sie zusammen mit Maximilian zeigten – Fotografien, die er offenbar Pucci abgekauft hatte. Immerhin konnte er sich denken, dass Anna Slataper und Pucci auch versuchen würden, Maximilian zu erpressen.» Tron nahm einen der Briefe und klatschte ihn auf den Tisch. «In diesem Brief fordert er sie auf, sich von Maximilian zu trennen. Andernfalls würde er die Fotografien an die Kirche verkaufen. Als er dann von Pucci erfuhr, dass Anna Slataper beschlossen hatte, Maximilian alles zu beichten ...»

«... brachte er sie um», ergänzte Bossi den Satz. «Weil er sonst erledigt gewesen wäre.»

Tron nickte. «Aber auch aus enttäuschter Liebe.» Er überlegte einen Moment. «Wie dieser José die Zigeunerin in der Novelle von, äh ...» Er runzelte die Stirn.

«Mérimée», sagte die Principessa, ohne aufzusehen. Sie zündete sich eine Zigarette an. «Prosper Mérimée. Er hat am Hof Napoleons verkehrt. Wir sind uns dort hin und wieder begegnet.»

Am Hof Napoleons! Bossi warf einen weiteren Blick scheuer Bewunderung auf die Principessa.

«Und anschließend tötete er Pucci», fuhr Tron fort. «Denn Pucci wusste, dass es Beust gewesen war, der Anna Slataper ermordet hatte.»

«Wieso hat er Pucci nicht einfach in der nächsten dunklen Ecke erschossen?»

«Wegen Maximilian», sagte Tron. «Beusts Briefe triefen vor Hass auf den Erzherzog. Auf diese Weise konnte er den Erzherzog in Furcht und Schrecken versetzen, sich der restlichen Fotografien bemächtigen und zugleich das Geld kassieren.»

«Also hat Beust Pucci dazu angestiftet, den Erzherzog zu erpressen», stellte Bossi fest.

Tron senkte zustimmend den Kopf. «Beust muss über alle Einzelheiten des Plans informiert gewesen sein. Sonst hätte er Pucci und mir nicht auflauern können.»

«Und Calderón?» Bossi strich mit der Hand über sein Notizbuch. «Warum hat er uns nie von seiner Verbindung zu Pucci in Kenntnis gesetzt?»

Die Principessa sah Bossi an. «Vielleicht weil Pater Calderón selbst an den Fotografien interessiert war.»

Bossi stellte die Frage, die auf der Hand lag. «Ob er wusste, dass Pucci und Beust sich kannten?»

Tron nickte. «Es würde erklären, dass Pater Calderón die Botschaft an der Wand sofort auf Beust bezogen hat. Mehr konnte er nicht sagen, ohne die Bekanntschaft mit Pucci zuzugeben.»

Bossi runzelte die Stirn.

«Warum hat Pucci seine Nachricht überhaupt verschlüsselt? Warum hat er nicht einfach Beusts Namen an die Wand geschrieben?»

«Weil Beust seinen Namen dann abgewischt hätte», erwiderte die Principessa. «Es durfte nicht auf den ersten Blick erkennbar sein, dass es sich um Schriftzeichen handelte.»

«Bleibt nur noch der Mord an Gutiérrez», sagte Bossi. «Was für einen Grund hatte Beust, den Botschafter zu erschießen?»

«Beust hat den Botschafter aus zwei Gründen erschossen», sagte Tron. «Vermutlich hat er erfahren, dass Anna Slataper ein Verhältnis mit Gutiérrez hatte. Und hat ihn dafür gehasst. Zum Zweiten konnte Beust damit den Verdacht ein weiteres Mal auf Calderón lenken. Der Mord an Gutiérrez sollte den Eindruck verstärken, dass es sich bei Pater Calderón um einen gefährlichen Fanatiker handelt. Der ohne mit der Wimper zu zucken *noch* einen Mord begeht.»

«Zum Beispiel an einem harmlosen Kapitänleutnant, der ihm eine goldenen Brücke bauen wollte», sagte Bossi. «Und zum Dank dafür beinahe erschossen worden wäre. Ich vermute, dass der Vorschlag zu diesem Treffen in Canareggio von Beust kam.»

«Sie vermuten richtig, Sergente.»

«Äußerst raffiniert», sagte die Principessa mit einer Selbstbeherrschung, die Tron Bewunderung abnötigte. «Der Tod von Pater Calderón hätte natürlich das Ende der Ermittlungen bedeutet.» Sie sog an ihrer Zigarette, inhalierte und ließ einen drachenmäßigen Rauchschwall über Trons Schreibtisch schweben. «Täter tot, Fall gelöst.»

Tron nippte an seinem Kaffee. «Es wären vier perfekte Morde gewesen. Wir hätten Calderón noch von Angelina Zolli identifizieren lassen, und dann wäre der Fall ...»

Moment mal – *von Angelina Zolli identifizieren lassen?* Tron spürte, wie sich sein Magen plötzlich umdrehte.

«Ist alles in Ordnung, Alvise?» Die Stimme der Principessa klang besorgt.

Nein, nichts war in Ordnung.

«Ich habe Beust verraten, wie das Mädchen heißt, das Calderón identifizieren sollte», sagte Tron tonlos. «Er weiß, wo sie wohnt.»

«Du meinst ...» Die Principessa starrte ihn an.

Tron nickte. «In diesem Nebel brauchen wir mindestens zwanzig Minuten.»

50

Er hatte ein Feuerchen im Herd entzündet und sich aus ein paar vergammelten Bohnen Kaffee gemacht. Jetzt saß er am Küchentisch, die Beine gemütlich auf den Tisch gelegt, und nippte an seiner Tasse. Es war so wie früher – nun, nicht *ganz* so wie früher, weil es *sie* nicht mehr gab und ein paar andere Leute auch nicht. Aber mit ein bisschen Phantasie (und er hatte ziemlich viel davon) konnte er sich einbilden, dass sie drüben im Schlafzimmer lag – und auf ihn wartete.

Wie lange war es her, dass sie auf ihn im Schlafzimmer gewartet hatte? Er dachte kurz nach und stellte fest, dass eine solche Situation nicht länger als ein halbes Jahr zurücklag. Richtig, es war Mai gewesen, als ihn dieser Brief im *Danieli* erreicht hatte. Der Brief mit Fotografien, die an Eindeutigkeit nicht zu übertreffen waren und der eine Rechnung enthielt, die man nur als unverschämt hoch bezeichnen konnte – speziell, wenn man berücksichtigte, dass er diese Fotografien nicht bestellt hatte, nein, wirklich nicht.

Das alles war schlimm gewesen, aber er hatte damit leben können – jedenfalls solange er davon überzeugt gewesen war, dass sie ihn noch liebte und nur unter Zwang gehandelt hatte. Richtig schlimm wurde es erst, als er begriffen hatte, dass sie ihn nicht mehr liebte –

ihn vielleicht nie geliebt hatte. Diese fürchterliche Möglichkeit war schließlich zu einem reißenden Strom geworden, in den alle seine Gedanken mündeten.

Als er erfuhr, dass sie offenbar die Absicht hatte, ihn wegen seiner Erpressungsabsicht bei Maximilian zu verpetzen – dieser widerliche Pucci hatte ihn alarmiert –, musste er handeln. Hätte sich seine Liebe in Gleichgültigkeit oder in Verachtung verwandelt, wäre vermutlich eine andere Lösung denkbar gewesen. Nur war genau dies nicht geschehen. Seine Liebe zu ihr schien mit jedem Brief, den er an sie richtete, stärker geworden zu sein, und schließlich hatte er begriffen, dass er sie töten musste, um sie nicht zu verlieren.

Und diese Tat war wie ein Stein gewesen, den man ins Wasser wirft – der erst einen Kreis zieht, dann einen zweiten und danach einen dritten. Dass alle seine Kommandounternehmen schließlich mit der Perfektion eines Schweizer Uhrwerks abschnurrten, hatte ihn selbst am meisten erstaunt – wahrscheinlich, dachte er, lag es daran, dass er nichts mehr zu verlieren hatte, jedenfalls nichts, an dem ihm wirklich etwas lag.

Er seufzte und ließ seinen Blick über die Tischplatte schweifen, auf der sich außer einer Kaffeetasse und seinen Handschuhen auch sein Revolver befand. Die Tür zum Schlafzimmer stand auf, und er sah die Beine und den Oberkörper des Mädchens. Wenn er mit dem Stuhl nach hinten kippte, konnte er auch ihren Kopf erkennen, zur Seite gefallen, die Wange von einem Schwall blonder Haare verdeckt, den Mund leicht geöffnet.

Ein Kissen, dachte er, auf ihr Gesicht gedrückt, würde ausreichen. Dass die Zeugin, die Pater Calderón morgen identifizieren sollte, einem Verbrechen zum Opfer gefallen war, änderte nichts daran, dass der Fall abgeschlossen war. Niemand würde stutzig werden. Diese Stadt war voller gemeingefährlicher Irrer. Und einer von ihnen war ihr zufällig bei Nebel begegnet. Gewissermaßen auf der Suche nach einem Häppchen.

Sie hatte noch geatmet, als er die Hände von ihrem Hals nahm, aber irgendetwas hatte ihn davon abgehalten, ihr an Ort und Stelle den Rest zu geben. Jedenfalls war es kein Problem gewesen, sie durch die leere Kirche und dann durch die neblige Dunkelheit hierher, in die Wohnung am Rio della Verona, zu tragen.

Weshalb er sie am Leben gelassen hatte, war ihm nicht ganz klar – irgendwie schien es klüger zu sein, sie hier zu töten und nicht in dem kleinen Hof hinter Santa Maria Zobenigo. Es war keine bewusste Entscheidung gewesen, sondern eine spontane, aus dem Instinkt heraus erfolgte. Aber er hatte in den letzten drei Wochen eine ganze Reihe von instinktiven Entscheidungen getroffen, und jede davon hatte sich als richtig erwiesen – als tödlich. Vermutlich, dachte er, hatte sein unbewusster Wunsch, sie hier zu töten, schlicht und einfach etwas mit Symmetrie zu tun. Hier, wo es angefangen hatte – wo *alles* angefangen hatte –, sollte es auch enden.

Er griff mit der rechten Hand nach dem Revolver, stand auf und trat ins Schlafzimmer. Die Fenster waren geschlossen, aber trotzdem strich hin und wieder ein leiser Lufthauch durch das Zimmer, der die Kerze auf dem Nachttisch zum Flackern brachte und die Gardinen in die Fensteröffnung hineinsaugte. Wenn das geschah, sahen sie aus wie die Segel eines Schiffes bei Flaute, die ihr Bestes gaben und sich dennoch nicht blähten. Eine Gondel passierte die Fenster, gedämpfte Stimmen waren zu hören und zugleich das charakteristische Geräusch, mit dem sich das Ruder in der *forcola* bewegte. Schließlich erstarb das Geräusch, entrollte sich in der nächtlichen Nebelluft über dem Rio della Verona wie eine unsichtbare Uhrfeder.

Er trat leise neben das Bett, ging am Kopfende in die Knie und bewunderte einen Augenblick lang das klare Profil des Mädchens, ihren sinnlichen Mund und ihre langen, dunklen Wimpern. Ihr blondes Haar war nass und schmutzig, trotzdem schimmerte es im Kerzenlicht wie fein versponnenes Gold. Er schob ihr Haar zurück und ließ seine linke Hand – die rechte hielt den Revolver umklammert – über ihren Hals gleiten. Das feine Pulsieren ihrer Halsschlagader verriet ihm, dass ihr Herz noch immer schlug. Nun war es an der Zeit, den letzten Schritt zu unternehmen.

Vorsichtig, mit einer millimeterfeinen, fast zärtlichen Bewegung – denn es würde leichter sein, sie zu ersticken, wenn sie weiterhin bewusstlos war – zog er das Kissen unter ihrem Kopf hervor. Er fragte sich, ob es überhaupt notwendig sein würde, ihre Leiche in den Rio della Verona zu werfen. Vielleicht war es weniger riskant, sie einfach in der Wohnung liegen zu lassen.

Er drückte das Kissen an sich, atmete den fast unmerklichen Geruch des Veilchenparfüms ein, und die Erinnerungen waren auf einmal so intensiv, dass er unwillkürlich die Augen schloss, um sie festzuhalten. Als er sich erhob, spürte er den Schmerz aufglühen wie Kohlenglut bei einem unvermuteten Windstoß. Mein Gott, hatte er sie wirklich töten müssen, um sie nicht zu verlieren? Er wusste es nicht. Er wusste nur, dass es jetzt keinen Sinn mehr hatte, darüber nachzudenken. Grübelte man zu sehr, wurde man verrückt. Insbesondere, wenn der Schmerz, der in einem brannte, die Macht besaß, das vernünftige Denken zu verwischen und selbst die klarsten und säuberlichsten rechten Winkel seltsam schief erscheinen zu lassen.

Er warf den Revolver auf das Fußende des Bettes, denn jetzt war es besser, das Kissen mit beiden Händen zu packen. Dann beugte er sich über das Mädchen herab. Ein kurzer Blick auf ihr Gesicht überzeugte ihn davon, dass sie immer noch bewusstlos war. Sie zu ersticken würde nicht länger als drei Minuten dauern.

Es war ein leises, hechelndes Atmen und die Berührung einer Hand, die sie aus ihrer Bewusstlosigkeit auftauchen ließ. Die Hand schob ihre Haare zurück, strich langsam über ihre Wange nach unten, sie spürte, wie ihre Haare zurückfielen und sie am Ohr kitzelten. Dann wanderte die Hand zu ihrem Hals, blieb dort einen Augenblick liegen, bis anschließend etwas Weiches, das nach Veilchen duftete, unter ihrem Kopf hervorgezogen wurde.

Später würde sie behaupten, sie hätte die Situation sofort erfasst und aus reiner Kaltblütigkeit weder aufgeschrien noch die Augen aufgerissen. In Wahrheit jedoch geschah es nicht aus Kaltblütigkeit, dass sie sich nicht rührte, sondern weil sie immer noch gelähmt war – eingeschlossen in eine Benommenheit, die wie eine dünne Membran zwischen ihr und dem Rest der Welt ausgespannt war. Sie war unfähig, auch nur einen Finger zu rühren, geschweige denn zu schreien. In Wahrheit war sie, als sie wieder zu sich kam, weit davon entfernt, irgendetwas zu begreifen.

Das Atmen, eben noch ganz nah, entfernte sich jetzt. Absätze schlugen mit einem dumpfen Geräusch auf den Holzfußboden, Dielenbretter knarrten, von irgendwoher drang Glockengeläut in das Zimmer, und dann – endlich – durchstieß ihr Verstand die Glocke aus Benommenheit, unter der sie gelegen hatte. Die erste klare Feststellung, die aus dem Grauschleier ihrer Gedanken aufstieg, war die, dass er sie erwischt hatte, ihr zuvorgekommen war und aus irgendwelchen Gründen beschlossen hatte, sie nicht in freier Wildbahn zu töten, sondern sie in seine Höhle zu schleppen. Aber weshalb? Um von ihr zu erfahren, ob und was sie dem Commissario bereits erzählt hatte, bevor er sie umbrachte? Oder weil er die Absicht hatte, sie, bevor er sie tötete, zu ... Sie musste daran denken, wie seine Hand ihren Hals berührt hatte, und mit einem Mal schnellte das Entsetzen ihr die Kehle hinunter – es war, als würde sie etwas Siedendheißes schlucken, eine widerliche Medizin.

Diesmal war es tatsächlich reine Willenskraft, mit der sie es schaffte, unter dem Schutz ihrer vorgetäuschten Bewusstlosigkeit zu bleiben. Sie regulierte ihren Atem, der sich beschleunigt hatte, und dann spürte sie erleichtert und ohne Überraschung, wie etwas anderes in ihre Angst eindrang: ihr hochentwickelter Überlebensinstinkt, der langsam an Schärfe und Deutlichkeit gewann. Was immer der Mann vorhatte – er würde gezwungen sein, es aus großer Nähe zu tun. Und genau das war ihre Chance.

Vorsichtig löste sie ihre Lider voneinander, und was sie durch den Vorhang ihrer Wimpern erkennen konnte, war ungefähr das, was sie erwartet hatte: ein kleines Zimmer, offenbar ein Schlafzimmer, spärlich erleuchtet durch eine Kerze (sie hatte sie bereits gerochen), die in knapper Armeslänge von ihr entfernt auf einem Nachttisch stand. Ihr Kopf ruhte leicht nach links gedreht auf einem weiteren Kissen, und sie sah neben dem Kerzenständer noch einen metallischen Gegenstand auf dem Nachttisch, zwei ovale Rundungen, die im Kerzenlicht blitzten – offenbar der Griff einer Schere.

Der Mann stand neben dem Bett – so wie

sie es vermutet hatte. Seinen Kopf konnte sie nicht erkennen, denn ihr Gesichtsfeld endete unterhalb seines Halses, und die Lider einen Millimeter weiter zu öffnen erschien ihr zu riskant. In den Händen hielt er etwas, das wie ein zusammengerolltes Kleidungsstück aussah, und es dauerte ein paar Sekunden, bis sie begriff, dass es sich um das Kissen handelte, das er gerade unter ihrem Kopf hervorgezogen hatte. Dann beugte er sich über sie, und sie konnte durch die Augenlider hindurch die roten, hektischen Flecken auf seinem Gesicht erkennen, die wie gierige Schatten waberten. Auf einmal wusste sie, dass er sie töten wollte – und dass er die Mordwaffe bereits in der Hand hielt.

Sein Angriff kam früher, als sie erwartet hatte. Das Kissen sauste plötzlich auf ihr Gesicht herab, und es war die Schnelligkeit ihrer Reflexe, die ihr das Leben rettete. Sie drehte ihren Kopf nach links, riss blitzschnell ihren Arm hoch, erwischte drei Finger seiner linken Hand, bog sie mit aller Kraft nach oben und konnte das Geräusch der brechenden Knochen hören.

Der Bursche ließ das Kissen fallen, ging

in die Knie und heulte vor Schmerz auf. Er schnellte zurück, zunächst scheinbar ohne zu begreifen, was passiert war. Doch dann kapierte er es und streckte ihr mit einem Ausdruck weinerlichen Selbstmitleids die geöffnete linke Hand entgegen: Zeige-, Mittel- und Ringfinger der Hand, deren Fläche nach oben zeigte, hingen wie drei schläfrige Marionetten nach unten. *Er wird nie wieder Violine spielen können*, dachte sie. Das war selbstverständlich ein kindischer Gedanke, aber irgendwie gab er ihr Halt.

Merkwürdig, wie auf einmal alles klar wurde, sich die Konturen der Dinge schärften. Dieses Gefühl kannte sie vom *Ziehen* – wenn man gut war, sich konzentrierte, lief die Zeit langsamer ab. Während sich das Opfer wie unter Wasser bewegte, agierte man selber wie in dünner Luft, ungemein beweglich und schnell. Sie bekam alles mit: die öligen Schweißtröpfchen auf der Stirn des Mannes, seine ungläubigen, weitaufgerissenen Augen, in deren brauner Iris sich das Licht der Kerze spiegelte. Sie sah seine gefletschten Zähne in seinem wütenden Mund und konnte den zischenden Atem hören, mit dem er Luft holte.

Was hatte Signor Settembrini ihr für den Fall, dass sie bedroht wurde, immer wieder eingetrichtert? Richtig. *Mädchen sind viel stärker, als sie denken.* Sie haben lediglich Hemmungen, ihre Kraft einzusetzen – Beißhemmungen. Also, hatte er gesagt, wenn du zuschlägst, dann schlag so hart zu, wie du kannst. Wenn du etwas hast, womit du schlagen kannst, dann schlag *damit* zu. Und wenn du mit etwas stechen kannst, dann stich zu. In die Augen oder in den Mund – dorthin, wo es *weich* ist und wo es *wehtut*. Und wenn es dir irgend möglich ist, dann greif *du* ihn an. Das ist das Letzte, mit dem er rechnet. Nutze das Überraschungsmoment.

Sie nickte unmerklich. Plötzlich erfüllte Ruhe ihren Verstand wie klares blaues Wasser. Im Grunde war es wie das Ziehen einer Brieftasche. Es lief alles auf Schnelligkeit und auf gute Reflexe hinaus – wobei es nie schaden konnte, wenn man den Gegner überraschte. Und genau das tat sie jetzt. Ihre linke Hand schnellte zum Nachttisch und schnappte zu. Sie bekam den Griff der Schere zu fassen und riss mit aller Kraft, die sie aufbringen konnte, ihren Arm herum. Die Schere, blassilbern im

Flackern des Kerzenlichtes, fuhr mit einem feinen Zischen durch die Luft, schlitzte ihm die Wange auf und durchstach sein rechtes Auge. Er fing an zu kreischen – ein hohes, atemloses Kreischen –, und bevor er sich auf sie stürzen konnte, stieß sie ein zweites Mal zu. Diesmal traf sie sein linkes Auge, ließ die Schere los und warf sich zur Seite. Das Kreischen des Mannes hörte sich jetzt an wie das Geheul eines Wahnsinnigen. Doch anstatt sich die Schere aus der Augenhöhle zu ziehen, fuchtelten seine Hände in der Luft herum, so als wollte er sich an nur für ihn sichtbaren Griffen festhalten. Er richtete sich keuchend auf, kam taumelnd auf die Beine, prallte hart mit der Stirn gegen die Wand und drehte sich dann zurück, wobei er eine pirouettenartige, fast anmutige Drehung vollführte. Dann rutschte er langsam an der Wand zu Boden, und das Letzte, was sie registrierte, bevor sie sich übergab und anschließend das Bewusstsein verlor, war die weißliche Flüssigkeit, die aus seinem aufgeschlitzten rechten Auge sickerte, und die Schere in seinem linken Auge, die der Aufprall auf die Wand tief in seinen Schädel getrieben hatte.

51

«Das Fieber ist deutlich gefallen», sagte die Principessa zu Tron. «Dr. Garzoni war sehr erleichtert.»

Sie lag auf ihrer Récamiere und angelte ohne sich aufzurichten mit der rechten Hand nach ihrer Kaffeetasse. Ihre Stimme klang verschliffen und matt. Tron schätzte, dass sie in den letzten drei Nächten alles in allem höchstens fünf Stunden geschlafen hatte. Es war kurz nach vier Uhr und der dritte Tag, nachdem die Ereignisse am Rio della Verona das Kaleidoskop ein letztes Mal gedreht hatten.

Tron, der direkt von der *questura* gekommen war und den Salon der Principessa vor zwei Minuten betreten hatte, beugte sich über den kleinen Tisch, der zwischen ihnen stand. «Kann ich zu ihr hochgehen?»

Die Principessa schüttelte den Kopf. «Sie schläft. Und das soll sie auch. Wir bewegen uns hier alle auf Zehenspitzen.»

Tron hatte plötzlich das Bedürfnis, sich selbst die Schuld an allem zu geben. Diesmal sprach er es aus: «Das alles wäre uns erspart geblieben, wenn ich Beust nicht ihre Adresse verraten hätte.»

Was die Principessa zu seiner Erleichterung als Aufforderung verstand, ihm zu widersprechen. «Du hast dir nichts vorzuwerfen», sagte sie. «Dass dieser Beust dermaßen gerissen sein würde, konnte niemand ahnen.»

Und auch nicht, dachte Tron, dass Beust das Spiel trotz seiner Gerissenheit in letzter Sekunde verlieren würde – aber das hatten sie noch nicht gewusst, als sie feststellten, dass Angelina Zolli verschwunden war und weder Pater Maurice noch die Zulianis sagen konnten, wo sie sich aufhielt. Ohne nachzudenken, hatte die Principessa vorgeschlagen, die Wohnung am Rio della Verona zu überprüfen, was Tron sofort einleuchtend erschien, obwohl er nicht sagen konnte, warum.

Sie fanden sie bewusstlos auf dem Bett im Schlafzimmer – unverletzt bis auf eine Reihe von Druckstellen am Hals. Kaum eine Armeslänge von ihr entfernt lag Kapitänleutnant von Beust zusammengekrümmt auf dem Fußboden. Eine Schere steckte tief in seiner linken Augenhöhle, und Tron brauchte nicht besonders viel Phantasie, um zu rekonstruieren, was geschehen war. Ihre Kaltblütigkeit und ihre guten Reflexe hatten Angelina Zolli das Leben gerettet – vorerst jedenfalls, denn nun lag sie mit glühendem Gesicht auf dem Bett, und ihr Atem ging beängstigend flach und unregelmäßig.

Eine halbe Stunde später, in einem der Gästezimmer des Palazzo Balbi-Valier, hatte sie kurz die Augen aufgeschlagen, einen winzigen Augenblick erstaunt gelächelt und dann nach der Hand der Principessa gegriffen, die neben dem Bett saß. Dr. Garzoni, der sofort gekommen war, hatte ein äußerst ernstes Gesicht gemacht, und Tron hatte zum ersten Mal unverhohlene Angst in den Augen der Principessa gesehen.

Er ließ ein Stück Zucker in seinen Kaffee fallen und griff nach seinem Löffel. «Du magst sie, nicht wahr?»

Die Principessa nickte, ohne aufzublicken. Dann hob sie den Kopf. «Was geschieht, wenn sie wieder gesund ist?» Sie sah Tron misstrauisch an. «Muss sie dann wieder zurück zu diesen furchtbaren Leuten?»

«Ich habe noch nicht darüber nachgedacht», sagte Tron. Das war eine Lüge, denn er hatte ziemlich oft darüber nachgedacht. «Was wäre die Alternative?»

«Sie bei Leuten unterzubringen, die sie nicht als Putze missbrauchen», sagte die Principessa. Sie überlegte einen Moment lang – jedenfalls tat sie so. Dann sagte sie, als sei ihr der Gedanke eben erst gekommen: «Angelina könnte notfalls bei mir bleiben, bis wir eine geeignete Unterbringung gefunden haben.»

«Oder auch bei uns», sagte Tron, wobei er sich bemühte, einen ebenso beiläufigen Ton anzuschlagen wie die Principessa. «Gegenüber der Küche steht ein Zimmer leer.»

Die Principessa musterte ihn mit zusammengekniffenen Augen. «Das Zimmer, das sich nicht richtig heizen lässt?»

Tron hatte erwartet, dass sie, einmal in Schwung, sich noch über das *durchfeuchtete* Mauerwerk des Palazzo Tron (oder den fehlenden Speisenaufzug) auslassen würde, doch stattdessen wechselte sie das Thema. «War Toggenburg mit der Übersetzung seiner Gedichte zufrieden?»

Ein unsinnige Frage. Toggenburg konnte gar nicht genug Italienisch, um Trons Übersetzung beurteilen zu können. «Er hat sich schriftlich bedankt und mich mit Zustimmung Spaurs auf die Winterliste setzen lassen», antwortete Tron.

«Die *Winterliste*?»

«Das ist die Liste mit den Ordensempfehlungen, die der entsprechenden Hofstelle vorgelegt wird.»

«Du kriegst einen *Orden*?» Das schien die Principessa zu amüsieren.

«Den Kronenorden am Band. Franz Joseph wird ihn mir persönlich verleihen. Hier in Venedig.»

«Weil der *Emporio della Poesia* Toggenburgs Gedichte veröffentlicht?»

«Auch für meinen unerbittlichen Kampf gegen die Feinde des Kaisers.»

«Und welche Feinde des Kaisers bekämpfst du?»

Tron räusperte sich. «Zum Beispiel den angeblichen Vetter von Signorina Violetta.»

«Spaurs Nebenbuhler?»

«Wir haben ihn verhaftet, weil er im Café *Florian* die *Stampa di Torino* gelesen hat. Jetzt darf er ein Jahr lang venezianisches Stadtgebiet nicht mehr betreten.»

«Was dir den Kronenorden verschafft.»

Tron nickte.

Die Principessa musste lachen. «Weiß der Erzherzog, dass sein Bruder dir einen Orden verleihen wird?»

«Er hat mir bereits dazu gratuliert. Ich war heute Morgen bei ihm, um mich zu verabschieden. Die *Novara* ist wieder auf dem Weg nach Triest. Übrigens steht das Datum fest.»

«Was für ein Datum?»

«Das Datum seiner Einschiffung nach Mexiko. Maximilian wird Triest Mitte April nächsten Jahres verlassen, Station in Rom machen und von dort aus nach Vera Cruz weitersegeln.»

Die Principessa starrte einen Augenblick lang auf ihre Fingernägel. Dann sagte sie langsam: «Die Franzosen werden ihn in Mexiko verheizen. Aber es wird ein paar Monate lang gute Kurse geben. Die kann ich benutzen, um die Anleihen zu verkaufen.»

«Und dann?»

«Bin ich saniert, und du kannst mich meines Geldes wegen heiraten», sagte die Principessa sachlich.

Tron lächelte. «Vielleicht sollte ich das wirklich tun. Alle Grundsätze über Bord werfen und dich den Palazzo Tron renovieren lassen.»

Die Principessa blieb ernst. «Du kennst meine Konditionen, Tron.»

Natürlich. Das Tron-Glas. Tron musste an den Speisenaufzug denken, an dicht schließende Fenster und an trockenes Mauerwerk. Auf einmal erschienen ihm seine Bedenken kleinlich und irrational.

Er stand auf, umrundete den Tisch, der zwischen ihnen stand, und kniete neben der Récamiere nieder. Dann nahm er die Hand der Principessa, zog sie an seinen Mund und küsste schweigend ihre Finger – einen nach dem anderen.